KB156626

내 아이가 분명해

1

내 아이가 분명해 1

1판 1쇄 인쇄 2023년 9월 1일
1판 1쇄 발행 2023년 9월 15일

지은이 한민트

펴낸이 박대일
교정 김미영
편집 이문영 · 박지해 · 임유리 · 이지영 · 김하랑 · 임지원 · 송새연
마케팅 임유미 · 백소연
디자인 디자인그룹 헌드레드

펴낸곳 파란미디어
출판등록 2004년 9월 14일 제313-2004-00214호

주소 03992 서울시 마포구 동교로23길 14 국제빌딩 6층
전화 02.3141.5589 영업부 070.4616.2012 편집부
팩스 02.6499.5589
전자우편 paranbook@gmail.com
카페 http://cafe.naver.com/paranmedia
인스타그램 @paranmedia

ISBN 979-11-92591-73-5(04810)
979-11-92591-72-8(전6권)

* 잘못된 책은 구입하신 서점에서 바꾸어 드립니다.

내 아이가 분명해

한민트 장편소설

1

파란

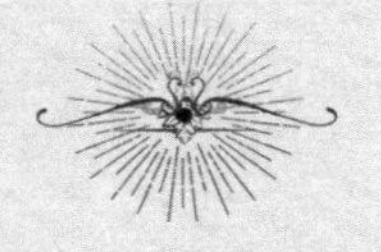

contents

치명적인 실수

"일어나."

'이제 그만 일어나, 언니!'

천사 같은 금발 소녀가 고사리손으로 어깨를 마구 두드렸다.

'일어나아아!'

목소리에는 울먹거림이 섞여 있었다. 제 나름대로는 절박한 것일 테지만, 네댓 살 아이 손으로 때려 봤자 고양이 솜방망이에 맞는 것 같았다.

'아, 이거 옛날 꿈.'

소녀의 얼굴을 보자마자 클레어는 이게 언제 일인지 알 수 있었다. 그녀가 전생의 기억을 되찾은 날의 꿈이다.

체감적으로는, 죽은 다음 날이었다.

'트럭에 치였지.'

젊고 잘생긴 재벌3세 본부장과 함께 야근을 하며 썸을 타는 것은 드라마에서나 있는 일이라는 것을 깨달은 지 3주째의 일이었다.

새로 온 본부장님은 젊고 잘생겼으며 그룹 오너의 손자였고, 그녀에게 호감을 보였다. 하지만 밤 10시까지 그 본부장님과 일을 하는 날이 3주 반복되자, 칼퇴시켜 주던 배 나온 부장님이 어찌나 그립던지.

노동자에게 필요한 것은 노동권이지, 백마 탄 구원자가 아니었다. 본부장님의 차는 새하얀 포르쉐였지만.

태워다 준다는 것을 거절하며 잠시 실랑이하던 참에 트럭이 인도를 덮쳤다.

'아마 그 운전사도 과로에 졸음운전이었을 거야…….'

클레어는 그렇게 생각하며 마음속으로 운전사를 용서했다. 그게 만약에 환생 트럭이었다면, 뭐 실은 이 세상에 존재하지 않는 것이었을지도 모르고.

어쨌거나 그녀는 델포드 남작가의 장녀 클레어로 다시 태어났다. 아주 자연스럽게 그 사실을 알 수 있었다.

전생의 기억을 찾기 전, 클레어는 불만이 많았다. 고작해야 남작, 그것도 하필이면 시시한 남방 귀족인 것이 불만이었다. 그중에서도 가난한 영지인 것이 불만이었고, 멋진 오빠가 없는 것도 불만이었다. 빼어난 미모가 아닌 것이 또 불만이었다.
하지만 기억을 되찾고 나서는 완전히 달라졌다.
'귀족이라니, 대박. 금수저까진 아닐지 몰라도 최소 은수저 정도는 되는 거잖아?'
인간은 본래 상대평가로 만족하는 법이다.
문명 수준이 현대보다 뒤떨어지긴 해도, 적어도 클레어의 생활 자체가 엄청나게 불편해질 정도는 아니었다. 즐길 거리는 확실히 모자랐지만, 대신 일을 하지 않아도 되었다.
아침에 알아서 밥이 나오고, 먹고 일어나면 누가 대신 치워 주고, 옷을 벗어 놓으면 누가 세탁해다가 옷걸이에 걸어 주고, 욕조 청소도 되어 있었다. 하녀를 불러 물을 떠 오라고 말할 수도 있었다. 물이 별로면 차를 타 오라고 말할 수도 있었고, 찻잎을 쓰레기통에 손수 버릴 필요도 없었다.
'크, 귀족 인생 개꿀.'
이런 인생이라면 앞으로 30년쯤 아무 일도 하지 않고 기꺼이 잉여로 살 수 있었다.
뭐, 세상사가 그렇게 돌아가진 않았다.

'언니, 언니, 괜찮아?'

여동생이 울면서 그녀를 내려다보았다.
사랑스러운 여동생 엘리사. 클레어는 엘리사를 미워했었다. 전생의 기억을 되찾기 전까지만.

클레어는 엘리사가 어머니 배 속에 있을 때부터 미워했다고 했다. 더 이상 외동딸이 아니라는 것을 받아들이기 어려웠던 모양이다. 게다가 엘리사는 클레어가 갖고 싶어 했던 예쁜 금발과 보석 같은 푸른 눈동자를 갖고 태어났으니, 더 그랬을 것이다.

'것이다'라고 말하는 것은 지금의 클레어에게는 별달리 중요한 일이 아니었기 때문이다.

채 9년도 되지 않는 클레어로서의 기억은 전생의 기억에 압도되어 금세 희미해졌다. 엘리사는 클레어에게는 돌봐 줘야 할 어린아이였지, 경쟁 상대가 아니었다. 그리고 부모님이 돌아가신 뒤에는 진짜로 자신이 돌봐야 할 아이가 되었다.

불만은 없었다. 엘리사는 천사였다. 세상에 이렇게 예쁘고 순한 아이가 다 있을까 싶었다.

'언니, 다, 다행이다.'

'뭐가?'

'아무리 불러도 언니가 눈을 안 떠서, 죽은 줄 알았어.'

엘리사가 목 놓아 울음을 터뜨렸다. 클레어는 소리 내서 중얼거렸다.

"나 안 죽었어."

"안 죽은 거 아니까 이제 그만 눈을 뜨지 그래? 클레어."

카나리아 같은 엘리사의 목소리 대신 우렁우렁한 남자 목소리가 대답했다.

클레어는 깜짝 놀라 눈을 번쩍 떴다. 그리고 코앞에 새파란 눈동자가 있는 것을 멍하게 쳐다보았다.

엘리사의 눈동자도 푸른색이지만, 이렇게 깊고 짙은 빛깔은 아니었다. 엘리사의 눈이 맑은 하늘빛이라면, 이 눈은 북해를 연상케 하는 차가운 군청색이다. 그 눈동자를 담고 있는 것은 깊게 파인 눈매였다. 속눈썹은 금갈색이었고, 눈썹은 그것보다 좀 더 금발에 가까웠다.

우뚝한 코가 클레어의 뺨에 닿을 정도로 가까웠다. 피부가 흰 것은 북방인의 특징이지만, 이 남자의 피부는 하얀 점토로 구워 놓은 듯 잡티도 없었고 혈관도 비쳐 보이지 않았다.

흰 이마에는 선명한 황금색 머리칼이 흐트러져 있었다.

클레어는 이런 미모를 지닌 남자를 한 명, 아주 잘 알고 있었다. 그녀는 얼빠진 목소리로 중얼거렸다.

"에리히 선배……?"

"이제 그만 정신 좀 차리지?"

에리히가 다시 말했다. 나지막한 진동이 몸을 타고 전해졌다. 그제야 클레어는 진짜로 잠에서 깨어났다. 그리고 두 사람이 다 벗고 있다는 것을 깨달았다. 맞닿은 피부가 따뜻하고 얇은 이불 안이 후끈후끈 더웠다.

"억?!?"

그녀는 반쯤 비명을 지르며 벌떡 몸을 일으켰다.

"조심 좀 해."

에리히가 날카롭게 말하며 이불을 끌어당겨 그녀를 목까지 둘둘 싸맸다. 클레어는 마찬가지로 그에게 날카롭게 응대했다.

"나만 벗고 있어요, 지금?"

"남자랑 여자랑 같나."

"다를 건 또 뭐람?"

클레어는 이불을 휙 내렸다. 그러자 에리히가 얼른 눈을 돌렸다.

가슴 까고 있는 것은 그도 마찬가지가 아닌가. 그나마 시트로 허리 아래를 덮은 클레어와 달리 에리히는…….

아래로 내려갔던 클레어의 시선이 휙, 다시 위로 올라왔다. 뺨에 화기가 올랐다.

저건 말이 안 됐다.

그녀는 인정하고 싶지 않았다. 어젯밤에 있었던 일도. 그러나 현실 부정을 하고 싶어도, 몸이 먼저 강력하게 자기주장을 하고 있었다.

말도 안 되지만, 어젯밤에 무슨 일이 있었는지는 명백했다.

"도대체 어쩌다가 이렇게 된 거죠?"

에리히는 그녀의 아카데미 시절 선배였다.

사이가 좋았던 적은 결단코 없었다. 클레어는 아랫사람 굴리기를 좋아하는 젊고 잘생긴 재벌 3세는 질색이었다. 자신이 굴려지는 아랫사람이 될 게 뻔한 관계라면 더더욱. 아카데미니 선후배였지, 현실이면 그는 무려 클라우제너 공작님이었고, 그녀는 남작 영애였다.

에리히가 그녀를 싫어하는 것은 조금 더 희한한 일이었다. 그는 대체로 남에게 관심이 없었고, 북방 귀족답게 아주 우아하시고, 아주 냉엄하셨다.

클레어를 유념해서 기억한 것은, 호의가 아니면 아첨밖에 받아 보지 못한 귀한 몸이 자기에게 태연자약하게 대하는 여자를 보고 신선하게 여겨서가 아니었을까 싶었다.

어쨌거나 평탄하지 못한 관계였지만, 그것도 3년 전의 일이다. 학창 시절의 일이란 건 금세 추억이 되기 마련이었다. 몇 년 만에 만나고 보니 꽤 반가웠다.

클레어는 어제 무척 들떠 있었다. 부모님이 돌아가신 이후 그녀가 키운 여동생이 아카데미에서 수석으로 상을 받은 좋은 날이었으니까.

그래서 평소보다 조금 더 술을 잘 마셨고, 에리히와 자리를 옮겨서 이 차를 했고…….

기억은 대충 그쯤에서 가물거렸다. 아무튼 정신을 차려 보니 키스하고 있었다. 그걸 정신 차린 상태라고 말하기는 어려울지 몰라도…… 좋아서 한 것은 사실이었다.

에리히가 어처구니가 없다는 듯이 그녀를 쳐다보려다가 다시 시선을 돌렸다.

"기억이 안 나?"

"나긴 해요. 어쩌다 그런 흐름으로 갔는지 모르겠단 뜻이에요."

"……누가 할 소리."

에리히가 눈을 내리깐 채 으르렁거리듯이 말했다. 클레어는 코웃음을 쳤다.

"뭐예요? 간밤에는 짐승처럼 굴어 놓고 이제 와서 신사의 도리라도 지키겠다는 거예요?"

"그건 사과하지. 술을 너무 많이 마셨어."

"별일이네요."

"뭐가?"

"선배가 나한테 사과를 다 하고."

에리히가 욱하며 다시 클레어를 쳐다보았다가 손바닥으로 눈가를 덮었다.

"어제 일은 실수였어. 그럴 작정이 아니었는데."

"그것도 사과예요?"

"그래."

"뭐…… 실수한 건 피장파장이니까 괜찮아요. 사과 같은 건 안 해도."

클레어는 한결 가벼워진 마음으로 방을 눈으로 훑으며 대답했다.

기억에 따르면, 옷이 바닥 어딘가에 던져져 있어야 했다. 아니, 다시 생각해 보니 이 방이 아니었던 것 같기도 하다.

떠올라서는 안 될 게 떠오를 뻔해서, 클레어는 생각을 정지시켰다.

"……."

시선이 따가워서 돌아보니 에리히가 그녀를 쳐다보고 있었다. 부끄러운 게 아니었던가.

"왜요?"

"실수라고?"

"실수죠? 완벽히, 완전하게. 있어서는 안 될 일이 벌어진 거잖아요."

클레어가 과장된 태도로 어깨를 으쓱하자 에리히의 눈썹이 산처럼 솟구쳤다.

"넌 무슨 지갑이라도 잃어버린 것처럼 가볍게 말하는군."

"지갑을 잃어버리는 건 실수가 아니라 큰 문제죠. 없던 일로 할 수는 없으니까."

"없던 일로 하자고?"

"아니면, 뭐, 책임이라도 지시게요?"

"필요하다면 그래야지."

에리히가 굳은 얼굴로 말했다.

"남방 아렌 귀족, 그것도 일개 남작가 따위는 도저히 클라우제너의 격에 맞는다고 할 수 없지만, 감수할 수밖에."

클레어의 눈앞이 아뜩해졌다. 없던 고혈압이 생길 것 같았다.

아니, 그래. 에리히의 말은 세상의 일반적인 기준으로는 맞는 말이었다. 제국 3대 명문 중 하나인 클라우제너 공작가에 일개 남작가라니, 격에 맞지 않았다. 아마 이 저택의 총집사도 남작 이상의 작위를 갖고 있을 것이다. 이 정도 가문이라면 집사나 하녀장조차도 고용 관계가 아니라 대를 이어 섬겨 온 가신으로서, 귀족일 테니까.

클레어는 그것을 알면서도 짜증이 났다.

'왕후장상의 씨가 따로 있나. 어이가 없어서 진짜.'

클레어는 운이 좋아 귀족으로 태어났고, 스스로 특권을 버리고 자유, 평등, 박애를 설파할 만큼 정의롭지도 않았다. 하지만 역시 영혼 깊은 곳에서 조상님 누군가가 주장했다는 외침이 사라지지 않았다.

황제 폐하가 와도 '너희 집안 따위'라고 말하면 화가 날 판인데, 진짜로 공작 따위가 뭐라고.

고용주님이시라면 너 따위가 어쩌고저쩌고해도 목구멍이 포도청이라 참았을 것이다. 하지만 그런 사이도 아니지 않은가.

꿀릴 게 없었다. 실수를 클레어 혼자 했던가? 전혀 아니었다. 그럼 자신이 유혹이라도 했었나? 딱히 그러지도 않았다.

어쩌다 보니 불이 붙었을 뿐이다. 혈기 왕성한 나이의 젊은 남녀가 하룻밤을 같이 보냈다고 해서 문제 될 건 없었다.

그게 무슨 자신에게 큰 하자라도 생긴 것처럼, 격을 운운하고 남작가 따위 소리를 하면서 어쩔 수 없이 책임져 주시겠다고 시혜를 베푸는 게 어처구니없었다.

누가 결혼해 달라고 매달리기라도 했나.

"고맙지만 사양할게요. 솔직히 고맙지도 않은데요."

클레어의 대꾸에 에리히의 입매가 굳어졌다. 설핏 노기까지 느껴지는 얼굴이었다.

그녀는 당당하게 말했다.

"어차피 끔찍한 실수를 저지른 건 피장파장이니까 없던 일로 해요. 한 번 잔 게 뭐가 대수라고. 그게 공작님께도 나으실 텐데요.”

그녀가 공작님이라고 부르자 에리히의 미간이 꿈틀거렸다. 신분에 걸맞게 분수에 맞는 호칭으로 불렀는데 뭐가 불만인가 하고 클레어는 턱을 치켜들었다.

“나더러 숙녀의 정결을 깨고도 책임지지 않는 쓰레기가 되란 말인가?”

“누가 처음이래요?”

그러자 에리히의 얼굴에 처음으로 금이 갔다. 동요가 내비쳤다.

클레어는 너무 되는 대로 내뱉었나 후회했다. 귀족 여성에게 혼전 순결은 중요한 미덕이자 혼수품이었으니까. 하지만 그녀는 금세 마음을 고쳐먹었다.

‘뭐, 완전히 틀린 소리도 아니잖아.’

현생에는 아니지만, 전생에는 꽤 오래 사귄 남자 친구도 있었다. 게다가 어차피 에리히도 처음일 리 없었다. 그렇다고 생각하니 더 짜증이 났다.

클레어는 그가 얼어붙어 있는 사이에 침실에 붙은 파우더룸을 열어 여자용 새 드레스 한 벌을 발견했다. 새 속옷과 함께 말이다.

“흠. 역시.”

준비성이 좋기도 하지. 귀족 상대는 클레어가 처음일지 몰라도, 여자가 없었을 리 없다. 고용인이 알아서 착, 새 옷을 갖다 놓을 정도로 말이다. 그것을 생각하니 조금 더 불쾌했다.

"역시?"

"아무것도 아니에요. 이거 제가 입어도 돼요?"

"……거기 있다는 건 입으라고 가져다 놓은 거겠지."

에리히가 뻣뻣한 목소리로 말했다. 클레어는 코웃음을 쳤다. 그가 얼마나 가볍게 여자를 만나든 그녀와는 상관없는 일이긴 했다. 어차피 서로 실수였으니.

연파랑색 드레스는 아주 고급품이었다. 무명인데도 매끄럽게 몸에 감기는 것이, 클레어의 파티 드레스 세 벌 값은 될 것 같았다.

자고 나가는 여자한테 다 이렇게 비싼 옷을 입혀 내보내는 건가? 아니면 옷 주인이 따로 있는 건가?

'흠…….'

아니, 약혼녀가 있는 것도 아니고 공개된 애인이 있는 것도 아닌데 자신이 신경 쓸 일은 아니지 않을까?

그때까지도 아무도 문을 두드리지 않았다. 몰래 나가라는 듯이 말이다.

그녀는 드레스를 입고, 옷태가 완벽하게 맞지 않는 것을 가리라는 듯이 준비된 펠레린까지 걸쳤다. 파우더룸에서 나오자 에리히가 가운을 걸치고 있었다.

"마차를 불렀으면 하는데, 아무나 입 무거운 하인을 불러 주세요."

클레어가 말했다. 에리히가 엉뚱한 말로 대답했다.

"아이라도 생기면 어쩔 거야?"

"고귀하신 공작가의 혈통이 한 방울이라도 델포드 남작가 따위에게 튈 것 같으면 꼭 연락드릴 테니 걱정하실 필요 없어요."

"꼭 그런 식으로 말해야 하나?"

"그러면 제가 감히 공작님께 연락을 드리지 말고 기다리면 될까요?"

"또 비비 꼬였지. 뭐가 불만이야? 책임진다고 했잖아."

에리히가 설렁줄을 당기며 말했다.

곧 백발이 성성한 집사가 들어오더니 공손한 자세로 대기했다. 클레어는 펠레린의 후드를 뒤집어썼다. 에리히가 말했다.

"냉정해지면 제정신이 돌아오겠지. 다시 연락할 테니까 기다려."

"그러실 필요 없어요. 전 제정신이 아니었는지 몰라도 공작님은 제정신이셨을 테니까."

클레어는 싸늘하게 말하고 할 수 있는 한 가장 우아한 동작으로 절을 했다.

+

여러 가지로 찜찜하기 이를 데 없었다. 그러나 이미 생긴 일을 어쩌겠는가.

'미쳤지. 두 번 다시 내가 술을 마시면 짐승이다, 짐승.'

이래 놓고 두 달쯤 지나면 슬그머니 다른 생각이 드는 것이 사람의 혓바닥과 위장이었지만, 지금의 결심으론 그랬다.

그녀는 마차에서 뛰어내려 뒤도 돌아보지 않고 델포드 남작저로 가는 골목으로 들어갔다.

델포드 남작가의 타운하우스는 손바닥만 한 정원 하나 없고, 옆집과 벽을 마주 대고 있는 작은 이층집이었다.

영지에서 멀고 먼 수도에 가주가 올 일은 거의 없었다. 모든 귀족의 의무에 따라 자녀들이 아카데미에 수학하는 동안에 쓰기 위해 장만한 것이다. 수도의 집값은 천정부지라 가난한 델포드 남작가로서는 이만한 것을 유지하고 있는 것만 해도 대단한 일이었다.

"주인님! 주인님! 어딜 갔다가 이제 오셨습니까?"

집사가 허둥지둥 뛰어나왔다.

클레어는 후드를 내리며 말했다.

"목욕물 좀 준비해 줘. 난 어제 별일 없었어."

클레어는 자신이 어제 말도 없이 외박해서 걱정한 것이리라고 생각하고 대수롭지 않게 대답했다. 옷까지 갈아입고 왔으니 말이다.

하지만 집사는 고개를 저었다. 아직 젊은 여주인이라지만, 그는 클레어를 염려해 본 적은 거의 없었다. 클레어를 아끼고 사랑하지 않아서가 아니라, 클레어는 어릴 때부터 주인이었지, 보살펴야 할 대상으로 여겨지지 않았기 때문이다.

"아닙니다. 제가 뭐라고 주인님을 걱정하겠습니까? 엘리사

아가씨께 무슨 일이 있는 것 같습니다."

"엘리사한테?"

클레어는 빠른 걸음으로 엘리사의 방이 있는 2층으로 향했다. 집사가 그녀의 뒤를 따르며 말했다.

"어제 새벽이 다 되어서야 들어오셨습니다. 혼자서요."

"뭐? 마사는?"

"마사 부인은 아침에야 왔습니다. 아가씨께서 부인을 따돌려 놓고 혼자 어딜 가셨던 모양입니다. 밤새 찾아다녔다더라고요."

"그래서?"

"아가씨께서 돌아오셨는데, 곧바로 침실로 들어가 문을 잠그고 나오지 않으십니다. 그, 울음소리 같은 것도 들리고……."

"뭐?"

몸이 말할 수 없이 찝찝했지만, 클레어는 곧바로 엘리사의 방으로 향했다. 귀를 기울이자 진짜로 문밖에서도 들릴 정도로 흐느끼는 소리가 났다.

쿵쿵.

클레어는 행여나 엘리사가 듣지 못할세라 문을 세게 두드렸다.

"엘, 나야. 언니야. 문 좀 열어 봐."

문 너머의 울음소리가 뚝 그쳤다.

걱정하던 것과 달리 엘리사는 부스스 다가와 문을 빼꼼 열었다. 먼지와 진흙 얼룩이 잔뜩 묻은 검은 망토를 머리끝까지 뒤집어쓴 채였다.

"언니."

"무슨 일이니, 엘?"

엘리사가 문을 아주 조금만 열고 클레어의 팔을 잡아당겼다. 문이 조금 열리면, 바깥으로부터 숨을 수 있기라도 한 듯이.

클레어가 들어오자 방문까지 잠그고 나서야 엘리사는 겨우 망토를 머리 아래로 내렸다. 방의 덧문도 모조리 닫고 커튼도 친 채였다. 거기에 더해서 엘리사는 제가 움직일 수 있는 가구는 모두 밀어다가 창문을 막아 놓은 상태였다.

"엘, 너……?"

클레어는 엘리사의 얼굴을 보고 경악했다. 희고 고운 얼굴에는 멍과 상처 자국이 가득했다. 팔에는 찢어진 상처가 있었고, 망가진 드레스 자락에는 피가 묻어 있었다. 이제 보니 진흙 얼룩이라고 생각했던 망토의 얼룩도 핏자국이었다.

"무슨 일이니?"

클레어는 심호흡을 세 번이나 하고 물었다.

어제는 엘리사를 비롯해 아카데미 졸업생들의 성인식 날이었다. 사교계에 데뷔한 날이었다. 클레어는 그 데뷔 파티에 참석하러 수도에 왔다.

어제 엘리사는 세상에서 제일 예뻤다.

클레어가 그녀를 그냥 두고 자리를 비운 것은, 엘리사가 밤에 기숙사에서 친구들과 함께 마지막 파티를 할 거라고 들었기 때문이다. 그런데 이게 무슨 일인가.

엘리사가 그녀의 팔을 잡고 매달렸다. 커다란 하늘색 눈동자에 눈물이 맺혀 있었다.

"언니, 언니, 어떡해? 나, 보면 안 되는 걸 봤어."

"무얼?"

"말할, 말할, 말할 수 없어."

엘리사가 세 번이나 숨을 삼키며 겨우 말했다. 그리고 바닥에 주저앉아서 호흡했다. 클레어는 그 앞에 웅크리고 앉아 그녀를 끌어안았다.

"괜찮아, 엘. 무슨 일인지 말해 봐. 언니가 해결해 줄게. 뭘 본 건데?"

"마, 말 못 해. 언니도 위험해져. 내가 봤다는 게 알려지면 모두 죽을 거야. 도망쳐야 해, 언니."

클레어는 손바닥으로 벌벌 떠는 엘리사의 눈물 젖은 뺨을 닦았다. 그리고 속삭이듯이 낮은 목소리로 물었다.

"네 남자 친구는?"

그렇게 물은 것은 짐작하고 있는 바가 있었기 때문이다.

엘리사에게서 기숙사 파티 이야기를 들었지만, 클레어는 그 말을 반만 믿었다. 실제로 여학생 기숙사에서 파티가 벌어지긴 했겠지만, 엘리사가 함께 시간을 보내고 싶은 사람은 친구들이 아니라 남자 친구였을 것이다.

엘리사에게 동갑내기 남자 친구가 있다는 것을 진즉부터 알고 있었다. 엘리사는 상대의 정체를 비밀로 숨겼지만, 있다는 것까지 비밀로 하진 않았다.

다른 집이라면 야단을 부리며 딸을 단속했겠지만, 클레어는 그러지 않았다. 엘리사는 스무 살이 다 되었다. 남자 친구가 생겨도 이상할 나이는 아니었다. 금지해도 소용없을 것이고, 오히려 숨기려다가 엇나갈 가능성이 더 컸다.

대신 클레어는 두 가지만 약속시켰다. 자신의 몸을 아낄 것, 무슨 일이 생기면 꼭 이야기하고 도움을 구할 것.

상대의 신분도 알아 두고 싶었지만, 엘리사는 믿을 만한 사람이라면서도 입을 꼭 다물었다.

'신분이 높은 분이야.'

언니 못 믿냐고 농담처럼 채근해도 그녀는 고개를 저었다. 자기들끼리 약속한 것이 있어서, 그게 어느 정도 현실적이 되고 나면 제일 먼저 말해 주겠노라고 했다.

스무 살짜리 약속을 진지하게 받아들인 것은 아니었다. 하지만 클레어는 엘리사가 그릇된 일을 하지 않으리라고 믿었다.

어제는 성인식 파티였고, 엘리사는 예쁘게 보이려고 온 힘을 다해 치장했다. 남자 친구가 함께 있었을 것이다.

하지만 클레어의 물음에 엘리사의 얼굴이 온통 눈물로 젖어 들었다. 무얼 떠올리는 건지, 겁에 질린 몸이 발작적으로 경련을 일으켰다.

"흑, 흐윽, 언니, 안 돼. 안 돼."

"언니가 너 추궁하려고 그러는 거 아니야. 정말로 뭔가……

심각한 문제를 목격한 거라면, 네 남자 친구도 도움이 되지 않겠니? 집안도 좋다면서."

"아, 안 돼."

"부모 허락 없이 교제한 것 때문에 그러는 거면 언니가 잘 말해 줄게."

"그이는, 그, 이는, 주, 죽었어……! 으흐으윽!"

엘리사가 클레어의 팔을 잡은 채 무너지듯이 울다가 마침내 까무러쳤다.

✦

달칵.

문이 열렸다. 안에서 들려오는 통곡 소리에 이제나저제나 초조하게 서성거리고 있던 집사가 얼른 돌아보았다.

"주인님, 아가씨는 무사하십니까?"

"잠들었어. 괜찮아. 어제 뭐 좀 놀란 일이 있었던 것 같은데."

클레어는 애써 태연하게 말했다.

"얼굴을 닦아 주고 싶으니까 뜨거운 물을 가져다줘."

"하녀에게 시키지요. 주인님의 목욕물도 준비해 두었습니다."

"목욕은 됐어. 마음이 바뀌었어. 갈아입을 옷만 좀 갖다줘. 그리고 짐을 싸."

"짐이요?"

"그래. 준비되는 대로 바로 델포드로 돌아가자."

"지금 바로, 말씀입니까?"

"그래. 다른 건 묻지 말고."

집사는 입을 꾹 다물고 고개를 끄덕였다.

클레어는 다시 방으로 들어갔다. 그녀는 가위로 엘리사의 드레스와 망토를 잘라 조각냈다.

"젠장."

수십 번이나 가위질을 하려니 손이 아팠다.

클레어는 잘게 자른 옷 조각을 자신이 입고 온 펠레린에 쌌다. 그러다가 깨달았다.

엘리사가 입고 있던 망토도 고급품이었다. 그녀가 입고 온, 클라우제너 공작가의 것만큼이나.

'남자 친구가 신분이 높다더니.'

그녀는 엘리사의 말을 믿었다. 어젯밤에 엘리사는 무언가 끔찍한 일을 봤고, 남자 친구가 그 자리에서 죽었을 것이다.

"빌어먹을 전근대 사회."

이 시대에 사람의 목숨은 생각 이상으로 파리 목숨이다.

귀족이라면 좀 낫긴 하지만, 권력자에게 대어 놓은 줄 하나 없는 시골 남작가 따위로는 안심할 수 없었다.

돌아가는 길에 일행을 모조리 살해하고 어디 늪에 처넣으면 누가 알겠는가. 치안이고 법률이고, 진짜 천상계의 귀족들에게는 아무런 상관도 없는 이야기였다.

'뭘 본 거니, 대체?'

그녀는 엘리사의 핏기 없는 얼굴을 따뜻한 물수건으로 닦아 주고, 손톱 사이에 말라붙은 얼룩도 꼼꼼히 닦았다.

그러는 사이에 준비가 끝났는지, 집사가 문을 두드렸다. 클레어는 일어서서 손수 문을 열어 주었다. 엘리사의 유모인 마사가 함께 와 있었다.

"세상에, 엘리사 아가씨……."

멍들고 상한 엘리사의 얼굴과 팔다리를 보고 마사가 손으로 입을 막았다.

"마사, 보면 알겠지만, 남한테 이야기할 수 없는 사연이 있어."

"네, 네!"

"상처가 나을 때까지 가능한 한 모든 시중을 마사가 직접 들어. 이 일이 밖에 알려져서는 안 돼. 알았지?"

"네. 아가씨의 명예에 해가 되는 일은 절대로 없을 거예요."

마사가 무슨 오해를 했는지는 알았지만, 클레어는 일부러 그렇게 알도록 내버려 두었다.

가는 길에 하녀에게도 살짝 말을 흘릴 것이다. 엘리사의 평판에 흠이 될지도 모르지만, 진짜로 그녀가 위험한 것을 보았다면, 차라리 그런 문제로 서둘러 수도를 떠났다고 여겨지는 쪽이 나았다.

간단한 여행 준비가 끝났다. 클레어는 옷 조각 꾸러미를 직접 들었다. 수도를 벗어나서 여관에 들르면, 조금씩 태울 작정이었다.

나이 든 집사가 이불로 싼 엘리사를 직접 업어 마차에 눕혔다. 클레어는 그 뒤를 따라 마차에 올랐다.

길이가 맞지 않는 드레스가 발에 걸렸다. 그녀는 그제야 자신이 아직도 에리히의 저택에서 입고 온 옷을 갈아입지 않았다는 것을 깨달았다.

잠깐 잡념이 끼어들었다. 하지만 그녀는 머리를 흔들어 그 생각을 털어 냈다. 이미 저지른 실수, 지나간 일을 생각하고 있을 때가 아니었다.

에리히 클라우제너는 그날따라 시간이 가지 않는다고 생각했다.

'그냥 붙들어 두는 게 맞았나?'

평소처럼 집사가 가져오는 오전 신문을 들고 티테이블에 앉았지만, 좀처럼 글자가 눈에 들어오지 않았다.

자신의 저택에 클레어가 오래 있어 봐야 좋을 일이 없다. 그는 규칙적인 생활을 하는 사람이었고, 사람들의 시선에 늘 노출되어 있었다. 거기에서 입씨름을 하고 있다 보면 알려지지 않을 수 없었다.

에리히 자신에게는 타격이 되지 않았다. 그러나 클레어에게는 감당하지 못할 추문이 될 것이다.

'내가 뭐 하러 걱정해.'

클레어라면 자기 일쯤은 보통 사람의 스무 배 이상으로 똑부러지게 해결할 텐데.

그녀가 무엇 때문에 화를 냈는지 그는 아직도 이해하지 못하고 있었다. 물론 순서가 어긋나기는 했다. 제대로 된 남자라면 절대로, 미혼의 숙녀에게 청혼하기 전에는 키스하지 않는 법이었다.

그러나 클레어도 좋아하지 않았나. 어젯밤에는 진짜 술에 만취해서 광란이라도 한 건가.

하긴, 클레어는 원래 그를 싫어했다. 에리히는 그녀가 무엇에 스위치가 눌려서 화를 내는지 이해하지 못하는 게 태반이었다.

화를 내면 냈지, 또 화가 날 때마다 과례하며 공작님이라고 부르는 것이 클레어의 나쁜 버릇이었다. 활활 불타는 듯한 눈동자를 하고서.

그럴 때마다 에리히는 그녀에게서 시선을 뗄 수 없었다.

그가 신문을 내려놓고 손으로 눈가를 덮었을 때, 문 열리는 소리가 들렸다.

"파벨, 소식을 갖고 왔나?"

"무슨 소식을 기다리고 있니, 에리히?"

"……어머니."

들어온 것은 클라우제너 공작 대부인 루이자였다.

계모였지만, 에리히는 딱히 그녀를 좋아하지도 싫어하지도 않았다. 부친이 재혼했을 때, 그는 일곱 살이었지만 이미 자신의 혈통과 권리, 의무에 대해 잘 이해하고 있었다.

그렇기에 모친의 정을 굳이 루이자에게서 찾으려 하지 않았고, 그렇다고 해서 거부하지도 않았다. 누군가가 공작 부인의 자리를 채워야 한다는 사실을 알고 있었기 때문이다.

루이자는 그에게 살가웠다. 에리히는 그만큼 그녀에게 정중하게 대했다. 받은 만큼은 돌려주어야 할 필요가 있는 것이다.

하지만 지금은 번거롭게 느껴졌다. 그렇다고 해서 어머니를 왜 들였느냐고 하인을 꾸짖을 수도 없었다.

에리히는 들리지 않게 혼자서만 작게 한숨을 내쉬고 자리에서 일어섰다.

"어쩐 일이십니까?"

"어쩐 일이냐니? 집에 있는데, 식당에 나오지 않아 궁금하게 여기던 참이란다. 나는 당연히 네가 아침 일찍 외출했을 줄 알았지."

탐색하는 듯한 시선이 에리히의 얼굴을 훑었지만, 그는 덤덤하게 그 눈빛을 흘려 넘겼다.

"일이 좀 있었습니다."

"서재가 아니라…… 침실에서 해야 할 일?"

"사생활입니다, 어머니."

"아니, 물론 이 어미도 이해를 해요. 너도 다 자란 남자니, 어미에게 말할 수 없는 사생활도 있겠지. ……파벨이 에델바이스에 진열되어 있던 드레스를 사 갔다고 들었는데, 네가 시켰니?"

"사생활이라고 말씀드리지 않았습니까?"

루이자가 움찔했다. 그러나 이대로 묻고 넘어가기에는, 그녀에게는 너무 중요한 일이었다.

"그러면, 그냥 애인이니? 결혼은 생각하지 않는?"

탁.

에리히가 찻잔을 테이블에 내려놓았다. 그것뿐인데, 루이자는 찔끔해서 저도 모르게 몸을 움츠리고 고개를 숙였다.

"사생활입니다. 뭔가 결정되면 말씀드리죠."

결혼은 가문 간의 결합이고, 상대를 결정하는 것은 부모의 일이다. 그러나 에리히는 태연자약하게 그렇게 말하고 자리에서 일어섰다.

이렇게 이야기하다 보니, 클레어와 결판을 내야겠다는 생각이 들었다. 이제 한나절 가까이 지났으니 그녀도 머리가 식었을 테고, 그의 제안이 얼마나 당연한 것인지도 이해할 것이다. 성격이 괄괄해서 그렇지, 똑똑한 여자니까.

그때였다.

"각하!"

비서관이 허락도 없이 문을 벌컥 열며 소리쳤다.

"무슨 일인가?"

에리히는 새파란 눈동자로 비서관을 노려보며 물었다. 비서관이 숨을 한 번 훅 들이켜고는 빠르게 말했다.

"황태자 전하께서 돌아가셨습니다."

"뭐?"

"조금 전에 모드랄 숲에서 시신이 발견되었습니다. 암살이었던 것 같습니다. 시종 둘이 함께 죽은 채 발견되었고, 호위기사는 행방불명인데 지금 찾는 중입니다."

에리히는 숨을 들이켰다.

"입궁하겠다."

"예."

비서관이 준비하기 위해 뛰어나갔다. 루이자는 에리히의 팔을 잡았다.

"괘, 괜찮겠니?"

"나중에 이야기하시죠."

에리히는 그녀의 손을 쓸어내리듯 치우고 서둘러 밖으로 향했다.

5년 후

마차가 수도의 성문을 넘었다.

그것만으로도 클레어는 피곤한 기분이 되어 눈을 감았다. 가능하다면 수도에 돌아오지 않았을 것이다.

한창 상승세를 타고 있는 상단의 일이 아무리 복잡해져도, 대리인이 중요한 결정을 하러 와 주십사 읍소해도, 홀몸이었다면 차라리 손해를 좀 보고 말지 이곳까지 오지는 않았을 것이다.

하지만 아이가 있으면 문제가 달랐다.

"이모! 이모!"

올해 네 살 하고 3개월이 된 엘리엇이 상념에 잠겨 있는 클레어를 소리쳐 불렀다.

클레어는 눈을 떴다. 엘리엇은 토실토실한 뺨을 흥분으로 발그레하게 물들이고 클레어의 무릎 위로 기어 올라왔다.

"하늘이 안 보여! 건물이 엄청 높아!"

"그래?"

클레어는 무덤덤하게 대답했다. 기껏해야 8, 9층짜리 건물인데 하늘이 안 보이긴 뭘. 그녀는 48층 아파트에서 살아 본 적 있는 몸이었다. 하지만 평생 델포드 같은 시골에서 살아온 아이에게는 충격적인 광경일 것이다.

백 년도 넘는 세월 동안 델포드에서 가장 높은 건물은 3층짜리 영주관이었다. 교회의 첨탑도 그것보다 낮았다. 새로 지어지는 상단 건물이 4층짜리였지만, 이제 겨우 3층을 올리기 시작했다.

마사가 엘리엇의 손을 잡았다.

"남작님은 피곤하세요, 도련님. 저한테 보여 주세요."

"쩌어기 구름이 건물 지붕에 가려져 있어!"

그게 세상에서 제일 신기한 일이라도 되는 양 엘리엇이 신나서 말했다. 클레어는 미소를 지었다.

5년 전, 수도에서 도망치고 나서 아홉 달 후에 엘리사는 아기를 낳았다.

임신한 것을 알았을 때에는 기가 찼다. 몸을 아끼라고 말하지 않았느냐고 클레어는 엘리사를 꾸짖었지만, 엘리사는 말갛게 웃으며 너무도 기쁜 일이라고 했다.

낳지 못하게 할 수는 없었다. 피임도 어려운 일이지만, 안전하게 중절하는 것도 쉽지 않은 세상이었다.

엘리사가 욕을 당했다고 생각한 고용인들은 그녀를 불면 깨질세라 염려하고 조심했다. 친족들은 어쩌다 그런 일을 겪어서 몸을 더럽혔느냐며, 결혼 시장에 나가지도 못할 거라고 엘리사를 폐품 취급했다.

하지만 엘리사는 그런 소문이며 말들에 하나도 흔들리지 않았다.

'사랑하는 사람의 아이인걸. 아주아주 귀한 아이야.'

'네 인생도 생각해야지.'

'내 인생은 그분을 만난 걸로 이미 끝났어. 끝장났다는 게 아니라 꽉 찼다는 뜻으로.'

그리고 그녀는 클레어에게 밝게 웃어 보였다.

'언니가 날 많이 도와줄 거지? 하나밖에 없는 조카니까 많이 예뻐해 줘야 해?'

그런데 클레어가 어떻게 아기를 사랑해 주지 않을 수 있었겠는가. 천사 같은 엘리사가 아기를 낳다 죽었을 때도, 아기를 책망한다거나 미워할 마음은 조금도 들지 않았다.

전생에는 조카가 없어서, 돌잼이 아기 사진 백 장을 보라고 강요하는 친구를 보고 어이가 없었는데, 그 마음이 이해가 되었다. 제 자식은 아니었지만 정말 예뻤다.

클레어가 고슴도치라서가 아니라 엘리엇은 실제로도 맑은 금발에 보석 같은 푸른 눈동자를 가진 예쁜 아기였다. 뭐, 엄마가 워낙 예뻤다.

그녀는 어차피 결혼할 마음이 없었기에 엘리엇을 후계자로 삼을 작정이었다. 그러려면 가계도에 입적을 해야 했기에 수도로 온 것이다.

하지만 양자를 들이는 절차는 상당히 복잡했다. 특히나 작위 계승자에게는 더 그랬다. 귀족의 혈통을 보호하고 배우자의 권리를 지켜야 하기 때문이기도 하지만, 배우자의 출신 가문 가계도에도 영향이 가는 일이었기 때문이다.

그러니 그 문제를 처리하기 위해서는 수도로 오는 수밖에 없었다.

'어차피 엘리엇도 언젠가는 아카데미에 와야 하니까, 영원히 피할 수만은 없는 일이지.'

로멜-아렌 제국의 모든 귀족은 열여섯 살이 되면 수도 로텐부르크의 아카데미에 입학해야 할 의무가 있다. 그러려면 열 살이 되기 전에 반드시 수도의 귀족원 명부에 이름을 올려야 했다.

괜찮을 것이다.

5년이나 지났다. 황태자 시해 사건의 여파는 이미 사라졌으리라.

그때 여정을 서두르느라 수도를 떠난 지 보름 가까이 되어서야 클레어는 그 소식을 들었다. 엘리사는 끝끝내 아무 말도 하지 않았고, 클레어도 자신이 짐작한 것을 말하지 않았다.

5년 동안 추적은 없었다. 목격자가 있다는 것은 알아도, 누구인지는 몰랐던 것 같다.

'황후도, 2황자도 이제는 잊고 있겠지.'

5년은 짧지 않은 시간이다. 이미 쓰러뜨린 정적의 꼬리를 끝없이 찾고 있지는 않을 것이다.

게다가 실행범은 당시에 이미 시체로 발견되었다고 들었다. 그것으로 사건은 종결되었고, 델포드와 연관시킬 만한 어떤 연결 고리도 없었다.

"마사! 저거 봐 봐, 구름을 팔고 있어!"

엘리엇의 엉덩이가 하늘을 날아다닐 지경이었다. 클레어는 미소를 지었다.

로텐부르크는 세계에서 가장 큰 도시다. 아이에게는 좋은 경험이 될 것이다.

마차는 오래지 않아 이넨호프 호텔 앞에 멈춰 섰다. 10층 높이에, 증기 기관으로 움직이는 최신식 엘리베이터까지 설치되어 있는 고급 호텔이었다.

문 앞에 나와 대기하던 호텔 지배인이 마차 문을 열었다.

"이얏!"

"도련님!"

엘리엇이 다짜고짜 뛰쳐나가려다가 지배인과 부딪쳤다. 마사가 당황해서 얼른 엘리엇을 잡았다. 클레어는 차분한 목소리로 말했다.

"엘리엇, 사람한테 부딪쳤으면 뭐라고 해야 하지?"

"앗! 아, 응……. 죄송합니다."

엘리엇이 배꼽에 손을 올리고 무릎까지 구부리며 사과 인사를 했다. 지배인이 당황하며 마주 엘리엇에게 고개를 숙였다.

"아닙니다, 도련님. 귀하신 도련님께서 이런 일로 고개를 숙이시면……."

"그냥 사과를 받아 주세요. 어릴 때라도 겸손을 배워야죠."

"송구스럽습니다. 말씀 낮추십시오, 남작님."

"난 이게 편해요. 지배인은 우리 집안 사람도 아닌데."

그 말이 더 송구한 듯 지배인이 고개를 더 숙였다. 엘리엇은 그래서 용서를 받은 건지 아닌지 몰라 알쏭달쏭한 얼굴을 했다.

지배인과 함께 입구에서 기다리고 있던 위빙 상단주 로저 카슨이 웃음 섞인 목소리로 말했다.

"말씀만 예의 바르게 하시지, 그렇다고 진짜로 온화한 분도 아닙니다. 만만하게 생각했다간 큰일 나실 겁니다."

"제가 어찌 감히."

지배인이 고개를 숙였다.

"먼저 보내신 짐을 최상층에 올려 두었습니다. 먼 길 오시느라 피곤하셨을 텐데, 목욕물도 준비해 두었습니다."

"고마워요."

클레어는 평온하게 대답하고, 마사에게 엘리엇을 데리고 먼저 올라가라고 말했다. 엘리엇은 간식도 먹고 낮잠도 자야 할 시간이었다. 지금은 흥분해서 눈을 빛내고 있지만, 침대에 눕히면 잠들어 버릴 게 틀림없었다.

그러고 나서 그녀는 로저를 돌아보았다. 로저가 서글서글한 얼굴에 할 수 있는 한 한껏 매력적인 미소를 담고 클레어의 손등에 키스했다.

"오랜만에 뵙습니다, 남작님."

"뭔가 급한 용건이라도 있어?"

"용건이 없으면 인사드리러 오면 안 됩니까?"

"귀찮잖아."

로저의 입가에 걸려 있던 유혹적인 미소가 풋, 하는 웃음으로 바뀌었다.

하긴, 이런 것이 통하는 상대였으면 지난 4년 동안 고심하지도 않았을 것이다. 대신에 그는 반짝거리는 녹색 눈동자에 웃음을 가득 담고 말했다.

"상단 지분 51%를 가지고 있는 동업자 귀족님 겸 최대 거래처에게 인사도 하러 오지 않으면, 제가 상인 자격이 없죠."

"그건 그러네."

클레어가 빙긋 웃었다. 로저는 그녀의 손을 잡아 에스코트했다.

"남작님은 저희 상단의 귀인이시니까요."

직물을 다루는 위빙 상단은 4년 전에 극적인 변화를 겪었다.

그 전까지 위빙 상단이 다루는 문직물은 대부분 수공업 공장에서 만들어진 것이었다. 동력으로 움직이는 방직기가 개발되긴 했으나 아직 직물에 문양을 넣어 짜는 것은 장인이 손으로 해야 하는 일이었다. 자연히 편차가 있었다.

하지만 클레어의 대리인이 가져온 것은 한 치의 차이도 없이 완벽하게 동일한 품질을 유지하는 문직물이었다. 숙련된 장인이 만든 것만은 못했으나, 어중간한 자가 만드는 것보다는 나았다. 무엇보다도 불량이 적었다.

로저는 만사를 제쳐 놓고 델포드로 달려갔었다. 그리고 그는 거기에서 단 한 사람의 직공이 섬세한 문양을 넣어 가며 직물을 짜 낼 수 있도록 많은 부분을 자동화한 방직기를 보았다.

이건 놓칠 수 없었다. 그러나 계약서를 내미는 로저에게 클레어는 말했다.

'나는 자네 상단에 이 직물을 도매로 넘길 생각이 없어.'

'그러면 어떻게 하길 원하십니까?'

'투자를 하지. 대신 지분을 주게.'

클레어는 거의 최종 단계 유통에까지 관여하기를 원했다. 그리고 그녀가 제안한 가격은 로저가 생각한 것의 절반 정도밖에 되지 않았다.

'어차피 큰돈을 낼 만한 귀족이나 부자는 이런 것보다는 장인이 손수 짜 낸 최고급품을 찾지 않겠나?'

'그 말씀은 옳습니다만, 이것의 품질도 나쁘지 않습니다. 문직물은 원래 비싼 물건입니다. 굳이 여기까지 가격을 낮출 이유가 없습니다.'

품질이 균일하고, 물량이 압도적이다. 아주 약간만 저렴하게 해도 비슷한 중급품 문직물 시장을 장악할 수 있었다.

그러나 클레어는 웃으면서 말했다.

'기존 시장을 장악해서 벌 수 있는 돈이 새로운 시장을 만드는 것보다 많진 않겠지.'

'그 말씀은……?'

'살 수 있는 가격이기만 하면, 평민들도 문직물로 옷을 해 입고 커튼을 만들 거야. 나는 평민을 대상으로 하는 문직물 시장을 만들 생각이네. 기계는 계속해서 발주하고 있어. 올해 안에 문직물 직조기만 3백여 대를 추가하게 될 거야. 방적기 1백 대를 넣을 수 있는 건물을 짓고 있고, 계약도 이미 마쳤네.'

로저로서는 상상도 할 수 없는 규모였다. 그만하면, 이 시대에는 대규모 공단이라고 해도 과언이 아니었다.

그는 스스로 대담하다고 자부했으나, 그렇게 큰돈을 확실하지 않은 시장에 한꺼번에 밀어 넣을 용기는 없었다. 하물며 시장을 만들겠다니.

'직공은 어떻게 하실 생각입니까? 고용하려면 임금도 엄청날 테지만, 한꺼번에 그 직조기를 다 돌릴 수 있는 숫자를 데려올 수도 없을 겁니다.'

'괜찮아. 내 직조기는 숙련공을 필요로 하지 않는다네. 집에서 베틀을 돌려 본 적만 있어도 충분히 다룰 수 있지. 문양 샘플을 만들 장인도 확보했네. 나머지 방직 길드의 숙련공들은 모두 시간을 충분히 들여서 최고급품을 만드는 쪽으로 가게 될 거야.'

그리고 델포드 영지가 있는 남방 아렌은 원래 목화솜의 산지였다. 이곳에 오는 동안 로저는 끝도 없이 펼쳐진 목화밭을 이미 보았다. 게다가 방적업으로 꽤 유명한 도시가 가까이에 있었다.

클레어는 미소를 지었다.

'주변 영지에 목화를 심으라고 설득하는 데에 꽤 심력을 들였지. 실패해도 무조건 사들여야 하니, 사실 전부 내 빚이야.'

'이곳에는 기차역이 있지요. 그것을 만들 때부터 생각하신 겁니까?'

'글쎄. 기차역 부지를 선정한 건 내가 열 살도 되기 전의 일이야. 사업 계획 같은 게 있었을 리가. 그렇지만 역세권은 못 참지.'

로저는 클레어가 말한 마지막 문장을 이렇게 이해했다.

'돈은 교통을 따라 흐르는 법이지. 철도 수송의 영향력을 확

보해야 한다는 것을 열 살도 되기 전에 깨달으신 건가.'

돈과 시장에 관한 통찰력이 압도적이라는 것은 원래부터 알고 있었지만, 정말로 놀라웠다. 그 정도 되니 확신을 가지고 델포드 남작가의 가산을 몽땅 털어 넣었구나 싶었다.

어쨌거나 그 이래 사업은 승승장구했다.

처음에는 제법 부유한 수도의 도시민을 대상으로 시작했으나 금세 고객이 늘어났다. 평민들도 평상복은 무늬 없고 질긴 옷감으로 해 입었지만, 특별한 날 입을 옷은 무늬가 들어간 화려한 옷감을 원했다.

예전에 문직물은 결혼 예복에나 쓸 수 있는 사치품이었다. 그러나 위빙 상단에서 문직물을 풀기 시작한 이후로 주일에 문직물로 지은 재킷이나 드레스를 입고 교회에 가는 이들이 종종 보였다.

클레어는 비교적 수수한 것과 더 화려한 것도 만들었다. 비슷하지만 질감이 다른 흰 실을 이용하여 짜 낸 직물은 무늬가 눈에 띄지 않으면서도 존재하는 것을 느낄 수 있어, 부자와 귀족들 중에서도 셔츠로 만들어 입는 자들이 생겼다.

화려한 것은 숄이나 스카프로 쓰였다. 두껍게 짜 내어 집을 장식하는 태피스트리가 되기도 했다. 평민의 집에 태피스트리라니. 예전엔 상상도 할 수 없는 일이었다.

'얇으니까 방한용은 못 되지만, 간단하게 집을 장식할 수 있다면 누구라도 하고 싶어 할걸.'

클레어는 그렇게 말했다.

그녀의 말처럼 수요는 무제한이었다. 첫 2년 동안은 수익 대부분을 재투자해야만 했다. 그리고 그다음 해부터는 재투자한 것 이상의 수익을 쓸어 담았다.

위빙 상단은 작은 직물상에 물량을 공급함과 동시에 직영점을 계속해서 열었다. 그리고 직영점을 통해 문직물의 새로운 사용법을 제시했다.

도매도, 소매도 불타는 듯한 성업이었다.

거기에 더해서 클레어는 위빙 상단의 기존 거래처에서 장인을 흡수하여 최고급 직물 시장에도 뛰어들었다. 로저는 잠잘 시간도 없었다.

당연히 문직물 직조기를 베껴 간 자들이 있었다. 그러나 그들이 공급하는 방식은 언제나 위빙 상단을 뒤따라가는 것일 수밖에 없었다.

'직공을 빼돌려. 어차피 저쪽에서 이 가격에 맞추려면 말도 안 되는 착취를 하고 있겠지.'

'언제까지고 그렇게 대응할 수는 없습니다. 이윤을 남기려면 지금도 직공의 임금을 낮춰야 합니다.'

'지금 공장을 못 늘리는 건 사람이 모자라서야. 어차피 문직물은 아주 조금 더 비싸더라도 아름다운 것을 사게 되어 있어. 승부는 장인들에게서 나는 거야.'

클레어는 기계에 투자하는 것만큼이나 장인과 화가들에게 투자했다. 그리고 작년부터는 아예 막대한 자금력으로 새로 생기는 직물 공장을 사들였다.

그렇게 해서 클레어와 손잡은 지 4년이 지난 지금, 위빙 상단은 문직물 시장을 거의 독점하고 있었다. 로저로서는 도저히 클레어를 놓칠 수 없었다.

클레어가 미소를 지었다.

"일만 잘하면 됐지, 아부할 필요 없어. 지금까지 투자해 놓은 게 얼마인데? 동업을 때려치우려고 해도, 그랬다간 시장 지배력을 잃는다니까."

"이런, 오해를 하고 계시는군요. 저는 아부를 하고 있는 게 아니라 남작님을 좋아하는 거고, 그건 남작님의 탁월한 식견과 혜안 때문이지요."

"이게 바로 아부지."

클레어는 피식 웃었다. 로저가 어떻게 생각하는지는 알지만, 진짜로 식견이나 혜안 따위가 아니다. 미친 자본주의 세상에서 갈리다 왔으니까 어떻게 해야 할지 알고 있을 뿐이었다.

로저가 물었다.

"그런데, 정말로 셔우드 씨와 결혼하실 겁니까?"

"그래."

"차라리 저로 하시죠. 어차피 평민 남편이 필요하신 것뿐이라면."

클레어는 걸음을 멈추었다. 그리고 로저를 빤히 올려다보았다.

로저가 남몰래 숨을 들이켰다. 그녀의 눈동자는 대체로 게으른 호박색이었는데, 가끔 이렇게 사람을 꿰뚫어 태울 듯이 강렬한 태양빛으로 보일 때가 있었다.

그게 남자의 마음을 어떻게 만드는지 자신은 모르는 모양이었다.

그는 애써 태연하게 말했다.

"엘리엇 도련님을 입적하기 위해서 형식이 필요한 것뿐이잖습니까? 그럴 거면 저처럼 남작님에게 남편이 필요 없다는 것을 아는 남자가 낫죠."

"앉으면 눕고 싶다더니, 돈을 버니까 귀족이 되고 싶은가 봐?"

"결혼 동맹도 되고요."

"동맹은 무슨."

클레어가 문득 엘리베이터가 멈췄다는 것을 깨닫고 말을 멈췄다. 이야기하는 사이에 최상층에 도착한 것이다.

로저의 짧은 독점 시간은 끝났다. 클레어의 시선이 엘리베이터 문 한쪽 구석으로 옮겨 갔다.

"종 같은 걸 하나 달면 좋겠는데. 도착했다는 소리가 나게."

"그러면 편리하긴 하겠습니다만."

"기술적으로 불가능할까? 바깥쪽 문에 달아 놓는 건 어때? 엘리베이터가 올라오면 줄이나 지레를 건드리게끔 해서."

"남작님은 발명가가 되셨어야 했습니다."

"그냥 그러면 편하겠다고 말하는 거잖아."

"귀족 나리라면 보통 사람을 쓰겠죠."
"음. 그건 그러네."
클레어가 잠깐 생각해 보고 대답했다. 하긴, 본 적은 없지만, 클라우제너 공작가에 엘리베이터를 설치한다면 층마다 사람을 세워 놓고 도착하면 열어 줄 것이다.
그녀는 고개를 저어 잡생각을 털어 냈다. 귀족 나리의 표준을 에리히 클라우제너에 놓는 것은 맞지 않았다. 그는 로멜 귀족의 이데아를 구현해 놓은 것 같은 사람이니까. 이데아는 절대 평균이 아니다.
밖에서 문이 열렸다. 한 층 전체가 스위트룸이었기에, 내리자마자 바로 거실이었다.
조금 일찍 도착하여 먼저 짐을 들고 올라와 있던 집사가 클레어에게 정중히 고개를 숙여 인사하고, 그 너머로 로저를 쏘아보았다.
"……휘유우."
소중한 아가씨에게 치근대는 놈팡이 취급을 받은 로저가 휘파람을 불었다. 클레어는 아가씨가 아니라 주인님이지만, 어릴 때부터 그녀를 보살폈다는 집사에게는 별반 다르지 않을 것이다. 자신이 치근대는 놈팡이처럼 보이리라는 것도 부정할 수 없었다.
'그 정도로만 취급하시니까 그렇지.'
클레어는 돈을 벌자 귀족이 되고 싶어진 거냐고 물었지만, 그는 언감생심 델포드 남작 부군까지 넘보고 있는 건 아니었다.

정부 정도도 괜찮은데 말이다. 애인이면 더 좋고. 물론 어느 쪽이든 고지식한 집사로서는 용납 못 할 일일 게 틀림없다.

클레어가 엘리베이터에서 내리면서 물었다.

"엘리엇이랑 마사는? 먼저 올라왔어?"

"도련님께서는 잠드셨습니다."

"야단을 부리더라니, 그럴 줄 알았지."

클레어가 헛웃음을 머금었다. 로저는 그녀의 뒤를 따라 내리려 했지만, 그 전에 집사가 가로막았다.

"주인님을 에스코트해 주셔서 감사합니다."

"아, 예……."

로저는 떨떠름한 마음을 숨겼다. 델포드 남작가에서 집사의 실권은 꽤나 높았다. 밉보이면 큰일이었다.

클레어가 깔깔 웃었다.

"아무튼 나도 쉬어야 해. 오늘은 돌아가, 로저. 상단 이야기는 나중에 하자고."

그는 어쩔 수 없이 엘리베이터에 도로 올랐다. 집사가 엘리베이터의 바깥문을 닫았다.

문이 닫히기 직전에 로저는 거실 저쪽 문이 열리고 그레이셔우드가 들어오는 것을 보았다. 클레어의 남편감으로 결정된 놈이었다.

"이……!"

그놈에겐 질 수 없다고 생각했지만, 엘리베이터 문은 이미 닫힌 뒤였다.

“이번 달에도 대부인께서 150만 골드 이상을 피복비로 지출하셨습니다.”

“도가 지나치십니다.”

출납을 관리하는 총관의 말에 이어 재정관리자 빌헬름이 비난을 숨기지 않는 목소리로 말했다. 에리히는 번거롭다고 생각했다.

“귀부인이 품위 유지비를 쓰는 데 일일이 남자가 입 댈 일 아니니 내버려 두라고 하지 않았나.”

“하지만 벌써 9개월째입니다! 이미 1천만 골드를 넘어서 2천만에 다가갑니다!”

이 정도면 어지간한 중간 규모 상단의 연매출이나 다름없었다. 귀족이라도 함부로 쓸 수 없는 거액이다. 남방 아렌에서라면 작은 규모의 영지를 작위와 함께 통째로 사들일 수도 있을 터였다.

그러나 에리히는 억양 없이 물었다.

“그래서 어머니가 쓰시는 액수가 가산에 타격이 될 정도인가?”

“그렇……지는 않습니다만.”

총관이 머뭇거렸다.

클라우제너 공작가는 부유했다. 단순히 가용 재산만으로 따진다면, 이미 황실을 넘어선 지 오래였다.

북방에 있는 공작령은 광대하다. 한때는 쓸모없는 황무지를 떠안고 있다고 여겨졌으나, 산업이 발달하면서 보물 상자가 묻힌 땅이 되었다.

제국 최대 규모의 석탄 광산이 공작령에 있었다. 구리와 납, 초석 광산의 중요성도 전과 전혀 달라졌다. 오래전부터 클라우제너 공작가의 힘을 뒷받침해 온 거대한 철광도 한때 매장량이 바닥났다고 여겨졌었지만, 기술이 발달하면서 채굴량이 크게 늘고 품질까지 상승했다.

금은광은 물론, 희귀한 보석이 산출되는 광산이나 수도에 가지고 있는 부동산도 적지 않았으나, 이에 비하면 적은 재산이라고 할 수 있다.

지금도 기술자들은 새로 발견되는 광물을 연구하고 있었다. 막대한 자원에 힘입어 클라우제너 공작령은 제국에서 가장 빠르게 공업이 발달하고 있는 지역이었다.

그 사실을 가장 잘 알고 있는 것이 빌헬름이었다. 그는 입을 벌렸다가 닫았다.

“그렇지는, 않습니다만.”

“그러면 그냥 둬.”

“대부인께서 정말로 1백만 골드짜리 드레스를 해 입거나 그 돈으로 보석을 사들이신다면, 저도 이런 말씀을 드리지는 않았을 겁니다. 하지만 대부인께서는 그 돈으로 직물을 사서 친정인 벨프 후작가의 상단을 통해 되팔고 계십니다.”

“그럴 거라 생각했네.”

“조치를 취하지 않으실 겁니까? 이 이상 벨프 후작가를 돕지 않겠다고 말씀하셨잖습니까?”

에리히는 들릴락 말락, 남들이 알아채지 못하게 한숨을 내쉬었다. 정말로 번거로웠다.

벨프 후작가가 직물 사업에 뛰어들었다가 망한 것이 작년 일이었다. 원래부터 재정이 탄탄하지 못한 가문이었다. 벌써 오래전에 영지의 절반을 팔아넘겼다. 그렇다고 지금 가문의 직계들이 상업에 탁월한 감각이 있는 것도 아니다.

에리히의 생각에, 영지를 팔아넘길 정도로 사업에 재주가 없다면 아무것도 하지 않는 것이 답이었다. 북방의 목장은 지금도 성업이었으니, 그냥 두어도 지대는 계속해서 나올 것이다.

그러나 그릇에 비해 욕심이 많은 자들은 그것으로 만족하지 못했다. 근래에 거부가 되는 평민이 많으니 그런 모양이었다.

벨프 후작은 대리인을 시켜 직물 사업에 뛰어들었다. 그리고 6개월 만에 위기에 처했다.

루이자가 읍소해서 그는 자금을 융통해 주었다. 5천만 골드에 달하는 거금이었다. 돌려받지 못할 줄 알았으나 인척으로서 도리를 다하지 않을 수 없었다.

그리고 그것으로 깨끗하게 끊었다.

벨프 후작가는 그걸 에리히의 투자금이라고 생각했는지, 자꾸만 사업에 관한 이야기를 가져왔다. 주로 경쟁 상단을 고꾸라뜨리기 위해 힘을 써 달라는 내용이었다. 에리히는 벨프 후작가의 편지를 모두 비서에게 답하도록 시켰다.

그 뒤로 굳이 챙겨 확인하지는 않았지만, 후작가의 상태가 좋지 않으리라는 것은 명백했다.

"각하."

빌헬름이 그를 재촉하듯 불렀다. 에리히가 결론을 내렸다.

"그것까지는 어쩔 수 없는 일이지. 어머니가 갖고 계신 보석을 팔아 친정을 돕는다고 해도 나는 달리 할 말이 없으니까."

빌헬름이 씁쓸한 얼굴을 했다. 벨프 후작가는 지원을 해 줄 만한 가치도 없는 곳이었지만, 차라리 돈을 퍼다 주는 게 낫지, 이건 낭비였다. 지금은 저쪽 상단 물건을 비싸게 사다가 싸게 팔고 있으니까 말이다. 돈이 애꿎은 곳으로 흘러갔다.

"저쪽 상단에도 공정하지 못한 일입니다. 각하의 돈으로 싸게 물건을 풀고 있으니까요. 공작령에 입점한 소매점을 강제로 인수하려다가 소송에 걸린 일도 있습니다."

"어머니가 사들이고 있는 게 위빙 상단의 물건인가?"

"예? 아, 예."

에리히가 직물상의 이름까지 알 줄 몰랐기 때문에 빌헬름은 깜짝 놀라 그를 쳐다보았다. 그가 냉랭한 얼굴로 말했다.

"그것도 내버려 둬. 어차피 벨프 후작가가 호되게 당할 텐데."

"예?"

"어머니가 옷이나 보석값으로 쓰셔도 되는 돈에는 더 이상 상관하지 마. 내실의 일이다."

에리히는 그런 문제로 루이자와 굳이 실랑이하고 싶지 않았다. 클라우제너 공작가의 내실을 차지하고 앉은 사람이라면 그 정도는 써도 되었다.

주인이 그렇게 말하니 빌헬름은 어쩔 수 없었다. 지붕 위에서 돈을 태워 뿌리는 것 같은 낭비였으나, 실제로 클라우제너 공작가의 재정에 타격이 될 정도는 아니었다.

"알겠습니다."

이제 그만 가 보라고 에리히가 고갯짓했다. 빌헬름과 총관은 일어서서 정중하게 그에게 절하고 물러갔다.

"후……."

에리히는 한숨을 내쉬며 손으로 눈가를 덮었다.

'싸움을 걸 사람한테 걸어야지.'

에리히는 위빙 상단의 진짜 주인이 누구인지 잘 알고 있었다. 그래서 더 관여하기 싫은 것이기도 했다.

빌헬름의 말마따나 공정하지 못한 일이었다. 다른 사람이 상대였다면, 이렇게 질서를 어지럽히는 일에 돈을 댄 셈이 되어 미안하다고 사과 편지라도 보냈을 것이다.

'잊어버렸어야 하는데.'

눈에 안 띄어야 잊지.

하지만 알고 있었다. 클레어가 자기 입으로는 남방 아렌의 일개 남작이 어쩌고 해도, 결국 주머니 속의 송곳처럼 어디에선가 튀어나오리라는 것을.

그게 기계를 이용한 직물 사업일 거라고는 생각지 못했지만 말이다. 공업을 천시하는 경향이 있는 아렌 귀족치고는 특이한 일이었다.

그것도 클레어다웠다. 누구도 하지 못하는 방식으로 생각하고, 태연자약하게 저지르고, 배포 좋게 올인한다.

'하긴, 돈 좋아했었지.'

자신은 금수저와 다르다 어쩌고 하며 에리히를 미워했었다. 아기 때 처음으로 선물 받은 수저는 금이 아니라 은으로 만든 것이었다고 말하자 어처구니없다는 얼굴로 그를 쳐다봤었다. 그래서 도리어 에리히야말로 어이가 없었다. 그녀도 은수저 정도는 갖고 있을 터였다.

그렇게 싫다는 여자를 강제로 찾아갈 작정은 없었다.

5년 전 그날, 황태자 시해 사건이 터져 입궁할 때에 곧바로 클레어에게 편지를 썼었다.

원래는 저녁에 방문하려 했지만, 그러지 못할 사정이 생겼으니 내일 가겠다고. 정세가 어지러워질 것 같으니 며칠만 조용히 집에 있으라고.

하지만 그 편지는 닿지 않았다. 심부름꾼은 델포드 남작가가 이미 영지로 돌아갔다더라고 전했다. 한나절 사이에 짐을 싹 챙겨서 빠져나가고, 멋모르는 하인들만 남아 있었다고.

그게 에리히 자신에게서 도망간 것이 아닐 가능성은 몇 프로나 될까?

어찌 보면 현명하긴 했다. 에리히는 원래 그날 저녁에 제대로 청혼할 작정이었다. 파벨을 시켜 보석상도 불러 두었다.

일단 청혼을 받고 나면 소문이 났을 것이다. 그건 에리히도 부정하지 않았다. 그러니 시끄러워지기 전에 도망친 게 틀림없었다.

그렇게까지 싫었을 거라고는 생각지 못했다. 싫었다면, 그 날 밤에는 왜 기꺼이 자신의 품에 안겼을까?

'역시 이해가 안 가는군.'

그렇게까지 싫다는 여자를 쫓아가 잡는 것도 못 할 노릇이었다. 강제하는 것이 불가능하지는 않겠지만, 그렇게 된 후의 미래는 불 보듯 뻔했다.

하지만 에리히는 아직도 불타는 듯한 그녀의 눈동자를 선명하게 떠올릴 수 있었다. 녹아내릴 것처럼 보드라웠던 입술도.

"멍청한."

그는 혼잣말로 중얼거리며 몸을 일으켰다. 생각해 봤자 소용없는 일이었다.

어쨌든 루이자에게 한마디쯤 해 두는 게 좋겠다. 빌헬름이 공작가 안주인의 씀씀이에 대해서 잔소리하게 놔둘 생각은 없지만, 그래도 그녀는 자신이 쓰는 돈이 어디로 가는지 에리히가 알고 있다는 사실을 알아야 했다.

그가 서재에서 나왔을 때였다. 파벨이 뒤뚱뒤뚱 달려왔다. 얼마나 뛰었는지, 얼굴이 시뻘겠다.

"공작님! 공작님!"

"뭔가?"

"큰일입니다! 큰일!"

"진정해. 무슨 일인가?"

"그게, 그, 허억!"

파벨이 숨을 몰아쉬었다. 에리히는 그가 시뻘건 낯빛에서 시퍼런 낯빛이 될 때까지 기다렸다.

"그, 그분이 돌아오셨습니다! 호텔 앞에서 우연히 뵈었는데요!"

"그분이라니?"

"그분, 그분 말씀입니다! 제가 드레스를 사다 드렸던."

파벨이 목소리를 낮추어 속닥거렸다. 에리히는 눈살을 찌푸렸다. 생각하고 싶지 않은 이름이 또 나왔지만, 그는 덤덤하게 대꾸했다.

"그런가. 그게 뭐."

클레어가 수도에 오는 건 이상할 게 없는 일이었다. 오히려 지난 5년 동안 발 붙이지 않은 쪽이 놀라웠지.

하지만 파벨은 무례한 행동이라는 것도 잊고 에리히의 팔을 잡아끌어 내렸다. 그냥 말하기에는 너무 심각한 문제였다.

"그분, 아이가 있습니다."

"뭐?"

"네 살쯤 되는, 황금 실타래 같은 머리칼을 가진 아주 귀여운 도련님입니다."

에리히의 얼굴이 굳어졌다.

아니, 놀랄 것은 없었다.

위빙 상단이 하도 요즘 유명세를 타서 동향을 알고 있는 것이지, 클레어의 근황을 따로 알아본 적은 없었다. 결혼을 해서 아이를 낳았다면 충분히 네 살이 될 만했다. 그것도 속이 뒤집어지긴 마찬가지였지만.

파벨이 목소리를 더 낮춰서 속삭였다.

"제가 그래서 호텔 직원을 쑤셔서 알아봤는데, 아직 부군이 없으시답니다."

에리히가 얼어붙었다.

내 아이가 분명해

검토해야 할 서류 열두 장이 앞에 놓였다.

클레어는 미묘한 기분이 되어 자신 앞에 서류를 내려놓은 그레이 셔우드를 올려다보았다.

그는 델포드 남작가의 법률 고문이었다. 그리고 전에는 델포드 남작가의 후원을 받는 장학생이었고, 더 어릴 때에는 클레어의 심부름꾼 겸 놀이 상대였다.

클레어에게는 그렇게 기억이 생생한 일은 아니다. 그레이가 그녀 옆에 있었던 것은 일곱 살 이전의 일이다. 전생의 기억을 되찾기 전의 일은 원래도 좀 어렴풋했던 데다가 그레이가 오랫동안 옆에 있었던 것도 아니었다.

그는 클레어가 글자를 배우기 시작했던무렵에 어깨너머로 글과 셈을 배우고, 책을 몰래 훔쳐 읽다가 가정교사에게 걸렸다고 했다.

심부름꾼으로 데려온 소작농의 아이가 아주 명민하다는 것을 알게 된 클레어의 아버지는 아이를 교육시켜 보기로 했다. 똑똑한 평민 아이를 가르쳐 가신으로 키우는 것은 원래 흔한 일이었고, 철도가 생기면서 수도에 장학생을 두는 것도 흔한 일이 되었기 때문에, 그레이는 그 수혜를 보았다.

그는 제국 대학을 수석으로 졸업했다. 클레어는 부모님에게 그를 영지로 불러들이지 말라고 권했다.

'지금은 무슨 일이든 다 수도에서 벌어지잖아요. 우리 영지에 우수한 법률가를 데려와서 뭐 하겠어요? 오히려 시대에 뒤떨어져서 쓸모없는 사람이 되겠죠. 아버지 편지를 대필할 사람은 그보다 서른 배쯤 못해도 상관없잖아요.'

클레어는 정색하고 말했다.

'수도에서 자유롭게 출세하게 놔두세요. 설마 부모님 은혜를 잊겠어요? 그리고 그가 성공하면 할수록 델포드 남작령의 이름도 높아질 텐데요.'

뛰어난 법률가는 누구나 탐내는 존재였다. 산업이 발달하면서 계약이 중요해지고 소송은 크게 늘었다. 법조문은 점점 늘어나고, 중요한 결정을 내릴 때에 변호사의 조언을 받는 일도 일상적인 것이 되었다.

그레이는 클레어가 기대하는 것 이상으로 수도에서 승승장구했다. 단순히 공부만 잘한 것이 아니라 인정받을 만큼 유능했다.

클레어에게 이야기한 적은 없지만, 아마 고위 귀족 중에도 그를 거두려는 자가 있었을 것이다.

하지만 그는 그러지 않았다.

'받은 은혜를 땅에 내팽개치면 사람이 아닙니다.'

클레어의 부모님이 돌아가셨을 때에, 그는 망설임 없이 돌아오려고 했었다. 클레어는 고개를 저었다.

'지금 그대로 있어. 부모님도 안 계시니 더욱더 수도에 있는 사람이 필요해. 급하고 큰일이 생겼을 때, 그럴 때 도와줘.'

그레이는 그 말을 따랐다.

그는 이제 수도에서도 알아주는 법률 사무소의 주인이었다. 그에게 자리를 물려준 스승은 에른스트 공작의 후원을 받아 정계에 나섰다.

그럼에도 그는 여전히 델포드 남작가의 은혜를 잊지 않았다. 다른 일도 여러 가지 맡고 있을 테지만, 델포드 남작가의 법률 고문 일을 항상 제일 우선시했다.

'개 발에 편자를 단 거지.'

클레어로서는 고마운 일이었다.

그녀의 부모님은 인망이나 명성이 있는 것도 아니었고, 부를 늘리거나 하는 재주도 없었다. 그러나 돌아가신 후에 모든 것을 물려받고 나서 생각해 보면, 가문의 이름과 작위만 남겨 주신 것은 아니었다.

클레어가 빤히 바라보며 생각에 잠겨 있자, 그레이가 물었다.

"왜 그러십니까? 제 얼굴에 뭐라도 묻었습니까?"

"아니, 이런 결혼에 쓰기에는 아까워서."

클레어는 고개를 저었다.

그는 비단 유능할 뿐만 아니라 얼굴도 제법 근사했다. 공부만 들이팠으니 희멀건 책상물림일 것 같은데, 그렇지 않았다. 마르긴 했으나 키가 크고 늘씬했으며, 자세가 반듯하고 어깨도 넓었다. 머리는 은발이라기에는 조금 짙은 회색이었고, 안경 너머의 눈동자는 예리한 초록색이었다. 선명한 녹음이라기보다는 칼날에 도는 광채를 연상시켰다.

클레어보다 여섯 살 위이니 이제 서른셋이다. 이 시대에 서른셋이면 결코 적은 나이가 아니었다. 남자의 혼기는 여자보다 조금 더 넉넉하지만, 서른 전에는 결혼하는 게 보통이었다.

"왜 결혼하지 않았어? 꼬시는 사람이 많았을 것 같은데."

"……."

그레이의 미간이 살짝 좁혀졌다. 클레어는 변명했다.

"사생활을 캐려는 게 아니라…… 좋은 혼처를 소개하는 사람이 많았을 것 같은데 의아해서 그러지."

"결혼 계약서를 검토하시는 중인 상황에서는 그다지 어울리지 않는 말씀입니다."

"그렇게 따지자면, 신랑인 네가 결혼 계약서를 작성해 와서 검토해 달라고 내미는 것부터가 이상하지."

"바라시는 바 일을 다 할 뿐입니다."

그레이가 정중하지만 딱 잘라 대답했다. 역시 개 발의 편자였다. 델포드 남작가가 이 정도 남자의 이런 충성심을 받기에 족할 리 없었다.

클레어는 계약서를 대충 훑어 읽었다. 요구되는 조건은 모두 적혀 있었다.

"그래, 이대로 하자."

"다른 변호사에게 조언을 받지 않으실 겁니까?"

"네가 날 속일 리 없잖아."

어차피 진짜 결혼도 아니다.

원래 클레어는 딱히 결혼할 마음이 없었다. 전생에도 결혼이 온전하게 개인과 개인의 결합인 경우가 흔하지 않았지만, 이 시대의 결혼은 가문과 가문의 결합이라는 의미가 훨씬 더 컸다. 귀족에게라면 거의 그 의미밖에 없었다.

그런 결혼, 꼭 해야 하나.

클레어는 나이가 차면 반드시 결혼해서 가정을 꾸려야 한다는 이 시대의 상식에서 자유로운 사람이었다. 그렇다고 가문을 위해 큰 그림을 그리고 혼인 동맹을 택할 만큼 가문의 이름을 무겁게 여기지도 않았다.

모든 걸 감수할 만큼 사랑하는 사람을 만났다면 또 모를까. 하지만 그럴 가망은 거의 없어 보였다. 만나는 놈마다 대가리 빳빳한 귀족 나리거나 허리 굽은 비굴한 자뿐이었으니까.

말이라도 통하면 좋겠는데, 대부분은 20분을 넘겨 대화하기가 힘들었다. 머리를 비우고 하하 호호 날씨 이야기를 할 때라면 모를까. 대부분은 클레어가 본심을 살짝 내비치기만 해도 괴짜 취급을 하며 뒷걸음질 쳤다.

'운이 좋아 귀족으로 태어났다는 게 뭐.'

사실을 사실대로 알고 있자는 것뿐인데. 그럼 운이 나빠서 귀족으로 태어났겠는가.

아무튼 대부분은 못난 작자였다. 진짜 블루 블러드께선 조상의 음덕을 받았다는 사실까지는 겸허히 인정했었는데.

"남작님?"

그레이가 부르는 바람에 클레어는 정신을 차렸다. 그리고 혀를 차고 생각을 비웠다.

5년이나 보지 않은 사람을 떠올릴 이유가 없었다. 결혼 계약서를 앞에 두고 앉아 있자니, 남작가 따위지만 책임져 주시겠다던 오만한 얼굴이 생각나서 그런가 보다.

"생각이 많으시다면, 날을 바꿔 다시 오겠습니다."

"아냐, 아냐."

클레어는 그레이를 올려다보았다.

"아까워서 그래. 다시 생각해도 돼. 진짜도 아닌 결혼에 인생을 다 던질 필요는 없어."

"제가 적임자입니다."

그레이의 말이 옳았다.

어쨌거나 클레어가 결혼하려는 것은 엘리엇에게 제대로 된 호적이 필요하기 때문이었다.

하지만 가문 간의 결합이 되는 진짜 결혼은 원치 않았다. 그러니 상대는 평민이어야 했다.

그렇다고 아무나와 결혼할 순 없었다. 이런 사정을 이해하고, 받아들일 남자가 필요했다. 이왕이면 클레어와 함께 델포드 가문을 지켜 줄 수 있는 사람이라면 좋았다. 거기에 더해서 엘리엇의 양부가 될 만큼 사회적 명망도 있다면 더더욱 좋다.

거기에 그레이의 조건은 완벽하게 들어맞았다.

"내 입장에서는 그렇지. 그치만 미안하잖아. 네가 델포드에게 받은 은혜를 갚고 싶어 하는 것은 알지만. 그냥 지금처럼 도와주기만 해도 감사할 텐데."

"……."

그레이가 잠시 침묵했다가 나직한 목소리로 말했다.

"남작님은 항상 제게 가라고만 하시는군요. 그렇게 주신 자유로 제가 되돌아왔다는 것을 아시면서."

"으음……. 이상한가?"

그럴 수도 있었다. 클레어로서는 고작해야 장학금 따위로 사람의 인생을 전부 받는다는 게 납득 가지 않았을 뿐이지만 말이다.

아버지가 그에게 기회를 주었다지만, 그건 진짜 그냥 기회였고, 그는 대부분 그 자신의 힘으로 얻었다. 적당한 정도의 감사 인사라면 족했고, 은혜라고 느낀다면 무슨 일이 생겼을 때에 믿을 만한 아군이 되어 주는 것으로 충분했다.

귀족과 그 후원을 받는 사람의 관계가 그것보다 훨씬 더 충성 서약에 가깝게 이루어져 있는 것을 알긴 하지만, 그녀의 마음은 아직 그것을 다 받아들이지 못했다. 아무리 생각해도 그레이 쪽에 수지 타산이 맞지 않았다.

"말씀하신 것처럼 결혼은 큰일이니, 생각할 시간을 충분히 가지시는 것도 나쁘지 않습니다."

"그 말 좀 이상한데. 내가 아니라 네가 신중해야 할 일이라니까."

계약서는 일방적이었다. 모든 권리는 클레어에게 있었고, 그녀는 원하면 이혼도 언제든지 할 수 있었다.

이런 계약서를 그레이의 손으로 써 왔다는 것도 사실 좀 어색한 일이긴 했다. 법률 고문으로서 당연한 일이라지만…….

그레이의 손이 서류 위를 가볍게 훑었다. 낱장으로 흩어져 있던 서류가 마법처럼 단정해졌다.

"저는 제가 얻는 게 없다고 생각 안 합니다."

그레이가 말했다. 클레어는 미소를 지었다.

"그야, 델포드 남작가도 귀족은 귀족이니까. 조건만 따져도 너 정도라면 더 좋은 곳이 있을 테지만."

"그런 게 아닙니다."

그레이가 안경을 벗어 윗주머니에 넣고 클레어를 바라보았다. 클레어는 그를 새삼스럽게 쳐다보았다. 생각해 보면 같은 높이에서 얼굴을 본 적이 드물었다.

서류를 보여 주기 위해 자주 허리를 굽혀 그녀 쪽으로 다가섰지만, 늘 옆얼굴만 보여 주었지, 정면으로 눈을 마주한 적이 없었다. 같이 식사를 한 일도 제법 있었지만, 클레어 쪽을 똑바로 바라본 적이 없었다.

그녀는 그의 눈동자가 이렇게 풍부한 빛깔을 띨 수도 있다는 것을 처음으로 알았다.

그레이가 품에 손을 넣어 작은 벨벳 상자를 꺼냈다. 생각지도 못한 일에 클레어는 숨을 들이켰다.

"남작 부군이 된다면, 당신을 이름으로 부르게 될 수도 있겠죠, 클레어."

뭐?

반지 상자를 본 순간 이미 짐작했는데도 클레어의 머릿속이 일시 정지했다.

그때였다. 똑똑. 문 두드리는 소리가 났다.

"남작님, 급한 전갈입니다."

호텔 급사가 말했다.

"어……."

클레어는 얼음에서 풀린 것처럼 정신을 차렸다. 그레이가 가볍게 혀를 차고 대신 대답했다.

"들어오십시오."

창백한 얼굴을 한 급사의 뒤를 따라 파란 제복을 입은 심부름꾼이 들어와, 봉투 한 장을 정중히 클레어에게 주었다.

"답신은 주실 필요 없으시다고 합니다."

그는 주는 것만으로 임무를 다했다는 듯 물러 나갔다. 클레어는 봉투를 뒤집어 보았다.

『E. R. K.』

짧은 서명은 굵고 힘 있는 필체였다. 클레어가 잘 아는 서명이었다. 에리히 클라우제너가 나름 익명으로 비공식적인 전갈을 보낼 때 쓰는 이니셜이었다.

그럴 거면 심부름꾼이라도 보통 사람을 쓰든가.

그녀는 황당하여 봉투를 뜯었다. 안에는 카드 한 장이 들어 있었다.

『30분 후 방문 예정. 시간을 비워 둘 것.』

"이 인간이 미쳤나. 명령이야?"

클레어는 무심코 중얼거렸다. 반지 상자는 그 순간 잊어버린 것 같아, 그레이는 말없이 깊은 눈으로 그녀를 바라보았다.

에리히가 이넨호프 호텔에 도착한 것은 정확히 30분이 지나기 5분 전의 일이었다. 도어맨이 호텔 앞에 멈춘 마차로 달려가 문을 열었다가 경악해서 얼어붙었다.

이넨호프 호텔은 종업원들에게 수도 유명 인사들의 얼굴과 특징을 외우도록 요구했고, 그게 아니라도 클라우제너 공작의 얼굴은 잘 알려져 있었다.

한번 보면 잊을 만한 얼굴이 아니었다. 에리히는 초상을 밖에 내돌리는 것을 싫어했지만, 그래도 신문에는 세밀화가 실리곤 했다.

도어맨이 자리를 비킬 줄 모르고 가만히 있자 에리히가 냉한 목소리로 말했다.

"내리지 말고 돌아가라는 뜻인가?"

"아, 아닙니다! 황공합니다, 공작 각하!"

도어맨이 뒤로 물러서며 경례라도 붙일 기세로 자세를 바로잡았다.

"나는 황족이 아니다."

"예, 황공합니……. 아, 아니, 죄송합니다."

에리히는 호텔의 수준이 떨어진다고 생각했다. 생긴 지 얼마 안 되는 호텔은 시설이 좋아도 종업원 교육이 충분하지 못하기 마련이었다.

그는 마차에서 내리며 도어맨에게 물었다.

"델포드 남작이 나를 막으라고 하던가?"

"예? 아, 아닙니다. 오신다는 말씀을 듣지 못했습니다."

“그런가.”

하긴, 그게 클레어다웠다. 그녀는 에리히와 안다는 사실을 자랑거리로 여기지 않았다. 보통은 자신이 방문한다고 하면 내세워 자랑하느라 여념이 없는데, 그녀는 인맥으로도 치지 않는 것 같았다. 잇속에 밝은 여자가 말이다.

‘혈관에 흐르는 빨간 피가 거부감을 일으켜서요.’

피가 당연히 빨간색이지, 나라고 해서 진짜로 파란 피가 흐르는 줄 아느냐고 대꾸하자 클레어는 ‘흐흥’ 하고 코웃음만 쳤었다.

그런 태도가 신선하기도 하고, 가끔은 마음대로 되지 않아 신경에 거슬리기도 했다.

지금은 명백히 그게 나았다. 남에게 미리 알려지면 자칫 추문으로 번질 수 있는 상황이었으니까. 그래서 그도 일부러 문장이 박히지 않은 수수한 마차를 타고 왔다.

그러면서도 마음 한구석에 거슬리는 기분이 있었다.

‘모르는 척하려고?’

그렇게 두지는 않을 것이다.

그가 호텔 정문으로 막 들어섰을 때였다.

“아앗, 안 돼!”

사내아이 하나가 소리를 지르며 뛰쳐나오다가 에리히의 무릎에 이마를 박았다. 발치에 도르륵 유리구슬 하나가 굴러왔다.

"아야야!"

아이가 울상을 지으며 고개를 들었다. 식겁한 보모가 달려와 아이를 잡았다.

"도련님! 그러니까 구슬치기를 로비에서 하시면 안 된다고!"

에리히는 숨을 멈추고 아이의 얼굴을 내려다보았다. 흰 이마 위에 흐트러진 머리칼은 황금을 녹여 뽑은 듯한 선명한 금발이었고, 눈동자는 잡색이 섞이지 않은 로열 블루였다. 아직 어린 데도 눈매와 코에서 북방 로멜 귀족의 특징이 드러나 있었다.

에리히는 이 얼굴을 알고 있었다. 어린 시절의 초상 속에서 그가 꼭 이런 얼굴이었다.

"……."

그가 침묵하는 이유를 알지도 못하고 아이가 꾸벅 고개를 숙였다.

"죄송합니다."

"아니다."

에리히는 가라앉은 목소리로 말했다. 예감 같은 것이 아니라 확신이 들었다.

그는 몸을 굽혀 구슬을 주워 들었다. 그리고 아예 한쪽 무릎을 꿇고 아이와 눈높이를 맞추었다.

"이름이 뭐니?"

"엘리엇이요."

엘리엇이 방실방실 웃으며 대답했다. 예쁘고 친화력이 좋은 영주관의 도련님은 잔뜩 사랑받고 자라서, 누구나 자신을 예뻐하리라고 믿었다.

"나이는 어떻게 되니?"

"네 살이에요."

엘리엇이 고사리 같은 손가락 네 개를 쫙 펴 보였다.

"그렇구나."

"아저씨는 이름이 뭐예요?"

"……에리히."

"그 구슬 저 돌려주실 거죠? 그게 제일 센 거거든요."

"그래."

에리히는 들고 있던 구슬을 엘리엇에게 내밀었다.

"너는 델포드 남작의 아들이지?"

"우리 이모를 아세요?"

"이모?"

"네. 우리 이모가 델포드 남작이에요."

엘리엇이 한층 친밀해진 태도로 웃었다.

"어떻게 아셨어요? 저랑 이모랑 하나두 안 닮았다고 하던데."

"알 수 있는 방법이 있지."

"전 엄마를 닮았대요. 아저씨는 이모의 손님이에요?"

"……그래."

에리히는 아이에게 들키지 않도록 조심스럽게 분노를 씹어 뱉었다. 이모라고?

보모가 새파랗게 창백해진 얼굴로 조심스럽게 말했다.

"도련님, 주인님의 손님을 너무 방해하면 안 돼요."

"응."

엘리엇이 꾸벅 에리히에게 절하며 어디서 듣고 흉내 내는 듯한 말투로 인사했다.

"만나 뵙게 되어 영광이었습니다."

"그래."

에리히는 입가에 미소를 머금고 엘리엇의 머리를 한번 쓰다듬어 주었다.

엘리엇이 에리히의 손에서 구슬을 받아 들고 뒤돌아서서 달려갔다. 보모가 몸 둘 바를 모르고 엘리엇을 뒤따라갔다.

에리히는 천천히 몸을 일으켰다. 오만한 시선으로 주위를 흘긋 돌아보자 쏠려 들었던 시선들이 재빨리 흩어졌다.

서늘한 침묵이 로비에 감돌았다. 응접 테이블에 빈 의자가 없이 꽉 차 있었지만, 아무도 감히 일어나서 에리히에게 접근하려 하거나 눈을 맞추려 하지 않고, 숨까지 죽인 채 그가 지나가기를 기다리고 있었다. 다수가 그와 아이의 얼굴을 알아본 게 틀림없었다.

그는 몸을 돌렸다. 다급히 달려 나온 호텔의 지배인이 황송스럽다는 듯 안내했다.

"방문해 주셔서 영광입니다, 클라우제너 공작 각하. 델포드 남작님을 만나러 오셨다고 들었습니다."

"안내하게."

에리히가 고갯짓했다. 지배인이 그를 엘리베이터 쪽으로 안내했다.

클레어는 전투태세를 갖춘 채 기다리고 있었다.

전투태세라고 해서 뭐 별다른 게 있는 것은 아니었다. 마음가짐을 단단히 하고, 허리를 폈다.

'딱히 도망쳤던 거 아니니까.'

도망치긴 했지만, 에리히에게서 도망친 것은 아니었다. 그가 무슨 허튼소리를 했든.

클레어는 다시 생각해 봤다. 아니, 사실 지난 5년 동안 몇 번이나 그날의 대화를 되새겨 봤었다.

딱히 마음에 걸릴 이유가 없었다.

더 할 이야기도 없었고, 들을 것도 없었다. 그런데도 공연히 마음이 불편했다. 아마 싸우고 헤어진 사람과 5년 만에 다시 만난다는 것 자체가 마음 편하지 않은 일이라서 그럴 것이다.

그 전에도 썩 다정한 관계는 아니었지만, 그래도 다시 보지 않을 사람처럼 여긴 것은 처음이었다.

돌이켜 생각하면 그를 꽤 좋아했었는지도 모른다.

미남이라는 것을 두고 그러는 게 아니라 인간적으로. 그는 클레어를 특이한 사람 취급할지언정 그녀의 말을 여자의 말이라고 해서, 혹은 자기보다 신분 낮은 이의 말이라고 해서 가볍게 여기고 웃어넘기는 일은 없었으니까.

"걱정되십니까?"

그레이가 그녀에게 물었다. 클레어는 오히려 놀라서 물었다.

"걱정?"

"벨프 후작가는 클라우제너 공작가의 인척이지 않습니까? 위빙 상단이 그것 때문에 북방에서 꽤 어려움을 겪고 있는 것으로 압니다. 클라우제너 공작령은 수도 다음으로 소비력이 있는 곳이니까요."

"아아, 그런 일이라면 괜찮아. 그 사람은 진짜 로멜 귀족이니까. 귀족이 돈 같은 것 때문에 아귀다툼을 벌이는 것 자체를 이해 못 하지."

"그렇습니까?"

"그래. 영지 경영을 잘하는 것도 백성에게 시혜를 베풀어야 하는 귀족의 의무 중 하나라고 생각하는걸."

클레어는 빈정거렸다. 물론 귀족 중의 귀족인 그는 평민에게도 자신의 삶을 다스릴 권리가 있고, 그러기 위해서 정치에 참여할 권리가 있다는 것을 인정하지 않을 것이다.

그레이가 잠시 그녀를 바라보고는 차분하게 말했다.

"면식이 있으신 줄은 알았지만, 친분이 깊으셨군요."

"……친분씩이나. 아카데미에서 같은 지도 교수님에게서 같은 시기에 수학했을 뿐이야."

고집스럽게 말했지만, 클레어는 자신이 쓸데없는 오기를 부리고 있다는 것을 알고 있었다. 5년 전, 그 일이 있기 전까지 그녀와 에리히의 관계는 분명히 남들이 친분이 있다고 여길 만한 사이였다.

지금은 아니었다. 에리히가 무엇 때문에 찾아오는지 클레어는 짐작조차 할 수 없었다.

"자리 좀 피해 주겠어?"

어쨌든 지난번 그 일에 대한 이야기가 나오면 곤란하다고 생각해서 클레어가 그레이에게 부탁했을 때였다.

엘리베이터가 도착했다.

지배인이 먼저 바깥쪽 문을 열고 나와 허리를 60도로 꺾었다. 에리히가 성큼성큼 엘리베이터 밖으로 나왔다. 그때까지는 억누르고 있었던 분노의 불길이 클레어를 보는 순간 활활 타올라 내딛는 걸음에까지 옮겨지는 듯했다.

"클레어."

"뭐예요? 왜 또 그렇게 빡쳤어요?"

그가 화를 낸다고 움츠러들거나 겁을 먹었다면 클레어는 그와 싸운 적이 없었을 것이다. 에리히가 거센 목소리로 말했다.

"넌 부끄럽다고 생각도 안 하는 건가? 내 얼굴을 보고도 지금 아무 일 없었던 것처럼 굴어?"

"무슨 일이 있었다는 거예요? 5년 만에 얼굴 보고 무슨 뜬금없는 소리예요?"

클레어는 기가 막혀 되물었다.

에리히가 비교적 그녀에게 감정적으로 구는 편이긴 하지만, 그래도 그는 북방 로멜 귀족의 전범典範 같은 사람이었다. 그리고 로멜 귀족의 미덕은 규율, 절제, 엄격, 정확성, 냉정 같은 것들이다.

숱하게 싸워 봤지만, 클레어는 그가 이렇게 있는 그대로 분노를 드러내며 이글이글 화내는 것을 처음 보았다.

"이모라니?"

"네?"

생각지도 못한 이야기에 클레어는 멍하니 반문했다.

"아무리 이러니저러니 해도 네가 책임과 의무를 지킬 줄 아는 사람이라고 생각했는데, 이렇게 아이에게 무책임하게 굴 줄이야!"

그때까지 클레어의 반걸음 뒤에 서 있었던 그레이가 그 앞을 가로막으려는 듯이 앞으로 나섰다. 에리히가 사나워진 눈초리로 그레이를 노려보았다. 말로 하지는 않았지만 '넌 뭐야?'라는 소리가 들릴 것 같은 얼굴이었다.

"실례지만, 뭔가 오해가 있으신 것 같습니다."

"자네는 누군가?"

결국 큰 차이 없는 말이 에리히의 입에서 튀어나왔다.

그때까지 그는 그레이가 있든 말든 신경 쓰지 않았다. 하녀든 정장을 입은 고용인이든 그에게는 똑같이 시야 밖에 있는 존재였다. 그것을 깨뜨리고 나선 것이 젊고 헌칠한 남자였기에 에리히의 경계심이 돋아 올랐다.

그레이는 무표정을 깨뜨리지 않은 채 어디까지나 사무적인 태도로 정중하게 대답했다.

"델포드 남작가의 법률 고문, 그레이 셔우드라고 합니다. 클라우제너 공작 각하.”

“법률 고문?”

에리히의 낯빛이 다소 누그러졌다. 그는 클레어에게 향한 것과 다르게 가라앉은 태도로 말했다.

“일개 법률 고문이 끼어들 일이 아니네. 물러가게.”

불쾌감을 노골적으로 드러내지는 않았지만, 싸늘한 목소리였다. 그레이가 대꾸했다.

“저는 일개 법률 고문이 아닙니다.”

“그러면 델포드 가문의 가족이라도 되나?”

이대로 있으면 이야기가 더 골치 아프게 된다. 비로소 첫 번째 타격에서 벗어나 제정신을 차린 클레어가 말했다.

“그레이, 물러가.”

“남작님.”

“걱정하지 않아도 돼. 괜찮으니까 나가 있어.”

그레이는 단순한 법률 고문이 아니라 가족에 더 가까웠고, 앞으로 곧 진짜 그렇게 될 사이였다. 하지만 그래도 지금부터 할 이야기는 지나치게 사적이었다.

그레이가 잠깐 움찔했지만 그 이상 감정을 드러내지 않고, 고개를 숙여 정중하게 인사를 올린 뒤 거실에서 나갔다.

클레어는 한숨을 내쉬었다. 골치가 지끈거렸다.

“무슨 오해를 하고 있는지는 알겠는데요. 아니에요.”

“아니라고?”

그레이가 끼어든 덕택에 잠깐 입을 다물게 된 에리히가 퍽 진정된 목소리를 냈다. 하지만 클레어의 말을 진실로 받아들인 기색은 없었다.

“생각해 본 적이 없지만, 시기가 무척 공교로웠다는 건 알겠어요. 하지만 엘리엇은 내 아이가 아니고, 조카라고요.”

“아이 얼굴을 보고도 그런 거짓말이 나오나?”

“지금 엘리엇이 금발에 푸른 눈이라고 해서 그런 말을 하는 거예요? 기가 막혀서 진짜. 내 동생도 금발에 푸른 눈이었어요.”

“단순히 머리칼과 눈동자 색만 두고 말하는 게 아니야. 어떻게 봐도 내 아이가 분명한데, 그런 식으로 거짓말해서 날 속일 수 있을 것 같나?”

“내가 아니라고 하잖아요!”

클레어도 언성을 높였다.

“지금 내가 임신 안 한 척하려고 내 아이를 동생 아이로 만들어서 키웠다고 주장하는 거예요?”

“그렇게까지 말하지 않았어! 그 아이가 내 아이라는 걸 인정하라는 거지!”

“어이가 없네, 진짜. 그 애가 진짜 선배 애면, 선배가 상종 못 할 쓰레기네.”

클레어가 내뱉었다.

“아직 아카데미 졸업도 안 한 어린 여자애를 유혹해서 건드리기라도 했어요? 그것도 내 동생을? 그래 놓고 나랑 잤어?”

“뭐? 내가 그딴 일을 할 리 없잖아!”

"내 동생이 엘리엇을 낳았는데, 걔가 선배 애면 결론이 그것밖에 더 돼요?"

클레어가 발딱 자리에서 일어섰다. 그리고 턱을 바짝 치켜들고 에리히에게 다가섰다.

에리히가 주머니에 손을 꽂았다. 얼굴이 모욕감으로 시뻘겋게 물들어 있었다. 아카데미도 졸업 못 한 어린 여자애를, 그것도 청혼하려던 여자의 동생을 유혹했다고?

그가 비록 도덕적으로 완벽하게 올바른 사람은 아니었지만, 감히 그런 쓰레기 같은 오해를 할 수는 없었다.

"왜요? 아주 한 대 치고 싶으세요?"

"너 이거 아주 실수하는 거야. 엘리엇이 내 아이라면 클라우제너의 후계자이고, 제5위 황위 계승권자야."

"걘 내 조카고, 델포드 남작가를 물려받을 거예요. 턱도 없는 착각 그만두고 이만 꺼져 주세요."

"클레어!"

클레어가 우아한 동작으로 드레스 자락을 쥐고 절을 했다.

숙녀의 축객령은 거부할 수 없는 것이었다. 에리히는 이를 바득바득 갈았다.

"이런 식으로 도망 못 쳐, 클레어. 나는 내 아이가 그렇게 자기 권리 하나 제대로 못 얻고, 부모도 잃은 채 자라는 상황을 좌시하지 않을 거야."

"그 잘난 클라우제너의 힘으로 가서 조사라도 해 보시든가 그러세요."

클레어가 말했다.

에리히가 주머니에서 오른손을 빼서 머리를 한 번 쓸어 넘겼다. 그리고 화를 가라앉혔다. 이런 얼굴로는 도저히 밖으로 나갈 수 없었다.

"다시 오지."

마음을 가라앉히고 나서 그는 돌아섰다. 그리고 이를 박박 갈며 엘리베이터에 올랐다.

뒤에 남은 클레어는 본격적으로 콕콕 쑤시기 시작하는 옆머리를 눌렀다.

"미쳤나."

5년이 지났으니 이제 그때 실수쯤은 대충 물에 흘려보내질 때도 되지 않았나?

어딘가의 사교 모임에서 마주치면 하하 호호 웃으며 인사해 줄 각오가 되어 있었다. 이따금 클레어도 그때 생각을 했지만 그건 밤에 혼자서 이불을 걷어찰 때나 하는 거고. 사람이 대외적인 얼굴이라는 게 있지 않은가.

뭐, 됐다. 어차피 아니니까.

한 몇 주……. 아니, 열흘만 있어도 에리히는 사실을 알게 될 것이다. 철도가 있으니 사람 하나 델포드로 보내서 조사하는 것에는 그리 오래 걸리지 않을 것이다.

마음 같아서는 유전자 검사라도 해서 결과지를 종이비행기로 접어 얼굴에 날려 주면 좋겠지만, 불행하게도 그런 게 나오려면 혁명 수준의 시대 변혁이 두 번은 더 필요하다.

'알고 나면, 어디 사과하러 오나 보자.'

클레어는 이를 부득부득 갈았다.

다른 방으로 피해 있던 그레이가 돌아왔다.

"클레어, 괜찮습니까?"

"엉? 아, 응."

낯선 부름에 클레어는 오히려 정신이 들었다. 그레이가 그녀에게 젖은 손수건을 내밀었다.

"얼굴이 붉습니다."

"아, 열을 냈더니."

클레어는 한숨을 내쉬며 그 손수건을 받아 얼굴을 닦았다. 그레이가 창문을 열었다.

"그보다, 공작 각하께서 찾아오신 용건이 무사히 해결되지 않은 것 같은데."

"머리가 식으면 제정신이 들겠지."

구멍 난 이불 2백 채라도 보내 주면 직접 사과하러 오지 않아도 용서해 주마. 클레어는 그렇게 생각하며 길게 한숨을 내쉬었다.

"그런데, 들렸어?"

"두 분 다 소리를 지르셨으니까요."

"민망하네."

딱히 잘못한 거라고는 생각하지 않았지만, 내 애니 아니니 실랑이할 만한 일이 있었다는 것을 소리 질러 외친 것이나 다름없었다.

손부채질을 하는 클레어를 그레이가 가라앉은 시선으로 바라보았다.

"저는 괜찮습니다, 클레어에게 과거에 몇 명의 애인이 있었든."

"응?"

"우리 이야기는 다음에 다시 하러 오겠습니다. 오늘은 마음이 불편하신 것 같으니 이만 쉬십시오."

그레이가 서류를 챙겼다. 클레어는 당황해서 몸을 일으켰지만, 그레이를 잡지는 못했다.

그렇지 않은가? '애인 아니었어'는 변명 같아서 이상하고 '애인이었어'는 진실이 아니었다.

그레이가 정중하게 인사를 올리고 밖으로 나갔다. 클레어는 황당해진 채 의자에 늘어져서 고개를 푹 숙였다.

"엘리사, 살려 줘……."

한탄해도, 웃어 줄 엘리사는 이미 이 세상 사람이 아니었다.

+

그날 저녁까지는 평화로웠다.

호텔 지배인은 프로답게 아무것도 묻지 않고 훌륭한 정찬을 가져왔다. 클레어의 식탁에 함께 앉은 것은 엘리엇과 엘리엇의 식사 시중을 드는 마사뿐이었다.

마사가 의아하다는 듯 물었다.

"오늘 저녁은 그레이와 함께 드시기로 하지 않았어요?"

"그게 좀……."

"무슨 일 있으셨어요? 공작님이라는 분이 다녀가셨다는 이야기는 들었지만."

"마사도 들었어?"

"그럼요. 온 호텔이 그걸로 수군수군 난리인데요. 혹시, 설마……."

마사가 조심스러운 시선으로 엘리엇을 바라보았다.

"엘리사 아가씨의……?"

여기에도 오해하는 자가 또 한 명 있었다. 물론 갖고 있는 정보량이 다르니 오해는 전혀 반대 방향이었다. 클레어는 고개를 저었다.

"아니야."

"주인님, 혹시 진짜로 그 사람이라면, 혼자 만나시면 안 돼요. 무슨 짓을 할 줄 알고……."

"그런 쓰레기는 아니야."

먼저 모욕당한 건 자신인데, 왜 자신이 변호를 해 줘야 하는 건가 싶어 클레어는 슬퍼졌다. 멋모르는 엘리엇은 입가에 소스를 묻히고 포크를 휘두르려다가 마사에게 잡혔다.

"도련님, 그러시면 안 돼요. 옆 사람을 치게 돼요."

"앗."

엘리엇이 얼른 팔을 내렸다. 클레어는 미소를 지었다.

"맛있니?"

"응! 우리 집 밥보다 훨씬 맛있어!"

엘리엇이 천진난만하게, 영주관의 요리사가 들으면 눈물 날 소리를 했다. 웃는 얼굴이 천사 그 자체였다. 클레어는 하루 동안 피폐했던 마음이 치유되는 것을 느꼈다.

그러다가 그녀는 무심코 엘리엇의 얼굴을 유심히, 하나씩 뜯어보았다.

'닮았……네?'

클레어는 엘리엇의 볼을 가볍게 쓰다듬었다. 먹다 말고 방해받은 엘리엇이 눈을 둥그렇게 떴다.

엘리엇의 머리칼과 눈동자는 엘리사를 닮았고, 이목구비도 상당히 그랬다. 하지만 엘리엇에게 로멜 귀족다운 특징이 있는 것 역시 사실이었다.

'선배가 로멜 귀족의 이데아 같은 얼굴이긴 하지만.'

여태까지는 깊이 생각하지 않았다. 누군지 확실하지 않은 엘리사의 남자 친구가 로멜 귀족인 것은 확실했으니까.

황태자 시해 사건 때 황태자와 함께 죽은 자가 여럿 있었고, 다수가 젊은 로멜 귀족이었다. 클레어는 그중 하나가 엘리사의 남자 친구이리라 생각했다.

시종이라고 하더라도 대부분 백작 가문의 직계 이상의 신분을 갖고 있었다.

직접적으로 시중을 든다기보다는 사실상 황태자의 친구 역할이었으니까, 엘리사가 조심스러워할 만했다.

하지만 이렇게 뜯어보니 그 이상으로 닮았다.

그리고 클레어는 자기 자신의 일이니 아이 생모를 오해할 수가 없었다. 진짜로 엘리사의 남자 친구가 에리히가 아닌 이상, 가능성은 하나뿐이었다.

'죽은 황태자……. 선배의 친모가 선황의 황녀였지.'

그러니 황태자와 그는 사촌이었다.

클라우제너의 후계자(1)

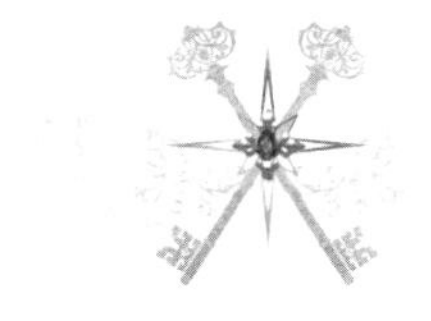

클라우제너 공작저에는 층고가 높은 유리온실이 있다. 선대 클라우제너 공작이 나이 차 나는 계처를 위해 만든 공간이었다.

루이자는 딱히 식물을 키우는 일에 관심이 없었고, 일광욕하는 것을 좋아하지도 않았다. 하지만 이 온실만은 몹시 좋아하고 아꼈다. 맑고 큰 판유리와 가벼운 합금 철골로 세워진 유리온실은 그 자체가 기술의 결정체이고 호화였다.

이 온실에 사람을 초대하여 티파티를 여는 것이 루이자의 기쁨이라는 것은 더 말할 필요도 없을 것이다.

그날도 10여 명의 귀부인이 모여 있었다. 에리히가 이넨호프 호텔에 방문한 지 사흘 후의 일이었다.

"어머나, 세상에! 반지 새로 장만하셨나 봐요."

"저렇게 진하고 깨끗한 그린 다이아몬드라니."

"거의 엄지손가락만 하네요?"

감탄하는 소리를 들으며 루이자는 은은한 웃음을 띠었다. 그녀가 이런 칭찬을 좋아하는 것을 아는 귀부인들은 더욱 호들갑을 떨어 주었다.

"선물 받으신 건가요?"

"남편 없는 여자가 누구한테서 이런 호화로운 목걸이를 선물 받겠는가? 운이 좋게도 아들이 용돈을 넉넉하게 주니, 이런 것으로 마음을 달래는 것이지."

루이자가 웃으면서 목에 건 에메랄드 목걸이를 가볍게 쓰다듬었다. 그것도 그린 다이아몬드의 컬러에 맞춰 새로 장만한 것이다.

옷차림도 예사롭지 않았다. 새로 맞춘 드레스는 장식 하나 없지만, 얇은 나비 날개처럼 오묘한 빛을 내는 옷감으로 만들어져 있었다.

주위에서 가벼운 경탄성이 흘렀다. 제국에서 가장 부유한 클라우제너 공작가의 대부인이 아니고서야 누가 감히 이런 차림새를 할 수 있겠는가? 황후조차 쉽지 않을 것이었다.

"이 옷감은 위빙 상단의 것이지요? 요즘 거기의 장인들이 어찌나 인기가 좋은지, 공장제 말고 수제 무늬 옷감은 주문하면 두 달 이상 기다려야 한다더라고요. 기다리기 힘들어서……."

"쉿."

눈치 없는 누군가가 신나서 말하다가 팔꿈치를 꼬집히고는 입을 다물었다. 그러고도 상황을 이해하지 못해 눈을 굴렸다.

루이자는 갑작스럽게 불쾌해져서 살랑살랑 부치고 있던 부채를 탁 내려놓았다. 속이 뒤집어졌다.

'조금만 더 도와 다오, 루이자. 이제 곧 밤베르크 지역에서 그 눈엣가시 같은 위빙 상단을 쫓아낼 수 있어.'

'그렇게 말씀하신 게 벌써 2년이 넘었어요. 제가 언제까지고 이렇게 해 드릴 수는 없다고요.'

'나라고 네게 이런 이야기를 하는 게 편하겠니? 아니면 차라리 공작에게 부탁해 주면…….'

'안 돼요! 그건 돈을 부탁하는 것보다 더 곤란한 일이에요. 에리히는 절대 영지민에게 힘을 써 달라는 말을 듣지 않을 거라고요.'

'어머니의 부탁인데도 그러겠니?'

'오라버니가 몰라서 하시는 말씀이에요. 에리히는 정에 호소한다고 통하는 사람이 아니에요.'

루이자는 그 망할 놈의 위빙 상단 이야기만 들어도 속이 터졌다. 배후에 귀족이 있다고 듣긴 했지만, 고작해야 아렌의 하급 귀족일 텐데. 에리히의 눈치만 보이지 않았다면 벌써 작살을 내서 쫓아냈을 것이다.

"어머님, 위빙 상단에서 무슨 불쾌한 일이라도 있으셨나요?"

꽃처럼 고운 슈나이더 백작 영애 이리스가 루이자의 곁으로 다가앉으며 애교스럽게 말했다.

"어머님께 선택받는 게 얼마나 대단한 일인 줄도 모르고, 어리석네요. 옷감보다도 그걸 선택한 어머님의 안목을 믿고 다들 따라 하는 건데."

"맞는 말씀이에요."

"정말요. 이렇게 아름다운 드레스를 보면서 어떻게 저희가 욕심을 안 내겠어요."

"반의반이라도 따라가려면 두 달 기다리기라도 해야죠."

"아름답고 세련되신 건 대부인이신데, 감히 상단 따위가 콧대를 세우니까 어이없을 수밖에 없죠."

루이자의 속이 답답한 것은 단순히 옷감 때문이 아니었지만, 이런 말을 들으니 기분이 자연히 좋아졌다. 하지만 그걸 티 내고 싶지 않아 그녀는 짐짓 무심한 태도로 콧방귀를 뀌었다.

"흥."

그녀가 차를 한 모금 마시자 이리스가 생글거리고 웃으면서 접시에서 작은 과일 모양으로 만들어진 설탕 과자 하나를 집어 루이자의 입 앞까지 가져갔다.

"하나 드세요. 아까 먹어 보니까 모양이랑 똑같은 맛이 나서 깜짝 놀랐어요."

"흠."

루이자는 순순히 그것을 받아먹었다. 체중 조절을 위해서 단것은 잘 먹지 않지만, 이렇게 조르는데 먹어 주지 않을 수도 없다. 지금 사교계의 보석이라고 불리는 영애가 자신에게 매달리며 아양을 떠는 것은 그녀의 허영심을 만족시켰다.

사실 이리스가 그렇게 썩 마음에 드는 것은 아니었다. 기껏해야 백작가의 딸 아닌가. 하지만 지금 제국에서 가장 아름다운 여자가 누구냐고 묻는다면, 열에 아홉은 이리스 슈나이더의 이름을 댈 게 틀림없었다.

루이자는 이리스가 비록 한창때의 자신만은 못하다고 생각했지만, 그래도 그녀가 미모와 명성을 지닌 것은 인정하고 있었다.

'슈나이더 백작가라면 나름 뼈대 있는 귀족이긴 하지. 모친 쪽이 몰락 귀족이라 좀 그렇긴 하지만.'

어차피 에리히와 신분이 맞는 신붓감은 없다. 이종사촌인 베티나 공녀가 있지만, 요즘 사촌 간의 결혼은 지양하는 추세였다.

이러나저러나 귀천 상혼을 할 수밖에 없다면, 이리스도 나쁘지 않았다. 아름답고 정숙하다는 평판은 고귀한 혈통만큼이나 가치가 있었고, 슈나이더 백작가는 선대부터 클라우제너 공작가와 교분을 맺어 온 곳이기도 했다.

'어차피 내가 결정해야 할 테니까. 에리히는 여자 같은 것엔 관심도 없고.'

몇 년 전에 애인이 있나 잠깐 의심이 들었던 때는 있었다. 하지만 한순간뿐이었다.

클라우제너 공작가의 내실을 남에게 넘기는 것은 눈물 나게 분하지만, 이제는 그녀도 대부인으로서 의무를 다해야 할 때였다. 그녀가 결정해도 에리히는 딱히 거부하지 않을 것이다. 결혼해서 후계자를 남기는 것은 귀족의 책무니까.

'애라면 내 말도 잘 듣고, 약간 멍청하고, 감히 백작의 딸 주제에 나한테 덤비지도 않을 거고.'

그런 생각을 하면서 이리스를 새삼 평가하는데, 파펜하임 백작 부인이 화제를 돌려 말을 걸어왔다.

"그나저나 정말 아름다운 다이아몬드예요. 아들이라는 게 키워 봐야 속이나 썩이는 법인데, 클라우제너 공작님께서는 대부인께 아끼는 게 없으니 얼마나 기쁘세요."

"이제 결혼해서 후사만 튼튼히 해 주시면 완벽하죠."

"요즘 젊은 남자들, 연애다 뭐다 해서 무용수니 가수니 하는 여자와 결혼하겠다고 데려오는 일도 천지인데, 공작님은 자식이 생겼는데도……."

며칠 전에 들은 이야기를 말하던 슈페 자작 부인이 눈을 동그랗게 떴다. 루이자가 얼어붙은 것을 눈치챘기 때문이었다.

"어머……. 모르셨어요? 온 사교계에 소문이 파다한데……?"

"자식……이라고 했나?"

루이자는 눈을 깜박거리며 되물었다.

그녀는 정말로 까맣게 몰랐다. 이넨호프 호텔에 묵고 있는 아렌의 귀부인이 데리고 있는 아이가 클라우제너 공작과 판박이라든가, 그녀를 만나러 간 공작이 시뻘건 얼굴로 씩씩대며 나왔다는 소문이 벌써 돌 만큼 돌았다.

하지만 아무도 루이자에게 직접 대놓고 말하지 않았다. 신문도 클라우제너 공작가의 가십을 함부로 떠들지 않았다.

"아……. 제가 말실수를……."

슈페 자작 부인이 입을 손으로 가리고 고개를 숙였다.

"전 그저…… 공작님이 사생아 문제를 지혜롭게 해결하셨다고 생각해서……."

"잠깐 실례하겠네."

루이자는 정신을 차리지 못하고 그 자리에서 일어섰다.

사생아라고? 그럴 리가 없었다.

손님들에게 들리지 않을 온실까지 서둘러 빠져나와 루이자는 사람을 불렀다.

"마리아! 마리아!"

"부르셨어요, 대부인?"

온실 밖에 대기하고 있던 충성스러운 시녀가 재빨리 다가왔다.

철썩!

루이자는 다짜고짜 그녀의 뺨을 후려쳤다. 마리아는 소리조차 내지 않고 두 번 뺨을 맞고, 양 볼을 감싼 채 고개를 숙였다. 루이자는 허억허억 숨을 몰아쉬었다.

"에리히에게 사생아가 있다는 게 무슨 소리야? 넌 몰랐어?"

"소문은 들었습니다, 대부인. 하지만 공작님께서 그러실 리가……."

철썩!

루이자는 마리아의 뺨을 한 대 더 후려쳤다. 마리아의 뺨에 반지에 긁힌 상처가 생겼다.

"잡소리 말고 가서 사정 알아 와."

"네, 대부인."

마리아가 허리를 굽힌 채로 서둘러 물러갔다. 속이 상한 루이자는 홱 돌아섰다. 말도 안 되는 일이었다.

소문에 대해서, 에리히는 알고 있었지만 마음 쓸 여력이 없었다.

그렇게 소리를 질러서는 안 되는 거였다는 생각은 했다. 하지만 어떻게 그가 제정신일 수 있겠는가? 제게 자식이 있을지도 모르는데.

클레어는 항상 그를 제정신이 아니게 만들었다. 냉정하고 침착하다고 자부한 이성은 흔적도 없이 사라지고, 평생 몸에 익힌 예절이나 품위도 한순간에 날아가 버렸다.

그리고 더 그를 미치게 하는 건, 그렇게 이성을 내던지고 행동하고서도 후회한 적이 한 번밖에 없었다는 것이다.

'5년 전 일은 진짜로 실수였어.'

온당하지 못한 일이었다.

클레어가 허튼소리 할 사람이 아니라는 것을 알기에 일단 비서 하나를 델포드 영지로 보냈다. 하지만 소식이 돌아올 때까지 그저 기다리기만 할 생각은 없었다.

"요즘 아이들은 뭘 좋아하지?"

그가 묻는 말에 파벨이 상기된 얼굴로 말했다.

"제 아들은 다섯 살 때 놋쇠로 만든 병정 인형을 그렇게 좋아했답니다, 공작님.”

“그런가.”

그는 파벨에게 적당한 것을 골라 사 오게 하려다가 마음을 바꾸었다. 그렇게 아랫사람을 시켜서 사 온 물건을 주는 건 가족으로서 하는 일이 아니라 윗사람으로서 하사품을 내려 주는 것이나 다를 바 없었다.

“로텐부르크에서 제일 괜찮은 장난감 가게가 어디지?”

“백조 여왕의 둥지라고 하는 곳인데, 이름은 그렇지만 남자 아이들 장난감도 아주 많습니다. 동화 속 왕국처럼 꾸며 놓았거든요.”

“그럼 거기로 가지.”

“제가 안내하겠습니다.”

파벨이 마치 제 일처럼 기뻐하며 말했다.

가게의 문 위에 커다란 백조 조각이 있었다. 마치 날개를 펴고 감싸 안은 것처럼 보였다. 에리히는 감수성이 모자란 사람이었지만, 아이들이 얼마나 설레는 마음으로 이 백조의 왕국 속으로 들어갈지 알 것 같았다.

가게 바깥쪽부터 화단이 잘 꾸며져 있더니, 안에도 그랬다. 곧바로 상점이 있는 게 아니라 안쪽에도, 어른 가슴께까지 오는 나무와 장식들로 미로를 만들어 놓았다.

아이들이 와글거리며 떠드는 소리가 들렸다. 파벨이 살짝 눈치를 보았지만, 에리히는 이런 곳에서 아이들을 쫓아내라고 요구할 만큼 막되지 않았다.

뒤쪽에서 뛰어들어 온 아이들이 다다다 달리다가 에리히의 긴 다리에 걸렸다.

"앗!"

"조심해라."

에리히는 넘어지지 않게 아이들을 잡아 주고 고개를 들었다가, 나무 사이에 웅크리고 앉아 있는 금발 머리 남자아이와 눈이 마주쳤다.

생각지도 못한 우연에 에리히는 잠깐 얼었다. 엘리엇도 깜짝 놀란 모양이었다.

"앗!"

엘리엇이 두 손으로 제 입을 꾹 틀어막고 고개를 도리도리 저었다. 이럴 때 아이에게 어떤 반응을 해 줘야 하는지 몰라 에리히는 갈등했다. 파벨이 무례함을 무릅쓰고 그의 팔을 잡으며 자기 입술에 검지를 가져다 대는 제스처를 취했다. 모르는 척해 주라는 의미인 듯했다.

에리히는 그를 따라 입술에 쉿, 하고 검지를 가져다 대며 엘리엇을 바라보았다. 엘리엇이 진지한 얼굴로 격렬하게 고개를 끄덕이더니, 에리히가 마주 끄덕여 주자 활짝 웃었다.

그가 슬쩍 고개를 돌렸을 때였다. 클레어가 한숨이 나올 것 같은 얼굴을 하고 서 있었다.

"……."

에리히는 떨떠름한 표정으로 그녀를 쳐다보았다. 어울리지 않는 짓을 하고 있다는 자각이 있었다. 하지만 아이의 진지한 얼굴이 몹시 사랑스러운 것도 사실이었다.

"후우……."

클레어가 이번에는 진짜로 낮게 한숨을 내쉬었다. 그리고 엘리엇이 빤히 보이련만, 짐짓 모르는 체 말을 걸었다.

"저희 엘리엇 못 보셨어요?"

"……못 봤는데."

"애가 참 어디로 갔지? 안 보이네에."

에리히의 시선이 다시 엘리엇과 마주쳤다. 엘리엇은 신이 나서 견딜 수가 없는 듯 웃는 얼굴로 몸을 배배 틀었다. 클레어가 몸을 틀어 다른 쪽으로 가며 소리쳤다.

"엘리엇? 어딨니?"

그녀가 가게 안쪽으로 사라지자마자 엘리엇이 화단 밖으로 뛰쳐나왔다. 그리고 까르르 웃음을 손바닥 안에 감추고 말했다.

"고맙습니다."

"숨바꼭질 중이니?"

"네. 아저씨는 이모의 친구죠?"

저번에 만난 것을 기억하는 듯 엘리엇이 물었다.

친구라니. 에리히는 기묘한 소리를 들은 기분이 되었다. 그에게는 친구가 없었다. 그와 대등할 수 있는 사람은 대부분 친족 아니면 합종연횡 할 대상뿐이었다. 황자라든가, 다른 공작가의 남자들이라든가.

클레어를 친구라는 범주에 넣을 생각은 더더욱 해 본 일이 없었다. 후배라서가 아니라 그녀는 항상…….

하지만 지금 아이에게 말할 만한 다른 단어가 떠오르지 않았다. 그래서 에리히는 순순히 대답했다.

"그래."

"친구한테 거짓말하면 안 되는데."

엘리엇이 슬그머니 에리히의 눈치를 보았다. 자기가 거짓말을 하게 했다고 미안해하는 것 같았다.

에리히는 아이를 어떻게 다루어야 할지 몰라 잠깐 망연하게 서 있었다. 그건 대단한 거짓말이 아니라고 해도 되나? 목소리는 얼마나 부드럽게 내야 하지?

한 번도 해 보지 않은 일이라 머릿속이 바쁘다 못해 하얗게 물들었다. 영지의 광산에서 폭발 사고가 났다는 소식을 들었을 때보다 더 혼란했다.

그는 결국 몸을 낮추지도 않고 고개만 숙인 채 다소 무뚝뚝하게까지 들리는 어조로 물었다.

"그러면, 친구를 숨겨 주는 일은 괜찮을까?"

"음……. 나쁜 짓을 숨겨 주는 것은 안 돼요."

"숨바꼭질할 때는?"

그러자 엘리엇이 배시시 웃었다.

"아저씨는 제 친구가 아닌데요?"

"친구가 되면 되지."

"어른은 아이와 친구가 되지 않아요."

엘리엇이 말해 놓고, 주먹을 내밀었다.

"그렇지만 아저씨는 절 위해서 이모를 배신했으니까 한 번 만 믿어 드릴게요."

그 조그만 주먹에 에리히는 '어쩌라는 걸까?' 하고 잠깐 고민했다가 곧 뭘 하자는 건지 깨달았다.

에리히는 단언컨대 평생 그런 짓을 해 보지 않았다. 그의 아버지는 자식이라고 해서 아이에게 다정한 얼굴을 하는 사람이 아니었다. 어렸을 때에는 더더욱. 사촌, 육촌까지 범위를 넓히면 또래 남자의 수도 꽤 늘어나지만, 모두 로멜 귀족이다. 이런 식의 스킨십은 상상도 할 수 없는 일이었다.

하지만 아이를 실망시키고 싶지 않았다. 어른은 아이와 친구가 되지 않는다던 아이가 손을 내밀었는데, 여기서 기품을 지켜 봐야 뭐 하겠는가.

그는 몸을 구부려 아이의 작은 주먹에 자기 주먹을 톡 갖다 댔다. 보드라운 감촉에 심장이 울렁거렸다.

엘리엇이 다시 까르르 웃다가 얼른 화단 사이로 숨었다. 저쪽까지 갔던 클레어가 돌아왔다.

"아직도 여기 있었어요?"

"음."

클레어가 에리히를 빤히 올려다보았다.

장난감 가게에까지 행차하다니. 이 오해를 대체 어떻게 풀어 줘야 좋은가. 그리고 세상의 오해는 대체 또 어떻게 풀어야 하나.

그렇지만 나쁜 기분은 아니었다. 그녀가 몸을 허락한 적이 있는 남자가 아이 이야기를 듣고 도망가거나 부정하는 종류의 쓰레기도, 체면치레로 돈과 서류 몇 장을 던져 주고 끝내는 사람도 아니라, 책임을 지겠다며 어울리지도 않는 짓을 하고 있기까지 하니까.

그 아이가 본인 아이가 아니라서 그렇지.

클레어는 한숨을 조금 내쉬고 이 숨바꼭질을 끝내기로 했다.

엘리엇의 동글동글한 머리는 아까부터 잘 보였다. 이 가게는 아이들이 놀기 좋게 꾸며 놓았지만, 어른이 시야에서 놓치는 일 없도록 아이가 숨을 만한 시설은 대부분 가슴 높이에 머물렀다.

"찾았다, 엘리엇!"

"악!"

클레어가 왁 소리를 지르자 엘리엇이 기겁하며 뒤로 넘어져 엉덩방아를 찧었다. 에리히는 반사적으로 그쪽으로 한 걸음을 내디뎠다. 하지만 그가 뭘 하기 전에 엘리엇이 팔짝 뛰어 일어났다.

"에이, 도망갈걸."

살짝 자신 쪽을 쳐다보는 눈길에 에리히는 괜히 미안해졌다. 하지만 엘리엇은 원망 같은 걸 하지는 않았다. 클레어가 둘을 번갈아 보며 어이없는 듯이 헛웃음을 머금었다.

"뭐예요? 나 없는 사이에 무슨 이야기를 했기에?"

"친구를 배신하면 안 되니까."

에리히의 무뚝뚝한 말이 뭐가 그리 재미있는지 엘리엇이 웃음을 터뜨렸다.

"좋아요. 저 진짜 아저씨를 믿기로 했어요."

"……."

"이모, 이번엔 아저씨도 끼워 줄래!"

"장난감은 안 사고 숨바꼭질만 하다가 가려고?"

"앗. 안 돼!"

엘리엇이 깜짝 놀라 클레어의 치맛자락에 달라붙었다. 클레어가 짐짓 지갑을 꺼내 흔들었다.

"마사랑 가서 제일 갖고 싶은 거 딱 두 개만 골라 오렴. 30골드 안에서."

"30골드는 너무……."

너무 싼 거 아니냐고 말하려는 에리히의 말을 클레어가 손짓으로 막았다. 엘리엇이 눈을 반짝 빛냈다.

"진짜? 두 개?"

"네가 직접 더해서 잘 계산해야 해. 할 수 있지?"

"응!"

엘리엇이 신나서 뛰어갔다. 엘리엇을 시야에 둔 채로 근처에서 맴돌고 있다가 클레어를 따라온 마사가 그 뒤를 따라갔다.

클레어는 한숨을 내쉬었다. 그리고 턱을 조금 치켜들고 에리히를 올려다보았다.

"엘리엇을 상대해 줘서 고마워요. 저 애는 남자 어른이 자기를 진지하게 대해 주는 걸 정말 좋아하거든요."

"당연한 일이야."

"이런 공개적인 장소에서 지난번에 우리가 했던 이야기를 다시 하려고 하면, 가방으로 선배의 턱주가리를 날리고 제국의 반역자가 되어 끌려가는 쪽을 택할 거예요."

"……."

에리히는 클레어가 바라는 대로 입을 다물었다.

"저쪽에서 어른들에게 차를 주던데, 마실래요?"

"그러지."

에리히는 고개를 끄덕였다.

클레어가 앞장서서 걸었다. 에리히는 천천히 그 뒤를 따르다가 조금 걸음을 빨리해서 옆으로 갔다. 클레어는 별말 하지 않고 말했다.

"이런 데는 어쩐 일이에요? 제발 엘리엇 선물 사러 온 거라는 말만 빼고."

"……그러면 할 수 있는 말이 없군. 지난번에 하던 이야기를 계속할 수 없다면 더더욱."

"하아……."

클레어가 긴 한숨을 내쉬었다. 에리히는 뭐라고 한마디 하려고 했지만, 그 전에 클레어가 선수를 쳤다.

"오늘은 제발, 안 싸우고 싶어요. 그러니까 좀 넘어가면 안 돼요? 여기서 싸우면 소문이 또 더 커질 텐데, 나는 엘리엇을 데리고 교회에 갔다가, 저녁식사를 하고, 호텔에 돌아가면 일까지 해야 한단 말이에요."

"일정이 길군."

“선배야말로 바쁠 텐데, 여기까지는 뭐 하러 왔어요?”

“네가 금지한 이야기인데.”

“아, 그렇죠. 질문은 아니었어요.”

클레어가 고개를 저었다.

가게 한쪽 구석에서 차를 긴 물잔에 담아 나누어 주고 있었다. 테이블도, 의자도 없었지만 지친 어른들은 각자 차를 들고 한숨 돌리고 있었다.

에리히 쪽으로 시선이 몰려왔다. 이 장난감 가게는 워낙 큰 데다가 아이들이 놀기 좋기 때문에 부자나 귀족 손님이 오는 것도 특이한 일은 아니었지만, 에리히 같은 외모의 남자는 보기 드물었다.

에리히는 전혀 신경 쓰지 않고 창가 쪽으로 향했다. 딱히 뭐라고 하지도 않았는데 위압당한 사람들이 그 자리를 비워 주었다.

클레어가 눈을 가늘게 떴다.

“왜?”

“아니, 선배랑 있으면 편하다 싶어서요. 여러 가지로. 원래도 알고는 있었지만.”

“그런가.”

“아, 선배 자체가 편하다는 말은 아니니까요.”

“넌 항상 쓸데없는 소리가 한마디 더 많아.”

에리히는 눈살을 찌푸렸다. 클레어가 피식 웃었다.

“진실은 중요한 거니까요.”

“넌 오해하게 말한 적이 없어.”

"그런가요? 도무지 감당 못 할 오해에 인생이 휘청거릴 지경인데요?"

에리히는 눈썹만 찡그린 채로 대꾸하지 않고 찻잔을 입에 댔다. 찻물은 혀가 썩을 만큼 달았고 향도 나빠서, 뜨겁다는 것 말고는 장점이 없었다. 하지만 이상하게 기력이 났다.

그는 한 모금을 마시고 구름처럼 솜덩이가 매달린 천장을 올려다보았다.

"가게가 특이하군. 내가 상상한 장난감 가게가 아닌데."

"마음에 들어요?"

"내가 마음에 들고 말고 할 일은 아니지. 아이들이 좋아하겠다는 뜻이야. 하지만 이래서야 장사가 되나?"

"잘되겠죠. 사람 봐요."

"수익이 나느냐고 묻는 거야. 이 장식에, 아이 보는 경비원에, 비용이 상당히 들 텐데. 그냥 놀고만 가는 손님도 많을 것 같고."

클레어가 잠깐 입을 다물었다. 그 사실에 에리히는 승리감을 느꼈다.

"내 가게인 거 어떻게 알았어요?"

"이렇게 남들이 생각지도 못할 발상을 하는 사람이 세상에 너 말고 또 있을까?"

그리고 그걸 실행해 버리는 사람도.

에리히는 그게 늘 놀라웠다. 클레어는 언제나 자기에게 아무런 힘도 능력도 없다는 듯이 말하고, 나서서 먼저 일하려 들지 않았다.
하지만 실제로 뭔가를 시작했을 때에는 망설이는 법이 없었다. 실패하는 일도 없었다. 자기가 이루어 낸 것마저 조소하는 일이 잦아서 그렇지.
이번에도 클레어가 불편한 얼굴로 대꾸했다.
"손님을 빨리 내보내는 게 아니라 붙들어 두려는 시도를 하는 건 제가 처음이 아닐 텐데요."
"아이들은 다르지. 직접 지갑을 열 수 있는 사람이 아니잖나. 사실 장난감을 사 준다는 것 자체가 흔한 일이 아닐 텐데."
대부분의 가정에서는 일곱 살만 되어도 일을 시켰다. 부모에게 가게가 있거나 갈 땅이 있다면 집안일을 돕는 게 당연했다.
양이나 소를 치는 것은 으레 아이들의 일이었다. 도시에 산다면 신문을 팔거나 사환 노릇이라도 하는 게 보통이었고, 공장에서도 일고여덟 살짜리 아이를 썼다. 어려서 아직 놀 나이라도 굳이 장난감 같은 것을 사 줄 이유가 없었다. 세상에 갖고 놀 것이 천지로 널렸는데.
클레어가 씁쓸하게 말했다.
"그러니까 이런 데까지 아이를 데려오는 사람은 부자잖아요. 오래 있으면, 돈을 쓰게 마련이죠."
"흠."
"사실 지금으로서는 돈이 되는 일은 아니에요."
클레어가 쌈박하게 인정했다.
"그냥 여러 가지 사업을 벌여 보는 거죠. 성공하는 것도 있고, 실패하는 것도 있지만요. 이건 실패에 가까웠지만, 좋아하는 사람이 많아서 유지하고 있어요."

"그렇군."

"꼭 부모가 사 주지 않아도…… 도제나 심부름꾼으로 일하면서 돈을 저축해서 사러 오는 일도 있거든요."

보물을 사러 오듯이 말이다. 그래서 클레어는 조금 더 높은 연령대의 장난감도 만들게 했다. 나뭇가지 하나, 돌 몇 개로 풀을 찧어서도 재미있게 놀 수 있는 게 아이들이라지만, 조카가 있고 보니 그런 게 또 안타까웠다.

"넌 도박사 기질이 있어."

"이게 무슨 도박사예요? 가게 하나인데."

"이 가게 하나만 두고 하는 말이 아니야."

"아."

클레어가 짧게 탄성을 냈다. 그리고 귀밑머리를 쓸어 올리며 불편한 듯이 시선을 돌렸다.

"위빙 상단이 제 거라는 거, 알고 있었어요?"

"……보고가 들어오니까. 내 영지에서도 꽤 잘되는 것 같던데."

에리히도 시선을 돌려 창밖으로 길바닥을 노려보았다. 지난 5년 동안, 위빙 상단의 동향을 지켜보고 있었다는 것을 들키고 싶지 않았다.

아이가 있다는 것은 몰랐으면서.

위빙 상단이 아니라 차라리 델포드 영지를 지켜봐야 했던 건지도 모른다. 자존심 때문에 그러지 못한 것이 한탄스러웠다.

"아, 생각해 보니 그쪽에서 분쟁이 있죠."

클레어가 벨프 후작가의 이야기를 꺼내지 않은 채로 가볍게 대답했다. 그녀는 에리히가 그런 일에 끼어들지 않을 거라고 믿었지만, 알고는 있어도 이상하지 않았다.

"뭐, 운이 좋았어요."

"운만으로 위빙 상단 같은 걸 만들 순 없지."

"그러면, 상상력도 좋았다는 것으로 하죠."

클레어는 별것 아니라는 듯이 대꾸했다.

그리고 진짜로 별것 아니라고 생각했다. 그녀는 미래의 형태를 알고 있었다.

로멜-아렌 제국이 그녀가 전생에 살던 세상과 일치하는 역사를 갖고 있는 것은 아니다. 지리와 기후 특성이 달랐다. 그러나 사람의 마음은 똑같다. 어떤 기술 뒤에 무엇이 올지, 물자가 풍부해지면 사람이 무엇을 바라게 될지는 비슷한 법이다.

클레어는 산업혁명의 진행에 대해서 어렴풋한 지식이 있었고, 무엇보다도 그 끝에 무엇이 있는지 결과물을 알고 있었다. 그러니 무엇에 도전할지 고르기만 하면 되었다. 성공을 믿고 망설임 없이 쥔 패를 던질 수 있었다.

예산을 짜고 투자금을 모으고 레버리지를 일으키는 일 같은 것도 클레어에게는 그렇게 새롭고 복잡한 일이 아니었다. 그녀는 자본주의가 극도로 발달한 세상에서 살아 봤으니까.

'도박사가 아니라 치터지.'

물론 이곳이라고 해서 경제 구조가 단순하다거나 돈 벌기가 쉬웠다는 것은 아니다.

하지만 클레어는 귀족이었다. 비록 남방 아렌의 하급 귀족이라면 사교계의 바닥이라고 할 수 있지만, 그래도 귀족은 귀족이었다.

갈취나 위협으로부터 자유로웠고, 행위는 선해되고, 룰은 호의적으로 움직였다. 그것조차도 클레어에게는 부당한 편법으로 여겨졌지만 말이다.

고작해야 아렌의 여남작인 자신에게도 이렇다면, 로멜의 대귀족들은 얼마나 편리한 세상 속에서 살고 있단 말인가. 그리고 평민들에게는 얼마나 불공정한 세상일까.

그 둘에게는 나라도, 법도, 세상이 돌아가는 원리조차도 완전히 다르다. 클레어는 그런 생각을 하며 에리히를 바라보았다.

"또 뭔가 나한테 화가 났군."

에리히가 말했다. 클레어가 피식 웃었다.

"아뇨. 선배한테 화가 난 게 아니고, 그냥 세상사에 가끔 견딜 수 없이 화가 나요."

"……."

"잘도 안다니까. 저 방금 티 하나도 안 냈는데."

클레어가 미소를 지었다. 그건 좀 신기한 일이었다.

그들은 아무 사이도 아닐 수도 있었다. 에리히는 그녀를 그냥 아무것도 아닌 하급 귀족으로 보고 넘어갈 수도 있었다. 같은 교수의 연구실에 오가는 하급생으로만 여기고 목례나 건네고 지나갈 수도 있었다.

그랬다면 클레어도 그냥 높으신 분으로 생각하고, 무슨 일이 있을 때 인맥으로 잡아 보려고 애썼을지도 모른다.

'지금도 아무 사이 아니지만.'

클레어는 생각의 끝에 그런 쐐기를 박았다. 에리히가 중얼거렸다.

"그건……."

"그건……?"

클레어는 고개를 갸웃했다. 생각에 잠기느라 조금 전에 무슨 이야기를 하고 있었는지 놓쳤던 것이다.

에리히가 고개를 저었다. 네 눈동자가 그럴 때에는 달구어진 강철처럼 보이기 때문이라고 말할 수는 없었기에, 그는 그냥 말을 입 안에서 굴려 삼켰다.

"아무튼."

그가 말을 돌렸다. 원래 목소리에 카리스마가 있던 터라, 그것만으로도 사람의 주의를 돌리는 힘이 있었다.

"난 네가 태만하다고 생각했는데, 그런 소식이 들려서 놀랐지."

"그러게요. 저도 이렇게 열심히 살 예정은 없었는데, 키워야 할 애가 있으니까요. 우유 버프라고 해야 하나."

5년 전 그날 밤, 엘리사가 피 묻은 옷을 입고 새파랗게 겁에 질려 왔을 때, 가질 수 있는 힘을 전부 갖겠다고 결심했다.

가족을 지키기 위해서.

“전 달리 의지할 곳이 없으니까요. 딱히 대귀족인 본가가 있는 것도 아니고. 돈이라도 있어야죠.”

에리히는 대답하지 않았다.

그러자 대화가 끊어졌다. 클레어는 만족스러운 기분으로 차를 비웠다. 에리히와 소리 지르지 않고 대화 같은 대화를 나눈 게 얼마 만인지 모르겠다.

그녀는 모처럼 기분이 좋았지만, 반대로 에리히가 심기 불편한 얼굴로 그녀를 내려다보았다.

“나한테 연락해 볼 생각은 안 해 봤나?”

“그거 완전히 착각이라니까요.”

클레어는 답답해졌다. 그렇다고 사정을 전부 밝힐 수도 없었다.

‘선배가 신뢰할 수 없는 사람이라는 건 아니지만…….’

비밀은 아는 사람이 적을수록 좋은 법이다.

에리히는 황실과 관계가 가까운 사람이다. 황제가 그의 외삼촌이고, 황후와는 인척이었다. 제국의 지배 가문들은 모두 긴밀한 혼맥으로 이어져 있기 때문이다. 그러니 진실을 알릴 수는 없었다. 그가 황후와 친하든 아니든, 위험 구역에 너무 가까웠다.

그게 아니라도 클레어는 그를 공연한 일에 끌어들일 수 없었다. 엘리사와 엘리엇을 지키는 것은 그녀의 책임이지, 그와는 상관없는 일이었다.

그가 엘리엇에 대해 공연한 오해를 하고 있어서 그렇지, 사실 아무런 상관도 없는 사람이다.

"클레어."

괜스레 머릿속이 어지러워져서 클레어는 생각에 잠겨 있다가, 이름을 부르는 소리에 고개를 들었다. 에리히의 손이 그녀의 턱을 들어 올려 시선을 제게 고정시켰다. 어느 틈에 그가 옷자락이 닿을 정도로 성큼 다가와 있었다.

클레어는 흠칫 놀랐다. 숨결의 온도가 훅 올랐다. 그녀는 그 사실을 들키지 않기를 바랐다.

"엘리엇 이야기를 하는 게 아니야."

아까부터 나직나직하게 말하고 있던 에리히의 목소리가 한 층 더 낮아졌다. 그게 주위에 들리지 않도록 주의하는 것인지, 감정을 억누르려는 것인지 확실하지 않았다. 하지만 클레어는 그 목소리 밑바닥에 깔린 끓는 듯한 열을 느낄 수 있었다. 그가 어떤 때에 이런 목소리를 내는지 이미 들어 버렸기 때문이다.

"나는 네게 구혼하려던 남자야. 의지할 곳이 필요할 때, 정말로 한 번도 내 생각은 안 한 건가?"

"그게…… 당신이 화낼 일이에요?"

"네게는 정말로 내가 그렇게 아무것도 아니었나? 나는 적어도 우리가……."

에리히가 갈라진 목소리로 말을 이었다.

"남들보다는 서로의 마음에 꽤 많이 닿아 있는 사이라고 생각했는데."

"글, 쎄요. 설령 그게 사실이라 하더라도……."

사랑이라는 단어를 발음하지 못하고 클레어는 숨을 들이켰다. 그리고 물러서면서 그를 밀어내려고 했지만, 그 전에 에리히가 그녀의 손을 잡았다.

"넌 잊은 것 같은데, 나는 너를 원해."

그는 클레어의 손등에 입술을 가볍게 눌렀다가 뗐다. 그 동작이 너무나 매끄럽고 자연스러워서, 여기가 장난감 가게의 휴게실이 아니라 황궁의 무도회장처럼 보일 지경이었다.

"실수 때문에 적선하듯 결혼해 줄 필요 없다고 했잖아요. 이제 지긋지긋해요. 도대체 언제까지 이 이야기를 해야 해요?"

클레어는 잠기려는 목소리를 쥐어 짜냈다. 이러면 안 되는데, 생각이 자꾸만 엉뚱한 곳으로 흘러갔다. 잡혀 있는 손바닥의 온도, 허리를 감아 오는 팔. 에리히는 고귀한 신분치고는 단단한 손바닥을 가지고 있었다. 클레어는 그것을 떠올리고 소스라쳤다.

"내가 실수라고 말한 건 널 안은 걸 두고 말한 게 아니라, 순서가 틀렸다는 거였어."

그가 클레어를 향해 고개를 숙였다. 클레어는 입을 벌리고 에리히를 쳐다보았다. 그가 내는 울림 있는 목소리가 거의 클레어의 입술 위에 닿을 지경이었다.

"구혼을 먼저 했어야 했는데."

그녀가 졸업하고 나면 구혼자 행렬에 이름을 올릴 작정이었는데, 클레어는 졸업장을 챙기자마자 바로 영지로 가 버렸다. 몇 년 만에 수도로 돌아와서 재회했지만, 하룻밤 만에 사람을 허튼 작자로 만들어 놓고 또 도망쳤다.

에리히는 이번까지 멍청하게 넋 놓고 있을 생각은 전혀 없었다.

"저기, 선배. 지금 여기가 어디라고 생각하는 거예요?"

"소문나라지. 이미 걷잡을 수 없을 텐데. 내가 네 명예를 지켜 주려고 입을 다물어서 얻는 게 뭐지? 남 취급? 자식을 잃는 거?"

"그거 아니라니까요."

그때 엘리엇이 소리치는 목소리가 들렸다.

"이모랑 아저씨가 뽀뽀한다!"

어른들은 귀를 쫑긋 세울지언정 예의를 지켜, 직접 입 밖에 내는 자는 없었다. 그러나 아이들은 달랐다.

아이들이 그게 무슨 대단히 신나는 일이라도 되는 것처럼 엘리엇을 따라 입을 모았다.

"뽀뽀한다!!"

"뽀뽀했대요!"

클레어는 새빨개져서 에리히를 밀쳐 냈다. 에리히는 남의 시선 따위는 전혀 개의치 않았지만, 순순히 그녀를 놓아주었다.

"거 점잖은 분들이 공공장소에서 무슨 짓입니까?"

엘리엇을 목말 태워 온 로저가 툭 던졌다. 그 뒤에서 엘리엇을 따라갔던 파벨과 마사가 난처한 얼굴을 하고 있었다.

클레어가 두 손바닥으로 얼굴을 덮었다. 쪽팔려서 살 수가 없었다.

"안 했어."

"아니야, 내가 봤어!"

엘리엇이 소리쳤다. 그리고 로저의 어깨에서 내려오려고 버둥거렸다.

클레어가 뒤로 가서 안아 내리려는데 에리히가 그녀보다 먼저 손을 뻗어 엘리엇을 가볍게 들어 내렸다. 안아 준다기보다는 로저에게서 떼어 내는 듯한 동작이었다.

살짝 바닥에 내려놓으려 하자 엘리엇이 발을 버둥거리며 허공에 휘저었다.

"조심."

"앗!"

엘리엇은 발이 바닥에 닿자마자 달려와 클레어의 다리를 끌어안았다.

"우리 이모야!"

에리히는 뭐라고 말해야 좋을지 몰라서 입을 다물고 엘리엇을 바라보았다. 엘리엇이 클레어의 치맛자락에 얼굴을 비볐다.

클레어가 한숨을 내쉬며 엘리엇을 안아 들었다.

"어이구, 무거워."

엘리엇이 클레어의 볼에 뽀뽀했다. 클레어는 풀어지려는 얼굴을 억지로 정색했다. 로저가 피식거렸다.

"이모님 결혼하시면 싫으십니까?"

"그건 아닌데에……."

엘리엇이 투정을 부렸다. 클레어는 헛웃음을 머금었다. 귀엽기도 하고, 애틋하기도 했다. 자신이 누구 때문에 결혼 계약서까지 검토 중인 건데.

“이모는 엘리엇이 세상에서 제일 좋아.”

“거짓말.”

“왜 거짓말이야? 진짠데.”

“저번엔 엄마를 제일 좋아한댔어.”

“아, 그건 그렇지. 그럼 산 사람 중에서 제일 좋아.”

“나도 엄마 말고 이모가 제일 좋아.”

엘리엇이 포옥 안겼다.

클레어는 숨을 흡 들이켜고 그 자리를 떠났다. 찜찜함을 느꼈지만, 사실 여기에서 에리히와 뭔가 달리 더 할 이야기가 있는 것도 아니었다. 엘리엇 앞에서는 더더욱.

에리히와 로저가 나란히 그녀의 뒤를 따랐다. 클레어는 휴게실 밖으로 나왔다. 그런다고 사람의 시선을 다 피할 순 없었지만, 적어도 아이들의 놀리는 소리는 뒤따라오지 않았다.

“저기요, 선배.”

이제 그만 좀 가라고 말하려는데, 에리히가 로저를 턱 끝으로 가리키며 물었다.

“이자는 누군가?”

평소의 에리히라면 신경 쓰지 않았을 것이다. 그에게 타인은 대부분 눈 아래에 스쳐 지나가는 존재에 불과했기 때문이다. 클레어 식으로 말한다면, 사람을 사람으로 인식하는 일 자체가 드물다.

하지만 이 젊고 훤칠한 남자가 신경 쓰였다. 고용인처럼은 보이지 않았다. 옷치레는 허술하지만 옷감이 고급품이었고, 활달하고 생동감 있는 태도에도 눈에 띄는 부분이 있었다.

무엇보다도 엘리엇과 친해 보였다. 당연한 것처럼 엘리엇을 목말 태우고 오고, 클레어가 아이를 내려 주려는 모습이 어찌 보면 가족처럼 보이지 않는 바도 아니라는 것을 완전히 인정하지 않을 수도 없었다.

클레어가 의아하게 남자들을 돌아보았다. 에리히가 평민인 게 분명한 사람에 대해 궁금해하는 것도 놀라웠지만, 클라우제너 공작에게 비빌 기회가 생겼는데도 로저가 입 다물고 있는 게 더 놀라웠다.

"이쪽은 위빙 상단주예요."

로저에게는 굳이 소개하지 않았다. 사업을 크게 한다는 사람이 클라우제너 공작의 얼굴을 모를 리가 있겠는가.

로저가 없는 모자도 다시 벗을 만큼 공손한 자세로 말했다.

"로저 카슨입니다. 뵙게 되어 영광입니다, 클라우제너 공작 각하."

"흠."

에리히는 말없이 그에게 손을 내밀어 악수를 받아 주었다. 고작해야 상단주라니, 신경 쓸 만한 상대가 아닌데 어쩐지 마음에 걸렸다.

"위빙 상단주는 꽤 수완가라고 들었는데, 이렇게 젊은 사람인 줄 몰랐군."

"아마 좋은 평판을 들으셨다면 저희 아버지 이야기일 겁니다. 저야 뭐, 남작님 심부름꾼이죠. 남작님이 절 선택해 주신 걸 그저 인생의 대운으로 알고 감사할 따름입니다."

로저가 실실 웃었다. 에리히가 눈썹을 꿈틀거렸다. 역시나 이 남자가 거슬렸다.

클레어가 물었다.

"그런데 로저, 여긴 어쩐 일이야? 무슨 급한 용건이라도 있어?"

"아, 그게 말이죠. 밤베르크시 소매점 대표가 찾아왔습니다."

그가 고개를 숙여 클레어의 귓가에 속삭였다.

"음……."

클레어는 눈을 흘겼다. 확실히 에리히 앞에서는 할 수 없는 이야기였다. 밤베르크시는 클라우제너 공작령의 주요 도시 중 하나로, 벨프 후작가와의 분쟁 최전선이라고 할 수 있었다.

하지만 로저의 이 태도는 이상했다. 원래 귓속말 같은 것을 하는 위인이 아니었을뿐더러, 그럴 만큼 급한 소식도 아니었다. 로저가 말했다.

"남작님을 번거롭게 해 드리고 싶은 건 아닙니다."

"여기까지 왔다면, 한번 만나긴 해야겠군. 내일……?"

"남작님이 부르시기만 하면 언제든 달려갈 겁니다. 호텔로 갈까요?"

"그래."

"알겠습니다."

로저가 흘끔 에리히를 쳐다보며 미소를 지었다. 클레어는 그가 왜 이러나 싶었다. 로저가 때때로 그녀에게 결혼 상대로 자기는 어떠냐는 헛소리를 하기는 했지만, 클레어는 그것을 아첨과 농담이 섞인 장난 이상으로 들은 적이 없었다.

이익에 밝은 성격으로 미루어 보건대 여기에서 로저가 제일 아첨해야 할 것은 에리히였다. 손이라도 비벼서 밤베르크 문제를 해결해야 할 것 아닌가.

클레어는 그럴 필요가 없다고 생각했고, 에리히에게 그렇게 아쉬운 소리를 하느니 혀를 칵 깨물고 말 테지만 말이다. 그런 생각을 하며 문득 시선을 주자, 에리히가 눈을 가늘게 뜨고 이쪽을 노려보고 있었다.

정확히는 로저를.

'뭐야. 지금 이거 진지하게 시비 걸린 거야? 진짜로?'

너무 어이가 없어서 그녀는 하, 하고 한숨 소리를 냈다. 그것을 잘못 받아들인 에리히의 입매가 더 굳었다.

"무슨 일인가?"

"사업 이야기예요. 남 앞에서 할 만한 이야기는 아니에요."

클레어는 딱 잘라 대답했다. 에리히에게 청탁 같은 걸 할 마음은 조금도 없었고, 그 비슷하게 들릴 만한 여지가 있는 말도 하고 싶지 않았다.

"이모! 이모오!"

기다림이 한계에 도달한 엘리엇이 클레어의 허리를 껴안고 떼를 썼다.

"나 장난감!"

"아."

클레어는 약속 상대가 아이라고 해서 쉽게 잊거나 무시하지 않았지만, 오늘은 그만 딴 데에 정신이 너무 많이 팔렸다.

"다 골랐어?"

"저기 있는 거!"

엘리엇이 클레어를 질질 잡아끌었다. 이럴 때만은 힘이 셌다. 클레어는 이제 그만 돌아가라는 마음을 담아 에리히를 돌아보았지만, 그는 못 알아듣지도 않았을 거면서 그들을 뒤따라왔다.

엘리엇이 커다란 요새 모형 가구를 가리키며 소리쳤다.

"이거! 산적놀이!"

"아니, 전쟁놀이가 아니라요?"

그들 뒤를 슬슬 따라온 로저가 물었다. 엘리엇이 흥분한 얼굴로 말했다.

"산적놀이 할 거야!"

"엘리엇, 이모가 아까 뭐라고 했지?"

"장난감…… 두 개……."

클레어의 목소리에서 거절을 느끼고 엘리엇이 시무룩해졌다.

"이거 한 갠데……. 나 이거만 있으면 되는데……."

"얼마까지 된댔어?"

"30골드……."

"우리 엘리엇, 몇까지 셀 수 있어?"

엘리엇이 기어들어 가는 목소리로 말했다.

"그치만 이건 로저 아저씨가 선물해 준댔는데……. 이모가 사 주는 거랑 다른데……."

말꼬리에 이미 울먹임이 섞이고 있었다. 클레어는 공연히 아이를 부추겨 놓았다고 로저를 노려보았다. 로저가 두 손을 들어 항복 표시를 했다.

"몰랐습니다. 갖고 싶다고 하셔서……."

"함부로 뭐 사다 안기지 말랬지."

이게 처음이 아니었다.

"비싼 것도 아닌데……."

로저가 웅얼거렸다. 에리히가 끼어들었다.

"얼마짜린데. 고작해야 아이용 아닌가."

"파는 게 아니에요. 여기에서 노는 아이들을 위해서 만들어 둔 거라고요."

갖고 싶다고 아무것이나 다 사 줄 순 없다. 돈 문제가 아니었다.

"흑."

엘리엇이 우는 건지 놀란 건지 모를 소리로 딸꾹질을 했다. 클레어는 엘리엇 앞에 한쪽 무릎을 꿇고 앉아 그의 뺨을 손바닥으로 닦으며 물었다.

"이모가 약속은 지킬 거야. 그렇지만 이건 안 돼. 여기서 친구들이랑 같이 놀라고 만들어 둔 거야."

"이모 미워. 나 저거 아니면 싫어어어!"

"어차피 이거 집에 갖고 가지도 못하지만, 갖고 간다고 해도 여기서 혼자서 놀 거야?"

엘리엇이 울먹거리다가 앵돌아졌다. 혼자서는 전쟁놀이든 산적 놀이든 할 수 없다는 것을 깨달았지만, 인정하고 싶지 않은 모양이었다.

클레어는 한숨을 쉬고 로저에게 눈치를 주었다. 로저가 머리를 긁적이며 사과했다.

"죄송합니다."

"장난감은 나중에 다시 사러 오자."

클레어는 엘리엇을 안아 올렸다. 그리고 에리히에게 말했다.

"선배도요."

"나도? 뭘?"

"엘리엇한테 함부로 과한 선물 하고 그러지 말라고요. 나중 가서 나만 나쁜 사람으로 만들지 말고."

"내가 왜 널 나쁜 사람으로 만들어?"

"선배는 안 그래도, 주변 사람들이 가만히 있겠어요? 아무 일 안 했는데 클라우제너를 노린 사기꾼 취급 당하기는 싫거든요."

클레어는 에리히에게 작별 인사를 건네고는, 눈물범벅이 되어 떼쓰는 엘리엇을 안고 장난감 가게를 떠났다.

뒤에 남은 에리히는 잠깐 가만히 생각에 잠긴 채 서 있었다. 파벨이 조심스럽게 그의 눈치를 보았다.

"공작님, 돌아가시겠습니까?"

"파벨, 점장을 불러와."

"예?"

생각을 마친 에리히가 하는 말에 파벨이 깜짝 놀랐다. 에리히는 요새 모형을 쳐다보다가 말했다.

"이 가게의 장난감을 전부 사야겠어."

"아이고, 공작님. 조금 전에 숙녀분이 말씀하시는 것을 들으시고서……."

"엘리엇에게 무턱대고 주진 않을 테니까 교육적인 걱정은 됐네. 지금 가게에 들어와 있는 아이들에게 갖고 싶다는 걸 전부 하나씩 주고, 이넨호프 호텔의 지배인을 불러와."

에리히는 엘리엇의 환심을 사야겠다고 결심했다. 적어도 로저 카슨이라는 저놈보다는 더.

클레어가 말한 것처럼 주변 사람들이 가만있지 않으리라는 것은 그도 알고 있었다. 그게 무슨 상관인가. 일단 공작 부인으로 만들고 나면 전부 꿀 먹은 벙어리가 될 텐데. 사죄하러 네 발로 기어올 것이다.

소문은 이미 날 대로 났다. 오히려 고마운 일이다. 그는 로텐부르크에서 가장 쓰레기 같은 신문사 앞에서 키스해서, 소문을 2백 배 정도 부풀릴 용의도 있었다. 포위 섬멸전은 가장 확실한 승리 전술이다.

클레어 상대로는 그것도 안심할 수 없었지만 말이다.

"그리고 저 로저 카슨이라는 놈에 대해서 좀 알아봐."

"예."

파벨이 이마의 땀을 닦으며 대답했다.

포위 청혼전

한스는 일어서서 모자를 벗고 클레어에게 허리를 꺾었다.

"부디 살펴 주십시오."

그가 대표하는 밤베르크의 포목점들이 어려움을 겪게 된 것이 벌써 반년 전부터의 일이었다. 모두 위빙 상단과 거래 관계가 있는 곳이다.

그 직전까지는 좋았다. 위빙 상단의 문직물은 단순히 그냥 그것만 잘 팔리는 것이 아니라 포목 자체의 수요를 늘렸다.

밤베르크는 부유한 클라우제너 공작령 중에서도 물자의 흐름이 상당히 빠르고 돈이 많은 도시였다. 소비하는 법을 알게 된 시민들은 점주들의 호주머니를 풍요롭게 해 주었다.

그러나 반년 전, 벨프 후작가의 자산을 운용하는 프라흐 상단이 밤베르크를 타깃으로 삼았다. 문직물이 말도 안 되는 가격으로 무차별로 공급되었다. 무늬 없는 보통 직물의 가격이 더 비쌀 지경이었다. 손님들은 이왕이면 문직물이 저렴한 곳으로 향했다. 어차피 보통 직물의 가격은 여기나 거기나 비슷했다.

포목점주들은 나름대로 연합해서 프라흐 상단에게 대항해 보려 했다. 자체적으로 이익률을 낮추고 거의 원가에 가깝게 팔았지만, 프라흐 상단에서 파는 값에는 도저히 미칠 수 없었다.

어떤 포목점주들은 프라흐 상단에게 굴복하러 가기도 했다. 위빙 상단과 손을 끊고 프라흐 상단에서 직물을 공급받으려 한 것이다. 프라흐 상단은 그것도 거부했다.

'멍청하긴. 그게 될 리가 있나. 이건 아무리 봐도 위빙 상단에서 만드는 문직물이야. 다른 데에서 그걸 사다가 여기다가 싸게 뿌리는 거야.'

'뭐 하려요?'

'우리를 다 죽이려는 거지!'

그런 대화 끝에 포목점주들은 한스를 대표로 하여, 위빙 상단의 진짜 주인에게 하소연하러 온 것이었다.

클레어는 레이스 장갑을 낀 하얀 손을 깍지 끼어 무릎 위에 내려놓았다.

"심정은 이해하지만, 지금보다 공급가를 더 낮출 순 없어. 지금도 로저가 거의 원가에 가깝게 주고 있는 거야."

기계를 통한 대량 생산으로 가격을 극적으로 낮췄다지만, 그렇다고 땅에서 그냥 파내는 게 아니다. 직공들에게도, 목화

농장의 인부들에게도 적절한 대우를 해 주어야 한다. 그러고 나면 원가는 이들이 생각하는 것처럼 그렇게 저렴하지 않았다.

무엇보다도 클라우제너의 금고에 빨대를 꽂은 벨프 후작가와 치킨 레이스를 할 수는 없었다. 클라우제너는 진짜로 땅에서 돈을 파내는 곳이니까.

"그리고 자네들에게만 원가 이하로 저렴하게 공급할 수도 없고. 자네들이 싸게 팔면, 그걸 또 다른 상단에서 사다가 다른 지역에 저렴하게 풀어 버리겠지."

"그건……."

"지금도 이미 벌어지고 있는 일이라네."

웃기는 꼴이었다.

프라흐 상단은 위빙 상단에서 문직물을 사다가 싸게 풀고, 그게 싸니까 다른 지역의 상단이 또 밤베르크의 프라흐 상점에서 문직물을 사 간다. 사실 클레어도 예외는 아니었다. 다른 루트로 프라흐 상단에서 문직물을 사들이고 있었다.

'사실 돈이 복사되고 있긴 한데.'

비싸게 판 물건을 싸게 되사다가 다시 비싸게 팔고 있으니까. 프라흐 상단은 자기네 상점에서 나간 물건을 다시 한번 비싸게 되사고 있다는 걸 인지하지 못하는 것 같았다.

일단 밤베르크에서 위빙 상단을 쫓아내기만 하면 거기를 거점으로 자기네 상단의 점유율을 점점 높여 갈 수 있을 거라고 생각하나 본데, 아니올시다였다. 세상이 철도 수송으로 연결되었다는 것의 의미를 이들은 아직 잘 이해하지 못한 것 같았다.

하지만 한스 같은 소매점주들이 망하지 않도록 배려하긴 해야 했다. 클레어는 안 그래도 이 문제로 골을 썩이고 있었다.

"단순히 가격 경쟁만으로는 안 돼. 생각해 봤는데, 아예 이 기회에 단순히 직물을 팔 게 아니라……."

새로운 방식의 판매 전략에 대해서 이야기하려던 때였다. 한스가 몸 둘 바를 모르는 얼굴로 망설이던 끝에 한마디를 여쭈었다.

"공작님께서 중재해 주실 가망은 없는 겁니까?"

"공작님?"

클레어는 눈살을 찌푸렸다. 로저가 그녀보다 한발 먼저 한스를 책망했다.

"클라우제너 공작님이 이런 일에 개입하실 분이 아니라는 건 이미 충분히 설명하지 않았습니까?"

"자넨 좀 가만히 있어 보게. 내가 공작령에서 사는데 우리 영주님 성품을 모르겠는가. 하지만 그 뭐시냐……. 사람이라는 게, 이런 말씀 여쭙기 송구하지만…… 아이 엄마가 부탁하면 어떻게든 해 주시지 않겠습니까?"

클레어는 어처구니가 없어서 입을 벌렸다가 도로 다물었다. 관자놀이가 콕콕 쑤셨다.

"그렇지 않습니까? 신문에서 보니까 남작님이 그…… 공작님과."

"하, 하하!"

눈치 빠른 로저가 한스를 붙잡았다.

"생각해 보니 저랑 따로 좀 해야 할 이야기가 있었는데 깜박했습니다. 물러가겠습니다, 남작님!"

"어엉? 카슨 씨, 갑자기 이러면……."

클레어는 고개를 숙이고 눈을 감은 채 한 손을 살래살래 저었다. 이만 꺼지라는 신호였다.

금세 엘리베이터 문이 닫히는 소리가 났다. 클레어는 눈을 감은 채로 관자놀이를 꾹꾹 눌렀다.

'아이고, 두야…….'

오전에 신문을 봤을 때부터 불안했었다.

《금발 남자아이의 아버지는 대체 누구인가!》

《특종! 클라우제너 공작의 사생아!》

《아카데미는 연애하는 곳인가?》

헤드라인이 전부 이 꼴이었다.

안에는 삽화까지 있었다. 섬세한 펜화로 남자가 여자를 끌어안고 키스하고 있는데, 주위에 아이들이 우글우글 둘러싸고 있는 그림이었다.

그나마 사진 찍는 데 일곱 시간씩 걸리는 시대라서 안심했었다. 삽화는 부정확했으니까. 제법 특징이 정확하게 잡힌 에리히에 비해 여자 쪽은 용모 특징을 알아보기 어렵다고 생각했다.

하지만 소문은 소문대로 또 따로 돌고 있는 모양이었다.

"진짜, 무책임한 작자들 같으니."

언론법과 기자 윤리가 있어도 양심이라곤 없는 새끼들이 천지였는데, 아직 그런 것도 없는 이 시대에 뭘 기대하겠는가. 엘리엇이 아직 신문까지 능숙하게 읽지 못하니 망정이지……. 그것도 시간문제일 것이다.

"서둘러야 하나."

클레어는 한숨을 내쉬고 일어서서, 임시 집무실로 쓰고 있는 방으로 들어갔다. 그리고 책상 서랍을 열어서 반지 상자를 꺼냈다. 그레이가 두고 간 것이었다.

'당신이 이걸 순전히 형식적인 것으로만 여긴다는 것은 압니다. 그래도 결혼은 결혼이니까요. 싫지 않다면, 끼어 주십시오. 저는 무척 기쁠 겁니다.'

도저히 모를 수 없는 감정이 담긴 얼굴로 그레이는 그렇게 말했다. 그녀는 당황해서 반지 상자를 열 생각도 못 하고 받아 두기만 했다.

어차피 결혼을 할 거라면, 이걸 끼는 것도 나쁘지 않을 것이다.

그레이는 좋은 사람이다. 단순히 조건이 클레어에게 딱 맞는 것만이 아니라 아깝다고 생각할 만큼 남자로서도 매력적이었다.

"후우……."

그녀는 반지 상자를 열어 창으로 들어오는 햇빛에 비춰 보았다. 오렌지핑크색의 사파이어가 불타오르듯이 빨간 섬광을 발했다.

'결혼을 빨리해 버리면 소문도 빨리 정리될까? 하지만 지금 시점에서는 오히려 스캔들에 부채질을 하는 꼴이 될 수도 있고……. 그레이가 꼴사나운 입장이 될지도 모르는데.'

결혼하자마자 오쟁이 진 남자라는 말이 신문 기사로 뜰지도 모른다.

그것만이 아니라도 마음이 답답했다.

'내가 실수라고 말한 건 널 안은 걸 두고 말한 게 아니라, 순서가 틀렸다는 거였어.'

에리히는 그렇게 말했지만, 설령 그랬다 해도 달라질 건 없었다.

그녀는 클라우제너 공작 부인 따위가 되고 싶지는 않았다. 신데렐라가 되기 위해서 감히 손이 닿지도 않을 높으신 분을 꼬셨다는 소리를 듣고 싶지도 않았고, 결혼으로 델포드를 클라우제너라고 하는 바다에 던져 넣은 물 한 바가지처럼 무의미하게 만들고 싶지도 않았다.

부모가 그녀에게 물려준 집이었다. 다른 귀족들처럼 가문에 특별한 자부심을 갖고 있지는 않았지만, 누군가의 아내가 되었다는 이유로 그걸 다른 사람에게 흡수시키고 싶지 않았다.

하지만 이상하게 마음이 조금 풀어졌다. 위로가 되었다고 해도 그렇게 틀린 표현은 아니었다. 자신이 생각했던 것보다 5

년 전 일을 질질 끌고 있었다는 것을 클레어는 새삼스럽게 깨달았다.

'변덕이 아닌 것보다 오히려 골치 아픈 일인데.'

그 생각을 끊으려고 그녀는 상자 안에서 그레이의 반지를 꺼내 끼었다.

"사이즈를 잘도 알았네."

하긴, 그가 클레어와 결혼할 거라는 걸 델포드 남작가 사람들이 다 아는데, 반지 산다고 하면 다들 협력해 주었을 것이다.

심플한 디자인도, 보석의 크기도 딱 좋았다. 색도 아름다웠고, 잘 맞는 옷을 입은 것처럼 착용감도 편안했다. 결혼 생활이 그만큼 잘되어 갈 것이다. 그런 느낌이 드는 반지였다.

"음……."

그런데도 마음에 자꾸 불편한 걸리적거림이 생겼다.

'엘리엇이 너무 눈에 띄었어. 지금 당장 결혼하고 입적하려고 해도 잘될지 어떨지…….'

이게 다 에리히 탓이다. 애초의 계획은, 아무도 델포드 남작가 따위에 관심이 없다는 걸 전제로 세운 것이었으니까.

그때였다. 문밖에서 엘리베이터에 달아 놓은 종이 울리는 소리가 들렸다. 이어 콩콩 노크 소리가 났다. 호텔 사환이었다.

"실례합니다, 델포드 남작님. 아래층에서 손님이 기다리고 계십니다."

"손님?"

올 사람이 없었기에 클레어는 문을 열며 의아하게 되물었다.

사환이 식은땀을 뻘뻘 흘리고 있었다. 손님이 기다린다고 말할 정도의 평탄한 태도가 아니었기 때문이다. 지배인까지 나와서 막느라고 총력을 다하고 있었다.

"그게, 저어…… 클라우제너 공작 대부인께서…… 당장 안 나오시면……."

그 뒷말을 하지 못하고 사환이 우물거렸다.

"하."

클레어는 기가 막힌 한숨을 내쉬었다.

✦

이넨호프 호텔의 9층 라운지는 아침에는 조식, 이후에는 티룸으로 운영되는 공간이다.

그렇게 하라고 권한 것은 클레어였다. 고작해야 9층이지만, 이 시대에는 거리에서 가장 높은 건물이다. 충분히 스카이라운지 역할을 할 수 있었다. 그 의도가 맞아 들어가 손님이 항상 있었다. 오늘은, 오늘따라 사람이 많았다.

하지만 들어서자마자 클레어는 누가 클라우제너 공작 대부인인지 알 수 있었다. 한눈에 확 들어왔다. 옷차림도 화려하고 곁에 시중인이 셋이나 늘어서 있긴 했지만, 그 이상으로 포스가 있었다.

'와, 관상.'

관상학을 믿는 것은 아니지만, 진짜로 그린 듯이 악랄한 시어머니상이었다. 주기적으로 커뮤에서 사진을 올려놓고 '이 남편인데 이 시어머니, 결혼한다 vs 안 한다'라는 제목으로 핫플레이스가 될 것 같았다. 젊었을 때는 화려한 미인이었을 테고, 지금도 미인은 미인이었다. 원래 아침 드라마에서는 악녀가 제일 예쁜 법이다.

클레어는 가볍게 한숨을 내쉬고 그쪽으로 다가갔다. 라운지의 시선이 좌아악, 그녀에게 따라붙었다. 루이자도 가늘어진 눈초리로 품평하듯이 클레어를 훑어보았다.

클레어는 신경 쓰지 않았지만, 그녀가 자신을 어떻게 생각할지는 짐작할 수 있었다.

위빙 상단의 주인임에도 그녀는 정작 화려한 원단의 옷을 즐기지 않았다. 일할 때는 더더욱. 한국인은 모름지기 무채색이다. 머리에도, 목에도, 귀에도 보석 같은 것은 달지 않았다. 돈이 없거나 좋아하지 않아서가 아니라, 귀찮았기 때문이다. 그런 것은 힘줄 때나 걸치는 것이었다.

루이자의 입꼬리가 슬쩍 비웃음으로 물들었다. 상대가 너무 시시했다. 제법 예쁘장하긴 하지만, 루이자의 기준으로는 평범했다. 그러나 클레어를 훑어본 눈이 손에 닿았을 때는 경직했다.

클레어는 약혼반지를 끼고 있었다. 아주 크지는 않지만, 얼핏 봐도 오묘한 색의 품위 있는 사파이어 반지였다. 루이자의 눈이 세모꼴이 되었다.

"자네가 델포드 남작 영애인가?"

"잘못 알고 계시는 것 같은데, 저는 영애가 아니라 남작입니다.”

“흥, 고작 남작 따위가 뭐 별거라고. 그것도 남방 아렌 출신이.”

불쾌하기 이를 데 없었다. 남작 영애 따위가 자신의 방문에 감읍하며 맨발로 달려 나오지는 못할망정, 지배인 따위를 시켜 감히 자신을 막다니.

‘이 엘리베이터는 10층 객실 전용입니다.’ 따위의 소리를 지껄이면서 말이다.

누가 누구를 기다리느냐 하는 것은 사교계의 아주 중요한 서열 다툼 중 하나였다. 자신을 여기에서 15분이나 기다리게 한 것부터가 클레어는 참을 수 없는 무례를 저지른 것이다.

심지어 응접실에 모신 것도 아니라 이렇게 평민들이 숱하게 오가는 장소에서 기다리라니, 있을 수 없는 모욕이었다. 루이자는 결혼한 후로는 한 번도 이런 자리에 앉아서 차 따윌 마셔본 적이 없었다.

“결혼하면 어차피 남편에게 돌아갈 작위가 뭐 그리 자랑스럽다고.”

루이자는 코웃음을 쳤다.

“제때에 제대로 된 상속자를 만들었다면 직접 물려받을 일이 없었을 것을. 적령기에 혼사도 치르지 못한 걸 부끄러워하지는 못할망정, 뭐 그리 내놓을 만한 일이라고 자랑스럽게 말하는지 모르겠군. 영애의 부모님이 불쌍해. 눈이나 제대로 감으셨을까?”

클레어의 손가락이 움찔했다.

그녀는 스스로 남작으로 불리는 게 부끄럽지 않았다. 그건 당연한 거였다. 돌아가신 부모님이 그녀에게 물려준 것이었고, 그녀가 집안을 지켜야 한다는 뜻이기도 했으니까.

그녀의 부모님은 맏딸을 괴짜라고 생각했지만, 상식에서 어긋나는 부끄러운 못난이라고는 생각지 않았다. 오히려 똑똑하고 자랑스러운 딸이라고 여겨 주었다.

'참을 인 자 세 번이면 살인도 면한다는데.'

클레어는 가벼운 한숨을 내쉬었다. 이 이상 사태를 복잡하게 만들 수 없었다. 루이자가 아이를 내놓으라며 시비를 거는 것도 아니다. 반대가 폭풍처럼 몰아닥쳐 에리히도 같이 닥쳐 주면 좋을 것이다.

그녀는 말없이 루이자의 건너편에 앉았다. 그러자 루이자가 날카롭게 말했다.

"앉으라고 허락하지 않았네. 무례하군, 영애는."

"대부인께서 저를 찾아오셨으니, 당연히 제가 주인이고 대부인이 객이지요."

"너, 진짜 싸가지가 없구나. 내가 누구라고 생각하니?"

아, 진짜.

드라마의 레퍼토리가 늘 비슷한 데에는 이유가 있는 법이다. 이런 인간들은 도무지 창의성이 없었다.

"고귀하신 대부인께서 절 만나러 오신 데에는 아주 중요한 용건이 있으실 텐데, 그것부터 말씀하세요."

"하."

루이자가 기가 막힌다는 듯이 내뱉었다.

"하긴, 혼전에 부끄럼도 모르고 몸을 더럽혀 자식까지 가진 천한 것에게 내가 뭘 바랄까?"

"그 말씀을 하시는 게 용건이신가요?"

배알이 뒤틀렸지만, 클레어는 참을 인 자를 마음속으로 하나 더 그렸다.

루이자가 여유로운 태도로 손짓했다. 하녀가 얼른 앞으로 나와 클레어 앞에 주머니 하나를 내려놓았다.

"이게 뭔가요?"

"어차피 사생아 같은 건 무슨 수를 써서라도 클라우제너의 후계자가 될 수 없지만, 그래도 내 아들의 잘못이 없지 않으니 양육비는 적당히 챙겨 주겠네. 쓸데없는 생각 말고 조용히 델포드에서 잘 키우도록 해."

루이자가 오만하게 턱을 들고 그녀를 깔아 보며 말했다.

"그런 시골구석이라면 아이도 상처받는 일 없겠지. 뭐 한다고 수도까지 올라와서 일을 시끄럽게 만드나?"

"……."

클레어는 기가 막혀 잠시 말을 이루지 못했다. 확인해 보지도 않고 사생아 운운하는 건가.

그건 그렇다 치고, 쓸데없는 생각? 시골구석? 델포드가 어떤 곳인지 알긴 하는 건가?

뭐, 그렇다. 이곳 로텐부르크에서 보면 목화밭과 공장밖에 없는 시골이었다. 그러나 그 시골의 생산량을 못 이겨서 클라우제너 공작가의 금고에 빨대를 꽂아 벨프 후작가로 연결해 놓은 장본인이 할 소리는 아니었다.

'이 사람, 내가 누군지 모르나?'

클레어는 속으로만 생각하면서 주머니를 열어 보았다. 들어 있는 것은 보석이 박힌 황실의 기념주화로, 5만 골드 정도의 값어치가 있는 것이었다.

"아무리 계약금이라도 너무 약소하네요."

"뭐?"

계약금이라니. 이 정도 돈이라면 시골 영애쯤은 충분히 떼어 내고도 남으리라 생각했던 루이자가 눈썹을 꿈틀거렸다.

"계약금 아니에요? 설마 이거 받고 떨어져라, 그런 말씀이세요?"

"양육비로 주는 거다."

"아이 키우는 데 돈이 얼마나 많이 드는데, 고작 이걸로."

클레어는 빈정거렸다.

"그리고, 이거 양육비가 아니라 뇌물이잖아요? 에리히 선배와 결혼하지 말란 의미로 주는 거 아니신가요?"

"뭐? 뇌물?"

"그러면 적어도 제가 공작 부인의 자리를 차지했을 때 기대할 수 있는 수익의 세 배 정돈 일시불로 주셔야죠. 지위와 명예도 포기하고, 사생아를 낳은 미혼모로 남는 건데."

"뭣!"

클라우제너 공작 부인의 자리를 돈으로 환산하리라고는 생각도 해 보지 못한 루이자가 경악한 소리를 냈다.

“올해 대부인께서 친정에 퍼다 주신 돈이 적어도 1천만 골드는 넘으실 것 같은데……. 걸치신 것을 보면 품위 유지비만으로도 5백만 골드 정도는 쓰고 계시겠죠?”

프라흐 상단에서 복사되는 돈을 생각해서 클레어는 추정치를 말했다. 이것도 꽤 보수적으로 잡은 것이다.

그녀는 무심결에 즐거운 미소를 지었다. 이 정도면 충분히 루이자가 뒷목 잡고 넘어가게 할 수 있을 것 같았기 때문이다.

“그러면 1년에 1천5백만 골드는 쓰실 수 있다는 건데, 결혼생활을 10년만 유지해도 1억 5천만이잖아요. 최소 5억 골드 정도는 되어야 수지가 맞겠는데요.”

“너……! 너, 이 무슨, 감히……!”

루이자가 호흡 곤란을 일으킬 정도로 분노했다.

라운지는 쥐 죽은 듯 조용했다. 사람들은 전부 아닌 척 자기 잔만 쳐다보고 있거나, 서로 바라보지만 말없이 눈으로만 대화하거나, 먼 산을 바라보았다.

클레어는 그것을 알고 있었다. 내일 아침 신문 기사가 이걸로 뒤덮이겠다. 하지만 어차피 엿 된 거, 혼자 당할 수 있겠는가. 욱하는 것은 클레어의 나쁜 성미였다.

그녀는 다정하기까지 한 목소리로 붉으락푸르락하는 루이자에게 말했다.

“저런, 대부인. 고혈압이 있으신가요? 안색이 안 좋으세요.”

“이런 천한 것! 감히 클라우제너의 내실을 돈으로 계산해?! 너 따위, 아렌 남작 따위가, 감히 클라우제너의 안주인이 될 수 있을 것 같아?!”

“안 될 건 또 뭐겠어요? 에리히 선배가 5년도 넘게 저를 기다렸다는데.”

클레어는 다른 자리에서 에리히를 친근한 호칭으로 부른 일이 없었다. 에리히와의 친분을 과시하는 것처럼 보이고 싶지 않았기 때문이다. 하지만 지금은 좀 문제가 달랐다. 이왕 루이자의 복장을 뒤집은 거, 아주 창자를 꺼낸 다음 뒤집어서 다시 넣어 줄 작정이었다.

“그런데 대부인을 이렇게 뵙고 나니, 왜 그러셨는지 알 것 같아요.”

그녀는 빙그레 웃었다.

“클라우제너 공작가의 살림이 그렇게 큰데 대부인께서는 이렇게 친정 걱정에 여념이 없으시니, 에리히 선배가 계속 맡아 달라고 부탁드리지 못하고 저를 찾으시는 거지요.”

루이자는 분노와 수치심을 이기지 못하고 벌떡 일어섰다.

“감히!”

그녀가 찻물을 뿌릴 기세로 찻잔을 들어 올렸다.

뜨거운 건 아니겠지? 클레어는 눈을 크게 뜨고 그녀를 올려다보았다. 손목을 잡아 비틀면 큰일 날까? 피해자가 되는 게 낫겠다는 판단 같은 것에 앞서, 불행하게도 그녀의 운동 능력은 별 볼 일 없어서 뭘 할 능력이 없었다.

그때였다.

"그 손 가만두십시오, 어머니."

뒤에서 낮은 목소리가 날아왔다. 자신의 말을 어기는 사람이 있을 리 없다는 확신에 가득 찬 목소리였다.

루이자가 깜짝 놀라 찻잔을 떨어뜨렸다. 그게 클레어에게 튀기 전에 에리히가 성큼 다가와 찻잔을 쳐 냈다.

"꺅!"

찻잔이 오히려 루이자 쪽으로 나동그라져서, 그녀가 비명을 지르며 펄쩍 뛰었다.

"이모!"

에리히의 한 팔에 안겨 있던 엘리엇이 펄쩍 뛰듯 몸을 흔들며 소리쳤다.

'대특종!'

라운지에 죽치고 앉아 클라우제너 공작의 후계자라는 아이에 대해서 뭐 하나라도 캘 게 없을까 궁리하고 있던 기자들의 손이 미친 듯이 움직였다.

오늘 신문에 기사가 났으니, 차분하다고는 절대 말할 수 없는 루이자가 가만있지 않을 줄 알았다. 그걸 기대하고 공작저에서부터 몰래 따라온 자도 있었다. 루이자가 호텔 라운지로 안내되었을 때부터 뭐가 됐든 하나 터지겠구나 했다. 근데 거기에 공작이 난입하더니, 심지어 똑 닮은 금발 사내아이를 안고 있다?

문제는 이제 헤드라인뿐이었다.

《공작 대부인, 후계를 돈으로 사려 하다!》
《공작 대부인, 돈으로 뭐든 해결?》
《아내냐, 어머니냐?》

물론, 벌어진 사태보다 대화 내용에 주목한 기자도 있었다.

《계모는 계모일 뿐인가?》
《아들의 돈을 도둑질한 어머니》
《클라우제너에서 계모의 친정으로 흘러 나가는 금은보화》

어느 것이든 특종이었다.

라운지에 사람이 이렇게 많은데, 사각사각 펜 소리가 들릴 만큼 고요했다. 어찌나 맹렬한지 무슨 아카데미의 시험 치는 교실 같았다.

에리히는 그런 주변을 둘러보지 않았다. 원래부터 남의 시선을 신경 쓰는 성격도 아니거니와, 익숙하기도 했다.

그가 나직하게 말하는 소리가 라운지에 울렸다.

"제가 손 그냥 두시라고 했습니다, 어머니."

"어…… 어……."

루이자가 당황한 소리를 냈다. 클레어가 그에게 다가서며 큰 소리를 냈다.

"지금 그러고 있을 때예요? 손 괜찮아요? 여기 찬물 좀 갖다 줘요!"

그녀가 소리쳤다. 에리히가 말했다.

"별일이군. 네가 날 그렇게 신경 쓰다니."

"손이 빨갛잖아요!"

"델 만큼 뜨겁진 않았다."

에리히가 그녀에게 손을 보여 주고, 엘리엇을 넘겨주었다. 놀란 엘리엇은 울기 직전이었다.

클레어는 엘리엇을 받아 안았다. 뒤늦게야 호텔 종업원이 찬물을 담은 대야를 들고 허둥지둥 달려왔다.

"고맙군."

에리히는 짤막하게 말하고 대야에 손을 담갔다. 루이자의 하녀들에게도 타월이 건네졌다. 루이자는 찻물이 옷자락에 튄 정도였기에 하녀들이 무릎을 꿇고 앉아 닦아 냈다. 그래도 값비싼 드레스에 얼룩이 생기는 걸 막을 수는 없었다.

루이자는 충격으로 아무 말도 하지 못했다. 에리히가 설마 자신에게 그럴 줄은 몰랐다. 친하지는 않아도, 항상 자신에게 예의를 갖추어 대해 왔으니까. 설마 찻잔을 자신 쪽으로 쳐 낼 줄은 상상도 하지 못했다.

동시에, 클레어의 말을 들었을까 봐 두렵기도 했다.

루이자는 자신이 얼마나 돈을 쓰고 있는지 확실하게 알고 있지 못했다. 원래부터 쓰는 돈을 꼼꼼하게 기록하는 성미가 못 되었다. 몸에 걸친 것의 금액, 그중에서도 각별히 자랑할 만큼 값진 것이나 기억했다.

하지만 그녀가 듣기에도 수천만 골드는 금액이 컸다. 에리히는 이미 무용한 사업에 돈을 댈 마음이 없다고 선을 그었었다.

에리히가 그녀를 바라보고 냉한 목소리를 냈다.

"제 사생활에 굳이 관심 갖지 마시라는 말씀을 이미 드렸던 것으로 기억합니다만."

"그, 그렇지만, 나는 네 어머니 아니니. 의붓어머니라고 해서 그렇게 무시하는 거니? 다른 문제도 아니고 클라우제너 공작가의 후계자가 달려 있는 혼사인데 어떻게!"

말하다 보니 억울해져서 루이자는 언성을 높였다.

에리히가 클레어에게 눈짓했다. 아이가 들을 만한 대화가 아니었다. 클레어는 어쩔 줄 모르는 엘리엇을 지배인에게 부탁해서 위층으로 데리고 올라가게 했다.

에리히의 마음으로는 그녀까지 이 자리를 떠났으면 싶었지만, 클레어는 눈짓 몇 번으로 말을 듣게 할 수 있는 사람이 아니었다. 그는 대신 루이자를 바라보았다.

"후계자가 달려 있다면, 더더욱 어머니가 관여하실 바가 못 됩니다."

"뭐?"

"전 제 아이와 여자를 책임지지 않으려 하는, 그런 무책임한 남자가 아닙니다. 클레어가 받아들여 준다면, 당장에라도 결혼할 생각입니다."

잠시 펜 소리까지 멈췄다가, 곧 종이를 찢을 기세로 맹렬하게 사사사삭 소리가 났다.

아무도 입을 열지 못했다. 루이자가 반발하려는 듯이 얼굴을 일그러뜨렸지만, 에리히가 그 전에 대야에서 손을 빼서 가볍게 진정하라는 제스처를 취했다.

루이자가 다시 입을 다물었다. 그녀가 클라우제너 공작 대부인이기는 하지만, 어머니 노릇도 에리히의 허락 아래에서만 가능하다는 사실이 이렇게까지 공개적으로 드러난 적은 없었다.

다른 사람들도 모두 숨을 죽였다. 이제 펜 소리도 나지 않았다. 클라우제너 공작의 위엄 앞에서 펜을 움직이기도 쉽지 않았기 때문이다.

종업원이 한 박자 늦게야 황급히 수건을 내밀었다. 에리히는 그것으로 손을 닦고 나서 클레어에게 내밀어 보였다. 클레어는 그 손을 잡아서 뒤집어 보았다. 붉은 기가 거의 가신 것으로 보아 화상은 아니었다.

"다행이긴 한데, 안 그래도 됐어요."

"내 집안사람이 네게 해를 끼치려 한 것이니, 당연히 내가 책임져야지. 미안하다."

그 말에 몇 사람이 흡, 소리를 냈다. 에리히 클라우제너는 그렇게 쉽게 사과를 입에 담을 위치가 아니었고, 실제로도 그랬다.

클레어는 한숨을 내쉬었다. 대체 여긴 또 무슨 일이냐든가, 그놈의 책임 참 많기도 하다는 비난이 떠올랐지만, 말하지 않았다.

“어쨌든 고마워요. 맞아도 어차피 옷에 튈 거라서 별로 위협이 되지는 않을 거라고 생각했지만.”

“넌 꼭 한마디가 더 많아.”

그녀가 손을 빼려는데, 에리히가 손을 뒤집어 그녀의 손을 잡아 버렸다. 클레어는 눈을 굴렸다. 이제 퇴각할 때인데.

“이 손 좀 놔줄래요? 그리고 여기서 아이 이야기는 하면 안 돼요.”

그녀는 발끝을 조금 들고 그에게 한 걸음 다가서서 누구에게도 들리지 않게 속삭였다.

사람의 귀가 이렇게 많은 곳이다. 오늘은 무조건 호외가 뜬다. 이미 나온 신문 기사만으로도 이미 타격이 컸다. 엘리엇이 상처받을지도 몰랐다. 그나마 아직 신문은 어려워서 못 읽으니 다행이지. 입적이고 뭐고 일단 중지하고 델포드로 돌아가, 소문이 전부 사라질 때까지 사려야겠다고 생각하고 있었다.

“당연하지. 나도 그 정돈 알아.”

에리히도 대뜸 ‘내가 네 아빠다’라고 들이댈 작정은 아니었다. 아이에게 충격을 줄 수는 없으니까. 클레어가 아이를 데리고 손에서 빠져나가려 하지만 않는다면, 무엇이든 그녀가 바라는 대로 처사할 작정이었다.

클레어가 다시 손을 꼼지락거렸다. 그러다가 답답한 얼굴로 말했다.

“이것 좀 놔요. 나 이제 그만 올라가 봐야겠어요. 오늘 일은……. 흑.”

에리히가 그녀의 손을 끌어당겨 그 손바닥에 키스했다. 깜짝 놀란 클레어의 목구멍에서 이상한 소리가 새어 나갔다.

"뭐 하는 거예요?"

클레어가 낮은 목소리로 화를 내며 다시 손을 빼려 했다. 그러나 에리히는 그 말을 들은 체도 하지 않고 손을 다시 뒤집어 보고는 약지에 끼인 반지를 보았다.

그는 그 반지를 빼냈다.

"뭐 하는 거예요!"

이번에는 클레어도 큰 소리를 낼 수밖에 없었다. 에리히는 반지를 한 번 앞뒤로 뒤집어 보고는 물었다.

"아끼는 건가?"

"선배랑은 상관없잖아요."

"왼손 약지에 낀 반지인데 왜 상관이 없어?"

에리히는 클레어가 장신구를 잘 하지 않는 것을 알고 있었다. 하지만 혹시 아끼는 것일지도 모르니까 그것을 던져 버리는 대신에 자기 주머니에 쑤셔 넣고, 대신 자기 새끼손가락에 끼고 있던 클라우제너 가문의 주인임을 증명하는 인장 반지를 뺐다.

클레어는 도주를 고려하며 뒷걸음질을 쳤다. 불길한 예감밖에 들지 않았다. 그러나 뒤돌아서 내빼기 전에 에리히가 다시 그녀의 손을 붙들었다.

"생각해 보니 정작 중요한 절차를 빼먹었군."

"잠깐, 선배, 하지 마요."

“왜? 안 될 것도 없다며? 못 할 게 없다고 생각한 거 아니었나?”

“지금 웃어요?!”

클레어는 버럭 소리를 지르며 손을 빼내려고 했지만, 에리히의 악력을 이길 수는 없었다. 그는 그러거나 말거나 그녀 앞에서 한쪽 무릎을 꿇었다.

“준비한 반지가 없군. 이걸로 참아.”

“인장 반지가 더 심각하죠!”

“거절은 네 맘이지만, 구혼은 내 마음이지. 나와 결혼해 주겠어?”

그가 클라우제너 가문의 주인임을 증명하는 인장 반지를 클레어의 약지에 끼웠다.

“와아아!”

누가 시작한 건지, 환호성이 울렸다.

“축하드립니다!”

“허락하세요! 허락하세요!”

“세상에, 이게 다 무슨 일이야?”

“이런 순간을 목격하다니!”

라운지가 한순간에 무슨 결혼식장이라도 된 것처럼 기쁨의 비명으로 뒤덮였다. 특종 호외를 누구보다도 빨리 내보내기 위해 기자들이 질풍처럼 뛰쳐나갔다.

“축하드립니다, 델포드 남작님!”

이건 확실히 아는 목소리였다. 호텔 지배인이었다.

클레어는 어지러워서 고개를 털었다. 그야 청혼 자체는 남자 마음이었다. 날을 잡고 난 뒤에 이벤트 프러포즈를 하는 세상이 아니니까.

"돌았어, 진짜."

클레어는 휘청거렸다. 에리히가 일어서서 그녀의 허리를 한 팔로 감으며 말했다.

"이왕 결혼할 거라면, 내가 매달렸다는 소문을 크게 내는 게 낫지."

"선배가 매달린 거 맞거든요? 인장 반지로 구혼이라니, 미쳤어요? 사람들 다 쳐다보고 있는 거 알면서?"

"무슨 소리. 네가 먼저 한 일에 쐐기를 박은 것뿐이야. 내가 청혼 안 했다고 소문이 덜 나거나, 더 좋은 방향으로 날 리도 없고?"

그건 사실이었다.

에리히가 그녀의 귓가에 대고 속삭였다.

"내가 비록 5년 전에 실수는 했을지언정…… 생각 없이 이러는 것도 아니고. 이걸 준 건 진짜야."

그가 헐렁해서 클레어의 약지에서 빠지려는 반지를 도로 끼워 넣으며 손등에 키스했다.

"클라우제너를 통째로 가져. 기꺼이 네게 주지."

"내가 열 받아서 가문을 조각조각 내서 팔아치우기라도 하면 어쩌려고요?"

"네가 그럴 리가. 일단 손에 들어온 건 아끼는 성격이잖아."

에리히가 빙그레 미소를 지었다. 보기 드문 다정한 웃음에 클레어는 잠깐 이성을 놓을 뻔했다.

틈을 놓치지 않고 입술이 다가왔다. 클레어는 헉 숨을 들이마셨다. 불행하게도 에리히는 아주 키스를 잘하는 편이었다.

이 남자들 왜 이래

클라우제너 저택은 일견 조용했다. 물론 겉보기에만 그랬다.

저택의 주인보다 소문이 먼저 귀가했다. 공작가의 사람들에게는 아이 소식보다 청혼 소식이 더 충격적이었다.

에리히는 이제 곧 나이 서른이 될 남자였다. 실수로든 뭐로든 생긴 아이가 어디서 드러나는 것은 놀랍지 않았다. 하지만 평민들도 드나드는 호텔 라운지에서, 아렌 지역 남작에게 무릎을 꿇고 자신의 인장 반지를 빼서 청혼했다는 것은 확실히 경악할 만한 이야기였다.

그 반지는 가문의 공식적인 인장이다. 편지 한 장을 보내기 위해 심부름꾼이 말을 타고 달리던 시대에는 발신자의 신분을 증명하는 강력한 수단이었다.

세공 기술이 발전한 지금은 복제 가능하기에 그보다 중요성이 덜해졌다. 하지만 여전히 가문의 모든 문서에서 가주의 서명을 대신할 수 있었다. 인장 반지에 들어가는 완전한 가문의 문장은 가주만이 사용 가능했으며, 가주가 죽으면 녹이는 것이 관례였다.

에리히의 인장 반지는 7년 전, 그가 클라우제너 공작의 작위를 계승할 때에 만들어졌다. 그 뒤로 한 번도 그의 새끼손가락을 벗어난 일이 없었다.

그것을 낀 공작 부인이 들어온다. 그건 상대가 남작가 출신이라는 것보다 더 큰 일이었다.

고용인들에게 그 사실 자체가 큰일은 아니었다. 그런 건 아랫사람이 생각할 일이 아니었다. 에리히는 고작해야 고용인들이 자신의 결정에 대해 왈가왈부하는 것을 용납하는 성격이 아니다. 권할 수 있는 건 그날의 점심을 새고기로 할 것인가, 소고기로 할 것인가 정도였다.

문제는 대부인이었다.

"마리아! 마리아!"

두려움에 사로잡힌 내실의 공기를 뚫고 들어가며 루이자는 고래고래 소리를 질렀다. 시녀 마리아가 달려 나왔다.

"대부인, 오늘 외출은……. 꺅!"

루이자가 그녀에게 모자를 집어 던지고, 이어서 구두와 팔찌를 벗어 던졌다. 그다음에는 복도의 협탁에 장식용으로 놓여 있던 화병을 집어 던졌다.

마리아가 웅크리고 앉아 굴종하는 자세를 취했다. 멀찍이 둘러싸고 있던 하녀들은 달아나거나 마리아처럼 같이 무릎을 끓었다.

"너! 내가 그 사생아라는 애새끼 이야기 알아 오라고 했어, 안 했어?!"

"죄송합니다!"

마리아는 겉으로 알 수 있는 사연까지는 모두 알아내어 루이자에게 이미 알렸다.

아이가 델포드 남작가의 도련님이라는 것.

클레어가 아카데미 시절 에리히와 같은 지도 교수에게 총애를 받아 같은 연구실에 드나들었다는 것과 델포드 남작의 작위를 직접 이었다는 것도 말이다. 둘 다 여자로서는 드문 일이었다.

그 이상 사적인 관계에 대해서 알아내려면 시간이 더 필요했다. 조금만 더 기다려 주십사 부탁한 것을 듣지 않고, 신문을 보고 격분해서 뛰쳐나간 것은 루이자였다.

"그 델포드 남작 영애라는 년, 대체 뭐 하는 년이야? 어떻게 내가 쓰는 돈의 액수를 알아? 네가 장부 유출시킨 거 아니야?"

"아니에요, 대부인! 제가 어떻게 감히!"

"아니면, 너야?"

루이자가 활활 불타는 눈으로 자신의 뒤에 서 있던 몸종을 노려보았다. 몸종이 미친 듯이 고개를 흔들며 고개를 숙였다.

"어떻게 저 같은 게 마님께서 쓰시는 금전의 내역서를 알고 있겠어요? 마님, 마님! 용서해 주세요!"

"그럼 누구야!"

수치스럽고 분해서 참을 수가 없었다. 고작해야 돈 몇 푼에 자신이 클라우제너 공작가를 망칠 사람이기라도 한 것처럼 쳐다보는 시선들이나, 나름대로 큰마음 먹고 준비해 간 주머니를 계약금 수준이라고 비웃음당한 것도.

에리히가 자신의 말을 귓등으로도 듣지 않고 자연스럽게 명령한 것도.

감히 자신에게 눈 똑바로 뜨고 대드는 그 건방진 계집애 그 자체도!

루이자가 분해서 눈물을 터뜨리는데, 부드러운 목소리가 그녀를 불렀다.

"가신 일이 잘 안 풀린 모양이로군요, 루이자 님."

"아."

복도로 나온 것은 고동색 고수머리를 한 아름다운 청년이었다. 그는 요한 크로지크라는 이름으로, 크로지크 백작가의 삼남이었다.

크로지크 백작가는 제국의 지배 가문 중 하나인 에른스트 공작가의 친척이었으며, 비록 방계였지만 품위는 충분했다.

루이자는 이 아름다운 청년과 남편에게 말하기 어려운 종류의 우정을 나누고 있었다. 그는 루이자에게 언제나 다정하고 친절하며 귀족적인 최고의 조언자였다.

정부는 아니었다. 선을 넘은 적은 없었으니까. 루이자는 그저 그의 아름다움과 친절함에서 기쁨을 느끼고, 싸늘한 양아들에게 하기 어려운 상담을 하고, 대화를 즐길 뿐이었다.

루이자는 이것저것 엉망으로 집어 던지고 흐트러진 자신의 모습이 불현듯 부끄러워졌다.

"와 있었어?"

"오후의 소문과 함께 도착한 것은 아닙니다. 신문 기사에 하도 억측과 헛된 소리가 많아서, 마음이 상하셨을까 봐 달려왔습니다. 이미 외출하셨더군요."

"부끄럽네."

루이자는 머리를 다듬듯이 쓸어 올리며 말했다. 하녀가 서둘러 그녀에게 슬리퍼를 가져다주었다. 루이자는 거기에 발을 꿰었다.

요한이 그녀에게 다정하게 팔을 내밀었다. 루이자는 얌전히 그 팔을 잡고 내실의 투왈렛 룸 쪽으로 향했다.

"소문은 들었습니다. 심려가 크시겠군요."

"말이 안 되잖아. 남작 영애라니, 그것도 남방 아렌 출신이라니. 거기에다가 그 에리히가."

"아카데미 동기들은 다들 납득할 겁니다."

"그래?"

루이자는 깜짝 놀라 요한을 돌아보았다. 그러고 보니 그는 스물여덟 살이니, 에리히와 같은 시기에 아카데미에 다녔을 것이다.

"친하지는 않았지만, 소문 정도는 들었죠. 클라우제너 공작님은 워낙 항상 대단했으니까요."

"그건 그렇지."

"델포드 남작 영애는, 그 당시에 그녀 자신이 유명하다고 할 수는 없지만, 공작님과 대화하는 모습이 자주 눈에 띄었죠."

클라우제너의 소공작이 복도에까지 들리게 언성을 높였다는 소리가 들려오면 백발백중 상대가 델포드 남작 영애였다.

'그러고 보니 안색 하나 안 변하고 맞서고 있었지.'

이름을 기억하고 있는 것은 그 때문이었다. 그 외에는 신경 쓸 만한 부분이 없었다.

클레어는 성적은 보통, 평판도 보통. 놀랄 만큼 모든 게 보통이었다. 괴짜라는 말을 들은 것 같기도 하지만, 그것도 친한 사람들끼리나 하는 이야기고, 어째서 에리히가 그렇게 그녀에게 자주 말을 거는지 아무도 몰랐다.

요한은 최근에 다시 그 이름을 듣고는 에리히의 안목에 놀란 바가 있었다.

"그녀는 위빙 상단의 주인입니다."

"뭐?"

루이자가 눈을 크게 떴다.

요한은 그 이상 설명하지 않았다. 일개 남작가에서 그 정도 부를 일궈 낸 것이 대단했지만, 그뿐이다. 루이자나 벨프 후작가와 새 공작 부인이 싸우게 되리라는 것도 그의 주인에게는 별다른 문제가 아니었다. 그래 봤자 공작가 내부의 싸움에 불과하다.

요한의 주인이 마음 쓰는 것은 델포드 남작이 아렌 귀족이라는 점이었다.

3대 전, 북방 로멜 제국과 남방 아렌 왕국이 국혼에 의하여 병합할 때에 생겨난 계승법에 따라, 황위 계승권은 로멜과 아렌의 결합에 의해 태어난 자손에게 우선적으로 부여된다.

에리히 클라우제너는 제4위 황위 계승권자였다. 그의 생모는 2황녀였다.

선황후 헨리에타 아렌 소생의 황태자가 시해된 이래, 제1위 황위 계승권자는 황제의 손윗누이 빅토리아 대공이었으나, 그녀는 미혼이고 이미 연로하다. 그다음은 현 황후 에른스트 공녀의 소생 리누스 황자였지만, 로멜과 아렌의 결합이라는 조건에 어긋나서 황태자가 되지 못했다. 에른스트 공작가는 전통 있는 로멜의 대귀족이었기 때문이다.

만일에 에리히가 델포드 남작과 결혼한다면, 그 아이는 상당히 높은 순위의 계승권을 갖게 될 것이다.

귀천 상혼이 우선인지, 계승법이 우선인지 논란이 되리라. 직계가 우선인지, 계승법이 우선인지도.

'황후 폐하께서 심려가 크시겠군.'

요한은 내심으로 생각했다. 루이자는 전혀 모르고 있지만, 그의 주인은 황후였다.

이넨호프 호텔의 3층에 새로운 공간이 생겼다.

그 공간을 만들어 준 공작 각하의 마차가 당도했을 때, 지배인은 만사를 제쳐 놓고 달려 나갔다.

모든 일이 지금 당장 호텔에 유리하게 돌아가고 있는 것은 아니었다. 기자들은 기러기 떼처럼 덤벼들었고, 종업원들 입단속을 하는 것만 해도 만만치 않은 일이었다.

그러나 엄청난 기회이기도 했다. 이렇게까지 호텔 이름이 신문에 자주 오르내릴 기회는 흔치 않았다. 하물며 클라우제너 공작과 함께 엮여서. 돈다발을 줘도 못 할 광고였다.

"어서 오십시오, 각하."

지배인은 손수 마차 문을 열고 고개를 땅에 닿도록 숙였다. 에리히는 마차에서 내렸다.

"말씀하신 대로 모든 것을 준비했습니다."

"델포드 남작이 뭐라고 하지는 않던가?"

"이넨호프 호텔은 델포드 남작가 소유는 아닙니다, 각하. 물론 남작님께서는 저희 호텔의 가장 귀한 손님이시지요."

지배인은 입에 침도 바르지 않고 말했다.

이넨호프 호텔은 위빙 상단에게서 적지 않은 투자를 받고 있었고, 클레어에게 충성스러웠다. 일개 호텔 지배인 따위가 클라우제너 공작 대부인을 가로막는 것에 망설이지 않을 정도로 말이다.

하지만 클라우제너 공작님 본인은 달랐다. 그를 막으라고 특별히 지시가 내려온 것도 아니고.

'어차피 결혼하시면 남작님의 부군.'

장난감을 수레째로 실어 나르며 아이들이 놀 수 있는 공간을 만들어 달라는 요청을 그가 왜 거절하겠는가? 공작님께서 아드님을 위해 하는 부탁이다. 호텔 지배인은 망설이지 않고 넓은 응접실 하나를 투자했다.

"이 호텔에서 5년 이상 근속한 직원 중에서도 입 무거운 사람만 골라, 항상 한 명 이상이 아이들을 돌보도록 했습니다."

"수고했네."

에리히는 가볍게 치하하고 지배인이 안내하는 대로 3층으로 향했다.

와글와글 시끄러운 소리가 들렸다. 지배인이 문을 열었다. 아직 이른 시간인데, 거의 열댓 명의 아이들이 놀고 있었다.

"내가 바로 이 산채의 두목이다!"

엘리엇이 나무로 만들어진 장난감 성 위에서 칼을 들고 소리쳤다.

에리히는 저도 모르게 입가에 미소를 머금었다. 그를 발견한 엘리엇이 신난 목소리로 소리쳤다.

"아저씨다!"

아이가 장난감 칼을 거침없이 던져 버리고 그에게 달려와 두 팔을 벌렸다. 에리히는 자연스럽게 아이를 안아 올렸다. 엘리엇의 입술이 뺨에 닿았다.

"아저씨, 고마워요!"

"음……."

그는 어색한 기분으로 어중간하게 대답했다. 가슴 안쪽 깊은 곳이 간질거렸다.

스스로 아이를 좋아하는 성격이라고는 생각해 본 적 없었다. 결혼을 해서 후계자를 낳을 것이고, 아끼며 양육하리라. 그건 당연한 일이고 의무였지, 좋고 싫음의 문제가 아니었다.

친척 조카가 특별히 사랑스럽다고 생각한 일도 없었다. 사실 아이들은 그를 퍽 어려워했고, 주위에서도 그것을 당연히 여기고 로멜 귀족답게 예의를 지키도록 주의를 주곤 했다.

엘리엇이 사랑스러운 것은 저와 클레어 사이에서 태어난 아이라고 생각해서일까? 아니면, 허물없이 웃고 태연하게 안겨드는 천진한 천성 때문일까?

로멜인들은 흔히 아렌인이 경박하고 혈기 넘치며 지나치게 감정적이라는 편견을 갖고 있었다.

에리히는 지역에 따른 편견으로 사람을 판단하지 않았다. 그러나 엘리엇의 이 거침없는 포옹을 받고 있자니, 역시 타고나는 차이가 있는 건가 하는 생각이 들었다. 아니면, 교육의 차이가 있을 것이다. 클레어가 설령 자신을 이모라고 부르라고 했어도, 그녀가 얼마나 아이를 사랑하며 키웠는지는 충분히 알 수 있었다.

하지만 지금은 엘리엇의 순수한 감사를 받아들일 수 없었다.

"네게 사 준 것이 아니다."

에리히는 엄숙하게 선언했다. 아무렴. 절대 아니다.

클레어는 아이에게 지나친 선물을 하지 말라고 했다. 그래서 에리히는 장난감 가게의 물건을 통째로 사서 호텔에 기증했다. 곧, 이것은 모두 엘리엇의 것이 아니라 이넨호프 호텔의 재산이다. 단지 숙박객 아이들이 놀 수 있는 공간일 뿐이다.

적어도 법적으로는.

똑같은 장난감 가구들을 모두 한 세트씩 새로 만들어 델포드로 보내라고 말했지만, 그것도 아직 준 것은 아니니까 괜찮다.

그가 그렇게 생각하고 있는 걸 아는 것처럼 엘리엇이 까르르 웃었다.

"알았어요."

"……클레어가 많이 화내던?"

에리히는 딱히 걱정하고 있지 않았다. 사실이다.

하지만 엘리엇은 그가 스스로 생각하는 것을 부정하는 것처럼 목소리를 낮춰서 소곤거렸다.

"화내진 않고 코웃음 쳤어요. '허! 흥!' 이렇게요."

엘리엇의 흉내는 진짜로 그럴듯했다. 에리히는 크게 웃는 버릇이 없었으므로 미소만 지었다.

"아저씨는 이모 보러 왔죠? 가요."

"아니야. 나는 널 보러 왔다."

"거짓말하면 안 돼요."

엘리엇이 훈계조로 말했다.

"내가 왜 거짓말을 한다고 생각하지? 사실인데."

"모두 말하고 있는걸요? 아저씨가 이모를 좋아한다고요."

"음……."

에리히는 조금 난처한 기분으로 엘리엇을 바라보았다. 소문나라고 한 일이긴 했지만, 아이를 걱정하는 클레어의 마음도 이해한다. 엘리엇이 소문의 중심이 되지 않도록 마음 쓰고 있었지만, 솔직히 아이가 그 일에 대해 어떻게 생각할지 짐작조차 할 수 없었다.

"아저씨, 진짜로 우리 이모랑 결혼할 거예요?"

"싫으니?"

지난번에는 자기 이모라고 화를 내기까지 했으니까 말이다. 하지만 에리히의 조심스러운 질문에 엘리엇이 고개를 갸웃거렸다.

"저는 아저씨 좋아해요."

에리히의 귀에 그 말은 아빠였으면 좋겠다는 말과 정확히 동의어였으므로, 그는 기분이 좋아졌다.

"다 놀았으면, 아저씨랑 뭔가 맛있는 거라도 먹으러 갈까?"

"이모 보러 가실 거 아니에요?"

"나는 널 보러 온 거라고 했는데?"

엘리엇이 눈을 둥글게 떴다.

"그치만 먹을 거 사 준다고 따라가면 안 된다고 했는데."

"호텔 밖으로만 안 나가면 되지. 아니면, 유모를 불러오면 어떠냐?"

"진짜요? 그럼 저 핫초코 먹어도 돼요?"

"클레어가 금지한 게 아니라면."

"괜찮아요! 유모가 허락하면 먹을 수 있어요!"

엘리엇이 내려 달라고 버둥거렸다. 빨리 달려가서 유모를 불러올 모양이었다.

"데려다주마."

에리히는 엘리엇을 한 팔에 안은 채로 말했다. 아무리 호텔 안이라고 하지만, 아이가 혼자 돌아다니는 것은 염려스러웠기 때문이다.

그리고 3층 엘리베이터 앞에서 그들은 키가 큰 남자와 마주쳤다.

"아, 그레이다."

엘리엇이 약간 부끄럼을 타며 말했다.

에리히는 눈살을 찌푸렸다. 변호사가 여기에는 무슨 일인가. 클레어를 방문하려는 거라면 3층에서 내리지 않았을 것이다. 그렇다고 어린 엘리엇에게 용건이 있을 리 없었다. 단순한 법률 고문이라면.

그가 차가운 시선을 던지자 그레이는 감정 없는 묵례로 대응했다. 잠시 침묵이 돌았다.

"아저씨, 나 내려 줘요."

두 사람이 맞부딪치는 껄끄러운 공기를 느끼기라도 했는지, 엘리엇이 다시 온몸으로 내려 달라는 의사 표시를 했다. 에리히는 몸을 숙여 엘리엇의 발이 살짝 땅에 닿도록 조심스럽게 내려 주었다.

"유모한테 갔다 올게요."

엘리엇이 엘리베이터 안으로 쏙 들어갔다. 에리히는 호텔 종업원이 그 뒤를 따라 들어가는 것을 확인하고 나서 시선을 들었다가, 비켜선 그레이가 자신과 마찬가지로 엘리엇의 뒷모습을 확인하고 있다는 것을 알았다.

"여기엔 어쩐 일인가?"

에리히가 대치 상태를 먼저 깨고 물었다.

자신이 지나치게 불쾌해하고 있다는 자각이 있었다. 법률 고문은 법률 고문일 뿐이다. 주인의 온갖 비밀에 함께하고, 또 종종 친밀한 사이가 되지만, 그래 봤자 고용인에 불과하다.

그렇지만 신경 쓰였다. 그레이가 키가 크고 늘씬하며, 능력과 교양과 지성을 겸비했기 때문일지도 모른다. 사실 매력적인 외모를 제외하고 나머지는 변호사에게 당연히 필요한 능력이었다.

하지만, 과연 그는 단순한 법률 고문일까?

경력은 이미 알고 있었다. 그가 선대 델포드 남작의 후원으로 학업을 마쳤고, 그 뒤에 쭉 델포드 남작가의 법률 고문이었다는 것도, 수도에 있는 사무실에 대해서도 말이다.

그렇다는 건 클레어가 아카데미에 다니는 동안에도 지속적으로 교류가 있었을 가능성이 높다는 뜻이다. 에리히는 클레어에게서 그런 이야기를 들은 적이 한 번도 없었다.

불쾌감을 내리눌렀으나 질문은 위압적인 태도로 하고 말았다. 에리히는 그 사실을 의식하며, 의식하는 자신에게 놀랐다.

그레이는 움츠러들지 않았다. 그는 감히 에리히와 같은 눈높이를 유지한 채로 되물었다.

"제가 여쭐 말씀입니다. 각하께서는 불한당처럼 행동하고 계시는군요."

"뭐?"

"일부러 소문을 부추기고 계시지 않습니까? 클레어가 곤란해하리라는 것을 아시면서 말입니다."

에리히의 한쪽 눈썹이 치켜세워졌다.

"자네는 고용주를 이름으로 부르나?"

"그건 저와 클레어 사이의 문제입니다. 그리고 각하께서 발생시키고 있는 문제는 실질적인 위협이지요."

"그거야말로 나와 클레어의 개인적인 문제일세."

"각하께서 신문사에 보도 지침을 내리셨는데, 그게 어떻게 개인적인 문제입니까?"

에리히의 얼굴이 굳어졌다. 그레이는 미동 하나 없는 얼굴로 말을 이었다.

"어제와 오늘 사이에 신문사 여섯 곳을 방문하여 확인했습니다. 엘리엇 님을 화제의 중심에 올리지 말고, 클레어를 비난하지 않는 선에서 기사를 쓰라고 하셨다고요."

"보도를 요구한 게 아니라, 과열되어 아이를 다치게 하지 않도록 요구한 것이네."

"그렇게 철저하게 지침을 지키도록 할 수 있었다면, 쓰지 말라고 요구하실 수도 있었겠지요."

사실이었기 때문에 에리히는 그레이를 노려보았다.

"지금 자네가 하는 말은, 클레어의 변호사로서 내게 경고하는 것인가?"

"아니요. 델포드 남작가의 가신으로서, 만일의 경우 엘리엇 님의 후견인이 될 사람으로서 이 모든 문제를 염려하고 있긴 하지만, 지금은 그저 사실을 말씀드린 겁니다. 각하께서 얼마나 대단한 귀족이신지는 알고 있지만, 숙녀의 약점을 공격하여 결혼 승낙을 얻어 내려 하는 자는 신사라고 할 수 없죠."

그렇게 말하는 그레이의 말씨와 태도는 그 출신 성분을 상상할 수 없을 만큼 완벽하게 우아하고 침착하며 신사다웠다.

에리히는 그렇게 평정을 지킬 수 없었다. 그레이의 말에 정곡을 찔렸기 때문이다. 그는 으르렁거리듯이 말했다.

"그래. 체면 따위를 지키고 신사답게 구느라 놓치는 건 한 번으로 충분하니까."

"그래서 몰이사냥이라도 하는 기분으로 이런 짓을 하십니까?"

"네가 무슨 상관이지, 셔우드? 이건 나와 클레어의 문제야. 클레어가 고소라도 하겠다면 그때 나서. 일개 가신 따위가 끼어들 일이 아니야."

"제 문제이기도 합니다. 숙녀에게 구혼하고서 그 위기를 돌보지 않는다는 건 있을 수 없는 일이니까요."

"뭐?"

"저는 각하와 다르다는 뜻입니다."

에리히는 그 순간 그의 멱살을 잡을 뻔했지만, 겨우 참을 수 있었다. 대신 그는 주머니에 손을 찔러 넣었다.

거기에는 사파이어 반지가 들어 있었다. 돌려주러 온 참이었다.

그게 누구 것인지 이제 그는 알 수 있었다. 클레어가 그것을 약지에 끼고 있었다는 사실은 일부러 무시했다.

고운 상자에 담아 오게 하려다가 어색해서 그만두었는데, 잘한 일이었다. 딴 놈의 반지 따위를 곱게 포장해 돌려주다니, 있을 수 없는 일이다.

그는 보란 듯이 반지를 꺼내서 바닥에 떨어뜨렸다. 그레이의 안색이 변했다.

+

'대, 환, 장, 파, 티…….'

그 시각에 클레어는 소파에 가로누워 검지에 걸고 있던 인장 반지를 손안에서 굴리고 있었다. 옆에 있는 테이블에는 신문이 쌓여 탑을 이루고 있었다.

그날 오후에 로텐부르크의 모든 신문사에서 일제히 호외를 뿌렸다. 그리고 이틀이 지난 오늘까지 기세가 유지되었다.

신문은 불이 나게 팔렸다. 그중에서도 특히 인기 있는 헤드라인은 이것이었다.

《클라우제너 공작, "이 남자가 내 남자다 왜 말을 못 해?"》

헤드라인 중에는 이런 것도 있었다.

《현대판 신데렐라!》

보통 선거권도 없는 주제에 현대 같은 소리 한다, 진짜.

끼리끼리 결혼하는 법이라는 세상 이치를 넘어서서, 귀천 상혼이 남아 있는 세상이다.

신데렐라는 신데렐라다. 어찌 보면 남작가의 딸이 전통 있는 지배 가문의 주인과 결혼하게 생겼으니 현대판도 아니라 진짜 신데렐라였다.

클레어는 골을 싸맸다. 아무도 그녀가 에리히의 청혼을 거절할 거라고 생각지 않았다.

어떻게 감히 클라우제너 공작의 청혼을 거절한단 말인가? 그는 늙은이도, 재혼도, 삼혼도 아니고 든든한 아들이 이미 네 명쯤 있는 사람도 아니라 젊고 아름다운 미혼의 청년이기까지 했다.

클레어가 원하는 일은 아니었지만 말이다. 불행한 것은 그 사실을 이해하는 것이 에리히밖에 없을 거라는 사실이었다.

기가 막히다 못해 코가 막혔다. 기레기와 신문은 정녕 뗄 수 없는 사이란 말인가?

"그렇게 화가 날 정도면, 소송을 하시죠?"

그녀가 드러누운 소파 뒤에 서서 불난 머리에 부채질을 하고 있던 로저가 말했다.

"없는 소리 지어내서 한 거잖습니까? 셔우드 씨라면 한재산 털어 올 수 있을 것 같은데."

"내가 흥분하는 티를 내면 더 덤벼들 게 뻔하잖아."

클레어는 이마에 손을 얹었다. 승산 없는 싸움이었다. 설령 신문사 몇 개를 폐간시키는 것에 성공하더라도, 그 사실 자체가 스캔들이 되어 진실을 캐겠다느니 속사정이 있을 거라느니 하면서 벌 떼처럼 달려들 미래가 보였다.

물론 클레어는 빡침을 해소하기 위해 일상을 갈아 넣기도 하는 사람이었다. 아니면, 욱해서 루이자에게 되는대로 쏘아붙이지도 않았을 것이다.

그랬으면 공작 대부인이 자신에게 찻잔을 던지지 않았을 거고, 에리히가 거기에 반응해서 공개적으로 청혼하는 일도 생기지 않았으리라.

아버지가 언젠가 그녀에게, 넌 그 욱하는 성질을 고치지 않으면 큰일 날 거라고 한 적이 있었다. 그때는 '내가 왜, 뭐 어쨌다는 건데?'라고 생각했지만, 이제는 부정할 수 없었다.

아니, 따지고 보면 11년 전에 아카데미에서 처음으로 에리히가 말을 걸었을 때부터 그러면 안 되는 거였다. 아렌의 남작 영애답게 조용히 쭈그러져서 에리히의 얼굴을 보고 감탄이나 하고 있었더라면, 오늘의 이 일도 없었을 것이다.

누굴 탓하겠는가? 결국 스스로 불러들인 재앙이었다.

'너는 성격이 비틀렸어.'

에리히가 그렇게 말한 적이 있었다. 클레어는 그렇게 생각하지 않았지만, 지금만은 그 말에 공감했다.

아니다. 더 생각해 보니 억울해서 클레어는 벌떡 몸을 일으켰다.

"어우."

반지 모양이라고 해서 인감도장으로 청혼하는 작자가 문제지, 자신이 문제인 게 아니다.

그녀가 벌떡 일어서는 서슬에 로저가 조금 놀란 얼굴로 올려다보았다. 그리고 물었다.

"그러면, 결국 그 공작님의 청혼을 받아들이실 겁니까?"

"이걸 돌려보내면 무슨 일이 벌어질 것 같아?"

클레어는 검지에 끼워 빙빙 돌리고 있던 에리히의 인장 반지를 들어 보이며 물었다. 그러자 로저가 씩 웃었다.

"그걸 왜 돌려보냅니까? 소화할 수 있는 만큼은 빼먹어야지 않겠습니까?"

클레어는 웃어 버렸다. 그래도 로저가 낫긴 나았다. 마사나 다른 사람들이라면, 공작 부인이 되어 에리히를 구슬리면 공작가가 전부 자신의 것이나 다름없는데, 왜 갈등하느냐고 의아하게 여겼을 것이다.

클레어는 도로 털썩, 소파에 앉았다.

"어차피 거절 못 하게 됐지."

자신은 문제가 아니다. 구설에 오르는 건 상관없었다. 여기서 백날 비난해 봐야 위빙 상단의 자산은 증가할 테고, 델포드 남작령에는 어떤 영향도 미치지 못할 것이다. 시간이 지나면 대중은 슬그머니 이 청혼 스캔들을 잊어버릴 것이다.

그러나 '클라우제너 공작을 닮은 남자아이'의 존재까지 과연 사라질 수 있을까? 이대로 어딘가 시골로 꺼져서 숨만 쉬고 조용히 살면 안심할 수 있을까?

그렇지 않을 것이다. 엘리엇은 이미 눈에 띄었다. 아이를 지킬 수 있는 가장 단단한 방어벽, 곧 '아무도 모르는 존재'라는 것은 무너졌다.

물론 위빙 상단이 아주 남의 눈에 띄지 않는다는 것은 아니었다. 그녀는 돈을 벌었고, 벨프 후작가와 다툴 정도로 커졌다. 하지만 기껏해야 하급 귀족이 돈 좀 벌었다는 이야기였다.

자본주의가 퍼지고 있는 세상이지만, 아직까지 힘과 지위를 결정하는 것은 돈이 아니라 혈통이었다. 클라우제너 가문이 관련되었으니, 제국의 진짜 권력자들은 이미 그녀와 그녀 등 뒤에 있는 델포드를 들여다보았을 것이다.

그리고 그중에는 엘리엇의 생부를 죽인 자가 반드시 포함되어 있으리라. 그녀는 물러설 수 없게 되었다.

'선배가 알고 한 건 아니겠지만, 정확한 유효타였어.'

골치가 지끈지끈 아팠다. 편두통 체질이 아니었는데 말이다.

로저가 싱글싱글 웃으며 말했다.

"마사지라도 해 드릴까요?"

"마사지?"

그가 자신의 관자놀이를 문지르는 시늉을 했다. 클레어는 헛웃음을 지었다.

"그만둬. 이걸 아부라고 해야 할지 뭐라고 해야 할지."

"저는 남작님의 정부가 될 각오가 되었습니다. 셔우드 씨는 몰라도, 클라우제너 공작님과 싸울 수는 없으니까요."

"어이가 없어, 진짜. 왜 그걸 남자들과 싸워서 이기려고 해? 내 이성과 싸워야 하는 거 아니야?"

"그건 승산이 아예 없는 게임이잖습니까? 전 승부사지, 패배를 즐기는 변태가 아닙니다."

"승부사 같은 소리 한다."

클레어는 농담으로 받아들이고 어이없다는 얼굴로 웃었다.

"허튼소리는 됐고, 지난번에 맡긴 일은 제대로 처리된 거야?"

"그게 말이죠……."

그때 하녀가 열려 있는 문을 두드렸다.

두 사람은 그쪽을 돌아보았다. 엘리베이터를 타지 않고 계단을 전력질주로 올라오기라도 한 듯, 새액새액 빨개진 얼굴로 하녀가 외쳤다.

"남작님! 큰일이에요!"

"왜 그래? 무슨 일인데?"

하녀의 상기된 얼굴은 어쩐지 기뻐 보이기도 했다.

"지금 클라우제너 공작님과 셔우드 변호사님이 싸우고 계세요!"

"뭐?"

클레어는 입을 벌렸다.

"와아아앙!"

클레어가 3층, 엘리베이터에서 내리자 찢어지는 듯한 아이 울음소리가 제일 먼저 들렸다.

상황은 종결된 다음이었다. 장식용 콘솔이 엎어지면서 그 위에 놓여 있던 커다란 화병이 산산조각 나서 바닥에 흩뿌려지고, 그 위에 물과 꽃잎 조각들이 떠다녔다.

"이모, 이모오!"

엘리엇이 서럽게 울면서 클레어에게 팔을 뻗었다. 에리히가 황급히 엘리엇에게 손을 뻗었지만, 엘리엇은 에리히의 손을 탁 밀어내고 클레어에게 매달렸다.

클레어는 먼저 엘리엇을 안아 올리고 사람들을 하나씩 쳐다보았다. 보모로 고용한 하녀와 호텔 종업원, 지배인이 모두 어찌할 바를 모르고 눈을 내리깔았다.

그러나 그들이 어떻게 할 수 있겠는가. 이들 입장에서는 에리히는커녕 그레이도 함부로 붙잡아 뜯어말릴 수 없는 상대였기 때문이다.

"하."

그녀는 어처구니가 없어 한숨을 내쉬면서 두 남자를 한 번씩 쳐다보았다.

엉망진창이었다. 그레이의 얼굴에서는 안경이 날아가 있었고, 언제나 칼같이 단정하게 갖춰 입는 라운지 슈트의 타이와 단추도 너덜거렸다.

에리히도 마찬가지였다. 머리카락은 온통 흐트러진 채 젖었고, 실크로 만들어진 셔츠의 옷깃과 소맷자락이 찢어져 드러난 피부에 붉은 자국이 남아 있었다.

바지는 양쪽 모두 물에 젖었고, 에리히의 구두는 짓밟혀 엉망이 되었다.

"이게 다 무슨 일이에요? 둘 다 미쳤어요?"

"클레어, 저놈 내보내."

"공작 각하, 그 입 좀 다물어 주실래요? 지금 둘 다 죽여 버리고 싶으니까."

클레어는 소리를 지르는 대신에 차분하게 말했다. 엘리엇이 아직도 그녀에게 안겨서 엉엉 울고 있었다.

로저가 고개를 절레절레 저었다. 짐짓 심각한 얼굴이었으나 입꼬리가 올라가려는 것을 억지로 끌어 내리는 것이 역력했다.

"어후, 점잖으신 분들이 이게 다 무슨 일입니까? 어린 도련님이 놀라시지 않았습니까?"

"……."

"도련님만 우시는 것도 아닌 것 같고. 차라리 장갑을 던지시지."

에리히의 눈에서 새파랗게 불똥이 튀었다. 그러나 장갑이 있었어도 던지지는 않았을 것이다. 로저 카슨은 그 정도 상대도 아니었고, 무엇보다도 그 전에 클레어가 다시 그의 앞을 가로막았기 때문이다.

"지배인, 조용한 방을 하나 내줘요. 어쨌든 가서 그 옷차림 좀 어떻게 해요. 아주 호외로 산맥을 만들어서 나를 압사시키고 싶은 게 아니라면!"

"……셔츠와 베스트, 타이를 부탁하고 싶군. 바지는 말리면 되겠고."

에리히도 할 말이 많은 얼굴이었지만 흘려보내고, 태연하게 요구했다. 그리고 클레어에게 당당하게 말했다.

"몸단장을 다시 하고 올라갈 테니 기다려. 우리, 아주 할 이야기가 많을 것 같은데."

"누가 할 소린데 그래요."

클레어는 고개를 저었다.

에리히가 지배인을 따라갔다. 클레어는 한 번 더 한숨을 내쉬고 그레이를 돌아보았다. 그레이가 몸을 구부려 바닥에서 반지를 주워 주머니에 넣었다. 클레어는 그게 무엇인지 보지 못했다.

"넌 나랑 같이 올라가자."

"괜찮습니다."

"내가 안 괜찮아. 그래 가지고 그냥 간다는 소리 하지 말고."

클레어는 몸을 홱 돌렸다. 그레이의 발소리가 순순히 그녀의 뒤를 따랐다. 엘리엇의 울음은 이제 훌쩍거리는 소리가 되어 있었다.

"많이 놀랐어?"

"흐응, 흐으응, 아저씨가, 막 주먹 들고……."

엘리엇이 더듬거리며 호소했지만, 울먹거리면서 끊어지는 말로 두서없이 하는 말은 다 알아들을 수 없었다.

"괜찮아. 이모가 둘 다 두 번 다시 못 싸우게 혼내 줄 테니."

"응."

이모가 세상에서 제일 대단한 사람이라고 믿어 의심치 않는 엘리엇이 고개를 끄덕거렸다. 그리고 안심한 듯이 웅얼거리다가 잠에 떨어졌다.

그레이는 그 모습을 가만히 바라보고 있다가 들리지 않게 한숨을 내쉬었다.

엘리베이터가 최상층에 도착했다. 기다리고 있던 집사와 하녀들이 그레이의 모습을 보고 경악했다. 클레어는 집사에게 지시했다.

"그레이 옷에 단추 좀 달아 줘. 망가진 거 수선도 좀 해 주고."

"예."

"드레스룸에 보니 남자용 가운이 비치되어 있던데, 잠깐 그거라도 걸치고 있어."

클레어는 그레이에게 그렇게 말하고 우선 엘리엇을 침실 쪽으로 데리고 갔다.

뒤늦게야 소식을 들은 마사가 허둥지둥 달려왔다가 그레이의 몰골을 보고 당황해서 소리쳤다.

"아니, 그레이! 이게 다 무슨 일이니?"

"엘리엇 님은 침실 쪽으로 가셨습니다."

그레이는 나지막한 목소리로 말했다.

마사는 지극히 보통의 제국인이었다. 그녀는 원래부터도 클레어가 그레이를 택한 것을 좋게 생각하지 않았다.

그는 대대로 전문직에 종사하며 귀족을 모시던 중류 계급도 아니고, 부유한 자영농 출신도 아니다. 50년만 더 옛날이었다면 농노 신세에서 벗어나지 못했을 것이다. 잘해 봐야 몸종이었겠지. 당연히 그런 상대보다는 클라우제너 공작의 청혼에 월등히 기뻐했다.

그레이는 이미 그녀가 자신을 논외로 여기고 있으리라는 사실을 잘 알고 있었기 때문에 그냥 그녀를 빨리 엘리엇에게 보내는 편을 택한 것이다.

침실 쪽으로 들어간 마사가 목소리를 높였다가 얼른 죽였다. 그레이가 그 소리를 듣고 돌아섰을 때, 집사가 가운을 가지고 왔다. 그 가운은 숙박객을 위해 준비된 품위 있는 물건이었다. 클레어의 실내 가운 옆에 걸려 있었으리라.

그는 선뜻 가운을 받아 들지 못했다. 집사가 부드러운 미소를 지었다.

"재킷은 이쪽으로 주십시오, 셔우드 씨. 베스트도 벗으시는 쪽이 좋겠습니다. 다림질을 새로 하겠습니다."

"고맙습니다."

그레이는 집사에게 고개를 숙여 인사하고 겉옷을 벗었다.

씻을 물을 준비해 주어서 소매를 걷고 막 세수를 했는데, 클레어가 침실에서 나왔다. 그레이는 서둘러 가운을 찾았다. 클레어가 고개를 저었다.

"괜찮아. 셔츠 입었는데 뭐."

그래도 드레스 셔츠 한 장 차림새로 그녀 앞에 서 있을 수는 없었다. 그레이는 얼굴도 닦는 둥 마는 둥 하고 가운을 걸쳤다.

"……엘리엇 님은 어떠십니까?"

"잠들었어. 좀 놀란 것 같기는 하지만, 경기를 일으킬 나이도 아니고."

"죄송합니다."

그레이는 고개를 숙였다. 클레어가 그에게 성큼성큼 다가와 까치발을 들고 얼굴을 들여다보았다. 그는 멈칫 반걸음쯤 뒷걸음질 쳤지만, 클레어가 하는 일에 저항하지 못하고 고개를 구부려 얌전히 얼굴을 내밀었다.

뺨에 열이 오르려는 것을 느끼고 감정을 애써 억누르는데, 클레어가 그의 눈가와 관자놀이 쪽을 살피고, 콧날 쪽에 손을 댔다.

"조금 찢어졌네. 안경 쓴 사람 얼굴을 치는 건 살인 미수라고."

"아닙니다."

"법 이야기가 아니잖아."

클레어가 한숨을 내쉬었다. 그리고 눈가의 상처 언저리를 한 번 부드럽게 쓰다듬고 물러섰다. 그제야 그레이는 숨을 천천히 세 번에 걸쳐서 나눠 내뱉었다. 긴장하고 있었다는 것을 들키고 싶지 않았기 때문이다.

클레어가 불편한 얼굴로 말했다.

“저 사람, 복싱과 레슬링을 어릴 때부터 배웠어. 지배 가문들은 지금도 로멜 귀족의 전통을 지키고 있으니까.”

“그런 것치고는 저를 묵사발 내지는 못했습니다만.”

그레이의 무뚝뚝한 대답에 클레어가 약간 웃었다.

“그러게. 이왕 한 대 치기로 한 거 네가 박살을 내 버리지 그랬어. 그랬으면 저 높은 콧대도 내려앉았을 텐데.”

“…….”

“왜 그랬어? 어리석은 일인 줄 알잖아.”

클레어가 다시 물었다. 그레이는 그녀의 손이 스쳤던 언저리가 왜인지 간지러운 듯한 느낌이 들어서 거기에 자기 손가락을 댔다가 도로 내렸다.

그리고 씁쓸한 미소를 머금었다.

“그러게 말입니다.”

“그레이…….”

“노총각이 눈앞에서 결혼 기회를 놓친 겁니다. 그 정도는 클라우제너 공작 각하께서도 양해해 주셔야죠.”

그레이가 어울리지 않게도 농담처럼 말했다.

클레어는 그가 농담하는 것을 여태까지 한 번도 들어 보지 못했다. 그는 진중한 성품이었고, 클레어 앞에서는 더욱 그랬다. 그래서 그녀는 웃지 못했다. 가볍게 웃어넘겨 주는 것이 서로를 위한 일인 줄 알면서도 말이다.

"아직 난 아무 말도 안 했어, 그레이."

"하지만 결정을 하셨죠?"

클레어는 멈칫했다. 그레이가 나직하고 차분한 목소리로 말했다.

"당신은 합리적인 분입니다, 클레어. 그리고 저는 당신을 아주 잘 이해하고 있다고 자신합니다."

세상에서 제일이라는 표현까지는 감히 덧붙일 수 없을지 몰라도, 거기에서 그리 멀지 않을 거라고 그레이는 스스로 생각했다. 그만큼 그녀를 바라보았고, 그녀의 마음과 생각을 이해하려고 되짚으며 늘 생각해 왔으니까. 한때는 미래의 주인을 위한 것이었고, 지금은 가장 중요한 클라이언트를 위한 것이었다.

그리고 누구에게도 말하지 않고, 아마 상황과 조건이 운 좋게 자신을 가리키지 않았다면 한 번도 헤쳐서 들여다보지 않았을 감정을 위한 것이기도 했다.

그 반지는 영원히 서랍에서 잠자고 있었으리라.

"그냥 묻는 게 불가능할 정도로 소문이 커지지 않았습니까? 지금에 와서 저와 결혼한다고 해도, 그자들은 오히려 이런저런 헛된 극본만 써 댈 겁니다."

"그렇지."

그레이까지 끌어들여 지저분한 이야기가 되는 것 정도는 양반이다. 엘리엇에 대한 이야기가 어떻게 될지 알 수 없었다.

소문은 그야말로 활화산처럼 폭발할 것이다. 알지도 못하는 사람이 계승법이니 호적법 같은 것을 따지며 귀족 전체의 질서를 훼손했다고 소송을 걸어와도 이상하지 않았다.

"엘리엇 님에게도 분명히 상처가 될 겁니다. 그럴 거라면 차라리 적극적으로 나서서 직접 정리하는 쪽이 낫다고 생각하실 분이죠, 당신은."

클레어는 이번에도 가볍게 대답할 수가 없었다.

전 같으면 쓴웃음을 지으며 '어쩔 수 없지'라고 한숨을 쉬고, 제멋대로인 진짜 귀족 나리에 대해 실컷 불평을 늘어놓았을 것이다. 하지만 이제 그럴 수 없었다. 클레어는 자신에게 청혼한 남자에게 우정을 요구할 만큼 뻔뻔하지 않았다.

그가 반지를 주고 이름을 부른 순간부터 그 결혼 계약서는 가문을 함께 이끌어 갈 동업자를 고르는 일이 아니라 진짜 결혼과 반려에 관한 문제가 되었다.

그레이가 말했다.

"저와 쓰시려던 계약서는 신경 쓰지 않으셔도 됩니다."

결혼이라는 단어를 빼고 말한 것은 아마도 배려였을 것이다. 클레어는 난처한 얼굴로 그를 바라보았다.

"그러면 내가 너무 미안한 일이지."

"계약이라는 건 원래 서명하여 성사될 때까지는 아무것도 아니니까요. 신중하신 것은 좋은 일입니다."

"……미안해."

클레어는 솔직하게 사과했다. 거기에는 여러 가지 복잡한 의미가 깃들어 있었다.

"별말씀을. 애초부터 제가 당신에게 청혼했던 건, 당시 상황을 고려했을 때, 제가 최상의 선택이라는 사실을 알고 있었기 때문입니다."

하지만 이제 모든 상황은 에리히 클라우제너를 가리키고 있다. 어떤 문제는 힘으로만 풀어 낼 수 있는 법이니까.

그런 상황을 만들 수 있느냐, 행운을 기다릴 수밖에 없느냐가 그와 자신의 차이일 것이다.

"애초부터 엘리엇 님을 지키기 위해서 결정하셨던 결혼이잖습니까? 그러니까 뜻하던 대로 하십시오."

"그레이……."

"제가 언제나 충실한…… 델포드의 가신이라는 것만 기억해 주시면 됩니다."

그레이가 그렇게 말하고 천천히 손을 뻗었다. 클레어는 그에게 순순히 손을 맡겼다. 그레이는 공손한 태도로 그 손등 위에 입술을 눌렀다.

"고풍스럽네."

클레어는 씁쓸하게 웃었다. 인장 반지에 이어 그레이까지. 그녀는 악수하듯 그레이의 손을 한번 힘껏 잡았다가 놓았다.

"가신보다는 믿을 만한 변호사와 친구가 더 필요한데."

"말씀하신 사람도 언제든 남작님 곁에 있을 겁니다."

그레이가 옅게 미소를 지었다. 웃음인지 무표정인지 좀처럼 분간할 수 없는 그것은 클레어에게 익숙한 얼굴이었다.

똑똑.

문 두드리는 소리가 들렸다. 클레어가 대답했다.

"들어와."
얼굴을 내민 것은 로저 카슨이었다. 그레이는 습관적으로 가슴 포켓을 더듬었지만, 안경은 없었다. 클레어가 그걸 보고 말했다.
"변상받아. 비싼 걸로."
그레이의 맨얼굴과 가운 입은 모습을 본 로저가 휘익 휘파람을 한 번 불었다.
"역시 미남은 안경을 벗으나 쓰나 미남이군요. 이걸 그 공작님이 좀 봐야 하는데."
"허튼소리 하지 말게. 무슨 일인가?"
"별건 아니고, 호외가 나왔습니다. 잉크도 안 마른 놈인데요."
로저가 신문 두 장을 휘휘 허공에 흔들었다.
"결국 셔우드 씨 이야기까지 나오고 말았습니다."
"……."
"이렇게 섣부른 짓을 하시다니, 셔우드 씨답지 않다 싶어서요. 아래층 라운지 로비에 법률 사무소 사람이 와 있습니다."
그레이가 크게 한숨을 내쉬었다. 그리고 클레어에게 살짝 고개를 숙여 보였다.
"저는 이만 가 보겠습니다."
"괜찮겠어?"
"내일 편지 드리겠습니다."
"그래."

클레어는 고개를 끄덕였다. 로저가 그에게 재킷을 빌려주려 했지만, 그 전에 집사가 다림질된 겉옷을 가지고 왔다.

그레이가 나가고 나자 클레어도 한숨이 나왔다. 그녀는 소파에 털썩 앉았다. 로저가 물었다.

"도련님은 좀 어떠십니까?"

"그냥 놀라서 운 것 같던데. 괜찮아. 그보다, 할 이야기가 더 있어?"

"그냥 좀 되어 가는 상황이 궁금해서요."

"궁금?"

"남작님에 대한 이야기를 신문에서 보고 싶진 않으니까요."

"사교계에서 제일 소문에 밝은 인기인이 되고 싶은 게 아니라?"

"남작님은 절 좀 믿으셔야 합니다."

클레어가 어이없다는 듯이 웃음을 머금었을 때, 호텔 종업원이 문을 두드렸다.

"실례합니다, 델포드 남작님. 클라우제너 공작님께서 곧 올라오신다고 합니다."

그 말을 듣고 로저가 잠깐 뺨을 긁적거리더니 고개를 숙여 인사하고 물러갔다.

혼자가 된 클레어는 전투력을 끌어올렸다.

결혼 협상

에리히는 짧은 시간에 꽤 정돈된 차림새를 했지만, 완벽하지는 못했다. 호텔 측이 급히 마련한 셔츠는 가슴 부분이 약간 끼어 단추를 하나 풀었고, 그것 때문에 타이는 느슨하게 매어져 있었다. 베스트는 허리가 조금 남았다. 언제나 단정하고 깔끔하게 넘기고 있는 금발도 젖어서 빛깔이 진했다.

엘리베이터에서 내리자마자 에리히가 전투적인 태도로 성큼성큼 다가왔다. 그리고 그녀 앞에 서서 팔짱을 끼고 내려다보았다.

“도망은 가지 않았군.”

“뭐라고요? 여긴 내 숙소예요. 내가 도망을 왜 가요?”

클레어는 발끈했다. 조금 전까지만 해도 뭐라고 이야기를 시작할지 생각하며 긴장하고 있었는데, 전부 한순간에 날아가고 뱃속에서 전투력이 솟구쳤다.

"선배야말로 해야 할 이야기가 있지 않아요?"

"엘리엇은 괜찮나?"

"그거 말고요. 사과할 마음은 없어요?"

에리히가 고개를 삐딱하게 기울였다.

"사과할 게 없는데? 나는 널 얻기 위해서라면 더한 짓도 했을 테니까."

"뭐요?"

클레어의 얼굴이 순식간에 붉게 물들었다. 에리히는 그레이가 말한 '몰이사냥을 했다'라는 말에 대해 부연한 것이지만, 그 대화를 모르는 클레어는 당황할 수밖에 없었다.

"그런 이야기가 아니에요! 주먹을 휘두른 걸 사과하란 말이에요!"

"그건 확실히 미안하군. 엘리엇을 겁줄 작정은 아니었어."

에리히가 팔짱을 풀고 퍽 부드러워진 목소리로 말했다.

"사과하지. 엘리엇에게도 나중에 따로 사과하고."

"나한테 하라는 게 아니었어요. 피해자가 따로 있잖아요."

"호텔 측에도 적절한 보상을 하기로 했어."

"지금 내가 무슨 말 하려는지 알면서 그러는 거죠?"

"델포드의 법률 고문에게는 사과 안 해. 네 명민한 지성은 어디로 간 거야, 클레어? 상황을 잘 이해 못 하고 있는 것 같은데."

"내가 상황을 이해 못 했다고요?"

"주먹을 먼저 휘두른 건 그놈이야."

"말도 안 돼. 그레이가 얼마나 점잖은 사람인데. 보나 마나 선배가 먼저 그러도록 시비를 걸었겠죠."

"그게 바로 네가 상황을 이해 못 하고 있다는 증거지. 여자 하나에 구혼자가 둘. 주먹질하는 것에 그 이상의 이유가 필요한가?"

에리히가 몸을 숙여 클레어가 앉아 있는 의자 팔걸이를 짚었다. 그의 몸 아래 갇힌 듯한 자세가 된 클레어는 무심코 숨을 들이켰다. 물 냄새와 비누 냄새가 그의 체취와 섞여 코를 간질였다.

아까와는 다른 종류의 긴장과 열이 신경을 곤두서게 했다. 진정하려고 심호흡하려 했지만, 그랬다가는 숨결이 섞일 만큼 얼굴이 가까웠다. 클레어는 들키지 않게 호흡을 고르고, 그의 눈에 띄지 않을 것을 믿고 주먹을 한 번 쥐었다가 폈다. 그리고 평정을 지키며 말했다.

"그레이는 피해자예요. 안 그래도 내 계획 때문에 결혼하자고 했다가 이번에는 일방적으로 파혼을 요구하게 됐으니, 내가 고개를 들 수가 없을 정도라고요."

"진짜로 그놈이 순수하게 네 계획에 장단 맞추느라 반지를 줬다고 생각한 거면 순진한 거지."

"……."

클레어는 할 말이 없었다. 에리히는 그녀의 위에서 비켜날 생각도 하지 않고 물었다.

"그런데, 나와 결혼할 결심은 굳힌 모양이로군."

“좋아서 하자는 거 아니니까 착각 말아 줄래요?”
“…….”
“지금 키스하면 죽여 버릴 거야.”
에리히의 몸이 미세하게 멈칫했다. 클레어는 그의 입술에 검지를 대고 밀어냈다.
“그 전에 우리, 마저 해야 할 이야기가 있지 않아요?”
“무슨 이야기?”
“델포드에 조사원을 보냈을 거 아니에요. 아직도 안 돌아왔어요?”
그 말에 에리히의 상체가 쓱 뒤로 밀려났다. 그러나 여전히 클레어의 의자 팔걸이에 짚은 손은 치우지 않았다.
클레어는 간신히 숨을 크게 들이마셨다. 비누 냄새와 물 냄새가 섞인 에리히의 체취가 폐부로 스며들었다.
“돌아왔죠? 아직도 우길 거예요?”
“…….”
에리히는 침묵했다. 그녀의 동생이 임신했었다는 게 꼭 그녀가 아이를 낳지 않았다는 이야기와 같은 말은 아니라고 생각했지만, 그 말을 하지 않을 눈치는 있었다.
그 머릿속까지 읽고 만 클레어가 헛웃음을 머금었다.
“뭐, 좋아요. 남들한테 그런 식으로 변명할 여지가 충분하다는 건 오히려 나쁘지 않네요.”
“클레어.”
“선배가 그러는 건 좀 어이없고. 날 알잖아요. 물론 내가 아이가 있었어도 밝히지 않으려고 할 수는 있었겠지만."
그 말에 에리히가 그것 보라고 욱했다. 클레어가 그의 가슴을 검지로 밀어내듯 꾹 찔렀다.
"지금 선배가 귀찮게 굴고 있는 바로 이런 이유 때문에 말이에요. 아무튼 내가 이미 들통 난 다음에 되지도 않을 거짓말을 우겨 댈 사람은 아니잖아요. 안 그래요?"
"……도망갈 정도로 싫은 상대에게라면, 그럴 수도 있지."
클레어가 잠깐 침묵했다가, 어이없다는 듯이 그를 올려다보았다. 그렇게 싫다는 여자를 잡겠다고 이런 짓을 했단 말인가.
"선배 때문에 도망간 건 아니었어요. 애당초 내가 거기서 도망을 왜 가요? 고작 한 번 잔 걸 가지고."
그 말에 에리히의 미간에 고랑이 패었다. 클레어는 그를 밀어내고 일어섰다.
그녀는 손수 문단속을 새로 했다. 거실에 연결된 문을 모두 열어 비어 있는 것을 확인하고, 엘리베이터에 빗장을 지르고, 다른 문도 모두 잠갔다.
그다음에 엘리엇을 위해 언제나 가지고 다니는 작은 액자를 가지고 왔다. 에리히는 순순히 그녀가 건네주는 액자를 받았다. 그 안에는 금발에 하늘색 눈동자를 가진 예쁜 소녀가 있었다. 클레어와는 닮은 구석이 별로 없었다.
"내 동생이에요. 걔는 엄마를 닮았고, 전 아빠를 닮았죠. 엄마의 외가 쪽에 로멜인의 피가 섞여 있어요."
"그렇군."

"그 애한테는 아카데미에서 사귄 남자 친구가 있었어요."
에리히는 눈살을 찌푸렸다.
"그냥 두었나?"
"결혼한다는 말이 나온 것도 아닌데 뭘 어떡해요? 흔한 일이잖아요."
그건 그랬다.
결혼 시장 밖에서의 만남은 좋지 않은 것으로 여겨졌고, 교내 연애는 아예 금지였지만, 그래도 한창나이의 소년 소녀들을 한 장소에 모아 놓았는데 아무 일도 생기지 않을 리 만무했다.
"누군지는 몰랐어요. 상대가 신분이 높아서 비밀이라고 했죠."
"쓰레기군."
"말조심하세요. 내 동생의 남자 친구라서 하는 말이 아니에요."
클레어는 한숨을 내쉬었다.
"그날…… 집에 갔는데 그 애가 엉망진창이 되어 있었어요. 봐서는 안 될 것을 봤다고 하더군요. 들키면 모두 죽을 거라고도."
에리히는 그때까지는 별다른 생각 없이 그냥 듣고 있었다. 클레어가 동생을 몹시 아끼고 사랑한다는 것은 원래부터 알고 있었지만, 만나 본 적 없는 상대였다. 별다른 감정이 일어나지 않았다.
하지만 이 순간에 그에게도 클레어가 알고 있는 것과 같은

추측이 떠올랐다.

"설마 봤다는 게……."

"남자 친구가 죽었다고 했어요. 바로 그날. 그리고 동생은 그 남자 친구의 아이를 낳았죠. 그날 자기들끼리 무슨 언약식 같은 걸 했던 모양이에요."

에리히는 입을 다물었다. 그날 죽은 몇 명의 젊은 귀족 중 누가 그 죽은 남자 친구인지 굳이 확인할 필요는 없으리라.

죽은 제러드 황태자는 그와 사촌이라기보다는 친형제처럼 닮았다.

그리고 제러드는 소탈한 성미였다. 신분을 숨기고 자주 황궁 밖으로 외출하여 호위들을 골치 아프게 했던 것을 생각하면, 밖에 여자 친구가 있었어도 놀랄 것이 없었다.

그것이 하필 클레어의 여동생일 줄은 몰랐지만 말이다.

"저는 이 비밀을 혼자서 무덤까지 가지고 갈 생각이었어요."

"역시 그때 나한테 왔어야 했어, 클레어."

"아뇨. 그래 봤자 엘리엇이 위험해지는 결과밖에 나오지 않았겠죠. 제가 무슨 이야기를 하는지 아시잖아요. 황태자조차 죽었어요."

"그러면 엘리엇의 권리는? 그건 네가 결정할 일이 아니야."

"엘리엇은 이제 다섯 살도 안 됐어요. 설령 엘리엇이 결정할 일이라고 해도, 그 애가 성인이 된 다음에 알려 줄 작정이었어요."

그 말 할 줄 알았다며 클레어가 한숨을 내쉬었다. 혈통과 가문의 상속권은 이 시대 사람들에게는 아주 중요한 문제고, 에리히 같은 대귀족에게는 더더욱 그랬다.

"제가 이 이야기를 하는 이유는, 엘리엇의 권리를 찾자고 그러는 게 아니에요. 선배가 가문과 혈통을 소중히 여기고 있는 것을 알고 있기 때문이에요."

클레어는 차분하게 말했다.

"전 엘리엇을 멀리 보낼 생각도, 포기할 생각도 없어요. 제 아이예요. 낳지는 않았지만, 태어났을 때부터 제 손으로 키웠어요. 선배가 이 점을 확실히 알아 뒀으면 좋겠어요."

"……그래."

"나머지는 내가 무슨 이야기 하려는 건지 다 알고 있죠?"

"이해했어."

비밀 연애였다고 해서 안심할 수는 없다. 상대까지는 몰랐어도 제러드에게 교제 중인 여자가 있다는 것 정도는 아는 자들이 있었으리라.

아이의 얼굴이 정황 증거가 된다.

사생아로 만들든가, 제대로 인정하여 클라우제너의 장남으로 만들든가. 어쨌든 자신의 아들이라고 하지 않는 이상 엘리엇은 반드시 위험에 처한다.

"자업자득이니까 참아요. 사태를 이 지경으로 만든 건 선배 본인이니까."

클레어가 말했다.

"물론, 엘리엇을 장남으로 인정해서 클라우제너의 후계자로 삼아 달라는 이야기는 아니에요. 출생을 모호한 상태로 놔둔 채 입양이라는 형식을 거치는 게 좋을 것 같아요."

양가가 합의한다면 불가능한 일은 아니다. 그리고 다행히 클레어는 자기 가문의 모든 권리를 갖고 있고, 에리히에게도 친척들을 누를 수 있는 힘이 있었다.

"입양아의 상속권은 결혼으로 태어난 아이보다 밀리니, 클라우제너 가문의 후계 문제에 걸리적거리지는 않을 거예요. 적당한 때에 이혼하면서 상속권을 박탈한다거나 하면 문제없겠죠."

시간이 지나고 나면, 결국은 잊힐 것이다. 그때 가서 화제는 부부의 진흙탕 싸움 쪽으로 집중시키고, 엘리엇의 출생 문제를 다시 한번 논란거리로 삼아 오히려 다른 생각을 할 수 없게 만들면 된다.

그런다 해도 의심 갖는 자는 있겠지만, 그때쯤에는 황실의 후계 문제도 결정되었을 테고, 죽은 제러드 황태자도 완전히 잊혀 있으리라.

엘리엇에게 출생 문제는 계속 따라다닐 테지만, 지저분한 말을 듣는 쪽이 목숨이 위험한 것보다는 낫다. 그리고 그때쯤에는 엘리엇도 사정을 이해할 수 있을 만큼 나이가 들었을 것이다.

그러나 에리히는 클레어의 말에 고개를 저었다.

"역시 넌 잘못 생각하고 있어."

"선배한테 흠을 만들게 되는 일인 건 알아요. 난 진짜 이렇게 되는 거 피하려고 애썼다고요?"

클레어는 한숨을 내쉬었다.

"선배가 안 믿고 사태를 이 지경으로 만들었잖아요. 저지른 짓에는 책임을 져 준다면서요?"

"그게 아냐. 왜 이혼으로 끝을 맺으려고 하지?"

"말했잖아요. 엘리엇은 선배 아이가 아니고, 클라우제너의 후계 문제를 깨끗하게 마무리하려면……."

"내가 이혼하려고 결혼할 사람처럼 보이나?"

"청혼은 엘리엇이 선배 아이라는 착각 때문에 이루어진 거잖아요."

에리히가 그녀를 노려보았다. 클레어는 진정하라고 손짓했다. 에리히가 다시 그녀의 팔걸이에 손을 올렸다.

"선배가 가문을 소중히 여긴다는 걸 잘 알고 있으니까 배려하고 있는 거라고요, 지금."

"가문을 잇는 것이 중요하지 않다고 말할 생각은 없지만, 숙녀의 명예를 지키고 아이를 보호하는 일이 더 중요하다는 것조차 내가 모를까 봐?"

그 말은 조금 가슴을 울렸다. 클레어는 피시식 웃으며 에리히의 뺨에 손을 올렸다.

"말도 안 돼. 명예를 지켜 주고 싶었으면 손도 대지 말았어야죠. 그게 일반적인 신사의 의무 아니에요?"

"나를 신사 취급 안 하는 건 너지. 기대대로 응해 줬을 뿐이야."

"이미 언론을 이용해서 내 명예를 전부 조져 놨는데, 그런 건 궤변……. 음."

클레어의 말은 끝까지 이어지지 못했다. 에리히의 손이 그녀의 뒤통수로 들어와 깔끔하게 올려놓은 적갈색 머리를 흐트러뜨렸다.

커다란 손이 머리를 마사지하듯 어루만졌다. 클레어가 짧게 신음하며 눈을 감는 찰나 고개가 젖혀졌다. 따뜻한 촉감이 클레어의 입술을 덮었다. 에리히의 입술은 조금 건조하고, 무례했다.

클레어는 숨을 들이켰다. 긴장 때문에 무심코 바닥을 찼지만, 뒤로 물러나기 전에 에리히가 팔걸이를 붙들어 의자째 잡아당겼다.

"내가 수단 방법을 가리지 않겠다고 말하지 않았던가?"

"선전포고를 했다고 해서 선배가 신사라는 건 아니죠."

"그리고 너는 현명하지 못했고."

"내가 뭘요?"

긴장으로 꽉 쥔 주먹을 에리히의 손이 덮었다. 그의 손은 크고 손바닥이 단단해서, 금세 잡힌 부분에서 열이 올랐다.

"처음부터 나한테 왔으면, 엘리엇이 어린 나이에 혼란을 겪을 일도 없었을 거야."

"뭐예요. 진짜 아들로 받아 주기라도 하려고요? 그런 것까지는, 음."

말을 끝까지 하기도 전에 에리히의 입술이 다시 그녀의 입을 막았다.

"넌 말이 너무 많아."

"선배."

"제러드의 아들이라면 내게도 무관하지 않아. 친척으로서도, 클라우제너로서도, 당연히 보호해야 할 의무가 있지. 그리고 엘리엇은 충분히 그럴 만큼 사랑스러워."

에리히는 클레어의 입술에 자기 입술을 거의 댄 채로 말했다.

"네가 네 아이로 받아들였는데, 나라고 못 할 건 없지."

그가 클레어의 손을 깍지 끼어 잡았다. 클레어가 반쯤 황당한 웃음에 섞어 대답했다.

"말도 안 돼. 선배는 혈통을 중시하는 사람이잖아요."

"맞아. 내가 그래서 너를 싫어했었지."

중요한 것을 모두 뒤죽박죽으로 만드니까.

클레어의 목이 한 번 더 젖혀졌다. 에리히의 입술이 그녀의 아랫입술을 물어 열었다.

숨결이 깊게 얽혀 금세 가빠졌다. 무심코 힘이 들어간 클레어의 다리가 허공에서 흔들렸다. 에리히가 그 다리를 잡아 제자리로 내려놓았다.

"귀족적이긴 개뿔."

"귀족입네 하는 놈들 싸잡아 경멸하는 주제에 허튼소리 마."

클레어가 간신히 내뱉은 말을 에리히는 가볍게 웃어넘기고, 숨을 몰아쉬느라 목에 입술을 눌렀다.

✦

또각.

원예 가위가 꽃대 하나를 잘랐다. 제법 무게가 느껴질 정도로 실하게 자란 알리움 꽃이 꺾였다.

평화로운 날이었다. 햇살은 온화했고, 정원에는 신록이 가득했다.

황후 마르고트는 챙이 넓은 밀짚모자를 쓰고, 팔토시와 얇은 장갑까지 챙겨 끼고 손수 꽃을 꺾고 있었다. 그러나 평화로운 것은 황후와 측근 시녀인 아우구스타뿐이었다.

"헉."

긴장을 이기지 못한 누군가가 숨을 내뱉는 소리가 정원의 공기를 갈랐다.

황후는 꽃대 몇 가지를 더 꺾어 아우구스타가 들고 있는 바구니 안에 넣고는, 평화로운 목소리로 말했다.

"클라우제너 공작이 너무 늦긴 했지. 선대 공작이 혼처를 마련하지 않았으니, 루이자라도 신경을 썼어야 했는데."

"클라우제너 공작 대부인은 슈나이더 백작 영애를 마음에 두었던 것 같습니다."

"이리스? 겉보기에 예쁘니 카나리아로 착각하고 있는 모양이로구나."

황후는 피식 웃었다. 잘못 건드리면 손가락이 잘릴 정도로 물릴 텐데.

하지만, 그렇다고 이리스 슈나이더가 맹금류가 될 수 있는 것은 아니다. 결국 작은 새는 작은 새에 불과하다. 까마귀가 아무리 큰 야심을 가지고 있어도 사자를 삼킬 능력은 없다.

'그에 비하면 클레어 델포드는…….'

꽤 오랫동안 지켜보아 왔는데도 아직 그 그릇을 판단하기 어렵다.

위빙 상단의 주인이니 돈을 다루는 일에 대단한 재능을 가진 것은 확실했다. 차라리 가신으로 포섭했다면 역시 에리히가 유능하다고 생각했을 것이다.

오로지 돈에만 관심을 가진 그 여자를 어떻게 판단해야 좋을까.

"천박한 세상이야. 클라우제너 공작가의 내실을 차지할 것이 까마귀 새끼가 아니면 황금 귀신이라니."

"옳으신 말씀입니다."

"어쩔 수 없지요. 젊은 남자들은 종종 사랑에 눈이 멀어 버리곤 하니까요."

연이어 들려온 대답에 황후가 잠시 말이 없었다. 아우구스타가 조심스럽게 물었다.

"무슨 마음에 걸리는 일이라도 있으십니까?"

"정말로 공작이 사랑에 눈이 멀었을까? 그게 진짜라면, 사랑에 눈이 멀었는데 상대의 여동생을 건드리고, 아이가 그 나이가 되도록 방치했을까?"

"그건……."

아우구스타가 대답하지 못하고 고개를 숙였다. 황후가 신중하게 또다시 꽃줄기를 또각 자르며 말했다.

"출생에 대해서는 확인되었나? 남작 자신이 출산한 적 없는 것은 확실하고?"

"적어도 남작가의 친척과 영지민 중에는 그런 의심을 품은 사람이 없었습니다."

아우구스타가 조심스럽게 말을 덧붙였다.

"여동생이 임신했던 것도 확실합니다. 험한 일이 있었던 것 같습니다."

"확실한가?"

"당시에 델포드 남작가에서 일하던 하녀 대부분이 폭행의 흔적을 보았거나 이야기를 전해 들었다고 합니다. 그 사실 자체를 의심할 필요는 없다고 봅니다."

"음."

황후는 짧게 신음했다.

델포드 남작의 여동생이 무슨 일을 당했는지는 관심사가 아니다. 그러나 에리히가 과연 그런 짓을 했을까 하는 것을 생각해 보면, 그다지 긍정적인 대답이 나오지는 않았다.

"뭔가 아귀가 맞지 않는군. 반대라면 이해가 돼. 공작의 자식이 아닌데 맞다고 속이는 것은 충분히 그럴 만한 일이지. 하지만 그 반대는……. 왜 그런 짓을 하지?"

"델포드 남작이 가주기 때문일 수도 있지 않겠습니까? 가주의 결혼은 일개 영애의 결혼보다 훨씬 중요하게 쓸 수 있으니까요."

"그러니까 순결한 몸을 혼수로 가져가기 위해서 그런 거짓말을 한다?"

황후는 빈정거리듯이 말했다가 잠시 침묵했다.

자신이 작위를 계승한 가주라면 그런 복잡한 짓은 하지 않는다. 야심 없고 능력도 없는 하잘것없는 남자를 데릴사위로 들이고, 후계는 보다 좋은 씨를 받아 만들 것이다.

'아. 그런 건가.'

황후는 납득했다. 델포드 남작 역시 그런 계획이었을 수도 있다. 위빙 상단을 지참금으로 노리는 가문은 쓸어 낼 정도로 많을 텐데, 스물일곱이 되도록 결혼하지 않고 있는 것을 봐도 그것이 합리적인 이야기였다.

제 자식이 아니라 여동생의 자식으로 처리한 것은 공작에게 덜미를 잡히지 않기 위해서였으리라.

"그 정도로 닮았다면, 아이가 진짜 공작의 아들이고 남작이 낳았다고 생각하는 게 맞겠지."

공작에게 청혼받은 여자의 여동생을 방계 황족 누군가가 임신시켰는데, 하필 공작의 얼굴을 닮았다는 것보다는 그쪽이 합리적이다.

아마 여동생이 낳은 아이는 어딘가에 처리했으리라. 사생아 대부분의 운명이 그러하듯이. 하물며 태어난 것이 연정의 부산물이 아니라 폭력의 결과라면 더더욱 그랬다.

어쨌든 중요한 일은 아니었다. 중요한 것은 지금 나타난 아이가 에리히 클라우제너의 자식이라는 쪽이니까.

아렌의 혈통이 섞인 새로운 황위 계승권자다.

아우구스타가 물었다.

"뭔가 조치를 취할까요?"

"흠. 어떻게 할까? 클라우제너까지 아렌 피로 오염되는 것은 좀 그렇지만, 내가 간섭할 일은 아니긴 해."

새로운 황위 계승권자가 생긴다 해도, 에리히보다 순위가 낮은 어린아이다. 황좌에 연관될 확률은 지극히 낮다. 차라리 에리히 자신이 계승전에 뛰어든다면 모를까.

'가능성 없는 일은 아니지.'

아렌을 포섭하고 지지를 모으기 위해 아렌 귀족과 결혼한다는 것은 자연스러운 결정이다. 결혼 동맹은 가장 오래된 방식 중 하나였다. 에리히는 거기서 한발 더 나아갔다. 파트너로 단순히 전통 있는 귀족이 아니라 위빙 상단을 선택했다.

결국 그것이 문제다. 위빙 상단은 작은 문제가 아니었다.

황후는 남방 아렌 지역을 로멜에 종속시켜 저렴한 식량과 노동력을 공급하게 만들 작정이었다.

5년 전까지만 해도 그 계획은 순조롭게 이루어질 것 같았다. 풍요로운 아렌의 토지는 로멜의 곡창이 되었고, 가난한 아렌인들은 로멜로 와서 빵보다 값싼 노동자가 되었다.

하지만 위빙 상단이 아렌 전체의 경제를 활성화시키면서 상황이 바뀌었다.

값싼 밀의 공급처가 되어야 할 땅에는 거대한 목화밭이 자리 잡았다. 농장은 위빙 상단의 방침에 따라 일꾼들에게 다른 곳보다 상당히 높은 수준의 임금을 지급했다. 공장도 마찬가지였다. 그러니 사람들은 로멜 도시로 와서 노동자가 되는 대신 고향의 농장에 취직하는 것을 택했다. 이어서 섬유와 방직 공장이 아렌에 들어서면서 도시화도 촉진되고 있다.

클레어 델포드는 남들과 완전히 다른 방식으로 움직이고 있었다.

그녀는 자신의 영지에 산업을 일으키는 것에 집착하지 않았다. 그렇다고 수요가 풍부하고 노동력 공급이 쉬운 도시 인근에서 산발적으로 부지를 찾지도 않았다.

그녀는 큰 강과 철도가 지나가는 곳을 따라 너른 평야를 구획하여, 시작부터 대규모의 공장을 깔았다. 그러자 역으로 공단을 중심으로 새로운 도시가 형성되고 있었다.

아직은 시작 단계에 불과하지만, 조만간에 도시 단위가 클레어의 영향 아래 놓일 것이다.

황후가 그녀의 존재를 인지했을 때 클레어는 상상도 할 수 없는 규모의 빚을 지고 있었다. 처음에는 미친 여자인가 하고 생각했지만, 지금은 그게 답이었다는 사실을 황후도 알 수 있었다.

지금도 클레어는 막대한 빚을 지고 있다. 그러나 그 이상으로 어마어마한 수입을 거두고 있다. 채권자 그 누구도 빚을 갚으라고 말하지 않는다. 오히려 더 빌려주지 못해 안달이다.

그 여자는 겁 많은 감정가이거나 기회주의자가 아니다. 그런 여자가 클라우제너로 들어가는 것이 과연 사랑 때문일까?

'사랑 때문이라는 게 사실이더라도, 너무 위험한 일이지.'

델포드 남작이라는 이름으로도 그만큼의 일을 해냈다. 그렇다면, 그녀에게 클라우제너 공작 부인이라는 이름을 쥐여 주면 어떻게 될까?

쿡.

생각이 깊은 나머지 황후는 실수로 가위로 손끝을 찔렀다. 방울방울 핏방울이 새어 나왔다.

아우구스타가 경악하여 얼른 그녀의 손을 두 손으로 감쌌다. 뒤따르던 자들은 황공한 듯이 한쪽 무릎을 꿇었다.

"괜찮아. 조금 찔린 것뿐이야."

"약과 붕대를 가져오게 하겠습니다."

아우구스타가 공손히 말하면서 희고 깨끗한 손수건을 꺼내어 황후의 손가락을 감쌌다.

황후는 그녀가 그러는 것을 잠시 내려다보다가 말했다.

"속상해서 잠들지 못하는 사람이 많겠군그래. 루이자도 그럴 테지만, 공작 부인 자리도, 위빙 상단도, 탐내던 이들이 많을 테니까."

아우구스타가 시선을 들었다. 황후의 눈동자는 아주 차분하고 냉혹한 빛을 띠고 있었다. 그래서 그녀는 공손히 대답했다.

"효과 좋은 '진정제'가 필요할 것 같기도 하군요."

황후는 굳이 첨언하지 않았다. 이 정도로 말했으니, 나머지는 아우구스타가 잘 처리할 것이다.

결혼보다 중요한 사업은 없다

클레어의 작은아버지인 제임스 델포드 경이 수도의 기차역에 내린 것은 오후의 일이었다. 스물다섯 살의 아들 찰스와 함께였다.

"농노의 아들 따위와 결혼이라니. 말이 되느냐? 아무리 딸내미가 귀여워도 그렇지, 형님이 너무 오냐오냐 키웠어!"

그는 부들부들 떨며 지팡이를 움켜쥐었다.

"내 이번에야말로 클레어를 때려서라도 가르치고 말겠다."

본래 델포드 남작위는 그의 것이 되었어야 했다. 아들이 없으면 가장 가까운 남자 혈육이 잇는 법이다. 그것을 선대 델포드 남작은 덥석 딸에게 물려주고 말았다.

'클레어는 충분히 가문을 건사할 능력이 있어. 너도 알지 않니.'

제임스도 클레어에게 능력이 없다고 생각하지는 않았다. 형님이 아직 성인이 되지 못한 어린 딸을 위해 울타리가 될 수 있도록 더 많은 것을 물려주고 싶어 한 마음도 이해했다.

그러니까 이미 계승된 작위를 내놓으라고까지 말할 생각은 없었다.

'하지만 결혼은 당연히 찰스와 해야지! 그래야 델포드 가문이 제대로 이어질 수 있지!'

딸은 결국 딸이고, 외손자는 다른 가문의 씨다. 하지만 찰스와 결혼하면 문제가 사라진다. 과학이 어쩐다 저쩐다 하면서 사촌 간의 결혼을 피하는 세태가 되었지만, 가문을 보존하기 위해서 종종 이루어지는 일이기도 했다.

그러면 태어날 아이는 델포드의 후손이고, 클레어는 델포드 가문에 대한 권리 절반을 여전히 쥐고 있게 된다. 형님 부부의 뜻에도 어긋나지 않을 것이다.

그게 델포드의 직계 남자로서, 가장으로서, 어른으로서 그가 결정한 일이었다.

그런데 제멋대로 그레이와 결혼하겠다고 수도로 혼자 가 버리다니! 그놈이 변호사가 되었다고 해서 어디 출신 자체가 변했던가? 거기에 아비가 누구인지도 모르는 사생아를 입적해? 절대 용납할 수 없다.

그가 그렇게 생각하고 성큼성큼 기차역 밖으로 나섰을 때였다. 검은 제복을 입은 건장한 사내 여덟이 똑바로 제임스를 향해 다가왔다.

처음에 제임스는 그들이 자신에게 다가오는 것이라고는 전혀 생각지 않았다. 둘러싸이고 나서야 당황하여 지팡이를 쳐들었지만, 딱히 공격하려던 의사가 있는 것은 아니었다.

"무슨, 무슨 용건입니까!"

그나마 젊은 찰스가 앞으로 나서며 당황한 목소리로 소리쳤다. 짐꾼으로 건장한 하인을 둘이나 데려왔지만, 순박한 시골 청년들은 어찌할 바를 모르고 몸을 움츠리며 뒷걸음질만 쳤다.

제복 남자들은 몸에는 손가락 하나 대지 않고 능숙하게 제임스와 찰스를 하인들에게서 분리하여 포위했다.

"제임스 델포드 경?"

"이게, 이게 무슨 무도한 짓인가!"

이렇게 소리를 쳐도 이 사람 많은 기차역에서 간섭하러 오는 자가 한 명도 없었다. 오히려 멀찍이 둘러싼 채 수군거렸다. 제임스는 수치심과 두려움으로 위압된 채 시뻘건 얼굴을 했다.

"각하께서 부르십니다. 함께 가시죠."

"각하라니?"

질문에 대답이 돌아오지 않았다. 둘은 반쯤 밀려서 검은 대형 사륜마차에 태워졌다.

제임스는 노랗게 질린 채 부르르 떨었다. 마차는 이전에 타본 적이 없을 만큼 널찍하고 안락했지만, 위압감을 느끼지 않을 수 없었다.

낯선 풍경이 창밖으로 휙휙 스쳐 지나갔다. 제임스는 등을 꼿꼿이 세우려고 애썼다. 무슨 부당한 취급을 받아도 당당하게, 귀족적으로 응대하고 싶었다.

그러나 마음은 생각보다 빨리 쪼그라들었다. 마차가 거대한 대문을 통과하자 더욱 그랬다.

"이보시오. 어딜 가는 거요?"

그는 퍽 소심한 태도로 물었다. 그제야 건너편에 동승한 제복 남자가 짧게 답했다.

"클라우제너 공작저입니다."

"힉!"

제임스는 기겁한 소리를 냈다.

마차는 화려한 본관 정문 앞에 두 사람을 내려놓았다. 찰스가 넋 나간 얼굴로 저택을 올려다보았다. 한때는 상아궁이라고 불린 적도 있는 아름다운 건물이었다.

커다란 창문에 끼워진 맑은 판유리에 햇빛이 부서져, 바람 없는 여름날의 호수처럼 눈부시게 빛났다. 장엄하고 호화로운, 제국을 상징하는 그 어떤 건물도 이처럼 현대적인 사치를 보여주는 건물은 없었다.

멍청하게 서 있는 그를 이번에는 집 안에서 나온 사람이 불렀다. 고풍스러운 예복을 입은 집사였다.

"제임스 델포드 경?"

"마, 맞네. 내가 델포드의 제임스일세."

"이쪽으로 오십시오. 주인님께서 기다리고 계십니다."

집사가 정중하게 고개를 숙이고 말했다.

이게 대체 다 무슨 일인가. 제임스는 눈을 굴리며 집사의 뒤를 따라 저택 안으로 들어갔다.

공작의 집무실은 위엄 있게 꾸며져 있었다. 품위 있는 가구들은 아마 상아궁 시절부터 바뀐 곳 없이 유지되고 있을 것이다. 책상 가까이에 놓인 가스등과 맑은 유리창만 신식이었다.

클라우제너 공작은 창 앞에 서서 밖을 내다보고 있었다. 생각에 잠긴 듯한 뒷모습이었다.

"주인님, 제임스 경을 모셔 왔습니다."

제임스는 지팡이를 쥔 손에 힘껏 힘을 주었다. 용건이 무엇인지 몰라도, 자신도 전통 있는 아렌의 귀족이다. 죄지은 것도 없고, 꿀릴 것도 없었다.

공작이 천천히 몸을 돌렸다.

"허헉!"

제임스는 굳은 결심을 잊고 기겁한 소리를 토해 냈다. 찰스는 아예 나자빠질 지경이었다.

에리히는 그 반응을 보고 내심으로만 쓴웃음을 지었다. 클레어의 말이 맞은 셈이다.

'델포드와 수도가 거리가 멀다고 해도 안심할 순 없어요. 영지민은 그렇다 쳐도, 친척의 입을 막기는 어렵죠.'

'네가 가문 관리를 그렇게 허술하게 할 거라고는 생각 안 했는데.'

'유감스럽지만 '장남'이 아니니까 어쩔 수 없었어요.'

에리히는 그 말에 동의할 수밖에 없었다. 장남이 요절하여 차남이나 삼남이 가문을 잇는 경우에도 친척과의 사이에 힘겨룸이 생기는 일이 종종 있었다. 하물며 클레어는 여자였다.

'차라리 내가 나서는 게 낫겠군. 클라우제너의 혈통 문제라고 하면 입조심하겠지.'

그 생각은 맞았다. 제임스는 벌써 시뻘건 얼굴로 식은땀을 흘리고 있었다.

"만나서 반갑네, 제임스 경. 갑작스러운 초대였는데, 이렇게 기꺼이 방문해 주어 고맙군."

"아, 아닙니다."

에리히가 악수하려고 손을 내밀자 제임스가 시뻘게진 얼굴로 등까지 굽히며 두 손으로 그 손을 잡았다. 기차역에서 납치하다시피 해서 데려왔다는 것은 이미 잊은 듯했다.

"불러 주셔서 영광입니다."

에리히는 우아한 태도로 두 사람에게 자리를 권했다. 두 사람은 뻣뻣한 자세로 소파에 앉았다. 제임스의 머릿속에서 지난 5년간의 일이 주마등처럼 흘러갔다. 여태까지 자신은 엘리엇에게 어떻게 대했던가?

에리히는 여유롭게 다리를 꼬고 앉아 제임스의 머릿속에서 굴러가는 생각들이 정리되기를 기다렸다. 굳이 들여다보려고 애쓰지도 않았다.

그는 제임스가 흡, 하 하고 숨을 들이켠 다음에야 본론을 말했다.

"식은 두 달 후에 올릴 생각일세."

"식이라니…… 외람되오나 무슨 말씀이신지……."

"결혼식 말일세."

"결혼식이요?"

제임스는 얼빠진 얼굴로 되물었다.

"클레어와 나의 결혼식 말일세. 아직도 소식을 듣지 못했나?"

에리히는 성가시다고 생각했으나, 어쨌든 인척이 될 사이였으므로 성의껏 대답했다. 제임스의 입이 떡 벌어졌다. 상상도 못 한 일이었다.

'엘리엇 이야기를 하려던 거 아니고?'

에리히의 얼굴을 처음 봤을 때 제임스가 제일 먼저 떠올린 것은 입막음이었다. 그런데 결혼식이라니.

에리히가 깍지 낀 손을 허벅지에 내려놓으며 말했다.

"그렇다면 내가 처음 소식을 알려 주는 사람이 되겠군. 내가 청혼했고, 며칠 전에 클레어가 승낙했네. 결혼과 함께, 엘리엇을 가계도에 올릴 걸세."

"가, 각하께서 엘리엇의 생부이기라도 하단 말씀입니까?!"

그때까지 입 다물고 있던 찰스가 벌떡 일어서며 찢어지는 듯한 목소리로 외쳤다. 에리히가 슬쩍 눈썹을 치켜세웠다. 제임스가 대경실색해서 아들의 팔을 잡아 도로 앉혔다.

“죄송합니다.”

제임스는 찰스의 등짝을 때릴 기세로 재킷 뒤쪽을 움켜잡고 끌어 내렸다. 그리고 더듬거리며 물었다.

“저희가 생각지도 못한 일이라 당황스러워서 그렇습니다. 그, 저기, 설마 정식으로 데려가실 생각입니까?”

“그래. 내 아이니까. 무슨 문제라도 있나?”

문제뿐이었다. 남작 영애가 낳은 사생아를 클라우제너의 후계자로 삼는다고? 말이 되나?

공작은 당연히 신분에 맞는 결혼을 해서 후사를 봐야 한다. 아이를 낳을 수 없는 몸이라면 또 모를까.

‘아!’

제임스가 깨달음을 얻은 듯한 얼굴을 했다. 모든 게 납득 갔다. 공작은 자식을 더 낳지 못하는 몸인 게 틀림없었다. 그렇다면 이해된다.

엘리엇은 똘똘하고 아름다운 사내아이인 데다가 공작을 똑 닮았다. 게다가 다행히 로멜-아렌의 결합은 귀천 상혼이 되지 않는다. 그렇다면 당연히 후계자로 삼아야 한다.

그리고 정식으로 입적할 생각이라면, 가계도를 생각해서 클레어와 결혼하는 것도 이상하지 않았다. 어린 후계자를 남기고 배우자가 죽었을 때 자매와 재혼하는 일은 종종 있었다. 가문 간의 계약이 복잡해지지 않기 때문이다.

내키지 않지만 제임스의 머릿속에 떠도는 생각을 짐작해 버린 에리히가 이맛살을 찌푸린 채 말했다.

"클레어와는 다툼이 있었지만, 아이를 위해서는 이게 최선의 결정이라는 결론을 내렸네."

"예. 지당한 말씀입니다."

"그리고 아이는 클레어가 낳은 것으로 하기로 했어. 그쪽이 문제가 없을 테니."

"그것도 무슨 말씀이신지 알겠습니다. 그쪽이 절차적 문제도 적고, 무엇보다도 후계자에게 흠이 생길 우려가 없어지니까요."

비록 결혼식보다 전에 태어났을지언정, 공작 부인 소생이라고 하는 쪽이 자매가 낳은 사생아보다 나은 게 당연했다. 제임스는 거의 굽실거리며 대답했다. 세상에, 델포드 남작가가 클라우제너 공작가와 혼맥을 맺다니! 조카딸이 낳은 쓸모없는 사생아가 클라우제너 공작이 될 줄 누가 상상이나 했겠는가!

에리히가 꼬고 있던 다리를 풀었다. 그리고 간략하게 이야기를 마무리 지었다.

"이해해 줘서 고맙군. 식은 가까운 친지만 모아 간소하게 올릴 예정이야. 그것만 알고 있으면 되네. 결혼식까지 인척으로서 필요한 일이 있으면 집사가 연락할 걸세."

"예."

에리히가 가볍게 손을 내밀었다. 이야기가 끝났으니 이만 물러가라는 축객령이었다.

오만한 태도였지만, 제임스는 불만을 갖지 않았다. 울컥하려는 찰스를 질질 끌고 공손히 인사하고 밖으로 물러 나왔을 뿐이었다.

⁂

그 시간에 클레어는 호텔에서 신문사의 사주들을 만나고 있었다.

“식을 간소하게 올린다고 했지, 모든 걸 다 조용히 한다는 의미는 아니었으니까.”

클레어는 혼잣말로 중얼거렸다. 숨어서 하듯이 남몰래 후다닥 치러서는 안 된다. 일가친척만 모아서 간소하게 하겠다는 것은, 그것을 별들의 파티처럼 만들 작정이었기 때문이다.

‘여태까지 뿌려진 소문을 전부 수습하기 위해, 이걸 아주 낭만적인 연애결혼인 것처럼 만들 거예요.’

‘아닌가?’

‘…….’

‘별일이군. 네가 입을 다물고.’

‘……어이가 없어서요.’

남의 앞길 막을 정도로 소문을 낸 게 누군데.

하지만 클레어는 그렇게까지 말하지는 못했다. 대신에 여태 그가 저지른 짓을 수습할 권한을 달라고 말했다. 에리히는 아주 가볍게 대답했다.

‘전부 사.’

‘네?’

‘신문사. 필요하다면 우편업체도.’

땅을 파면 돈이 나오는 부자께서 말씀하셨다.

신문사를 몽땅 사 버리다니. 진심 생각도 한 적 없는 일이었다.

못 살 건 없었다.

언론법이 있는 것도 아니고, 독점에 대한 사회적인 우려도 없었다. 언론, 출판에 관한 자유를 외치는 사람도 대부분 검열과 관변화를 우려하는 것이다.

영세한 업체 몇 개쯤, 그냥 돈으로 사면 된다. 사주가 되면 기사를 마음대로 할 수 있다. 그럴 생각을 못한 것은 단순히 돈 문제가 아니었다. 클레어의 발상이 거기에 이르지 못했을 뿐이다.

‘와! 맨날 언론 재벌을 어떻게 해체할 수 있는가만 생각했지, 되어 보려고 생각한 적은 없네요. 자신의 어중간함이 한심스러워요. 진짜 귀족이 되려면 멀었군요.’

‘넌 잘하고 있어.’

‘진짜로 귀족적이지 못하다고 자책하고 있는 게 아니거든요?’

클레어는 어처구니없다는 듯이 대꾸했다. 에리히가 물었다.

'그런데 사서 무엇 하려고? 입막음 같은 건 그냥 한두 마디 하면 돼. 조금만 시간이 지나면 다들 잊을 텐데.'

'대중은 잊어도, 사교계는 잊지 않겠죠. 이왕 이렇게 된 거, 아예 확실하게 어그로를 끌고 싶어요.'

'분쟁을 끌어?'

클레어가 말한 의미를 정확하게 이해하지 못한 에리히가 되물었다. 클레어는 빙긋 웃으며 말했다.

'계속해서 신문에서 제 이야기를 내보내게 만들 거예요.'

'흠.'

'맘에 안 들어도 참아요. 일차적으로 시선을 엘리엇에게서 제게 집중시키는 효과가 있겠죠.'

'……그건 필요한 일이지.'

'두 번째로는, 미리 정보가 흐르는 채널을 확보해 둘 거예요. 어쨌든 신문사의 취재원들은 지금으로서는 정보의 중요성을 가장 잘 아는 자들이니까.'

틀림없이 엘리엇의 뒤를 캐려는 자가 나올 것이다. 누군가가 우연히 뭐라도 알아낼지 모른다. 그러나 모든 채널을 자신이 소유하고 있으면, 그것을 퍼뜨릴 능력이 없게 된다. 신문사는 스캔들을 통제할 수 있으면서, 스캔들이 될 만한 일을 알게 된 자가 가장 먼저 기사를 팔러 올 곳이기도 했다.

그 말을 들은 에리히가 고개를 끄덕였다.

'뭐라도 알아내서 한몫 잡아 보려고 덤벼드는 자가 적지 않겠지. 누가 무엇을 알게 될지 모르니, 나쁘지 않은 생각이다.'

'진짜 첩보 요원들은 선배가 막아 줘야 해요. 이건 어디까지나 민간에서 떠도는 이야기를 통제하려는 거니까.'

'알았다.'

'세 번째로는, 이 결혼에서 중요한 게 엘리엇이 아니라 저라는 것을 못 박아 두려는 거예요. 엘리엇이 엘리사의 아이라는 걸 아는 사람들에게도, 엘리엇이 선배 아이라고 생각하는 사람들에게도.'

물론 멍청한 황색 언론의 스캔들 기사와 광고 폭탄이 진실과 의심을 전부 묻을 수 있을 거라고는 생각지 않는다. 그러나 사람의 입이 셋이면 없는 호랑이도 만든다고 했다. 같은 말을 반복해서 들으면, 거기에 정보값이 없다는 것을 알면서도 사람의 뇌리에 고정관념으로 박히게 마련이다.

그런 고정관념은 판단에 영향을 미친다.

어그로를 자신이 끌어 엘리엇에게 닿을지도 모르는 공격의 시선을 돌린다. 그것만은 에리히가 해 줄 수 없는 영역이었다.

'한번 세기의 결혼인 것처럼 해 보자고요.'

그렇게 말하고 고개를 드는데, 에리히가 미묘한 눈으로 내려다보고 있었다.

'왜요?'

'이 결혼에서 가장 중요한 건 당연히 너야. 네가 아니라도 엘리엇을 보호하는 것은 내 의무지만, 네 아이가 아니었으면 내 자식으로 받아들이겠다는 생각은 하지 않았을 테니까.'

'……고마워요. 지금 좀 감동했어요.'

'딴 놈의 아이라도 받아들였을 거고. 내가 수단 방법을 가리지 않겠다고 말한 걸 잊은 모양인데, 넌.'

클레어의 혀가 잠깐 굳었다.

가볍게는커녕 선뜻 대답하지도 못하고 있는데, 아까부터 잡혀 있던 손가락 사이에 에리히의 손가락이 들어왔다. 깍지를 끼는 것보다 손가락 사이를 애무하는 것에 목적이 있는 듯한 느릿한 움직임이었다.

'네게 내가 특별하다는 걸 아직 인정 못 했나?'

'아니…… 그런 건 아니고요.'

'우리가 연애결혼이라는 것에 이미 상호 동의 한 줄 알았는데.'

고개를 기울여 들여다보는 눈동자가 선명한 코발트색이었

다. 클레어는 뺨이 뜨거워지는 것을 느꼈다. 아무튼 이 남자는 이 눈이 문제였다.

진짜 민망했다. 엄숙주의가 지배하고, 정략결혼이 당연하며, 배우자는 물론 자녀에게도 애정 표시를 하지 않는 것이 당연한 로멜의 고위 귀족 주제에 어디에서 이런 걸 배워 온 건가.

'선배가 잘생긴 건 항상 인정하고 있었으니까.'

'얼굴만 특별한가?'

대답하기 곤란했다.

그리고 에리히도 대답을 요구하지 않았다. 클레어가 뭐라고 말하기 전에 이미 입술이 다가와 말을 막은 다음이었다.

마지막 목적을 말할 수 있었던 것은 한참 후의 일이었다.

'그리고 마지막 목적 말인데요.'

'뭔진 몰라도 네 마음대로 해.'

'진짜요? 나 다이아몬드 광산 달라고 하려고 했는데?'

'마음대로 가져가. 인장 반지를 줬잖아.'

'아니, 안 그래도 그것 때문에 하는 말이기도 해요. 이거 못 받아요.'

에리히가 눈썹을 치켜들었다.

'맘에 안 드나?'

‘난 부담스러운 거 싫어요. 어차피 이게 있다고 클라우제너를 전부 해 먹을 것도 아니고, 없다고 선배가 나한테 해 줄 걸 안 해 주지도 않을 거잖아요.’

‘……그건 그렇지.’

‘결혼을 고려했던 적은 없지만…… 결혼반지라면 갖고 싶은 게 있었어요.’

클레어는 에리히의 가슴 위에 고양이처럼 널브러진 채 말했다.

‘2캐럿짜리 다이아몬드 반지. 완전 하얗고 투명한 걸로.’

‘소박하군.’

‘클라우제너 기준에는 그렇겠지만요.’

광산주가 오죽하실까. 클레어는 킥킥 웃었다.

‘그거보다 더 크면 무겁고 불편할 것 같아요. 항상 끼려면 적당한 게 낫죠. 선배의 인장 반지도 비교적 수수한 편이잖아요.’

클레어는 검지에 걸려 있던 헐렁한 인장 반지를 빼서 에리히의 왼손 새끼에 돌려주었다. 거기에는 반지 자국이 선명했다.

이 인장 반지는 이 자리에 7년간 있었을 것이다. 선대 공작이 죽어 그가 작위를 계승한 것이 7년 전이었으니까.

그녀는 그때 조문하러 가지 못했다. 델포드에 있었기도 했지만, 수도에 있었더라도 마찬가지였을 것이다. 델포드 남작이라는 이름으로는 클라우제너 공작성의 문을 통과할 수 없다.

미묘한 감흥에 잠긴 채 그 반지 자국을 바라보고 있자 에리히가 의아하게 물었다.

'왜?'

'아무것도 아니에요.'

편지를 썼었다. 답장을 준다면, 만나러 갈 작정이었다. 그를 지탱해 줄 수는 없어도 적어도 손등을 어루만지며, 그가 잃은 것과 짐 지게 될 것에 대해 위로할 수는 있었을 테니까.

하지만 그 편지는 아마 에리히의 손에 전해지지 않았으리라. 감사의 답장은 비서가 정중하게 써서 보낸 것이었다.

원래는 그 정도로 신분 차이가 있는 사이였다. 클레어는 거기에 굴종을 느끼지는 않았지만, 그때 그 사실을 깊이 인식했었다. 결국 에리히가 먼저 억지로 벽을 부수지 않았다면 아무것도 시작되지 않았을 것이다.

'그냥 끼던 걸 끼세요. 굳이 새로 만들지 말고. 그리고 내 반지는 원하는 모양이 있으니, 그대로 만들어서 가져다주러 와요.'

'그리고 신문사에 몽땅 '이 세기의 결혼에 쓰인 반지'라는

기사로 광고를 뿌려서 다이아몬드 사업을 해 보겠다는 거군.'

'좋잖아요. 산업 하나를 수중에 넣을 기회가 있는데, 하지 않을 이유는 없죠. 온 세상의 결혼식을 장악해서 돈을 쓸어 모을 거예요.'

'그래. 그렇게 해.'

에리히는 굳이 그렇게까지 해서 돈을 벌 이유는 느끼지 못했지만, 클레어가 갖고 싶다는 반지를 만들어 주지 못할 이유가 없었고, 하고 싶다는 사업을 막을 이유도 없었다.

그렇게 해서, 오늘의 자리가 만들어진 것이다.

이넨호프 호텔의 라운지에 모인 편집장의 수는 대략 50여 명이었다. 클레어는 진짜로 자유로운 신문사들을 전부 사 버린 것이다.

분위기는 몹시 불편했다.

'델포드 남작이 왜 이렇게 다 불러 모았지?'

저지른 짓이 있으니 불안하지 않을 수 없었다.

클라우제너 공작이 청혼을 승낙받기 위해 수작 부린 것을 모두 알고 있었지만, 그가 직접적으로 기사를 내라고 명령한 적은 없다.

'위빙 상단의 주인과 완전히 척질 수는 없어.'

죽죽 오르는 판매고에 너무 흥분해서 선을 아슬아슬하게 넘나든 것도 사실이었다.

슐츠&셔우드 법률 사무소의 젊은 소장이 직접 나서서 뒤집어 놓고 간 것이 고작해야 5일 전이다. 4일 전에는 위빙 상단의 상단주가 보낸 선물이 도착했다. 채용 공고나 상품 기사를 부탁하며 광고비 말고도 선물을 보내는 일은 종종 있었지만, 위스키 병에 목화 심지를 꽂아 보낸 것은 처음이었다.

그리고 3일 전에는 클라우제너의 재무관이 방문했다.

'지분을 모두 넘기십시오.'

'예?'

'각하께서 귀하의 신문사와 인쇄소를 인수하기를 원하십니다. 물론, 지금 일하고 있는 직원은 모두 그대로 고용할 겁니다.'

말이 되는 소린가. 갑자기 지분을 모두 넘기라니. 돈만으로 해결될 일이 아니다. 직업은 신분과 사회적 지위를 증명하고, 소속을 확실하게 하는 수단이었다.

준다는 돈이 인생을 완전히 다시 시작할 정도의 거액이 아닌 다음에야 말이…….

'일괄 2백만 골드에 인수 제안을 하고 있습니다. 귀하 개인에게 드리는 겁니다.'

'헉!'

'또한 계속 편집장을 맡길 겁니다. 문제를 일으키지 않는 한 종신으로 자리가 보장되고, 월급도 나올 겁니다. 클라우제너는 이런 영세업체의 경영에 신경 쓸 여유가 없으니까요.'

말이 됐다.

2백만 골드라면 넙죽 받아먹어야 마땅했다. 독점 특종으로 대흥해서 수천 부를 찍어도 5만 골드 매출이 나오기가 쉽지 않았다.

그리고 어제 클라우제너가 이런 식으로 수도의 신문사를 쓸어 담았다는 것을 알았고…… 오늘 오전에 호출을 받은 것이다.

'설마 공작이 이제 와서 약혼녀한테 다 우리 탓이라고 한 건가?'

어설픈 거짓말로 오리발을 내밀 사람은 아니라고 생각되지만, 잘 생각해 보면 이 세상 그 어떤 남자도 약혼녀에게 '내가 네 명예를 박살 내려고 했어'라고 고백하지는 않을 것이다.

'아니야. 아니지. 배상 책임을 요구할 거면 셔우드 변호사가 나섰겠지, 뭐 하러 귀족이 직접?'

'굳이 돈을 주고 신문사를 샀잖아. 위빙 상단이니까 다른 의도가 있겠지.'

'분명히 한 놈은 본보기로 처형된다. 거기 걸리면 안 돼.'

초조한 기다림 끝에 문이 열렸다. 편집장들은 벌떡 자리에서 일어섰다.

클레어가 들어섰다. 편집장들은 무심코 그녀를 응시하다가 얼른 고개를 숙였다.

'이 정도로 미인이었나?'

그런 생각들이 여러 사람의 머릿속을 스쳐 지나갔다.

클레어 델포드는 예쁜 편이지만, 용모로 화제가 될 정도의 미인은 아니다.

제국에서 가장 인기 있는 타입의 미인은 금발에 푸른 눈, 눈처럼 흰 피부에 작고 가냘프고 마치 바람에 날아갈 듯한 요정 같은 여자였다. 그게 아니면 만개한 겹장미처럼 풍만하고 화려한 여자가 아름답다고 여겨졌다. 클라우제너 공작 대부인 루이자도 젊은 시절에 이런 타입이었다.

클레어는 양쪽 모두에 부합하지 않았다. 그녀는 늘씬하고 키가 컸으며, 가냘프다기보다는 훤하고 이지적인 인상이었다. 머리칼은 붉은빛 도는 갈색이고, 눈동자는 노란빛이었다. 거의 언제나 무채색 옷을 입었고, 머리장식도 없이 잘 다듬어 올린 머리를 고수했다. 꼼꼼한 인상을 주면서 눈에 띄지 않는 것이 목적이었고, 그것은 적절한 성과를 거두었다.

하지만 지금은 달랐다. 어딘가 얼굴이 좀 더 선명하게 눈에 들어왔다.

'왜지?'

'안색이 좋아서 그런가?'

그전에도 클레어가 존재감이 없었다는 것은 아니다. 그녀가 단정한 이목구비를 지녔다는 사실을 이 자리의 모두가 알고 있을 정도니까.

하지만 이유를 깨달은 자는 하나뿐이었다. 왜 그녀가 오늘 환하게 보이는지도.

"급하게 불렀는데 한 명도 빠지지 않았군요. 앉으세요."

클레어가 우아한 태도로 먼저 상석에 앉았다. 따라서 앉는 이는 아무도 없었다. 고맙다는 말이 형식에 불과하다는 것을 모를 만큼 눈치 없는 자는 이곳에 없었다.

"저희가 어찌 감히."

"책망하려고 부른 게 아니에요."

클레어가 습관 같은 몸짓으로 귀에 달고 있던 다이아몬드 귀걸이를 손가락으로 튕겼다. 물방울 다이아몬드가 흔들리며 오색의 광채를 흩뿌렸다.

"죄송합니다, 남작님."

누군가가 먼저 나서서 말했다. 그러자 클레어가 미소를 지었다.

"여러분이 그간 손톱만 한 사실을 풍선처럼 부풀리고, 일부러 자극적인 어휘를 골라 기사를 쓰고, 모욕적인 삽화를 1면에 냈지만, 그것을 문제 삼으려 했다면 지금 내가 아니라 내 변호사를 만나고 있겠죠."

수위를 지킨 몇 명은 시선만 내리깔았다. 하지만 연애담이 아니라 추문과 명예 훼손 사이에서 줄타기해 온 자들은 목을 움츠리고 고개를 떨어뜨렸다. 사실 절대 다수가 후자였다.

클레어는 빙긋 웃었다. 개자식들에게는 개자식 나름의 쓸모가 있는 법이다. 그리고 제 잘못을 알고 있는 개자식은 더욱 쓸모 있었다.

칼자루를 쥐는 맛은 언제나 꿀맛이었다.

"갑자기 그만두지 말라는 이야기를 하려고 불렀어요."

"예……?"

"여러분의 펜으로 상처 난 명예는 여러분의 펜으로 다시 세워 주어야지요?"

클레어가 몸을 앞으로 기울이고 말했다.

대화가 끝나자, 편집장들이 썰물처럼 빠져나갔다. 클레어는 평화로운 기분으로 비로소 찻잔을 손에 들었다. 아침부터 얼굴에 공을 들이느라 피곤했다. 어쩔 수 없다. 당분간은 스스로 걸어 다니는 간판이 되어야 했다.

그런데 한 사람이 나가지 않았다. 클레어는 의아하게 그쪽을 바라보았다. 갓 스물이나 되었을 법한 얼굴에 푸들 같은 크림색 곱슬머리를 가진, 서글서글한 미모의 청년이었다.

"무슨 용건이라도 있나요?"

클레어가 묻자마자 기다렸다는 듯이 그가 성큼성큼 다가왔다. 그리고 정중하게 몸을 굽혀 인사했다.

"물러가라는 말씀을 어겨서 죄송합니다, 남작님. 케이시 모리스라고 합니다. 가업은 서적상이고, 저는 작은 잡지를 하나

발행하고 있습니다."

"그렇군요."

"남작님의 새 사업에 제가 도움이 될 수 있을 거라고 생각합니다. 위빙 상단의 로저 카슨 씨만은 못해도."

클레어는 흥미로운 미소를 지었다.

"무슨 사업을 이야기하는 거죠? 위빙 상단의 사업에는 서적상이나 잡지사가 할 수 있는 일이 없을 것 같은데요."

"결혼 사업 말입니다."

"이상한 말씀을 하시는군요. 귀족의 결혼이 대개 정략결혼이고 아주 많은 경제적 이해가 얽혀 있다는 것을 부정하지는 않겠지만, 모리스 씨가 관여할 수 있는 이야기가 아니에요."

"그게 아닙니다. 전 남작님께서 입고 걸치실 것들에 대해 말씀드리는 겁니다."

케이시에게는 확신이 있었다.

지금까지 클레어는 일거수일투족을 주목당하면서, 걸치고 있던 옷과 손톱에 대해서까지 기사로 나갔다. 결혼식 준비를 시작하면 더 심해질 텐데, 그녀는 오히려 계속해서 기사를 1면에 내기를 요구했다. 논조에까지 지침을 내리지는 않았지만, 거기에 아무 뜻이 없을 리도 없다.

쉬지 않고 모든 사람의 관심을 끌며 신문에 실릴 수 있는 기회다. 그것도 완벽하게 본래의 목적을 숨기면서. 광고 따위와는 비교도 되지 않는 효과가 있을 것이다. 위빙 상단의 주인이 그런 기회를 놓칠 리 없다.

"남작님께서 입으실 웨딩드레스와 베일, 신발, 또 피로연 드레스, 공작 부인의 예복, 신혼을 위해 바꿀 침구와 러그, 커튼에 대해서 모두가 궁금해하겠지요."

"물론 약간의 이득이 있겠죠. 하지만 문직물 시장은 이미 위빙 상단이 장악하고 있어요. 고작해야 드레스와 침구 따위가 과연 내가 단 한 번뿐인 결혼식을 광고판으로 사용할 정도로 엄청난 일이라고 생각하나요?"

"하지만 제가 알기로 남작님께서는 본래 보석을 잘 착용하지 않으셨습니다. 오늘의 의상만이 아니라 그 귀걸이도……."

말하면서 케이시는 깨달음을 얻었다. 메모로 남겨 정리할 수도 없을뿐더러 자신을 증명할 수 있는 순간은 오로지 지금뿐이기에, 그는 떠오른 아이디어가 사라지기 전에 성급하게 말했다.

"상공업이 발달하고 돈을 버는 자가 늘어나면 사치품에 대한 수요는 커지는 법이죠. 위빙 상단은 기술력에 의하여 문직물의 물량을 늘리고 가격을 하락시킴으로써 그 수요를 흡수하여 시장 자체를 확대했습니다."

"그래서요?"

"다이아몬드도 마찬가지가 아닙니까? 이 결혼식은 보석에 관심은 있지만 실질적으로 구매하지 못했던 수요층을 끌어올 수 있는 기회가 될 겁니다."

클라우제너에는 제국 최대의 다이아몬드 광산이 두 개나 있다. 그리고 채굴 기술이든 가공 기술이든, 공급을 증대시킬 수 있는 뭔가가 있는 것이 분명했다.

그렇다면 공급은 수요를 무한히 만족시킬 것이다. 위빙 상단이 그러했던 것처럼 막대한 시장이 새로 창출되리라.

케이시의 말에 클레어는 빙긋 웃었다.

"방향은 정반대지만, 큰 줄기로는 틀리지 않군요. 맞아요. 이전에는 공급되지 않았던 종류의 상품으로 새로운 수요층을 끌어들일 작정이에요."

케이시의 얼굴이 환해졌다.

"만나서 반가워요, 케이시. 유능한 사람은 언제나 환영이에요."

클레어는 미소를 지으며 손을 내밀었다. 악수를 할 작정이었다.

하지만 케이시는 공손히 허리를 굽힌 채 클레어의 손을 조심스럽게 두 손으로 받들고, 손등에 입술을 눌렀다.

클라우제너 공작 대부인 루이자가 이넨호프 호텔에 도착한 것은 바로 이때로부터 조금 전의 일이었다.

공작가의 문장이 박힌 마차가 멈추어 섰을 때, 지배인은 처음에는 웃었고 다음 순간에는 경악했다. 에리히가 온 줄 알았는데 루이자가 내렸기 때문이다.

그는 재빨리 직원에게 손짓했다. 금세 뜻을 알아챈 직원이 서둘러 안으로 사라졌다. 조금이라도 클레어에게 준비할 시간을 마련해 주기 위해서였다.

"방문하신 것을 환영합니다, 클라우제너 공작 대부인. 오늘은 어쩐 일로……."

"어디 있어? 그 여우 같은 것은?"

"예?"

귀부인이 입에 담기에는 지나치게 천박한 언사에 지배인이 순간적으로 생각을 놓쳤다. 루이자는 그것조차도 짜증 나는 듯이 그를 손수 팍 밀치고 호텔 안으로 들어섰다. 지배인이 허둥지둥 뒤를 따랐다.

"신문사 사주들을 모조리 불러 모았다며."

루이자는 날카롭게 말했다. 대체 사람을 불러 모아 놓고 무슨 소리를 하려는 수작일까, 그 요사스러운 것은.

아니, 그것까진 참을 수 있다. 에리히가 신문사를 쓸어 담게 했다고 들었지만, 뭐, 그래, 동전 몇 푼짜리 신문에 그렇게 값싼 흥밋거리가 되어 오르내리고도 가만히 있는다면, 공작 부인은커녕 남작 노릇할 자격도 없었다.

하지만 참을 수 없는 것도 있었다.

'광산을 준다고? 이게 말이나 돼?!'

루이자는 녹색 다이아몬드 반지를 낀 손을 힘껏 주먹 쥐었다.

그 다이아몬드 광산은 그녀의 것이었다. 물론 그녀가 소유권을 갖고 있다거나 광산 사업에 참견했다는 의미는 아니다.

하지만 그 광산에서 나오는 가장 좋은 다이아몬드는 언제나 그녀의 몫이었다. 그런데 감히 그것을 훔쳐 가려 해?

'제깟 것이 대체 뭔데?'

그동안 루이자는 나름대로 참았다. 자신이 돈을 주어 쫓아내려 했던 것은 편리하게 기억 한편으로 밀어내고, 아이가 있다면 어쩔 수 없다며 자애롭게 받아들여 준 것처럼 여기고 있었다.

그런데 감사하게 생각하고 그에 보답하려고 애쓰기는커녕, 결혼하기도 전부터 보석 광산을 탐내다니! 가지고 있던 가문의 재산과 사업도 정리해서 에리히에게 주지는 못할망정!

"여기야?"

홀 앞에서 루이자는 숨을 한 번 크게 들이켰다. 그리고 손수 문을 쾅 열었다.

그리고 그녀가 본 것은 생각하고 있던 장면이 아니었다. 신문사 편집장을 불러들였다고 들었는데, 클레어는 지금 젊고 잘생긴 남자와 단둘이 있지 않은가!

"이 미친년! 감히 남자를 끌어들여?"

루이자는 소리치며 클레어에게 달려들었다.

방 안으로 뛰어드는 루이자를 뒤따라온 하녀들은 감히 잡지 못했다. 지배인도 반사적으로 그녀를 잡으려다가 공작 대부인의 몸에 함부로 손대지 못하고 물러서고 말았다.

클레어의 앞을 막아선 것은 케이시였다. 루이자가 과감하기는 했으나 몸 쓰는 실력이 유별나지는 않았다. 그녀는 클레어의 머리채를 휘어잡는 대신에 케이시의 옷깃을 움켜쥐는 꼴이 되고 말았다.

투둑, 약한 셔츠깃이 뜯어졌다. 타이가 풀리면서 쇄골 아래까지 드러나는 바람에 루이자가 깜짝 놀라 물러섰다.

"실례합니다만, 공작 대부인."

케이시가 클레어를 몸으로 가리듯이 하며 두어 걸음 뒷걸음질 쳤다. 클레어가 한숨을 내쉬며 그를 비켜서게 했다. 케이시는 염려스러운 얼굴을 했지만, 그녀의 말을 거역하지는 않았다.

그녀는 한 발 앞으로 나오며 루이자에게 차갑게 말했다.

"무례하시군요."

"무례? 얘 말버릇 좀 봐!"

"기별도 주지 않고 방문하신 것도, 노크 없이 문을 손수 여신 것도, 인사를 받기도 전에 고함을 지르며 달려오신 것도 숙녀다운 행동은 아니죠."

클레어가 케이시를 흘깃 돌아보며 덧붙였다.

"거기다가 알지도 못하는 남자의 옷을 뜯어 내다니. 이거야말로 대부인께서 경멸하실 만한 천박한 짓 아닌가요?"

루이자는 움찔했지만, 당당하게 고개를 치켜들었다. 제깟게 그래 봤자 결국 남작이다. 공작가 입장에서는 터무니없는 낙혼이었다.

게다가 감히 에리히를 두고 다른 남자를 만나고 있었던 주제에 뭘 잘했다고 남을 지적질하는 건가.

"이게 왜 이리 뻔뻔해? 너 지금 약혼을 하고서도 딴 남자와 단둘이 밀회하다 잡혔어!"

"세상의 그 누가 이런 곳에서 밀회를 해요?"

클레어는 공간을 쓱 둘러보았다.

둘이었다는 것은 맞는 말이지만, 홀은 아주 넓었다. 만찬이 아니라 파티도 할 수 있었고, 아주 환한 데다가 공적인 업무로 쓸 작정이었기 때문에 그에 맞도록 건조한 분위기가 감돌고 있었다.

"그래서, 지금 남자랑 단둘이 만난 걸 부정해 보겠다?"

"사람 이상하게 만들지 마세요. 사업 이야기를 하고 있던 것뿐이에요."

"그래, 너 말 잘했다. 안 그래도 내가 그 이야기를 하러 왔어. 네가 뭔데 다이아몬드 광산에 손을 대?"

루이자가 언성을 높였다.

"지금까지야 가난해서 장사치 짓에 손댔어도 어쩔 수 없었겠지. 그래도 이제 공작가에 들어올 몸이 되었으면 몸가짐을 조신하게 하고 신부 수업을 하면서 가문의 안살림을 배울 준비를 해야지, 어디서 땅 파는 남정네들이랑 몸 비비며 일을 하려고 해!"

"아."

클레어는 짧게 감탄사를 내뱉었다. 결국 돈 문제였나.

갑자기 루이자를 상대하는 것이 전부 바보스럽게 느껴졌다. 터무니없는 누명을 뒤집어씌우려는 사람에게 변명 같은 것을 왜 해야 하는가. 에리히라면 그런 소리는 들은 척도 하지 않았을 것이다.

물론 그처럼 혈통으로 평판을 전부 깔아뭉갤 수 있는 신분은 아니었지만, 애써 변명할 만한 일도 아니었다. 신문사를 전부 장악한 이상 추문을 퍼뜨릴 자도 없었다. 루이자는 자기 생각만큼 사교계에 대단한 영향력을 갖고 있지도 못했다.

에리히의 계모라는 신분만 아니었으면, 다섯 문장을 말하기도 전에 내보냈을 것이다.

"역시 난 귀족이 되려면 아직 멀었다니까."

클레어는 혼잣말로 중얼거렸다. 루이자가 눈을 세모꼴로 만들고 날카롭게 말했다.

"그래도 네가 천하다는 자각은 있는 모양이구나."

"클라우제너의 후계자를 천출로 만들고 싶으신 게 아니라면 그런 발언은 조심해 주시겠어요?"

"뭣?!"

"어쩌겠어요? 기정사실이 있는데."

제대로 된 반박은 못 하고 혈압 오른 소리만 내지르는 루이자에게 클레어는 차분하고 조곤조곤하게, 다정하게 말해 주었다.

"다이아몬드 광산은 에리히가 제게 맡기기로 한 거니까, 반대하실 거면 그이한테 가서 하세요."

그녀는 평소에 에리히를 그렇게 다정하게 부르지 않았다. 내내 선배라고 불러 왔는데, 결혼하기로 했다고 해서 하루아침에 호칭이 쉽게 바뀌어 나오지 않았기 때문이다.

하지만 루이자의 혈관에 부담을 주기 위해서라면, 조금 더 간지럽게 말할 수도 있었다.

"그이가 들어줄지 모르겠네요. 그이는 제 사업 감각을 아주

신뢰하고 있거든요. 아시잖아요, 어머님."

"누가, 누가 네 어머님이야?!"

"아, 제가 실수했나요? 설령 성이 바뀐다 해도 모자의 인연을 끊지는 않으실 거라고 생각했는데."

클레어는 짐짓 입술에 손을 얹으며 몹시 당황했다는 듯이 말했다. 루이자의 눈이 크게 떠졌다. 격분으로 새빨갰던 얼굴에서 천천히 핏기가 빠져나갔다.

"너, 너…… 그게 무슨 소리야?"

"당연히 크로지크 가문의 영식에 대해 말씀드리는 거예요. 설마 어머님 같은 숙녀 중의 숙녀이신 분이 남편감도 아닌 남자와 단둘이 만나고 계신 건 아니실 테고."

클레어가 상냥하게 말했다.

"전 어머님 재혼에 대해서 완전히 찬성이거든요. 그이가 반대하면 제가 잘 설득할게요."

싸대기라도 칠 것처럼 부들대던 루이자의 손에서 힘이 빠졌다. 휘청거리는 그녀를 하녀가 얼른 부축했다.

"몸이 좋지 않으신 것 같은데, 휴게실로 모셔요."

클레어는 부드러운 목소리로 말했지만, 그건 틀림없이 명령이었다.

"너, 너, 감히……!"

루이자는 비틀거리면서도 여전히 발작적으로 화를 내고 있었지만, 하녀들은 겁에 질리면서도 손을 놓지 않았다. 클레어에게 위압되어 있었기 때문이다.

그녀가 끌려 나가고 나자 클레어가 지배인에게 말했다.

"미리 연락하지 않은 사람은 들여보내지 마세요. 난처한 처지라고 봐주는 것도 이게 세 번째예요."

"죄송합니다, 남작님."

지배인이 식은땀을 흘리며 고개를 숙였다.

수레국화 열쇠

에리히의 앞에 상자 다섯 개가 놓였다. 다이아몬드 광산을 맡고 있는 대리인은 공손하게 고개를 숙이며 말했다.

“이것이 지금까지 남아 있는 것 중에 가장 좋은 것입니다. 유색 중에 좋은 것은 대부분 대부인께서 가져가시거나 그분을 통해 판매되었습니다. 이것들도 품질은 아주 좋습니다. 단지, 색상이 없는 것은 저렴한 편이라, 공작가의 품위에 어울리지 않을까 봐 두렵습니다.”

“본인이 그게 좋다고 하니까.”

다이아몬드는 희귀한 보석이 아니다. 산출량이 풍부하고, 가공 도중 손실되는 비율은 낮았다.

클라우제너 공작령에서 두 번째 광산이 발견된 뒤로 다이아몬드의 가치는 계속 하락세였다. 아주 아름답고 선명한 빛깔을 띤 핑크나 블루 다이아몬드는 여전히 최고의 보석이었지만, 무색 다이아몬드는 루비나 에메랄드보다 훨씬 저렴했다.

에리히의 눈에도 그렇게 보였다. 뚜껑을 열자 물을 머금은 듯 맑고 투명한 다이아몬드가 빛을 산란시켰지만, 역시 부족한 느낌이 들었다.

"숙녀가 원하는 게 제일 중요한 거지. 원래 보석을 잘 착용하지 않는 성격이기도 하고."

"그러시군요. 그렇다면 마음에 드실 겁니다. 내포물 하나 없이 완벽한 다이아몬드입니다. 색상도 제가 경영을 맡은 이후로 가장 흰 것입니다."

품질이 너무 좋아 쉽게 내보내기는 아까워서 따로 빼 두었던 것이라고 대리인이 말했다.

"이것을 반지로 하지. 디자인화를 그려 둔 것이 있다고 하니, 델포드 남작가로 사람을 보내 받아 오도록 하게."

"알겠습니다."

결혼 날짜까지 잡아 놓고 약혼반지를 의논하여 만드는 것은 흔한 일이 아니라서 대리인이 어색한 얼굴을 했다.

"예물로 이것 하나만은 부족하지. 준비된 것이 더 있겠지?"

"아, 예. 본래 대부인의 목걸이로 만들려고 모아 놓은 다이아몬드가 좀 있습니다. 물론 모두 최상품입니다. 메인이 될 만한 무색 다이아몬드도 있고요."

"한 달 안에 준비할 수 있는 것을 전부 계획해서 가져와."

"결혼식에 착용하실 보석 전부를 새로 만드실 예정입니까?"

"그건 신부가 결정할 일이 될 것 같군. 가문의 보석은 지금 대부분 어머니 손에 있어서."

"외람되지만, 대부인께서는 절대 내놓지 않으실 겁니다."

"음."

에리히도 그 문제로 생각해 둔 바가 있었다. 루이자에게서 안주인의 열쇠를 받아 오긴 해야 했다.

굳이 서두를 필요는 없으리라. 클레어는 오래된 가문의 전통 같은 것에 관심이 없었고, 에리히도 특별히 본받을 가치가 있는 것도 아닌 관습에 굳이 얽매일 마음은 없었다.

'다이아몬드 사업을 하겠다고 했으니, 뭐, 계획이 있겠지.'

클레어의 말마따나 세기의 결혼, 그것도 연애결혼이다. 신문사까지 사 달라고 한 걸 보면 스스로 간판 노릇을 하려고 할 텐데, 아마 착용할 보석에 대해서도 생각이 따로 있을 것이다.

에리히는 그게 그리 유쾌하지는 않았다. 그렇게 전면에 나서서 광고 같은 것을 해야 할 만큼 클라우제너 공작가는 부족하지 않다. 클레어를 아는 사람이 늘어나는 것도 반갑지 않았다.

그것은 좀 이상한 느낌이라 에리히는 잠시 자신의 마음을 살폈다. 자신은 항상 그녀가 아무것도 하지 않고, 있는 듯 없는 듯 묻혀 살려고 하는 게 불만이지 않았던가. 그런데 이제 와서 반갑지 않다니.

"각하?"

"음. 가문의 보석을 쓰더라도 한 벌 새로 만들어서 나쁠 것은 없으니, 준비할 수 있는 만큼 하도록 해."

"알겠습니다."

클라우제너 공작 부인이 예물로 쓸 수준의 보석이다. 그걸 세트로 한 벌, 한 달 안에 과연 완성할 수 있을까. 하지만 공작의 명령이다. 에리히는 '할 수 있는 만큼'이라고 했지만, 반드시 해내야 했다. 대리인은 창백해진 채 공손히 고개를 숙였다.

똑똑. 그때 누가 문을 두드렸다.

"무슨 일인가?"

"큰마님께서 외출에서 돌아오셨는데 편찮으십니다. 선대 공작님의 존함을 부르시면서 계속 울고 계시고요."

"……."

"마리아 양의 말로는, 델포드 남작님을 만나고 오셨답니다."

에리히는 깊은 한숨을 내쉬고, 자리에서 일어섰다.

"어떻게 나한테 그딴 소릴 할 수가 있어. 어떻게……!"

이불을 뒤집어쓴 루이자가 흐느꼈다. 얼마나 울었는지 이제 목이 다 쉬어 있었다. 침대 가에 앉은 요한은 고양이를 어르듯 말랑말랑한 목소리로 달랬다.

"그만 우십시오. 내일 되면 고운 뺨이 엉망이 될까 봐 제 마음이 다 아픕니다."

"넌 몰라. 그 영악한 것이, 어떻게 이렇게 사람을 수치스럽게 만들 수가 있어?"

루이자가 웅얼거렸다. 지리멸렬하여 무슨 일이 있었다는 건지 알아듣기 힘들었다. 요한은 짜증을 숨기고 애써 다정하게 그녀의 이마를 어루만졌다.

"대체 무슨 말씀을 들으셨기에 이러십니까?"

하녀에게 캐물어 클라우제너의 다이아몬드 광산에 관한 문제로 루이자가 급히 나갔다는 소식까지는 알아냈다.

그 이상의 정보가 필요했다.

클레어 델포드가 본격적으로 공작 가문의 자산을 떼어 사업체로 만든다는 것은, 무리수처럼 보이는 이 결혼이 그저 치정 문제가 아니라 클라우제너 공작가의 향후 진로에 대한 중대한 결단일 수도 있다는 뜻이기 때문이다.

'공작의 생각을 남들보다 적어도 반보는 빨리 알아야 해.'

황후가 관심을 보인 일이니, 모두가 주시하고 있을 것이다. 황후의 직접 지시로 루이자의 곁에 붙은 자신이 다른 자들보다 늦으면, 신뢰를 상실하게 된다.

게다가 다이아몬드라면 크로지크 백작가와도 완전히 무관하지 않았다.

'위빙 상단주가 다이아몬드에 손을 댄다는 건데.'

하지만 루이자는 흐느껴 울면서 도무지 말 같은 말을 하려 들지 않았다. 그녀가 죽은 선대 공작의 이름을 부르며 흐느끼는 통곡이 침실 안을 가득 채웠다.

요한은 이불 위로 그녀를 토닥이며 슬그머니 하녀들을 살폈다. 매수한 하녀 중 하나가 살짝 손가락 두 개를 까닥거렸다. 만나지 않는 게 좋을 사람이 오고 있다는 뜻이다.

'차라리 하녀에게 묻는 게 빠르겠군.'

요한은 결론을 냈다. 내실에는 자주 드나들었으나, 안주인의 침실은 또 다른 문제였다.

"흑, 프란츠, 아아, 프란츠! 내가 이런 수치를 당하고도 살아야 하나요! 차라리 날 같이 데려가 달라고 그렇게 빌었는데!"

"그런 말씀 하시면 안 됩니다. 돌아가신 공작님께서 더 슬퍼하실 겁니다."

요한은 의식적으로 달콤한 목소리를 냈다. 그는 슬며시 이불 옆으로 손을 밀어 넣어 널브러진 루이자의 손에 깍지를 끼어 잡았다.

"이제 그만 눈물 흘리십시오. 눈물 때문에 부인의 눈동자에서 보석 같은 빛깔이 빠져 버리면 저도 슬플 겁니다."

"흑……."

슬그머니 이불을 걷어 내자 루이자의 얼굴에 설움 때문에 생기는 것과는 다른 종류의 벚꽃빛 홍조가 돌았다.

그녀가 한쪽 팔을 뻗었다. 포옹과 어리광을 원하는 태도에 요한은 응해 주기로 결정했다. 스킨십은 선호하지 않지만, 루이자를 진정시키고 마음을 붙잡아 두는 데 가장 유효한 수단이었다.

빨리 달래 놓고 나가야 한다. 그때였다.

"주인님께서 오십니다."

한발 먼저 당도한 하인이 알렸다.

요한은 루이자의 머리를 한 번 부드럽게 쓰다듬었다. 그녀는 울먹였지만, 요한을 다시 잡지는 않았다. 선을 넘는 일이 아니다, 우정이다라고 생각하면서도 그녀도 결국에는 찔리는 마음이 있는 셈이었다.

요한은 도망치는 것처럼 보이지 않을 정도로 아주 자연스럽게 침실 문 쪽으로 물러섰다. 침실 근처에 모여서 말도 함부로 못 하고, 그렇다고 마음 편히 뜨지도 못하고 서성거리고 있던 하녀들이 벌써 문간에 도열해 있었다.

요한이 그 사이를 뚫고 지나가기 전에 에리히가 복도에 나타났다. 우르르 사람들이 고개를 숙였다. 요한은 자연스럽게 그 사이에 섞였다.

남들의 예의와 긴장은 의식조차 하지 못하는 편안한 태도로 방으로 들어선 에리히가 흘깃 그에게 시선을 던졌다. 그러나 말을 걸지는 않았다.

요한은 그가 자신을 알고도 무시하는 건지, 진짜로 모르는 건지 영 짐작할 수가 없었다.

남몰래 출입하고 있었지만, 집안의 주인인 공작이 아예 모른다는 것은 말이 안 됐다. 하지만 크로지크 백작 영식 따위에게는 신경도 쓰지 않아 진짜로 모를 수도 있을 것 같았다.

또는, 어쩌면 황후와 어느 정도까지는 협상이 되어 있을지도 모른다.

어쩐지 자존심이 상해 요한은 어금니를 물었다.

에리히는 그를 무시하고 침대 가로 다가갔다. 요한은 자연스럽게 침실 밖으로 빠져나갔다.

루이자의 하녀 하나가 살그머니 그에게 쪽지 하나를 건네주었다. 그리고 나오는 길에 마주친 루이자의 마부가 또 그랬다.

요한은 쪽지를 폈다.

『노이 다이아몬드.』

『3일 후 오후 8시, 위빙 상단 본점에서.』

이건 델포드 남작의 쪽지다.

노이 다이아몬드라는 것은 크로지크 백작가에서 매점하고 있는 광산의 이름이었다.

이걸 두 개의 쪽지로 보낸 것에는 세 가지 의미가 있다. 크로지크 내부 사정은 이미 꿰뚫고 있고, 루이자의 주변 사람은 여럿 매수되었으며…….

그리고 자신도 매수할 작정이라는 뜻이다.

에리히는 여전히 흐느껴 울고 있는 루이자의 침대 곁으로 다가갔다. 집사가 얼른 의자를 가져왔다. 그는 그 자리에 앉아 부드러운 목소리를 냈다.

"클레어에게 서운한 소리를 들으셨다지요."

"히끅. 내가, 내가 잘못한 게 아니야. 너, 걔가 뒤로 무슨 짓 하는지 모르지?"

루이자가 이불 밖으로 고개를 내밀었다. 그리고 울먹거리는 눈으로 에리히를 바라보며 말했다.

"걔가 세상에, 다른 남자 만나고 있던 거 알고 있니?"

"어머니."

에리히는 한숨을 내쉬었다.

"진짜야. 내 눈으로 똑똑히 봤어!"

"클레어는 사업하는 사람입니다. 사람 만날 일이 많죠."

"에리히!"

루이자는 대체로 언제나 에리히에게 조심스러웠다. 그러나 지금은 설움을 감추지 못했다.

"진짜로 다이아몬드 광산을 그 여자에게 주려고? 말이나 되는 소리니? 여자가 광산업이라니!"

"클레어는 위빙 상단의 주인입니다."

"그건 베 짜는 일이잖니?"

직물은 인정할 수 있다. 베 짜기부터 바느질, 자수에 이르기까지 천을 다루는 것은 전통적으로 여자의 일이었으니까. 실제로 도는 돈의 규모나 친정인 벨프 후작가의 실패와 상관없이 루이자는 그것을 귀부인의 부업으로 여길 수 있었다. 물론, 자기 생활비를 직접 벌어야 하는 귀부인이란 초라하기 그지없는 존재라는 것을 별개로 하고 말이다.

하지만 광산? 그게 될 법한 소린가? 땅을 다스리는 것은 영주의 일이었고, 광업은 그중에서도 특히나 남성적인 분야로 여겨졌다.

게다가 보석이다. 그런 귀한 것을 남작 영애 따위가 다루겠다고? 그 광산에서 나오는 것 중 최상품이면 그깟 시골구석의 남작령을 통째로 사 버릴 수도 있을 텐데?

그러나 에리히는 차갑게까지 보이는 무덤덤한 얼굴로 루이자에게 말했다.

"채굴량이 너무 많은 까닭에 다이아몬드 광산의 수익률은 점점 떨어지고 있습니다. 맡아 준다면 저로서는 고마운 일입니다."

"걔가 진짜 그걸 할 수 있다고 믿는 거니? 보석을 볼 줄이나 알겠어? 사교계에 아는 사람 하나 없는 여자야."

"클레어가 사업을 한다는 건 어머니가 가끔 하시는 것처럼 귀품을 살 사람을 소개한다는 게 아닙니다."

"그것조차 못 하면 뭘 한다는 거야?"

여자가 그런 사업을 성공시킬 수 있을 리가 없다. 루이자의 생각에는 그랬다.

"광산을 예물로 주는 건 좋아. 그럴 수 있어. 하지만 관리인은 제대로 된 사람을 네가 직접 고용해서 단속해야지. 그 여자가 다른 남자와 짜고 클라우제너의 재산을 빼돌리게끔 그대로……."

"억측은 그만두십시오, 어머니. 기껏해야 누굴 만나고 있는 걸 보신 게 전부 아닙니까?"

에리히가 말을 끊었다. 그리고 이번에는 드러날 정도로 한숨을 내쉬었다. 루이자가 움찔했다.

"제가 결정한 일이고, 제가 선택한 여자입니다. 이 이상 관여 마십시오."

“어떻게 그런 말을 할 수 있어! 내가 네 어머니인데!”

“전 어머니를 존중해 드리고 있습니다. 앞으로도 그럴 거고요. 그러니 어머니도 그만큼 품위를 지켜 주십시오.”

에리히가 나직한 목소리로 말했다. 반발을 허용하지 않는 태도였다. 루이자는 눈물을 방울방울 떨어뜨렸다.

“내가 너 잘못되라고 하는 말도 아닌데. 흐흑. 걱정되어서, 그러는, 건데…… 흑.”

“…….”

에리히는 가만히 그녀를 바라보았다. 울음이 그치기를 기다릴까 했지만, 좀처럼 멈출 것 같지 않았다. 기다렸다가 말한다고 해서 진정하고 들을 것 같지도 않았고.

“수레국화 열쇠를 주십시오.”

“뭐?”

루이자가 멍하게 되물었다가 입을 손으로 막았다.

에리히가 말한 것은 내실 금고의 열쇠였다. 머리 부분이 수레국화 모양으로 장식되어 있어서 그렇게 불렸다. 그건 실질적으로 내실에 있는 귀중품을 꺼내기 위한 열쇠인 동시에 공작가의 안주인에게 배정되는 예산을 다루는 권한을 의미하는 것이기도 했다.

보통은 시어머니 손에서 며느리에게 물려지는 것이지만, 루이자의 상태로 보아 제대로 전달될 것 같지 않았다.

“지내실 장소는 지금 이대로 이 침실을 쓰셔도 됩니다. 클레어도 별달리 반대하지는 않을 겁니다. 같은 집에 사는 게 불편하실 것 같다면 어머니를 위한 저택을 새로 짓게 하겠습니다. 예산도 따로 책정할 거고요."

에리히가 말했다.

"하지만 안주인이 바뀔 거라는 걸 받아들이셔야 합니다."

루이자는 대답이 없다가 도로 쓰러지듯 누우며 이불을 뒤집어썼다.

"프란츠, 아아, 프란츠……. 어떻게 살라고 나만 남겨 두고 갔어. 흑."

에리히는 루이자가 우는 것을 내버려 두고 일어섰다. 루이자의 직속 가정부가 수레국화 열쇠가 들어 있는 상자를 가져왔다. 소속이 어디든 클라우제너 공작가의 사람들에게 에리히는 절대적인 존재였다. 대부인과 공작 사이에 유의미한 싸움이 성립할 일은 없었다.

에리히는 집사에게 열쇠 상자를 챙기게 하고, 마지막으로 루이자에게 말했다.

"너무 울지 마십시오. 건강을 해치십니다."

루이자의 울음소리가 심해졌다. 에리히는 그것을 무시하고 자리를 떠났다.

'정리가 늦은 탓인가.'

자신이 늦게 결혼하는 바람에 루이자는 너무 오래 열쇠를 가지고 있었다. 아버지가 돌아가셨을 때 미리 받아 두었어야 했을까?

하지만 그때는 마음에 비탄이 가득 찬 상태라 빨리 아내를 들여 공작 부인의 자리를 채워야 한다는 말을 듣는 것조차 괴로웠었다. 결혼 예정조차 없으면서 루이자에게서 열쇠를 빼앗아 가문을 안주인 없는 상태로 만드는 것도 이상한 일이었고.

돌이켜 보면, 그때도 클레어 외의 다른 사람에게 이것을 줄 마음은 전혀 없었던 것 같다.

'이건 받아 가겠지.'

인장 반지는 거절당했지만.

내실에서 나오는 에리히의 입가에 약간 웃음이 걸렸다.

제복을 입은 심부름꾼이 레이스로 포장된 아름다운 상자를 하나 가져왔다.

"공작 각하께서 보내셨습니다."

"고마워요. 카드는 따로 없어요?"

"따로 적어 주시지는 않았습니다."

심부름꾼은 침착하게 대답하고, 대신 커다란 장미 꽃다발만 상자 곁에 내려놓았다.

클레어는 그가 물러간 뒤에 고개를 갸웃했다. 꽃다발은 그렇다 치고 이 상자는 뭘까? 반지가 준비되려면 아직 멀었을 것이다.

"마님, 열어 보세요."

마사가 자기가 더 설레는 얼굴로 권했다. 클레어는 겉포장을 풀었다. 안에는 붉은색이 선명한 고급 자단목 상자가 들어 있었다. 뚜껑을 열자 그 안에는 청보라색 사파이어로 장식된 아름다운 백금 열쇠가 들어 있었다. 머리가 누름꽃처럼 생겼다.

"수레국화 열쇠."

클레어는 혼잣말로 중얼거렸다.

굳이 설명을 듣지 않아도 알 수 있었다. 클라우제너에서도 보물로 여기는 물건이니, 당연히 유명했다. 열쇠 자체도 보석이나 다름없었지만, 이것으로 열 수 있는 창고 안에 있는 보물들은 더 대단할 것이다.

"어쩜…… 세상에. 이거 클라우제너 공작가 안주인의 열쇠 맞죠?"

마사가 새삼스럽게 감동한 것처럼 두 손으로 입을 막았다.

클레어는 희한한 기분으로 열쇠를 집어 들었다. 그야 결혼하면 공작 부인이니, 당연히 자신에게 와야 하는 것이긴 하다. 하지만 루이자가 쉽게 손에서 놓을 것 같지 않았는데.

'고맙네, 진짜.'

이것을 주었다는 것 자체보다도, 에리히가 자신이 루이자와 실랑이하게 될 것을 염려하고 미리 가져다준 것이 고마웠다. 그런 세심한 배려는 기대하지 않았는데 말이다.

"티파티는 언제 여실 건가요?"

"갑자기 티파티라니?"

"이렇게 귀한 것을 받으셨잖아요. 자랑하셔야지요."

클레어는 민망한 기분이 되어 괜히 목덜미를 쓸었다. 물론

이 열쇠가 유명한 것은 지금까지 자랑한 사람이 많았기 때문이다. 하지만 티파티까지 따로 열 일인가.

어차피 신문으로 사방팔방, 고래고래 소문내듯 결혼하는데 티파티 하나쯤 얹는 게 대수냐 싶기도 하지만, 왠지 부끄러웠다. 게다가 그건 목적이 있어서 일부러 하는 일이고, 이런 건 또 다른 문제이지 않은가. 부끄럽다고 말하는 것도 부끄러웠다.

"티파티를 열어 봤자 올 사람도 없는걸."

"친구분 있으시잖아요."

"수도에 있는 사람은 몇 명 없어."

아카데미에서 비슷한 신분의 영애들과 두루두루 친하게 지냈지만, 특별히 따로 만날 만큼 절친한 사람은 없다.

사실 있었어도, 위험 부담을 안고서까지 만나자고 하지는 못했을 것이다. 엘리엇도 엘리엇이지만, 수레국화 열쇠를 처음 보게 된 사람이라는 소문도 위험하기는 마찬가지였다.

'대부인의 미움을 사면 곤란해질 테니까.'

자신은 괜찮지만, 구경꾼에게 불똥이 튈 것이다.

클레어는 뚜껑을 닫아 그것을 침실에 가져다 놓고 거실로 돌아왔다.

그때 하녀가 문을 두드렸다.

"남작님, 제임스 님이 뵙자고 하시는데요. 다른 손님도 한 분 계세요."

"알았어."

클레어는 한숨을 내쉬었다. 수도에 온 직후에는 오랜만에

지인을 만난다 어쩐다 하면서 계속 조용하더라니.

하지만 결혼식을 앞두고 예비 시어머니 다음에는 말 많은 친척 아저씨…….

어찌 보면 정석이었다.

5년 전의 드레스

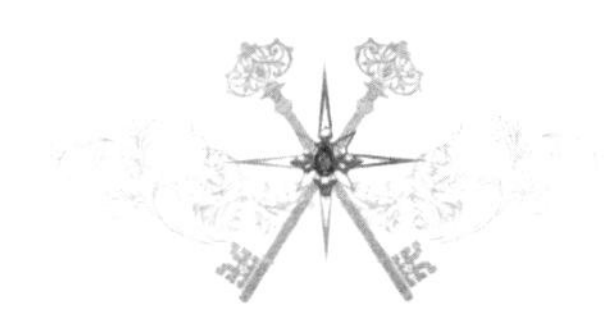

"할아버지! 저도!"

엘리엇은 어리광을 부리며 제임스 델포드의 무릎 사이로 파고들었다. 제임스는 어이없다는 듯이 아이를 잡아 달랑 들어 옆에 앉혔다.

"어허. 바르게 앉아야지."

"저도 좋아하는데에에."

"그렇게 품위 없이 행동하면 안 된다고 몇 번을 말했느냐?"

그렇게 말하면서도 제임스는 테이블에 놓인 버터 쿠키를 집어 주었다.

"와! 고맙습니다, 할아버지!"

엘리엇이 신나서 소리치고 와그작 쿠키를 깨물었다. 제임스는 풀어지려는 입가를 다잡으며 엘리엇의 엉덩이를 두드려 밖으로 내보냈다.

그는 엘리엇 자체를 미워한 적은 없었다. 손자가 그리울 나이인 데다가 엘리엇은 지치지 않고 사람을 사랑하는 아이였다. 그러면 결국 모든 사람이 저를 사랑하게 될 거라고 확신하는 것처럼.

물론 그것과 엘리엇을 델포드의 상속자로 인정하는 것은 완전히 다른 문제였다. 누구의 씨인지도 모르는 아이, 그것도 십중팔구 질 낮은 놈의 자식일 거라고 생각해서 경계했다.

차라리 클레어가 결혼하여 진즉 제대로 된 후계자를 낳았다면 나았을 것이다. 하지만 결혼은 할 생각도 안 하고 엘리엇만 끼고 돌았으니 자신이라도 제대로 판단해야 하지 않았겠는가.

이제는 괜찮아졌다. 제임스는 마음 편히 아이를 예뻐할 수 있게 되었다.

'어쩐지 귀티가 줄줄 흐르더라니.'

그는 지난달과 전혀 다른 생각을 하면서 엘리엇이 돌아다니는 모습을 지켜보았다. 엘리사는 곱고 순한 아이였는데, 뉘를 닮아 저렇게 촐랑대고 소리를 지르는지 모르겠다고 흉보던 건 이미 잊었다.

'복덩이야, 복덩이. 하긴, 우리 엘리사가 얼굴 하난 예뻤지.'

임신을 시켰으면 마땅히 그때 책임졌어야 옳았다는 생각 같은 건 미뤄 놓고 그는 고개를 끄덕였다.

그가 흐뭇하게 웃고 있자, 옆에서 고운 목소리가 물었다.

"그렇게 귀여우세요?"

"어흠."

제임스가 무안함을 감추기 위해 헛기침을 하자 테이블 건너편에 앉아 있던 슈나이더 백작 영애 이리스가 입가에 손을 얹고 웃었다.

제임스의 얼굴이 벌게졌다. 누가 보면 이 나이가 되어 주책이라고 하겠지만, 본능이라는 건 숨길 수 없는 법이다. 클라우제너 공작을 만난 이후로 내내 불평불만을 숨기지 않고 부루퉁해 있던 찰스마저도 목덜미를 붉혔다.

이리스가 엘리엇을 향해 다정하게 손짓했다.

"이쪽으로 와 보렴. 쿠키는 누나가 줄게."

엘리엇이 우물쭈물하다가 제임스의 다리 뒤로 숨었다. 제임스가 '어허' 하고 과장된 목소리를 냈다.

"쿠키를 주신다고 하지 않니. 어서 가서 받고 '고맙습니다' 해야지."

"우웅……."

"요 녀석이 부끄럼을 타나 봅니다."

제임스가 껄껄 웃었다. 이리스가 미소 지었다.

아이는 사랑스러웠다. 에리히를 쏙 빼닮았다는 이야기를 들었을 때부터 그럴 거라고 생각했지만, 막연히 상상하던 것보다 훨씬 귀여웠다.

용모에서 아이 엄마의 흔적은 거의 느껴지지 않았기에, 다른 거부감도 들지 않았다. 정을 줄 수 있을 것 같았다.

'확인하러 오길 잘했어.'

이리스는 내심으로 생각했다. 정말이지 다행이었다. 어머니는 어디 기숙 학교나 시골로 보내 버리면 된다고 말했지만, 그녀는 아무 잘못 없는 아이에게까지 그러고 싶지 않았다. 무엇보다도 후계자가 필요하니 차라리 잘되었다. 이리스는 아기를 낳고 싶은 마음이 없었으니까.

좋은 새엄마가 되어 주고 싶었다.

클레어는 문고리를 잡은 채 크게 숨을 들이쉬었다. 내려오면서 하녀에게 사정 이야기는 들었다.

'슈나이더 백작 영애가 방문했다고?'

왜 왔는가. 그런 질문은 하나 마나였다. 어차피 엘리엇이 궁금해서일 것이다. 이런 식으로 호기심이 많은 사람인 줄은 몰랐지만, 주목을 모으는 걸 좋아한다는 건 분명해 보였다.

지금 자신의 결혼과 엘리엇의 존재는 사교계 최대의 화제일 테니까. 화제를 선점하기 위해 먼저 제임스에게 손을 내밀 정도라면, 어느 정도로 관심을 사랑하는지 충분히 짐작할 수 있는 일이다.

그리고 이것은 클레어에게도 기회가 될 수 있었다.

슈나이더 백작가의 막내딸은 유명인이었다. 일단 보기 드문 미인이었고, 성황청 성가대의 소프라노 솔로로서, 그 미모와 인기에 힘입어 오페라 극장의 프리마 돈나 자리까지 거머쥐었다.

귀족의 딸이 오페라 가수라니, 보통이라면 가문의 이름에 먹칠한다는 말을 들었을 것이다. 하지만 백작은 그것을 반대하지 않았다. 이리스는 그가 진심으로 사랑하는 여자와의 사이에서 태어난 늦둥이였고, 하고 싶다는 일은 무엇이든 시키며 키웠다.

무엇보다도 백작 자신이 누구에게도 지지 않는 오페라 애호가로서, 사적인 자리에서 스스로 노래하여 주변 사람들을 즐겁게 하곤 했다.

귀족이 직업을 갖는 풍조가 생기면서, 이리스 같은 환경의 숙녀가 가수가 되는 것은 특이하지만 그렇게 비난당할 일까지는 아니었다.

무엇보다도 그녀는 돈을 위해 노래하는 것이 아니었다. 어디까지나 성가대 소프라노가 본직이고, 때때로 초대를 받아 무대에 서는 것뿐이니까. 어찌 보면 그녀도 신분이 흐트러진 새로운 시대의 상징이었다.

'잡을 수만 있다면, 최상급 모델이야!'

클레어의 머릿속에 새로운 마케팅 기획이 주르륵 펼쳐졌다. 그녀는 두근거리는 마음을 안고 문을 열었다.

"이모!"

엘리엇이 제일 먼저 소리를 지르며 그녀에게 달려와 다리 뒤로 숨었다. 소파에 앉아 있던 아름다운 여자가 천천히 일어섰다.

"처음 뵙겠습니다, 남작님. 슈나이더 백작가의 이리스라 합니다."

"환영합니다, 슈나이더 백작 영애. 이렇게 직접 만나 뵈니, 명성이 제아무리 높아도 영애의 영광을 빛내기에는 부족하다는 사실을 알겠어요."

클레어는 자본주의적인 미소를 넘치게 입가에 걸고 말했다. 이리스가 입가를 손으로 가리고 미소를 지었다.

"델포드 경에게 청하여 소개장도 없이 이렇게 갑자기 방문했는데도 과한 말씀으로 환영해 주시니 감사합니다. 부디 제가 호기심이 너무 많았다고 책망하지 말아 주세요."

"책망이라뇨……."

클레어는 이리스가 먼저 말하는 바람에 뒷말을 잇지 못했다.

"너무 궁금했거든요. 제 연파랑색 드레스를 가져가신 분이 누구였는지."

이리스가 그녀를 바라보고 말랑말랑한 웃음을 지으며 말했다.

클레어의 머릿속이 한순간 쩌억 얼어붙었다. 남의 연파랑색 드레스를 가져다 입은 기억이 한 번 있었다. 5년 전에, 에리히의 침실에서.

그녀는 한순간 흔들린 심경을 겉으로 드러낼 뻔했다. 그러지 않을 수 있었던 것은 이리스가 자신을 살피는 것을 느꼈기 때문이다.

'얘, 뭐야?'

이리스는 그럭저럭 말을 돌려 하거나 사람을 흔드는 솜씨가 있었지만, 오너 일가 직계 장남인 본부장님의 눈치를 보며 단련된 관찰력을 피할 정도는 아니었다. 분명히 자신의 말에 클레어가 어떻게 반응하는지 확인하려는 거다, 저건.

'드레스 문제를 확실하게 알고 있는 것도 아닌 거네?'

클레어는 확신했다.

생각해 보면 5년 전 일이다. 에리히의 침실에 누가 왔다 갔는지 그렇게 쉽사리 밖에 알려졌을 리가 없다. 진짜로 그랬다면, 클라우제너 공작가의 집사부터 경비원에 이르기까지 전부 목이 날아갔겠지.

아니면, 에리히 자신이 말했을까? 그것도 가능성이 희박했다. 이 여자와 그 정도로 깊은 관계를 유지하고 있었다면, 이제 와서 이럴 리가 없었다.

지난 5년 동안 몰랐다는 건 아무도 모른다는 뜻이다. 그러니까 이건 블러핑이다.

"무슨 말씀이죠?"

"제 드레스요. 분명히 공작님에게……."

이리스가 거기까지만 말하고 말꼬리를 흐렸다. 클레어는 고개를 갸웃하며 되물었다.

"이상하네요. 에리히가 영애의 드레스를 어떻게 했다는 건가요?"

"자꾸 모르는 척하지 마세요."

이리스의 입꼬리가 흔들렸다. 그 얼굴만 보면, 순수하게 클레어와 공통의 화제를 두고 얘기하고 싶었던 것뿐인 것처럼 보였다.

"남작님께서 제 드레스를 가져가셨으리라는 걸 확실하게 알고 있어요. 5년 전이잖아요."

"그러고 보니 제가 에리히의 침실에서 나올 때 옷을 얻어 입은 적이 있긴 한데요."

"역시!"

그것 보라는 듯이 고개를 끄덕이는 이리스에게 클레어는 빙그레 웃어 보였다.

"그게 영애의 옷이라면, 영애께서는 옷을 가져다 둘 만큼 그 침실에 자주 드나드셨다는 뜻인가요?"

"네?"

"그렇잖아요? 제가 에리히에게 옷을 얻어 입은 것은 그때뿐인데, 그 옷은 침실에 준비되어 있었는걸요?"

클레어는 거리낌 없이 말했다. 이미 혼전 임신으로 낳은 자식이 있다고 알려져 있는 상황이다. 이제 와서 5년 전에 자신이 에리히와 잤다고 해서 놀랄 사람이 어디 있겠는가?

"아니면, 설마 영애께서 거기서 옷을 직접 벗어 놓고 나오셨나요? 설마 그건 아니시겠죠."

이리스가 당황했다. 그녀는 그제야 잘못하면 치정 불륜으로 자기 명예가 진창에 처박힐 수 있다는 것을 깨달은 것 같았다.

연한 금빛 속눈썹이 함초롬히 젖어 들었다. 무슨 기술인지 화장품 하나 녹이지 않고 눈물이 한 방울 또르르, 동그랗게 뺨을 타고 굴러서 하마터면 클레어는 그거 워터 프루프냐고 물어볼 뻔했다.

눈물 가득 고인 푸른 눈을 한 번 크게 떴다가 내리깔고서,

이리스가 오열하듯, 하지만 선명한 목소리로 애처롭게 말했다.

"어떻게……, 어떻게 그런 말씀을……. 흑."

과연, 프리마 돈나의 지위는 핏줄로 따낸 게 아니었다. 오페라 가수가 배우는 아니지만, 가창력만이 아니라 표현력과 연기력도 필요한 법이다.

"제가……. 전…… 그냥 드레스가 어떻게 되었는지, 흑, 궁금했을 뿐이에요. 제 소중한 친구가, 저를 위해 특별히, 흑, 디자인해 준 거라서, 흐으윽."

여기에 단둘만 있었다면, 클레어는 개소리 그만하라고 했을 것이다. 그러나 불행히도 제임스와 찰스가 있었다.

"클레어, 이제 그만해라."

제임스가 둘 사이로 끼어들며 클레어에게 엄한 목소리를 냈다.

"시답잖은 질투 때문에 이게 무슨 짓이냐?"

"숙부님."

"슈나이더 백작 영애가 비록 처음에 오해를 살 수도 있는 방식으로 말했지만, 그렇다고 해서 곧바로 그렇게 남의 명예를 해치려 들어서야 어떻게 숙녀라고 할 수 있겠니?"

클레어는 어처구니없는 얼굴로 그를 쳐다보았다. 제임스는 아랑곳하지 않고 혀를 찼다.

"쯧쯧, 내 이래서 너더러 항상 몸가짐을 조심하라고 말하는 거지."

"숙부님."

"여자가 머리만 좋다고 다가 아닌데, 그걸 뽐낼 생각이나 하고, 거친 평민 놈들하고나 어울려 다니면서 남한테 이겨 먹을 생각만 하고 있으니 이렇게 말을 함부로 내뱉고."

"숙부님, 지금 남 앞에서 가주의 명예를 해치고 있는 게 누군가요?"

클레어는 헛웃음을 치며 그렇게 말했다. 숙부를 권위적으로 무릎 꿇리지 못하는 게 전생을 떠올린 유교걸의 업보였다.

가주의 명예를 언급하자 제임스는 그녀의 말에 당황한 듯 얼른 입을 다물었다. 그리고 클레어를 꾸짖는 대신 이리스를 위로하기로 한 것 같았다.

"죄송합니다, 슈나이더 백작 영애. 저희 클레어가……."

"숙부님."

클레어가 부르자 제임스가 다시 입을 다물었다. 그녀가 가주라는 것을 기억은 하고 있는 모양이었다.

그녀는 짜증스러운 기분으로 찰스를 돌아보았다. 제임스가 헛소리하는 것보다 아무 책임도, 힘도 없는 찰스가 하는 게 나았다.

"찰스, 마차를 불러서 슈나이더 백작 영애를 모셔다드리고 와."

제아무리 둔탱이 멍청이라도 미인 상대로 이 정도는 할 수 있을 것이다. 찰스가 눈을 휘둥그레 떴다.

"어? 내, 내가?"

"너 말고 여기에 누가 있어?"

찰스가 머뭇머뭇하다가 이리스에게 다가서서 손수건을 내밀었다.

"영애, 부디 그렇게, 계속 눈물 흘리시지 말고……."

찰스 딴엔 온 힘을 다했을 위로를 이리스는 힘없는 손짓으로 톡 걷어 냈다. 그리고 세상에서 제일 서러운 사람처럼 흐느끼면서 밖으로 나갔다.

"따라가."

클레어는 찰스에게 고갯짓했다. 찰스는 무서운 사촌 누나가 어디까지 진심인지 몰라 또다시 머뭇거렸다.

"모셔다드리라고 했잖아. 델포드 남작가가 손님을 울려서 쫓아낸 것으로 만들고 싶지 않다면 따라가."

"아, 응!"

비로소 클레어가 무엇을 염려하는지 눈치챈 찰스가 서둘러 이리스를 따라갔다.

마차 안에서 혼자 있을 땐 안 울 거라는 쪽에 클레어는 오늘 저녁밥을 걸 수도 있었다.

"이모…… 괜찮아?"

그때까지 그녀의 다리에 달라붙어 있던 엘리엇이 겁먹은 목소리로 물었다. 클레어는 당황하여 엘리엇을 안아 올렸다.

"괜찮아, 괜찮아."

"이모, 싸움했어."

"싸운 거 아냐."

"아냐, 싸운 거야. 이모 화났어. 여기가 빨개졌어."

엘리엇이 고사리손으로 클레어의 광대를 만졌다. 클레어는 그 보드라운 감촉에 마음이 조금 풀리는 것을 느꼈다.

"미안해."

아이 앞에서 무서운 태도를 보이면 안 되는 건데. 참 어려운 일이다.

클레어는 엘리엇의 뽀뽀를 받고 나서 제임스를 돌아보았다. 그녀의 형형한 눈빛에 또다시 한소리 하려던 제임스가 입을 벌린 채 소리를 내지 못했다.

"숙부님, 제가 지금까지 뭐, 숙부님더러 입을 다물고 있으라거나 쥐 죽은 듯 계시라거나, 그런 요구를 한 적은 없는데요."

"어? 어……."

"가문의 어른으로 존중받고 싶으시면 그럴 만하게 행동하세요."

"떽. 오늘 일은 네가 교양 없이 군 것이지. 어떻게 손님이 눈물을 흘리게 만들고, 거기다 그 앞에서 감히 이 숙부에게 지적질을……."

"감히요?"

클레어가 웃어 버렸다.

"에리히 클라우제너도 제게 감히라고 말하지 못해요, 숙부님. 제가 숙부님의 조카라고 해서 숙부님이 마구 대해도 되는 사람이 아니에요."

"뭣?"

"숙부님이 입고 계시는 그 고급 정장, 지팡이, 실크 타이, 모자, 귀금속, 먹고 쓰는 돈과 생활하시는 저택의 유지비까지, 어디에서 나온다고 생각하세요? 돌아가신 할아버지 할머니께 상속받으신 것으로는 어림도 없을 텐데요. 아랫사람에게 부양을 받으면, 적어도 존중은 해 주셔야죠."

모욕감으로 제임스의 얼굴이 벌게졌다. 클레어도 이렇게 말하는 것은 싫었다. 돈 때문에 존중하라는 것처럼 들리지 않는가.

하지만 고삐를 쥐는 데에는 이게 최고였다. 곳간 열쇠야말로 권력인 법이다.

"언제나 눈 조심, 입조심, 귀 조심하는 걸 잊지 마세요. 클라우제너의 인척이 된다는 게 어떤 의미인지, 저보다 잘 아실 테니."

제임스는 한 마디도 대꾸하지 못했다. 클레어는 한숨을 내쉬고 엘리엇을 안고 밖으로 나왔다.

"이모, 역시 화났어."

"이모가 화나서 무서워?"

"슬퍼. 고슴도치처럼 뾰족뾰족해지는 건 아플까 봐 그런 거래요."

엘리엇이 그녀의 목을 꼭 끌어안았다.

"이모가 아픈 거 싫어."

"안 아파."

"뽀뽀할래."

엘리엇이 클레어의 뺨에 뽀뽀하고, 호 해 주려다가 어디다 해야 할지 몰라 조금 헤맸다. 그래도 속에서 치민 불이 좀처럼 꺼지지 않아 클레어는 아이를 끌어안고 보드라운 머리카락에 뺨을 마구 비볐다.

그리고 엘리엇의 손을 잡고 놀이방까지 갔다.

'이 일이 달리 더 번지지 않았으면 좋겠는데.'

이리스의 태도로 보아 그럴 것 같지 않지만.

아니, 솔직히 이리스가 앞으로 무슨 짓을 하려고 하든 별로 상관없었다. 어차피 이 결혼에서 가장 중요한 것은 엘리엇을 보호하기 위한 것이고, 그 외의 감정들은 부수적인 거니까.

그리고 모르던 것도 아니지 않나. 에리히의 침실에서 드레스가 나왔을 때부터 여자가 있었을 거라고 생각하지 않았던가. 그 순간에는 어땠을지 모르지만, 적어도 일단 전에 사귄 적 있으니까 옷이 거기에…….

'아니, 근데 청혼했었잖아, 그때도?'

그러면 내가 남의 남자 스틸 한 건 아니지 않나?

옛날 애인 하나둘 가지고 이제 와서 따지고 드는 것도 우습다.

'아니, 근데, 진짜.'

또다시 그 세 단어를 떠올렸을 때, 문 두드리는 소리가 났다.

"누구야?"

클레어는 좀 날카로운 목소리로 물었다.

"그레이입니다."

"아, 벌써 시간이 그렇게 됐나."

클레어는 시계를 한번 보고 일어섰다. 시어머니의 남자 사람 친구를 만나러 갈 시간이었다.

해가 길어지는 계절이지만, 저녁 8시는 충분히 어두웠다. 석재로 포장된 길을 가스등 불빛이 희미하게 비췄다.

요한은 등불로 발밑을 비추며 마차에서 내렸다. 대여 마차의 마부는 손님에게는 관심도 없는 태도로 말을 몰아 그 자리를 떠났다.

오가는 사람은 거의 없었다. 요한이 타고 온 마차의 말발굽 소리가 떠나자 사방에 온통 고요함만이 가득 찼다.

수도의 대로에 가로등이 설치된 것이 벌써 10여 년 전이지만, 아직 대부분의 사람들은 해가 지기 전에 귀가했다. 우아한 식당에서 저녁을 먹는 풍조가 생긴 지는 조금 더 됐지만, 그런 거리는 이 구역에서 멀었다. 이런 시간에 이런 거리에서 움직이는 것은 야경꾼이 아니라면 노숙자와 주정뱅이뿐이다.

그는 위빙 상단의 본점 앞에서 잠시 멈추어 섰다. 이 거리에서 오로지 이 건물 하나만이, 최상층에서 희미한 불빛을 흩뿌리고 있었다.

일단 들어가면, 돌이킬 수 없다. 협상이 결렬된다고 해도 배신을 시도했다는 점에서는 마찬가지였다. 황후는 용서하지 않을 것이다.

하지만 이곳에서 돌아가도 위험했다. 황후는 의심이 많았고, 그가 변명해도 믿지 않을 것이다.

그렇다면 오지 않았어야 했는가.

요한은 주머니에 손을 찔러 넣었다. 쪽지가 손끝에 걸렸다.

『노이 다이아몬드.』

불과 30년 전만 해도 다이아몬드는 세상에서 가장 귀한 보석이었다. 그중 노이 광산의 다이아몬드가 가장 품질 좋고 훌륭한 것이었다. 채굴량은 점차 줄어드는 중이었고, 그 와중에 품질도 하락하고 있었다. 다른 광산은 애초부터 노이 광산의 다이아몬드와 품질을 경쟁할 수 없거나, 채산성 자체가 너무 떨어졌다.

보석의 가격은 희소성에 의지하는 바가 크다. 노이 다이아몬드가 채굴을 중지하게 되면 가격은 점프하듯 상승할 것이다. 그것을 기대하고 요한의 조부는 시장에 나온 노이 다이아몬드를 매점매석했다.

부의 흐름이 1차 산업에서 공업으로 옮겨 가기 시작한 순간의 일이다. 더 이상 지주 노릇만으로는 가문에 어울리는 부를 유지할 수 없다는 것을 깨달은 크로지크 가문은 거기에 명운을 걸었던 것이다.

그리고 기술의 발달은 새로운 광산 개발에 박차를 가했다.

클라우제너 공작령에서 거대한 다이아몬드 광산이 연이어 발견되었다. 채산성은 전성기의 노이 광산보다 나았고, 품질은 비슷했다.

클라우제너 공작가를 상대로 다이아몬드를 매점하여 공급량을 조절한다는 전략은 쓸 수 없었다. 요한의 조부는 생산량 조절을 제안해 보았으나, 매장된 절대량이 너무 많았다.

희소성이 없는 보석은 더 이상 귀하지 않다. 그리고 주 소비층인 귀족은 귀하고 특별하지 않은 것을 원치 않았다. 다이아몬드가 더 이상 귀한 보석이 아니게 되면서, 크로지크 백작가의 미래를 건 투자는 금고에서 썩어 갈 운명이었다.

'하지만 위빙 상단의 주인이 생각 없이 다이아몬드 사업에 뛰어들었을 리 없어. 반드시 끼어야 해.'

요한은 어금니를 물고 문을 노크했다. 곧 상단주 로저 카슨이 문을 열었다.

"오셨군요."

그가 쾌활하게 말했다. 요한이 누구인지는 묻지도 않고, 그가 가스등을 들고 앞장섰다.

클레어 델포드는 2층의 가장 안쪽 사무실에 앉아 있었다. 문 안으로 들어서기 전에 로저가 가스등을 껐다. 그리고 변명처럼 말했다.

"가스등 냄새를 워낙 싫어하셔서요."

"예."

전 같으면 그것도 정보로서 머릿속에 저장했을 테지만, 지금의 요한에게는 그럴 여유가 없었다.

사무실에는 가스등 대신 환할 정도로 촛불이 잔뜩 켜져 있었다. 클레어는 소파에 앉아 서류를 보고 있다가 시선을 들었다. 그 뒤에 회색 머리의 변호사가 서 있었다. 왼편에는 크림색 곱슬머리의 낯선 남자가 공손한 자세로 앉아 있다가 요한을 보고 일어섰다.

클레어는 앉은 채로 요한에게 자리를 권했다.

"만나서 반갑습니다, 요한 경. 우리가 아마 구면이죠?"

"아카데미에서 교양 수학 강의를 함께 들었던 기억이 있습니다. 다시 뵙게 되어 기쁩니다, 델포드 남작님."

요한은 최대한 친근하게, 하지만 담백하고 정중하게 인사했다. 클레어가 남작이고, 자신이 백작가 출신이라고 해서 경시하는 마음은 조금도 없었다. 그녀가 앞으로 클라우제너 공작부인이 될 사람이어서가 아니라, 남작이라 해도 그의 경의를 받을 자격이 있었다.

그는 가문을 소중히 여겼으나, 그 자신을 가문과 동일시하지는 않았다. 작위를 물려받은 가주와 상속받을 것이 없는 삼남 사이에는 충분히 신분의 고하가 있었다.

클레어가 미소를 지었다.

"기억력이 좋으시군요. 제가 그렇게 눈에 띄는 편은 아니었을 텐데."

"그건 남작님께서 잘못 생각하고 계신 겁니다. 클라우제너 공작님과 싸우는 후배 여학생은 그리 쉽게 볼 수 있는 존재가 아니죠. 후배도, 여학생도, 맞서서 지지 않는 사람도 말입니다."

"어흠."

그 말에 클레어가 헛기침을 했다. 이번에는 요한이 빙긋 웃을 차례였다.

"그리고 공작님이 아니라도 남작님은 충분히 시선을 끌어들이는 분이었죠."

말이 끝나기 무섭게 싸늘한 시선이 삼중으로 박혔다. 요한은 어이가 없었다. 그레이 셔우드까지는 그렇다 치더라도, 로저 카슨 따위가 감히 자신을 노려보다니.

누군지도 모르는 평민 따위는 더 말할 것도 없다. 요한은 서류를 들고 있는 케이시 모리스를 일별했다. 케이시의 목이 움츠러들었다.

클레어는 부드러운 손짓으로 요한의 시선을 다시 끌어들였다.

"다이아몬드 이야기를 하죠."

그레이가 요한 앞에 서류 한 장을 내려놓았다. 요한은 그것을 펴 보았다. 거기에는 2캐럿 이하의 노이 다이아몬드를 모두 헐값에 위빙 상단에게 넘긴다는 계약서가 있었다. 부친의 서명까지 되어 있는.

요한은 침을 삼켰다. 웃으며 유혹과 아첨의 경계에 있는 말 따위를 던지며 재어 볼 때가 아니었다. 부친은 필요 없는 물량을 떠넘긴다고 생각하고 서명했겠지만, 이 계약서가 실행되면 아마 크로지크 백작가는 팔아 버린 물건의 가격이 치솟는 것을 입만 벌린 채 쳐다보고 있게 될 것이다.

"이미 알고 있겠지만, 다이아몬드 사업을 시작할 거예요. 수요를 폭발적으로 증가시킬 계획을 갖고 있어요. 신문사를 사들인 것이 그 첫 단추라고 할 수 있지요."

"예."

"수요가 증가하면, 클라우제너 공작가만이 아니라 기존의 보석상들이 반사적인 이익을 보게 되겠지요. 크로지크 백작가처럼 대량으로 품위 높은 다이아몬드를 갖고 있는 곳이라면 더욱."

클레어가 빙긋 웃었다.

"저는 귀족이기 전에 쫌생이 같은 상인이라, 소매상이라면 모를까, 노이 다이아몬드를 독점하고 있는 대귀족에게 큰 이익을 나눠 줄 생각은 없답니다."

"예……."

그럴 것이라고 생각했기에, 요한은 긍정의 대답을 할 수밖에 없었다.

두 번째 계약서가 요한의 앞에 놓였다.

"이 계약이 성사된다면, 요한 경을 동업자로 여기고 첫 번째 계약서는 파기하거나, 필요한 물량만큼을 원할 때에 언제든 구매가에 돌려드리죠."

요한은 계약서를 살폈다. 거기에는 그가 생각한 것과는 전혀 다른 내용이 적혀 있었다.

"모리스 감정평가 회사에 투자하고, 다이아몬드 감정 표준을 만드는 것에 협력하고, 모든 다이아몬드에 모리스 감정서를 붙일 것?"

그 외에 감정사의 교육과 홍보에 투자할 것 등이 적혀 있었다. 지분도 30프로나 설정되어 있었다. 그리고 계약 상대의 명의는 케이시 모리스였다.

그는 당황해서 클레어를 바라보았다. 클레어가 태연하게 말했다.

"충분히 부유해진 평민이 보석을 구입할 수 있도록 만들 거예요. 광범위한 수준으로, 가능하다면 여유 있는 수도의 시민은 평생 하나 정도의 다이아몬드는 가질 수 있게끔. 그리고 그 전에 감정서와 가격을 표준화할 거예요. 특별히 안목을 기르지 않은 구매자라도 그게 합리적인 값인지 아닌지 판단할 수 있도록."

"예."

"만약의 경우에 일정 금액을 다시 건질 수 있도록 재매입을 보장해 준다면 좀 더 쉽게 손을 댈 수 있겠죠. 다행히 다이아몬드는 쉽게 상하지 않는 보석이지요."

"평민에게……."

생각지도 못한 발상에 요한은 저도 모르게 중얼거렸다. 하지만 생각해 보면 놀랄 것이 없었다. 문직물도, 장난감도 마찬가지였다. 클레어는 언제나 중류 계급을 대상으로 시장을 확장시키는 방식으로 사업을 했기 때문이다.

요한은 깨달음을 얻고 그녀를 바라보았다. 그리고 그녀의 호박색 눈동자가 투명하게 반짝이고 있는 것을 발견했다.

"이해했나요?"

"이해했습니다."

요한은 한 번 목을 울렸다. 위빙 상단은 대성공이었고, 클레어 델포드가 그 외의 몇 가지 사업에서도 상당한 성과를 거두고 있다는 사실을 그는 알고 있었다. 거기에 이제 클라우제너의 힘까지 더해졌다. 실패할 리가 없었다.

클레어가 말했다.

"저는 언제나 동업자와 경영인에게는 역할에 걸맞은 충분한 대우를 해 주려고 애쓰고 있어요. 물론, 상대도 제게 그만큼의 성의를 보이기를 바라요."

"이 계약서가 성립하면, 저는 더 이상 황후 폐하의 사람으로 있을 수 없게 됩니다. 그것으로는 부족하십니까?"

"사실 전 그냥 전부 사들여도 돼요."

클레어가 웃으면서 첫 번째 계약서를 집어 들었다.

"별 이득도 없는데 크로지크 가문을 끌어들이려는 것은, 지금 요한 경의 위치가 유용하기 때문이지요."

"제가 무얼 하길 원하십니까?"

"슈나이더 백작가에 대해 아는 것을 모두 말해 보세요."

요한은 숨을 들이켰다. 순간적으로 머리가 복잡해졌다. 시작부터 이런 질문이 나올 줄은 몰랐다.

'황후가 슈나이더 백작가를 감시하고 있다는 것을 알고 있는 건가?'

대체 언제부터? 그리고 그 정보를 알고 있다면, 그건 위빙 상단이 알고 있는 건가, 클라우제너가 알고 있는 건가?

전자라면 모르되, 후자라면 가볍게 생각할 일이 아니다. 클라우제너에서 황후의 동향을 살피고 있다는 뜻이기 때문이다.

그렇다는 건, 계승권 문제에 관심을 갖고 있다는 뜻일 수도 있었다. 황후가 슈나이더 백작가를 주시하는 이유는, 슈나이더 백작의 삼남이 황태자 시해 사건 때 휘말려 죽었기 때문이니까.

요한은 지금까지 그게 대단한 문제가 아니라고 생각했다. 그 죽은 삼남은 황태자궁의 서기관에 불과했다. 딱히 황태자의 측근도 아니고, 슈나이더 백작가가 황태자파였던 것도 아니다. 감시의 시선은 느슨했고, 딱히 어떤 부분을 살펴야 한다는 지시가 있었던 것도 아니다. 굳이 감시를 했던 것은 편집증 탓이라고 요한은 지금까지 생각해 왔다.

하지만 그게 아닐지도 모르겠다. 최근 2, 3년 사이에 슈나이더 백작가에 대한 방침은 급변했다.

'아니, 지금 내가 생각할 일은 아니다.'

지금 중요한 것은 황후와 클라우제너 사이에서 벌어지는 정보전이 아니라 자신의 처세였다. 섣불리 머리를 굴리다가 걸리면 신용을 잃는다. 그러나 뻔한 내용만 말하면 능력을 의심당한다.

결국 그는 망설인 끝에, 신중하게 대답했다.

"슈나이더 백작 부인은 연꽃 이궁 출입 권한을 가지고 있습니다."

그게 그가 말할 수 있는, 그리고 클라우제너가 모를 만한 가장 비밀스러운 정보였다.

'연꽃 이궁? 거긴 황후의 별장이잖아?'

여기서 황후가 왜 나오나. 클레어는 당황했다. 그녀가 슈나이더 가문에 대해 물은 것은 실은 이리스 때문이었다. 이리스가 드레스에 빗대어 암시하려던 이야기가 무엇인지 그녀는 정확히 알아들었다.

상식적으로 —물론 세상에 의외로 미친 인간이 많긴 하지만— 아무런 근거도 없이 그따위로 나올 수는 없는 거다. 이리스의 당당함을 생각해 보건대 뭔가 있긴 있을 것 같았다. 그래서 요한에게 물은 것이다.

에리히의 여자 문제에 대해 제일 예민하게 굴 사람이 루이자였기 때문이다. 에리히와 이리스 사이에 뭐가 없었더라도, 가문 사이의 약속 같은 것도 있을 수 있고 말이다.

어차피 자신이 에리히에게서 청혼에 이어 수레국화 열쇠까지 받아 버린 마당에 의미 없는 이야기이기는 했다. 게다가 이렇게 뒤로 정보원한테 질문해서 캐낼 것이 아니라 그냥 에리히한테 직접 질문하는 게 낫다.

그런데도 요한에게 질문한 것은 충동적인 일이었다. 오늘 이리스를 만난 다음부터 계속 그 문제로 부글부글 끓고 있었던 탓이다.

굳이 핑계를 대자면, 뭔가 클라우제너 내부의 사람과는 다른 새로운 관점이 있을 수도 있고 말이다.

슈나이더 백작 부인과 황후의 이름이 이어질 거라고는 생각지도 못했다.

'황후의 첩자에게 질문했으니, 황후에 관한 정보가 나오는

게 어찌 보면 당연한 거긴 한데.'

클레어는 눈을 가늘게 뜨고 요한을 바라보았다. 사적인 감정이나 복잡한 머릿속은 일단 접어 두었다.

슈나이더 백작 부인이라니.

슈나이더 백작 부인 카탸는 몰락 귀족 출신이다. 그나마도 확실하지 않았다. 본래는 오페라 극장의 가수였다고 들었다. 예술 애호가라는 이름의 한량인 슈나이더 백작이 정부를 후처로 삼은 것이다. 이미 아들이 셋이나 있어 후계 구도가 탄탄하고, 또 나이 차 많은 막내 여동생을 오빠들이 귀여워했기에 가능했던 일이다.

혈통주의자인 황후가 가까이할 만한 사람은 아니다. 만일에 조금이라도 그런 소문이 있었다면, 클레어도 알고 있었을 것이다. 사업 때문에라도 귀는 늘 열어 놓고 있으니까. 그런 스캔들이 있었다면, 한 번도 듣지 못했을 리 없다.

그러니 그 관계는 비밀이다. 황후가 백작 부인을 비밀리에 만날 이유가 무엇인가.

'첩자인가?'

클레어는 눈을 내리깔았다.

"슈나이더 백작 부인이 재혼한 것은 20년은 된 일일 텐데."

"17년 전입니다. 당시에 이리스 양이 여섯 살이었죠."

케이시 모리스가 대답했다.

17년 전부터 황후가 슈나이더 백작의 옆자리에 사람을 들여보냈다고 생각하는 것은 비논리적이다. 아니, 이리스의 나이까지 생각하면 23년 이상 전이다.

23년 전에 황후는 에른스트 공녀에 불과했고, 슈나이더 백작에게는 그럴 가치가 없었다. 슈나이더 백작가는 전통 있는 로멜의 귀족 가문이었으나 정치와는 거리가 멀었다.

'그렇다면 죽은 삼남 때문인가?'

클레어도 슈나이더 백작의 삼남이 황태자 시해 사건 때 죽었다는 것은 알고 있었다.

그중에 엘리엇의 친부가 있을 거라고 생각하면서 죽은 사망자 목록을 몇 번이나 훑었으니까.

'그 삼남이 설령 뭔가 중요한 위치에 있었다고 해도, 5년 전 일이야. 이미 백작 부인이 된 다음이지. 백작가를 감시하기 위해 백작 부인을 포섭한다는 건 논리가 안 맞아.'

고용인 중 하나를 포섭하는 쪽이 훨씬 효율적이다.

클레어는 호박색 눈을 들어 요한을 바라보았다. 뇌 속을 파고들 것 같은 광채를 띤 눈이었다.

"경은 슈나이더 백작 부인을 감시하고 있나요?"

"아니요. 이리스 양이 대부인을 방문하면 알려 드리는 정도입니다."

"그렇군요."

요한은 그 눈을 감히 마주 보지 못하고 고개를 숙였다.

그녀는 대체 어디까지 알고 있는 걸까?

아니면, 클라우제너는 무엇을 알고 있을까?

그녀는 지금 무엇을 추론하고 있는 건가?

압박감 때문에 등이 축축해졌다.

짧지 않은 침묵 끝에 클레어가 입을 열었다.

"황후 폐하와의 관계를 지금대로 유지하세요. 굳이 배신하라고 하지 않겠어요. 보고도 지금까지와 똑같이 하세요."

요한은 고개를 홱 들었다. 클레어는 담담한 태도로 말했다.

"두 번째 계약서를 요한 경이 아니라 크로지크 백작과 체결하려고 하는 것은 그런 이유예요. 제가 바라는 것은 다만, 클라우제너 공작저에 대해 황후 폐하에게 보내는 것과 동일한 보고를 제게도 달라는 겁니다."

"알겠습니다."

요한이 긴장을 풀며 크게 숨을 내쉬었다.

"계약서는 케이시가 챙겨서 이틀 안에 백작가를 방문할 거예요."

"예."

"로저, 요한 경을 모셔다드려."

"예, 남작님."

로저 카슨이 촛대 하나를 들었다. 요한은 일어서서 클레어에게 인사하고, 로저의 뒤를 따라 사무실을 빠져나갔다.

"믿을 만한 사람이 아니군요."

요한이 나가자마자 케이시가 말했다. 클레어는 가볍게 대꾸했다.

"뭐, 그러니까 매수가 되는 거겠지."

애초부터 충성심을 기대하지 않았다. 매수한 첩자는 돈값만 큼만 하면 된다. 그래도 결과적으로 그는 배신하지 못한다. 크로지크 백작가는 조만간에 경제적으로 다이아몬드 사업에 종속될 테니까.

그는 그 정도의 결과는 알아챌 수 있는 사람으로 보였다.

"그런 사람을 꼭 쓰셔야 합니까?"

케이시가 다시 물었다가 클레어의 시선을 받고 어색하게 시선을 떨어뜨렸다.

"아니, 감히 남작님께서 하시는 일에 관여하고자 올린 말씀은 아닙니다. 그냥 첩자는 배제하는 게 낫지 않나 해서요."

"방첩에는 그게 제일 간편해서야. 어차피 클라우제너 같은 거대한 가문에 첩자가 들어오는 걸 막을 수는 없으니까. 여기서 요한 경을 포섭해서 치워 봤자 새로운 첩자가 들어오겠지."

그러면 그것을 알아내는 데에 또다시 시간과 돈을 소모해야 한다. 그러느니, 이미 알고 있는 첩자를 손에 쥠으로써 정보의 흐름을 통제하는 쪽이 낫다. 저택의 나머지 첩자는 대부분 요한이 포섭하여 관리 중이니, 경제적이기도 했다.

"공작님께 말씀드리지는 않는 겁니까?"

"의붓어머니의 남자 문제잖아. 그런 일에 관여하기에는 너어어무 고결하셔서."

클레어는 빈정거렸다. 에리히는 루이자 주변 인물들이 클라우제너의 구멍인 것을 알면서도 보호 외의 목적으로는 사람을 심지 않았다.

지금까지는 그래도 괜찮았다. 루이자는 가문과 사업의 기밀에 접근하지도 못했지만, 할 수 있다고 해도 그런 일에는 관심이 없었다. 처음에는 요한이 그녀를 유혹해서 정보를 빼돌리고 있나 의심했지만, 그런 것도 아니었다.

'황후가 관심 있는 건 클라우제너의 돈이나 사업이 아니라 정치니까.'

그 정치에서 가장 중요한 것은 계승권이며, 계승권은 혈통의 문제다.

그러니 지금까지는 방치해도 문제가 없었다. 에리히는 그 두 가지에 관심이 없으니까. 아마 황실보다 클라우제너가 더 명예롭다고 생각하고 있을 게 분명했다.

하지만 이제는 상황이 완전히 달라졌다. 엘리엇을 지키려면 내실의 비밀을 지켜야 한다. 엘리엇이야말로 황후가 가장 싹을 밟고 싶어 하는 문젯거리 그 자체니까.

'제발, 별일 없었으면 좋겠는데.'

자신을 운 좋은 신데렐라라고 생각해 주면 가장 좋다. 차선책은 이 결혼을 돈줄과 돈 귀신의 결합으로 생각해 주는 거다.

그나저나 연꽃 이궁이라니, 거기에서 무얼 하고 있는 걸까?

정보 조직이 있는 것은 아닐 것이다. 슈나이더 백작가를 감시하기 위해 백작 부인을 포섭했다는 것은 역시 말이 안 되니까. 그렇다면 그녀가 어디에 쓸모 있을까?

'이리스일까? 딸을 이용하기 위해 모친을 포섭했다고 하면 말이 되지.'

그나마 제일 납득 가는 게 그것이다. 사실 지금 시점에서 슈나이더 백작가에서 존재감이 두드러지는 것은 이리스뿐이다. 문제는 포섭해서 어디에 쓰느냐다.

이런저런 생각에 잠겨 있다가, 그녀는 문득 케이시가 여전히 자신을 우러르듯 바라보고 있다는 사실을 깨달았다.

"왜? 또 질문 있어?"

"아, 아니, 별것 아닙니다. 제가 어리석었구나, 싶어서요."

케이시가 얼굴을 조금 붉혔다.

"뭐가?"

"처음에 남작님께서 레이디 이리스에 대해서 물으셨을 때 소문 때문일 거라고 지레짐작했었거든요."

"소문?"

케이시가 뭔가 잘못됐다는 것을 깨닫고 움찔했다. 그가 입을 다물고 클레어 대신 그레이의 눈치를 보았다. 그레이가 가볍게 한숨을 내쉬고 모르는 척 시선을 돌렸다. 결국 케이시가 대답하고야 말았다.

"염문이 있었지 않습니까? 클라우제너 공작님과 레이디 이리스가 결혼하지 않고 서로에 대한 마음만 지키기로 했다는 그……."

"……."

"헛소문입니다. 그 두 분은 사교계 제일의 결혼 매물인데,

혼기를 넘겨서까지 결혼하지 않고 있었으니까요."

케이시는 재빨리 임기응변을 발휘했으나, 미소를 띤 채 굳어진 클레어의 입꼬리는 꼼짝도 하지 않았다.

"저어…… 죄송합니다."

당사자도 아니면서 케이시가 사죄했다. 클레어는 고기인 줄 알고 집었다가 생강을 씹은 사람 같은 얼굴이 되었다.

에리히가 만찬장에서 나와 마차에 오른 것은 보름달이 거의 하늘 중앙에 올라와 어스름보다 오히려 환해진 시간이었다.

한 시간쯤 전에 호텔에 먼저 연락을 넣어 보았지만, 클레어는 귀가하지 않았다는 소식을 들었다. 그래서 혹시나 싶어 위빙 상단으로 사람을 보내자, 거기 있다는 답신이 돌아왔다. 아마 이 시간까지 일하고 있을 것이다.

클레어는 모순된 여자다. 에리히는 늘 그렇게 생각했다.

대충 살 거라고 하면서, 진짜로 그런 적은 없었다. 대충 산다는 건 무능하고 쓸모없는, 선대로부터 물려받았다는 핑계로 의무는 모르고 오로지 권리만 향유하는 귀족 놈들처럼 사는 것을 말하는 것일 텐데, 그런 상태를 견딜 수 있는 사람이 아니었다.

'돼지 같은 귀족 놈이라.'

무심코 떠올린 표현에 에리히는 큭 웃었다.

그러는 클레어 본인도 귀족이건만. 하도 그런 식으로 말하니 그에게도 표현이 옮았고, 어쩌면 사고방식도 조금 옮았는지도 모르겠다.

예법을 싫어하고, 사교계도 싫어하고, 결혼에 의해 혈통을 유지하고 품위를 다듬고 권위를 챙기는 일을 모조리 내팽개쳤어도, 그는 클레어보다 귀족적인 사람을 별로 보지 못했다.

그녀는 자신이 결정하고 행해야 할 일을 내팽개치지 않았다. 굴종하는 일도, 스스로의 판단을 포기하는 일도 없었다.

공부는 팽개치곤 했지만.

설득과 통제도. 자신을 갈고닦는 일도 자주 내다 버렸지만.

아니지. 그녀는 그걸 내팽개친 게 아니다. 능력을 남에게 드러내려 하지 않은 것뿐이다.

그것을 이해하는 데 몇 년이나 걸렸다.

에리히에게 겸손은 미덕이 아니었고, 남의 뒤에 물러나 선택을 미루는 것은 악덕이었으니까. 그러니 처음 그녀를 만났을 때에는 도무지 납득할 수 없었다.

'어째서 훨씬 더 잘할 수 있는데 최선을 다하지 않지?'

아마 그런 식으로 말했던 것 같다.

그날의 일을 에리히는 잊어버리지 않고 선명하게 기억하고 있었다. 그다지 대단할 것도 없는 날이었는데도.

그날의 하루 전까지 클레어 델포드는 그냥 얼굴과 이름을 아는 후배였다.

통찰력이 있다는 건 알고 있었다. 교수가 어째서 그녀를 아끼고, 자꾸 연구실에 불러서 뭐라도 시키려고 하는지 이해하지 못하는 사람이 많았지만, 에리히는 알고 있었다. 그것뿐이었다. 이름과 얼굴을 아는 것도 그것 때문이었고.

하지만 그날 중앙 로비에 나붙은 석차표를 보고 무심코 생각했다. 델포드라는 이름이 없는 것은 이상한 일이다. 그녀가 일부러 낮은 성적을 받은 게 분명했다. 하지만 그의 질문에 클레어는 이렇게 대답했다.

'각하께 우수하고 유능하다는 말은 아주 멋진 장식이겠죠.'

'무슨 뜻인가, 그게?'

'각하에게조차 고작해야 장식인데, 저 같은 일개 남작 영애 따위가 높은 성적을 받아 봐야 어디에 쓸 수 있겠냐는 뜻이에요.'

시선을 똑바로 마주친 건 그때가 처음이었을 것이다. 그게 아니라면, 그녀의 눈동자가 그렇게 선명한 호박색이라는 것을 몰랐을 리 없으니까.

그 눈동자 깊은 곳에 뿌려진 광채가 금편 같아서, 감정이 격동하면 강철을 화로에 담갔을 때 튀는 불똥처럼 확 빛을 발한다는 것도.

그것이 달군 칼처럼 눈에 박혔다. 에리히는 그때 자신이 무어라고 대답했는지 기억하지 못했다. 들이마셨던 열기가 가슴을 답답할 정도로 메워서, 오히려 방어하듯 울화가 치밀었던 것만 기억하고 있었다.

아직 위빙 상단의 창문에서는 불빛이 새어 나오고 있었다. 에리히는 마차에서 내려 마부에게 대기하라고 하고 혼자 본점 건물의 문을 두드렸다.

"……진짜로 이 시간에 오셨습니까?"

시간이 좀 걸려, 그레이가 문을 열었다. 에리히는 눈을 가늘게 떴다.

"자네도 이번 일에 관계하고 있나?"

"계약서가 필요한 일이었으니까요. 들어오십시오."

그레이가 문가에서 물러섰다. 에리히는 그를 한번 쳐다보고, 안으로 발을 들였다.

사무실에는 여기저기 촛불이 켜져 있었지만, 그래도 샹들리에와 거울로 밝힌 것만큼 충분히 밝다고 말할 수는 없었다. 클레어는 사무실 가운데에 놓인 소파에서 널브러져 있었다. 아랫자리에 앉아 있던 케이시가 에리히를 보고 일어나더니 공손한 자세로 물러났다.

에리히는 그를 흘깃 한번 쳐다보고는, 클레어에게 손을 내밀었다.

"으응……."

클레어가 일어서기 싫은 듯 뭉갰다.

"이 시간에 여긴 어쩐 일이에요?"

"호텔 쪽에 연락해 보니 아직 귀가하지 않았다기에, 내가 바래다주면 좋을 것 같아서. 심부름꾼이 오지 않았나?"

"왔어요."

미리 보낸 쪽지가 서류의 산 위에 놓여 있었다.

"근데 솔직히 이렇게 이삼십 분 전에 보내는 쪽지로 약속 잡는 거 좀 그래요. 이게 미리 연락한다고 할 수 있는 건가?"

"더 빨리 보낼 방법은 없잖아."

"약속은 한 일주일 전쯤에 잡아 줘요."

"넌 내가 보고 싶다는 생각은 안 하나?"

"……마침 지금은 하나도 안 보고 싶은 순간인데요."

클레어가 말했다. 한 사흘은 안 보고 마음을 다스렸으면 했는데, 바쁜 와중에도 꼬박꼬박 격일로는 방문하고 있는 이 남자가 그럴 리 없었다.

전화는 언제 발명되는 걸까? 그러면 그걸 좀 핑계 삼아, 바쁘니 오지 말라고 한 다음 목소리만 단속해서 이야기하면 될 텐데.

하지만 그럴 수 없는 시대였다. 전신조차도 아직 일부 지역에서 공무용으로만 쓰이는 정도였다. 소식을 전할 방법이라고는 편지가 전부라고 해도 과언이 아닌데, 같은 도시 안에 살면서 구혼자가 방문하는 것을 연이어 거절하는 건 파혼 예고처럼 보이는 일이었다.

"만찬은 괜찮았어요? 뭘 어떻게 말하든 혼외자를 장남으로 만드는 과정이라는 건 마찬가지잖아요."

"누군가가 그런 문제로 내게 시비를 걸 거라면, 아마 어머니를 부추기겠지. 방계 친척이나 가신이 아니라."

"노이만 의장도?"

클레어는 클라우제너의 가신 중에 가장 이름이 알려진 하원 의장의 이름을 꺼냈다. 에리히가 가볍게 대꾸했다.

"노이만 경은 진보주의자야."

"찬성했다는 뜻 맞죠?"

"로멜의 지배 가문에 아렌 남작가의 피가 들어온다는 것은 그 자체로 진보적인 일이지. 안 그런가?"

"그 감각이 평생 이해 못 할 부분이니까요."

클레어가 한숨을 내쉬었다.

"오만한 건 내가 아니라 네 쪽이야."

"갑자기 무슨 말이에요?"

"그게 진보라는 사실이 이해되지 않는다는 건, 아렌의 일개 남작인 너와 클라우제너의 주인인 나 사이에 차이가 있다는 것을 마음속으로 이해하지 못한다는 뜻이 되잖나."

"뭘 새삼스럽게."

에리히는 쓴웃음을 지으며 클레어에게 다시 손을 내밀었다. 하긴, 그래서 그녀와 있는 것이 즐거운 것이기도 했다. 입씨름 같은 것은 흔히 할 수 있는 일이 아니니까.

클레어가 이번에는 그의 손을 잡고 일어섰다. 에리히는 그녀의 손을 놓지 않고 끌어당겨 자신의 팔에 얹으며 물었다.

"네 일은 잘 끝났겠지?"

"내가 지금 등에 업은 게 클라우제너인데, 크로지크 따위가 뭐 별거라고."

"그것도 그렇군."

클레어가 그를 한 번 쳐다보았다가 고개를 돌렸다. 아주 자연스러웠다. 또 몇 마디 구시렁댈 줄 알았는데 말이 없어, 에리히는 도리어 의아해졌다.

"클레어?"

"왜요?"

"……."

"실없긴."

역시 뭔가 이상했다. 에리히는 남의 눈치를 보는 성격은 아니었으나, 클레어가 평소와 다르게 행동하는 것에는 민감했다.

"왜 화가 났어?"

"제가요?"

"너 지금 목소리 조금 높아."

에리히가 지적했다. 지금도 그랬다. 평소의 클레어라면 '제가요?'라고 반문하는 대신 무엇 때문에 화가 났는지 늘어놓았을 게 분명했다.

"전혀 아닌데요."

"화났군."

"아니거든요."

클레어가 일단 부정했다가, 자기답지 않다는 것을 깨달았는지 덧붙였다.

“화날 일이 뭐가 있겠어요? 좀 피곤해서 그렇게 보이나 보죠.”

“흠.”

“오늘은 그냥 적당히 계약 조건 이야기나 하고 끝내려고 했는데, 생각지도 못하게 신경전을 좀 했거든요. 그래서 피곤한가 봐요.”

말이 없는 것과 마찬가지로 말이 많은 것도 수상쩍었다. 게다가 평소와 달리, 구체적인 정보가 들어 있지 않은 말로 대화가 이어지지 않도록 마무리를 지어 버렸다.

그러나 이 시점에서 뭐라고 말을 더 해 봐야 클레어가 순순히 대답하지 않으리라는 사실은 명백했다. 그렇다면 전략을 바꿔야 할 필요가 있었다.

모르는 척한다는 선택지는 에리히의 사전에 없었다. 그건 지난 5년, 그리고 그 전의 3년으로 충분했으니까.

클레어는 마차에 탈 때까지 입을 다물고 평화로운 사람 같은 얼굴을 하고 있었다. 에리히는 그녀를 마차에 올려 주고, 뒤따라 탄 다음 손수 문을 닫았다.

“이넨호프 호텔로.”

에리히는 마부에게 말하고, 다시 클레어에게로 시선을 돌렸다. 그녀는 입을 다물고 어두운 창밖으로 시선을 던지고 있었다.

“클레어.”

"아, 진짜 삭히는 거 성질에 안 맞네."

에리히가 입을 열기 무섭게 클레어가 빠르게 내뱉었다. 그리고 휴우 한숨을 내쉬고, 그를 똑바로 쏘아보았다.

"이리스 슈나이더랑 진짜로 무슨 관계예요?"

정말로 신경 안 쓸 거였는데 말이다. 진짜로 옛날 애인 하나 둘 가지고 구질구질하게 굴고 싶지 않았다. 나이가 몇 살인데. 이 정도 되는 남자에게 여자 하나 없었다는 쪽이 더 이상하지 않은가.

하지만 그건 그거고, 눈앞에 들이대진 상황에서는 또 눈을 돌릴 수 없는 게 인간의 본성이었다. 옛날 애인이 지금 나타나서 시비를 걸어도 속이 뒤집힐 판국에, 대체 진짜 그 드레스 뭐였는데?

에리히는 그녀가 쏘아붙이는 쪽을 어처구니없어하며 침착하게 대꾸했다.

"슈나이더 백작가와는 할아버지 때부터 교분이 있었어. 특히 아버지는 이리스가 어릴 때 귀여워하셨지."

"진짜로 그게 다예요?"

"뭐가 더 있어야 하나?"

에리히는 진심으로 물었다. 가족 단위의 교류였으므로 어릴 때는 종종 얼굴을 마주할 기회가 있었다. 그러나 슈나이더 백작 본인이나 장남과는 귀족원이나 사교 클럽에서 친분을 유지하고 있지만, 이리스와는 아니다. 아내나 누이가 있었다면 그 쪽을 통해 여자들끼리의 교제도 이어졌겠지만, 그렇지 않았다.

"소문이 아주 파다하다던데? 결혼하면 귀천 상혼이라 그냥 연인 관계로 남은 거라고?"

"내가 그런 문제로 왜 거짓말을 하겠나?"

클레어는 그의 말을 믿지 않는 태도였다. 에리히는 슬슬 성이 났다.

"그러면 드레스는 뭐예요?"

"무슨 드레스?"

"그때 내가 입고 갔던 드레스 있잖아요. 당신 방에 있었던."

에리히가 갑자기 입을 다물었다. 덕분에 클레어는 그때까지 약간의 짜증 정도로 억누르고 있던 화가 단숨에 치솟는 걸 느꼈다.

"그거 이리스 슈나이더 거라며."

"뭐?"

지금 그게 문제가 아니긴 했다. 지금 해야 할 이야기는 연꽃이궁에 관한 이야기다.

하지만 지금은 열이 뻗쳐서 냉정한 이성이고 뭐고 없었다. 황후가 이리스를 이용해서 뭘 하고 있는지는 모르겠지만, 그게 성황청의 일이든 오페라 극장의 일이든 클레어와는 상관없었다.

클라우제너의 일이라면 그저 빡침을 적립시키는 일이었고 말이다. 에리히의 고용인이 준비된 것처럼, 침실에 있는 여자에게 이리스의 드레스를 갖다 준 건 명명백백한 사실이 아닌가.

"그때 설마 양다리였어요?! 말도 안 돼. 그런 줄 알았으면 절대, 읏."

미처 말을 마치기 전에 에리히가 몸을 클레어 쪽으로 기울였다. 마차가 좁아서 그것만으로도 상대의 몸을 의식하지 않을 수 없었다.

클레어는 입술이 닿기 전에 숨을 먼저 멈췄다. 화를 내야 했지만, 에리히의 숨결이 닿은 입술 끄트머리에서 작은 불꽃이 피어올랐다.

망설인 자와 그러지 않은 자 사이에서 승패는 쉽게 결정되었다. 클레어가 분개한 소리를 다시 내뱉기 전에 입술이 맞물렸다.

"흣."

숨을 내쉴 타이밍을 빼앗겨 목구멍에서 미묘한 소리가 났다. 에리히가 손가락을 벌려 클레어의 머리카락 사이에 넣었다. 단정하게 올려놓은 뒷머리가 풀어졌다.

탁.

마부석이랑 통하는 나무창이 닫히는 소리가 났다. 클레어는 그의 입술을 깨물려고 했지만, 역으로 입술이 깊게 맞물리는 결과가 되고 말았다. 에리히의 손가락이 그녀의 손가락 사이로 들어와 깍지를 끼었다. 클레어는 발끝이 오므라드는 것을 느꼈다.

맞닿은 자리가 뜨거웠다. 그녀는 조금 더 몸을 움츠렸다. 그녀가 물러난 자리를 점거라도 하듯 에리히의 무릎이 빈자리를 짚으며 그녀의 드레스를 구겼다.

쿵.

클레어의 등이 마차 문에 부딪혔다. 기울어진 몸을 에리히가 받쳤다. 자유로워진 클레어의 손이 허공에서 잠시 헤매다가 결국 에리히의 옷깃을 쥐었다.

"하……."

밭은 숨이 보드라운 입술 사이로 빠져나갔다. 열기 때문에 입술이 발간색으로 변했다. 에리히가 그녀의 등을 훑어 허리를 받쳤다.

"나 화내던 중이었어요."

"더 화내."

"잠깐, 열 받게 해 놓고 그게 할 소리예요?"

"넌 화낼 때 제일 뜨거우니까."

틀린 말은 아니었다. 맞물린 입술도, 입천장도 뜨거웠다. 그것이 화가 나서인지 다른 이유 때문인지는 불확실했다.

클레어는 호흡을 가다듬으며 그의 머리카락을 아프도록 잡아당겼다. 푸른 보석을 불에 넣은 듯 달구어진 눈동자가 그녀를 내려다보았다.

"진짜, 뭣 때문에 갑자기 이러는 거예요?"

"그 드레스는 그날 아침에 파벨보고 구해 오라고 한 거야. 네 옷을 내가 찢어 버렸으니까."

"언제요?"

"일어나서."

"아니, 그 이야기가 아니라. 하."

또다시 그가 입술을 내리눌렀다. 뺨과 눈가에 감촉이 남아 자꾸 생각이 끊겼다. 일부러 이러는 건가, 이 남자는.

"어디서 구해 왔는지는 물어보면 알겠지. 이리스와 같은 의상실인 게 이상한가?"

"당연, 음."

"좋은 곳에서 가져오라고 했으니 최고인 곳에서 사 왔겠지."

간신히 에리히의 입술을 손바닥으로 막는 데 성공하고서, 클레어가 눈을 가늘게 뜨고 그를 올려다보았다.

"그러면 도대체 언제 일어났던 거예요? 눈 뜨고 나를 깨웠던 게 아니에요?"

그날 에리히가 먼저 일어났다는 사실은 잘 알고 있었다. 그가 흔들어 깨웠으니까. 당연히 일어나자마자 놀라서 깨웠으리라고 생각했는데, 아침에 사람을 의상실에 보내서 옷을 확보하고 돌아온 거라면, 적어도 그 앞에.

"아니, 그러면 적어도 한 시간은 먼저 일어났단……!"

클레어는 말하다 말고 지뢰를 판 것 같아 입을 다물었다. 에리히가 피식 웃었다.

"왜? 네 자는 얼굴이 웃겼을까 봐?"

"그게 아니고요."

클레어의 얼굴이 새빨개졌다. 에리히는 저항이 사라진 그녀의 뺨을 감싼 채 가볍게 웃었다.

"질투하는 게 꼴사나울까 봐 걱정하는 거라면 안 그래도 돼. 너 혼자 그러고 있는 게 아니니까."

"그게 무슨 소리예요? 내가 언제, 음……."

에리히가 말을 이은 것은 몇 분이나 뒤의 일이다.

"나는 정혼자도 아닌 미혼의 영애와 사적인 교제를 하는 사람이 아니야."

"와."

클레어가 입을 동그랗게 모아 과장된 감탄사를 토했다. 그 뒤에 '지금 내 앞에서 그런 말을?'이라는 문장이 숨어 있었다. 염치가 없긴 한지, 에리히가 헛기침을 하고 시선을 피했다. 그게 뭐라고, 클레어는 마음이 누그러졌다.

허락이 떨어지자마자 에리히가 고개를 숙였다.

덜컹!

마차 바퀴에 뭐가 걸렸는지 몸이 튀었다. 클레어가 짧은 신음을 토하고, 에리히의 머리를 잡아 끌어 올려 그 목에 팔을 감았다.

클레어는 더워서 잠이 깼다. 어스름한 새벽빛이 커튼을 통과하여 넓은 침실을 밝히고 있었다.

'아, 외박했네.'

혼낼 사람이 있는 건 아니지만 말이다. 이럴 작정은 아니었는데.

'술 때문에 어쩌다 보니는 개뿔.'

그녀는 자제력 없는 스스로를 욕했다. 어제는 술 한 방울 안 들어갔으니 핑계 삼을 것도 없었다.

이제 인정할 수밖에 없었다. 아예 안 봤으면 모르되, 다시 얼굴을 마주할 일이 있었다면 언젠가는 기어이 일이 터졌을 것이다.

"하아……."

클레어는 한숨을 내쉬며 이불 속에서 발가락을 꼼질거렸다. 벗다 만 비단 양말이 걸려서, 그걸 다른 발가락으로 잡아 이불 밖으로 밀어냈다. 이 꼬라지를 하고 자고 있었다니.

뒤에서 그녀를 끌어안고 있는 남자가 제 발로 그녀의 발목을 걸어 도로 이불 안으로 끌어들였다.

"더운데."

클레어는 한숨처럼 중얼거렸다. 에리히가 그녀의 귀 위쪽을 입술로 물었다. 클레어는 귀찮다는 듯이 손을 뒤로 뻗었지만, 밀어낼 기력도 없어서 그냥 그대로 가만히 있었다.

더 자고 싶은 마음은 굴뚝같았지만, 침대가 출렁거리고, 지나치게 푹신한 깃털 매트리스 때문에 허리가 아팠다. 땀에 젖었다가 그대로 잠든 몸도 찝찝했다.

생존을 위해 직장에서 갈려 나가고, 내일은 없고, 높은 박탈감과 경쟁 스트레스에도 불구하고 현대의 고통스러운 프롤레타리아로 돌아가고 싶다고 생각하는 순간이 바로 이럴 때였다. 노동력을 갈아 넣는 것만으로는 해결할 수 없는 문명 발달이 필요할 때.

아무리 행복해도 잊을 수 없는 것들이 있었다. 바닥에 촘촘히 깔린 보일러라든가, 에어컨이라든가, 하다못해 전기장판,

전자레인지에 돌리는 찜질 팩이라도. 영화나 게임 같은 놀잇감은 됐으니까 제발 파스와 아세트아미노펜 좀. 그리고 스프링 매트도.

'누가 허리 좀 밟아 줬으면 좋겠다.'

클레어는 졸음에 겨운 채 멍하게 생각했다. 좀 더 버티다 보니 허리가 아프다 못해 머리까지 아팠다. 그녀는 일어나려고 했지만, 허리에 감긴 팔이 감금이라도 하듯 꽉 조인 채 미동도 하지 않았다.

"이거 좀 놔요."

"……."

대답이 없었다. 지금 숙면 중일 리가 없는데 말이다. 방금도 건드려 놓고.

클레어는 손을 뒤로 뻗어 에리히의 귀를 만졌다. 그제야 그가 나른한 목소리로 대꾸했다.

"……그냥 더 자. 해 뜨려면 멀었어."

높은 코가 클레어의 귀부터 목까지 비비듯 쓸고 내려와 옆목에 파묻혔다. 평소에는 단정하게 넘기고 다니는 머리칼이 클레어의 귓가와 뺨을 간질였다.

허리를 감고 있던 팔이 풀리는가 싶더니 검지와 엄지가 클레어의 뺨과 입술을 어루만져 왔다. 그러나 그녀가 몸을 일으키려 하자 도로 가슴 위로 팔을 감아 구속하며 제 품으로 쓰러뜨렸다.

클레어는 그의 팔을 찰싹 때렸다. 그렇지만 반응이 없어서,

이번에는 팔꿈치로 배를 탁 쑤셨다. 그러나 오히려 그녀의 팔이 단단한 복근에 튕겼다.

"침대 때문에 코어 운동한 거 아니에요?"

"그게 무슨 소리야?"

잠에서 완전히 깬 에리히가 어이없음 8할에 불쾌감 2할이 섞인 목소리로 되물었다.

"허리 안 아파요?"

"……."

에리히가 잠시 침묵하더니 말했다.

"침대 안에서까지 신사 노릇 할 수는 없어."

"누가 그런 이야길 해요?! 언제 침대 밖에서는 신사적이기라도 했던 것처럼!"

클레어는 새빨개져서 소리쳤다.

에리히의 팔이 풀렸다. 그러나 클레어가 빠져나갈 정도는 아니고, 딱 몸을 돌릴 수 있을 정도의 여유만 내준 것이었다. 수작이 뻔했지만, 허리가 아파서 그거라도 움직여야 했다. 클레어는 낑낑거리며 돌아누웠다.

그러자 마주 끌어안는 자세가 되었지만, 이 정도로 민망해하기에는 이미 해 버린 일이 너무 많았다.

"이런 침대에서 자면서 허리 안 아프냐고요, 진짜."

도대체 언제 적 물건일까. 오래되었을 것이다.

품위 있는 가문의 가구는 대부분 선조로부터 물려받은 것이다. 이 방에 있는 모든 가구가 3백 년 묵은 것이라고 해도 클레어는 놀라지 않을 자신이 있었다.

5년 전에도 잠깐 이 침대에서 잠들었던 적이 있지만, 그때는 진탕 취한 채여서 몰랐다. 사실 허리만 아픈 것도 아니었고.

"이 침대, 혹시 바닥이 로프예요?"

"아마 그렇겠지."

"침대 살래요."

"……."

"왜 그런 얼굴로 쳐다봐요? 선배가 침대 부술 것 같다고 말한 거 아니거든요?"

"내가 뭘."

살짝 치켜 올라갔던 에리히의 눈썹이 도로 부드럽게 내려갔다. 클레어는 그 눈썹꼬리를 검지로 꾹꾹 눌렀다.

"과학 기술이 발전했으면 받아들일 줄도 알아야죠. 침대는 가구가 아니라 과학이라고요."

에리히의 얼굴이 무슨 개소리냐는 표정으로 변했다. 클레어는 그러거나 말거나 마음속으로 계획을 세웠다.

다행히 목화솜의 시대는 활짝 열려 있었다. 단단한 나무로 프레임을 만들고, 솜을 꽉꽉 채운 요를 깔 것이다. 델포드 남작저의 침대는 이미 그걸로 다 교체했다. 그녀의 부모님은 처음에 고조부가 재산으로 장만한 귀한 침대를 치우는 것에 거부감을 느꼈으나, 특별히 만든 온돌 침대와 그 위에 두툼하게 깔린 목화솜 요를 겪어 보고 두말하지 않게 되었다.

'역시 오래 쓸 걸 생각하면 온돌 침대지.'

스프링 매트도, 라텍스도 없는 이상 그게 유일한 선택지였다. 구리 파이프와 석탄 화로는 만들 수 있으니까 온수를 통과시키고 연통은 벽난로 기둥으로 빼서…….

'돈은 많으니까 충분히 되겠지? 근데 무려 상아궁씩이나 되는 건물을 개조해도 되나?'

생각을 굴리며 침실을 살피다가 클레어는 에리히가 아주 이상한 얼굴로 자신을 바라보고 있는 것을 알았다.

"왜요? 내가 뭐 좀 손대면 안 돼요? 이제 어차피 절반은 내가 쓸 건데."

"아니. 난 네가 네 구역을 따로 만들 줄 알았는데."

"서재랑 집무실은 필요하긴 하죠. 침실도 그랬으면 좋겠어요?"

에리히가 선뜻 대꾸하지 못하고 클레어를 쳐다보았다. 당연한 일이라서, 좋고 싫음으로 생각해 본 적이 없었던 탓이다.

부부가 금실이 좋든 나쁘든 서로 다른 공간을 사용하는 것이 보통이었다. 집이 작거나 대가족이라 부부의 공간을 만들 여유가 없는 경우가 아니라면 말이다. 에리히의 세상에서는 그게 자연스러웠다.

하지만 나쁠 것 같지 않았다. 밤을 함께하는 일시적인 시간이나, 여행이나 타인의 집을 방문하는 일로 잠시간 같은 방을 쓰는 것이 아니라, 자신이 줄곧 써 왔고 앞으로도 평생 몸을 누일, 가장 안락하고 편안한 장소에 그녀가 있다는 것이.

아니, 클레어의 말을 듣고 생각해 보고 나서야 그는 자신이 그것을 맹렬하게 원하고 있다는 사실을 깨달았다.

대답이 쉽게 돌아오지 않자 클레어가 툴툴대며 말했다.

“싫으면 말고요. 어차피 방 많이 남는데. 굴러들어 온 돌이 가구도 갈아 치우고 공간도 절반 차지하면 불편할 수도 있죠. 이해해요.”

“아냐. 그게 좋아.”

클레어가 말을 바꿀까 봐 그는 격한 목소리로 말을 끊었다. 그녀가 눈을 휘둥그레 떴다. 에리히는 그녀를 품에 가두듯이 다시 끌어안고 몸을 뒤집었다. 베개 위에 클레어의 머리카락이 흩어졌다.

“잠깐, 허리 아프다니까요!”

“내가 아니라 침대가 문제라며?”

“아니, 그쪽도 문제거든요? 아프다는 게 어디 딱 한 가지 이유로만 그러는 건, 으음.”

클레어의 손이 그의 흐트러진 머리카락 사이에 묻혔다. 에리히가 만족스러울 만큼 키스하고 났을 때에는, 그녀는 잠깐 자면서 충전했던 기운이 다 빠져 힘없이 늘어져 있었다.

“나 이제 일어나야 돼요.”

“더 누워 있어. 어차피 아침까지 시간은 넉넉하니까.”

“안 넉넉해요. 로저한테 시킨 일이 어떻게 됐는지 확인해야 한단 말이에요. 새로 차린 회사 일도 있고.”

“내일 해.”

“내일은 또 내일의 일이 있으니까.”

“열심히 살아 봐야 별로 의미 없는 세상이니 대충 편하게 살겠다던 게 어디의 누구인지 모르겠군.”

“내일의 편안함을 위해서 오늘 조금 고생해 두는 거죠.”

클레어도 그렇게 되지 않으리라는 것을 알고 있었다. 돌이켜 생각해 보면 자신은 원래부터 답답한 것을 참지 못했다. 일을 맡길 만한 완벽한 상대가 나타나지 않는 이상, 내일이 되면 또 모레의 편안함을 위해 일하고 있을 것이다.

‘망했네.’

피눈물이 났다. 어쩔 수 없는 일이지만.

그녀는 다시 몸을 일으키려고 버둥거렸지만, 에리히가 그녀의 몸을 덮듯이 하고 누워 있어서 움직일 수가 없었다.

“카슨에게 전부 맡겨.”

말하면서도 그는 인상을 찡그리고 있었다. 로저 카슨이나 그레이 셔우드를 더 신뢰하고 맡기라고 말하고 싶지는 않았지만, 그렇다고 믿지 말고 직접 일하라고 말하면 같이 있을 시간을 확보할 수 없다. 거대한 딜레마였다.

클레어가 이내 포기한 듯 몸을 축 늘어뜨렸다. 그리고 어이없다는 듯이 웃었다.

“알았어요. 오늘은 놀지 뭐. 내일부터 죽어 나가도, 그건 내일의 나니까.”

“사람을 좀 더 쓰지?”

“믿을 만한 사람이 뭐 그리 흔하게 있나요? 돈만으로 해결할 수 있는 일이 아니잖아요. 델포드는 클라우제너랑은 달라서 충성스러운 가신들 중에서만 뽑아도 인재가 우글거리는 곳이 아니니까."

델포드 남작가의 가신은 거의 없었고, 유능한 아카데미 졸업생은 대부분 다른 가문 소속이거나 후원자가 따로 있었다.

전근대적이라는 건 이런 부분에서도 마찬가지였다. 보증인이 없으면 신원조차 확실히 알기 어렵고, 신용을 담보하는 건 혈연과 지연이 아니면 개인의 명예였다. 유능하다 싶어 눈여겨보면, 애초부터 영업 비밀을 빼 갈 생각인 놈이 태반이었다. 자기 사업을 차리든, 자기 주인에게 가져다주든.

'산업 스파이 아냐? 사실상.'

그런 개념조차 확고하지 않은 시기니까 법대로 하겠다고 으름장을 놓을 수도 없고 말이다. 로저 같은 사람이 찾아왔던 것은 행운이라고 멀거니 생각하다가 그녀는 문득 자신을 들여다보고 있는 에리히와 눈이 마주쳤다.

"쉴 때는 확실히 머리를 비우는 쪽이 좋을 텐데."

"맘대로 안 되니까 그렇죠."

"그러면 운동을 좀 더 하는 것도 괜찮겠군."

"운동을 하는 게 아니라 운동 기구가 되는 것 같은 느낌이 드는데요. 어찌나 선배가 잡고 흔들어 대는지."

에리히는 그 말에는 부정도 하지 않고 킥 웃으며 그녀의 입술에 짧게 키스했다.

"그런데 호칭 말이야. 이제 바꿀 때 되지 않았나? 언제까지 선배라고 부르려고?"

"아."

"남들 앞에서는 잘 부르는 것 같더니."

"그게…… 왠지 어색해서."

클레어가 발갛게 물든 뺨에 손등을 댔지만, 손도 따뜻해서 식힐 수 없었다. 에리히가 그 손을 잡아 손가락 끝을 입술로 물었다. 올려다보는 새파란 눈동자에 새벽빛이 깃들듯이 명암이 드리워져 한층 깊어졌다. 클레어의 얼굴이 더 달아올랐다.

갑자기 기억이 총체적으로 밀려왔다. 술기운을 빌려 까맣게 잊고 있었던 5년 전 것까지.

클레어가 갑자기 가쁜 숨을 내쉬자 에리히가 낮아진 목소리로 물었다.

"왜?"

"아무것도, 아니에요."

그날 위스키를 손에 흘렸던 게 기억났다. 손수건을 찾는데, 에리히가 자기 손수건을 찾아 건네려는 듯하다가 술에 젖은 손등에 입을 맞추고, 혀를 댔다.

손끝이 그의 입 안으로 들어가는 순간에 자신이 그의 머리를 잡아 끌어당겼다. 입술이 닿고, 바닥을 굴렀다. 마차를 탔을 때는 이미 드레스가 망가져 있었다. 마부석과 통하는 창을 닫고, 마차가 멈춘 뒤에도 한참이나 내리지 못했었다. 그리고 도둑처럼 뒷문으로 들어와 이 침대에 뛰어들었다. 어젯밤에 그랬던 것처럼 말이다.

지금 이러고 있는 상태가 아니었다면 아마 머리를 싸쥐고 비명을 질렀으리라. 하지만 지금은 비명을 지를 때가 아니라 몸속 깊은 곳에 뭉치는 열덩어리에 신음할 때였다.

클레어의 반응을 깨달은 에리히가 희미하게 웃으면서 바쁘게 오르내리는 그녀의 가슴 위에 손을 올려놓았다. 이렇게나 기대하고 있는데, 부응해 줘야 하지 않겠는가.

"진짜."

클레어는 자잘한 복수심을 담아 그의 앞머리를 아플 정도로 잡아당겨 엉망으로 헝클어 놓았지만, 그래 봤자 거만하게 잘생긴 남자가 흐트러진 잘생긴 남자가 되었을 뿐이다.

"선배는 민주주의의 적이에요."

"갑자기 무슨 허튼소리야?"

"아, 몰라."

에리히도 그 와중에 더 추궁하지는 않았다. 대신 그녀의 이름을 불렀다.

"클레어."

눈꺼풀까지 열이 올라왔다. 클레어는 에리히의 뺨을 미는 건지 감싸는 건지 스스로도 모르겠는 기분으로 그의 얼굴에 손바닥을 댔다.

"이따 일어나면 옷 사 줘요. 남의 걸로 만든 거 말고."

"그래."

"의상실 통째로 싹쓸이할 거야."

"알았다."

"같이 가야 돼요."

"……."

"대답."

"……그래."

클레어는 기분이 좋아져서 까르르 웃었다. 술은 한 방울도 안 마셨는데, 좀 취한 기분이었다.

그 취기는 곧 열과 뒤섞여 몸속까지 흠뻑 적셨다.

혈연

이모가 집에 오지 않았다.

엘리엇은 팔짱을 낀 채 심각하게 고개를 끄덕였다. 그건 그가 큰 사고를 쳤을 때 클레어가 하는 버릇을 따라 하는 것이었다.

"길을 잃어버린 게 틀림없어."

"아니에요, 도련님."

마사가 방글방글 웃으며 부정했다.

간밤에는 소식이 없어 마사도 걱정했다. 하지만 오전 일찍 클라우제너 공작가에서 심부름꾼이 왔다. 클레어는 그곳에서 밤을 보냈고, 오늘은 쇼핑을 하고 돌아올 예정이라고 했다.

이왕이면 어제저녁에 알려 주지 싶긴 했지만, 그 자체는 그리 나쁜 일도 아니었다. 부부 금실이 좋을 것 같아 그저 흐뭇할 따름이다.

상황을 이해 못 한 엘리엇만 발을 동동 구르며 이모가 집에 오지 않는다고 걱정하고 있을 뿐이었다.

"어제 공작님 집에서 주무셨대요."

"아저씨네 집에서?"

엘리엇이 고개를 갸웃했다.

"이모도 놀다 잠들어?"

"어머."

제 경우를 생각하고 하는 말일 테지만, 다른 의미로 들렸기에 보모가 까르르 웃었다. 어른들이 왜 웃는지 엘리엇은 이해하지 못하고 그저 억울하기만 할 뿐이었다.

"아저씨 나빠. 나랑도 친구라고 해 놓고 이모랑만 놀았어."

잔뜩 부루퉁한 채 엘리엇은 투덜거렸다. 진심 가득한 말이었지만 마사도, 보모도 그냥 아이의 투정으로만 듣고 그저 웃고 있을 뿐이었다.

그게 더 분해서 엘리엇은 울먹거리기 시작했다. 마사가 그제야 허둥지둥 엘리엇을 보듬어 안았다.

"아이구, 우리 도련님, 서운하셨구나."

"웃지 마, 유모 미워! 제니도 미워!"

엘리엇은 앵돌아져서 마사를 팩 밀어내고는 소파에서 팔짝 뛰어내렸다. 제 방으로 타박타박, 일부러 발소리를 내며 가는 뒤를 마사가 웃음을 참으며 뒤따랐다.

엘리엇은 방으로 쏙 들어가면서 마사 앞에서 문을 쿵 닫았다.

"아유, 화가 많이 나셨나 보네."

"어쩔 수 없지요. 아마 주인님이 도련님만 두고 외박하신 거

처음이시지요?"

"일이 바빠서 잠자리를 돌봐 주지 못하신 적은 간혹 있지만, 집에 안 계셨던 적은 없지. 델포드에서는 항상 서재에서 사람을 만나셨으니까."

하지만 수도에서는 그럴 수 없었다. 게다가 결혼식 준비도 있고, 약혼자도 있으니 더 바빠질 터였다.

방에서 엘리엇은 주먹을 불끈 움켜쥐었다.

"흥. 나만 따돌릴 수 있을 줄 알고?"

이렇게 된 이상 자신이 데리러 가야겠다. 그리고 아저씨에게는 한소리 해 줄 것이다. 우리 이모 뺏어 가지 말라고. 이모부가 된다는 게 둘이서만 논다는 뜻인 줄 알았으면 절대 찬성하지 않았을 것이다.

엘리엇은 한참 침대에 엎드려 계획을 세웠다. 그래도 달래러 오는 사람이 없어서 진짜로 서러워졌다.

'이모한테 화낼 거야!'

엘리엇은 단단히 작정하고 다시 발딱 일어섰다. 방문을 빼꼼 열어 보자 마사가 창가에 앉아 뜨개질에 열중하고 있었다. 보모는 자리를 비운 것 같았다.

엘리엇은 까치발을 하고 살그머니 방에서 나왔다. 그리고 마사가 부르기 전에 후다닥 엘리베이터를 탔다. 막 1층 로비로 뛰어나가는데, 엘리베이터 앞에 서 있던 벨보이가 물었다.

"어디 가십니까, 도련님?"

"몰라도 돼!"

몰라도 될 리가 없었다. 하지만 적당한 간격을 두고 몰래 따라오던 보모와 눈이 마주쳤기 때문에 벨보이는 싱글싱글 웃으면서 '예에' 하고 엘리엇을 보내 주었다.

엘리엇은 타닥타닥 뛰는 듯한 걸음으로 호텔 밖으로 나가다가 입구에서 들어오려는 사람과 쾅 부딪쳤다.

"아앗!"

"아이쿠, 도련님. 어딜 그리 급하게 가십니까?"

뒤로 넘어지려는 엘리엇을 붙잡아 덜렁 허공으로 들어 올리며 로저 카슨이 물었다.

"아, 로저!"

엘리엇이 마침내 마음 맞는 사람을 만난 사람처럼 애절하게 외쳤다. 세상 서럽게 울먹이는 엘리엇의 등을 토닥이며 로저가 숨어 있는 보모와 눈짓을 교환했다.

그다음 엘리엇에게 물었다.

"왜 그러십니까? 무슨 서러운 일 있으셨어요?"

"이모가 어제 집에 안 왔어. 근데에……."

엘리엇이 로저한테 하소연했다. 로저는 '그러셨군요' 하고 엘리엇의 호소에 맞장구를 한참 쳐 준 다음 말했다.

"그러면, 모시러 갈까요?"

"로저가 같이 가 줄 거야?"

"도련님이 원하신다면 물론 언제든."

로저는 싱글거리며 그렇게 대답했다. 물론 그의 머릿속에는 엘리엇을 보살펴 준다는 것 외에도 다른 수작이 있었다.

어른의 시간을 방해하는 데에 아이만큼 좋은 게 어디 있단 말인가? 아이가 끼는 순간부터는 아이의 시간이다. 아이의 아버지와 어머니가 될 사람이라면 더더욱.

클라우제너 공작가의 담벼락이 높다지만, 설마 장남이 될 핏줄 앞에서까지 높을까? 그럴 리가.

로저는 엘리엇을 훌쩍 올려 안고, 그렇게 멀리 보낼 계획은 없었기에 당황하는 보모에게 손짓으로 괜찮다고 신호를 보냈다. 그리고 즐겁게 밖으로 걸음을 향했다.

✦

그 시간에 이미 에리히와 클레어는 외출해 있었다.

"그런데, 꼭 의상실로 가야 하는 건가? 그냥 사람을 부르는 게 낫지 않나?"

"그러다가 또 남의 옷을 빼앗아 입는 꼴이 되고 싶진 않아요."

"파벨이 확인도 시켜 줬잖아."

"안 믿는다는 거 아니에요. 그냥 그걸로 속상했다는 거지."

"그런 식으로 따지자면 나도 할 말 있어."

"뭔데요?"

"……."

"할 말 있다면서요. 나는 진짜 오해 살 것도 없는 것 같은데?"

에리히가 굳게 입을 다물었다. 미간에 굵은 주름이 생겼다. 클레어가 몸을 앞으로 기울여 얼굴을 들여다보자, 그는 눈을 감아 버렸다.

"아, 뭔데요? 이야기해요. 괜히 오해 쌓아 놨다가 나중에 삐치지 말고."

삐친다는 표현에 에리히가 눈썹을 들어 올렸다. 클레어는 깔깔거리며 그 눈썹 끝을 손으로 내렸다.

"나는 너처럼 네 옛날 애인 하나둘에 연연할 생각 없어."

"아하."

"구혼자에게도."

뒤늦게야 에리히가 진중한 목소리로 말했다. 사실 거기서 꺼내고 싶은 단어는 따로 있었지만, 차마 체면상 숙녀의 과거를 물을 수 없어서 입을 다물었다.

클레어는 웃음을 터뜨릴 뻔했다.

클라우제너 공작가의 문장이 그려진 화려한 사륜마차가 의상실 에델바이스 앞에 도착했다. 그러자마자 의상실 문이 벌컥 열리더니 재단사들이 일제히 뛰쳐나왔다.

비서가 마차 문을 열었다. 에리히는 먼저 내려 클레어를 마차에서 내려 주었다. 그녀는 조금 어색한 기분으로 망토를 끌어당겼다. 아침에 의상실을 털어 오는 걸 거부했더니 레이스가 뜯기고 늘어난 드레스밖에 입을 게 없었다. 결국 그 위에 에리히의 망토를 걸쳐야만 했다.

의상실 주인이 공손히 인사했다.

"왕림해 주셔서 영광입니다, 클라우제너 공작 각하, 델포드 남작님. 미리 이야기는 전해 들었습니다."

주인의 얼굴에 함박웃음이 가득했다. 클레어도 웃었다.

"갑작스러운 방문인데 환영해 주셔서 고마워요. 저희가 영업방해를 한 것은 아니겠지요?"

"그게 무슨 말씀이십니까? 남작님의 옷을 만들기 위해서라면 로텐부르크의 모든 의상실이 기꺼이 문을 닫을 겁니다. 다른 손님들께는 양해를 구했습니다."

실제로 두 사람이 들어가자마자 재단사들이 문을 닫고 영업 종료 팻말을 걸었다. 아마 마차가 도착하기 전에도 걸려 있었을 것이다.

클레어는 즐겁게 웃었다. 이게 바로 VVIP의 기분인가.

그녀도 돈은 많이 벌었다. 하지만 위빙 상단의 돈은 버는 족족 다 재투자해야만 했다. 사업을 확장하다 보니 돈 달라는 곳이 너무 많아, 짹짹거리는 새끼들한테 허둥지둥 먹을 걸 물려주는 어미 새 같은 기분이 들 때도 많았으니까.

하지만 오늘은 진정한 부자의 후광을 입으러 왔다. 소박한 섬유 회사 주인은 땅에서 돈을 캐는 왕족 앞에서는 초라한 서민에 불과했다.

의상실 주인은 불쾌하지 않을 정도로 조심스럽고 빠르게 클레어의 옷차림새를 살핀 다음 말했다.

"우선은 당장 입으실 데이 드레스가 필요하시겠군요. 마침 남작님께 꼭 어울릴 만한 것이 있습니다. 조금만 손보면 될 겁니다."

"아, 저 때문에 남이 미리 주문한 드레스를 찾아가지 못하는 건 싫어요. 그런 건 한 번만 겪어도 되는 일이거든요."

의상실 주인의 얼굴에 미묘한 깨달음이 스쳐 지나갔다. 클레어는 미소를 지었다. 역시 눈치가 빠르다. 공으로 수도 사교계에서 유명한 의상실이 된 게 아니었다.

이곳은 이리스 슈나이더의 단골 의상실이었고, 5년 전에 파벨이 드레스를 가져온 곳이기도 했다. 에리히의 비서가 새벽나절에 여자 드레스를 억지로 사 간 게 흔한 일은 아니니 기억하고 있을 것이다.

지금쯤 의상실 주인의 머릿속이 맹렬하게 회전하고 있을 것이다. 그리고 그것과 별개로 입에서 준비된 비즈니스 멘트가 나왔다.

"염려 마십시오. 신문에서 남작님의 자태를 처음 뵈었을 때부터, 저희 의상실에서 가장 숙련된 디자이너들이 쏟아지는 영감 때문에 옷감을 두루마리 단위로 낭비하고 있답니다."

"어머, 반갑네요."

"물론 위빙 상단에서 나오는 옷감은 저희가 최근에 많이 권하는 원단이기도 합니다. 무늬가 들어간 무명은 화사하면서도 튼튼하니까 아이 옷이나 일상복으로 많이들 찾으시지요."

아첨이 단술처럼 쏟아졌다. 클레어는 그 말을 대강 흘려들었다. 어차피 지금 당장 주력으로 쓰고 있다는 이야기도 아니었다. 하지만 자신의 환심을 사려고 하는 태도는 흐뭇했다. 특히나 지금은 더.

"옷감은 귀한 것이니, 낭비하면 곤란하지요. 그 영감을 받아 만드셨다는 것 전부를 사고, 그리고 지금 이 의상실에 있는 남는 원단 전부를 다 쓰고 싶어요."

"전부…… 말씀입니까?"

"전 옷이 아주 많이 필요하거든요. 가진 옷 중에 클라우제너 공작가에 어울리는 품위를 가진 것이 거의 없어서요."

클레어는 에리히의 팔을 잡아당겨 팔짱을 끼며 애교스럽게 물었다.

"그래도 되죠?"

가장된 태도에 에리히가 살짝 인상을 썼지만, 묵묵히 고개를 끄덕였다. 의상실 주인이 환하게 웃었다.

"그러시군요. 이쪽으로 앉으시지요, 공작 각하, 남작님. 두 분의 시간이 낭비되지 않는다는 확신을 드리겠습니다."

두 사람이 권유받은 자리에 앉자, 주인은 소파 곁에 한쪽 무릎을 꿇고 앉아 손수 시가와 다과를 세팅했다.

주인이 만들어져 있는 옷부터 보여 주겠다며 준비하러 간 사이에 에리히가 낮은 목소리로 물었다.

"이것도 사업인가?"

"일부는요."

"나머지는 뭐지?"

"염장질이요."

남 앞에서 유난을 떠는 것은 클레어도 썩 좋아하지 않는 일이었다. 그러나 소문을 들은 누군가는 부들대리라. 생각만 해도 재미있었다.

먼저 시비를 건 것은 저쪽이었으니, 이 정도 보복은 사소한 것이 아니겠는가

엘리엇을 데리고 클라우제너 공작저를 습격하겠다는 로저의 계략은 성공하지 못했다. 한발 앞서 전갈을 보냈는데, 그 심부름꾼이 되돌아와 이미 두 사람이 외출했다는 소식을 알려 주었기 때문이다.

덕분에 클라우제너 공작저까지는 가지도 못하고 로저는 한길가에서 말을 멈췄다.

"지금 저택에 있는 건 클라우제너 공작 대부인뿐인 것 같습니다."

"쯧쯧."

그렇다면 엘리엇을 데려갈 수는 없었다. 로저는 어른들의 시간을 방해하고 싶은 거지, 엘리엇을 그 무시무시한 대부인에게 먹잇감으로 던져 주고 싶은 게 아니니까.

이야기를 주워들은 엘리엇이 고개를 갸웃거렸다.

"웅, 이모랑 아저씨랑 벌써 집에 갔어?"

"그렇다고 합니다. 어떻게 할까요?"

"이모랑 떨어지면 길이 어긋날지도 모르니까 얌전히 집에 있어야 해."

엘리엇은 대답했다. 평소에 그렇게 배웠기 때문이다. 화는 이미 누그러져 있었다. 로저가 억울한 이야기를 다 들어 주고, 계속 아저씨가 나빴다고 같이 말해 주었기 때문이다.

게다가 평소처럼 마차가 아니라 높다란 말 등 위에 태워 주었다. 사실 엘리엇은 신나서 왜 화가 났었는지도 깜박 잊어버리고 있었다. 로저가 싱글싱글 웃었다.

"그러면 너무 억울하잖아요, 도련님. 이번에는 이모님을 걱정시켜 보죠."

"응……."

'그래도 되나?' 하고 엘리엇은 고개를 갸웃거렸다.

"놀러 가요. 기가 막히게 맛있는 소다수를 파는 집을 아는데, 그걸 마시러 가죠."

"진짜?"

엘리엇이 신나서 소리쳤다. 시럽이 몸에 안 좋다고 좀처럼 허락받을 수 없는 음료였다.

"갈래!"

"남작님한테는 비밀 지키시는 겁니다. 우리는 가서 우유만 마신 거라고 하는 거예요."

"응! 빨리!"

엘리엇의 엉덩이가 들썩거렸다. 로저가 개구쟁이 삼촌처럼 웃으며 말을 빠른 걸음으로 걷게 했다. 엘리엇이 신나서 소리를 질렀다.

⁂

"주문하신 레몬 소다수가 나왔습니다."

휘장이 쳐진 자리 안에서 시종이 나와, 종업원에게서 쟁반을 대신 받아서 안으로 들어갔다. 종업원은 흘끔흘끔 눈치를 보며 뒷걸음질 쳤다. 얼핏 휘장 사이로 드레스를 곱게 차려입은 중년 여인이 보였다. 귀족 같았다.

생긴 지 올해로 10년이 된 이 음료 가게는 한때는 줄을 서서 기다리는 사람이 있을 만큼 유명했다. 그러나 티룸이나 커피하우스 같은 품위가 있다고는 도저히 말할 수 없었다. 귀부인이 들어올 만한 곳은 아니라는 뜻이다. 진짜 귀족은 가짜로 만든 소다수가 아니라 약천에서 나오는 진짜 발포수를 코르크로 봉인해서 가져다 마시는 법이었다.

그런데 휘장 안쪽에 있는 사람은 그 중년 여인보다도 더 신분이 높아 보였다. 심지어 자리를 가리고 있는 휘장은 원래 가게에 있던 것이 아니라 시종들이 미리 가져다 친 것이었다.

종업원은 흘끔거렸지만, 안에 누가 있는지는 전혀 알 수 없었다.

"……."

어깨 넓은 호위가 종업원을 바라보았다. 종업원은 허둥지둥 자리를 떴다.

특수하게 만들어진 휘장은 밖에서는 안이 들여다보이지 않지만, 안에서는 밖이 제법 잘 보였다. 자리에 앉아 있던 늙은 아렌 공왕이 레몬 소다수를 끌어당기며 말했다.

"내가 어리석다고 생각하느냐?"

"누구라도 그럴 겁니다. 여러 사람이 곤란해할 줄 아시면서 굳이 이런 곳까지 나오시지 않았습니까?"

아멜리아 무어 공작이 무덤덤한 목소리로 말했다. 그녀는 공왕의 사촌인 무어 노공작의 딸이었다.

"아렌의 신민들이 모두 공왕 전하를 염려하고 있습니다."

위험한 말이었다. 로멜과 아렌이 합병한 이래, 아렌 공왕가는 로멜의 지배 가문으로 인정받았으나 황실과는 달랐다.

통치권을 가진 것은 황제지, 공왕이 아니다. 자칫하면 아렌이 역심을 품고 있다고 해석할 수도 있는 일이었다. 아니, 그 지독한 마르고트 황후라면 일부러라도 그렇게 해석하여 공왕을 공격할 것이다.

그러나 호위도, 시종도 나서서 말리거나 막지 않았다. 두 사람의 대화를 방해할 만한 신분이 아니었을뿐더러, 모두가 무어 공작의 말에 공감하고 있었기 때문이다.

공왕이 차가운 소다수 잔을 어루만지며 느릿하게 말했다.

"어젯밤에 제러드의 꿈을 꾸었단다."

"전하……."

"다섯 살이었는데, 제 또래 여자아이 손을 잡고 와서 결혼하겠다고 떼를 쓰더구나. 오랫동안 그 애 꿈을 꾸지 않았는데."

공왕이 소다수 잔을 끌어당겨 한 모금 마셨다. 레몬 시럽에 설탕을 더 들이부은 단물에 식초와 소다를 넣어 만든 음료에서는 싸구려 냄새가 났다.

하지만 그가 더없이 사랑하던 손자는 이 가게에 오는 것을 좋아한다고 했다. 가끔 제 입으로 이야기하기도 했다. 소박한 옷을 입고 친한 소년들과 어울려 시장에 간 일을. 소다수를 마시고, 유리 공예 장신구를 사서 여자아이에게 선물했던 것도.

'이건 비밀인데, 사실 제 여자 친구를 그 소다수 가게에서 만났답니다.'

'호오.'

'너무 예쁜 사람이라서 한눈에 홀렸어요. 할아버지도 마음에 드실 겁니다.'

제러드는 그렇게 말하면서 웃었다.

하나뿐인 외동딸이 남긴 사랑스러운 외손자였다. 눈에 넣어도 아프지 않을 아이였다.

딸을 잃었을 때에는 세상의 모든 희망이 꺼진 듯했는데, 그 아이가 다시 빛처럼 세상에 불을 밝혔다. 그렇게 즐겁게 웃으며 살 수 있는 날이 다시 올 줄은 생각도 하지 못했었다.

또다시 그렇게 잃어버릴 줄은 생각도 하지 못했다.

"온통 사방에서 연애 결혼 이야기를 해 대니 그런 게지. 살아 있었다면, 그 애도 결혼을 했을 거야.”

“공왕 전하…….”

“꼭 저를 닮은 아가를 데리고 날 보러 왔겠지. 그런 생각을 하다 잠들었더니, 그런 꿈을 꾼 모양이라.”

황태자 시해 사건이 있고 나서부터, 아렌 공왕은 사는 것이 사는 것 같지 않았다. 매일 눈을 뜰 때마다 늙은 몸 하나 살아 유지한들 무슨 의미가 있겠는가 생각하곤 했다. 아이를 지키지 못했고, 복수도 하지 못했는데.

“전하께서 홀로 슬퍼하실 일이 아닙니다.”

무어 공작이 나직하게 속삭였다.

“전하께서 어떻게 하실 수 있는 일이 아니었습니다. 황제 폐하께서도 지켜 내시지 못했는데요.”

“그렇지. 내가 이 일을 막으려면, 헨리에타가 황후가 되는 것부터 반대했어야 했으니까.”

하지만 그 말에 무어 공작은 쉬이 대답하지 못했다.

로멜-아렌 계승법, 로멜 황실과 아렌 왕가 사이에 약속된 혼약은 아렌인을 위한 것이었다. 아렌의 공주를 로멜의 황후로 만들고, 자녀들의 이름을 아렌식으로 짓는다. 그렇게라도 하지 않으면 아렌이 오래지 않아 로멜에게 잡아먹힐 것이 명백했기에, 당시 아렌 여왕이 결혼 합병의 첫 번째 조건으로 요구한 것이었다.

그러니 아렌 공왕가에 혼기 찬 딸이 있는데도 황실에 시집보내지 않는다면 무어 공작 자신부터 나서서 비난했을 것이다.

"헨리에타가 그렇게 허무하게 죽을 줄 누가 알았겠니? 에른스트 공녀가 그런 사람인 줄은 그때에는 아무도 몰랐고."

아렌 공왕은 마르고트 황후의 호칭을 결혼 전 것으로 말했다.

"제러드가 그렇게 죽을 줄도…… 아무도 몰랐으니까."

무어 공작은 잠시 침묵했다.

헨리에타 황후가 죽은 것이 정말 산고 때문이었을까? 이제 와서는 그것도 의심스러운 일이다.

그러나 그녀는 차마 아렌 공왕 앞에서 그런 말을 할 수 없었다. 누구보다 의심하며 고통스러워했을 사람이 바로 아렌 공왕이기 때문이다.

아렌 공왕은 잔 안에서 퐁퐁 솟는 거품을 들여다보았다. 삶이 거품 같기도 하고, 회한이 거품 같기도 했다. 매번 온당한 결정을 하기 위해 애써 왔지만, 그 결말에 남은 것이 늙은 몸 하나뿐이다. 그러니 제가 걸어온 길이 온통 전부 잘못된 것 같았다.

그래서 그는 황제도 원망할 수 없었다. 이 세상에 그와 똑같은 고통을 아는 것은 오로지 황제뿐이기 때문이다.

'제 마음을 아시지 않습니까? 아실 분이 세상에 오로지 장인밖에 남지 않았습니다.'

제러드의 방 가구에 흰 천을 덮는 것을 바라보면서 황제는 그런 말을 했었다. 아렌 공왕은 짓무른 눈으로 황제를 바라보았다. 그리고 낮게, 또박또박 말해 주었다.

'그게 다 무슨 소용이겠습니까? 헨리에타가 죽었을 때 지옥으로 만드는 것은 마음만으로 충분하다고 말씀하시지 않았습니까?'

'맞는 말씀입니다. 그런데 이제는 제러드도 없지 않습니까? 이 마음속에만 지옥이 있는 줄 알았는데, 세상이 지옥이더군요.'

황제는 느른한 목소리로 말했다.

'그때 그런 줄을 알았더라면, 그냥 전부 쳐 죽였을 텐데.'
'폐하께는 또 한 사람의 황자님이 계십니다.'
'헨리에타의 아이가 아니잖습니까?'
'폐하의 아드님입니다.'
'글쎄요, 정말 그럴까요?'

황제가 킥 웃었던 것이 아직도 생생했다. 그는 미친 사람처럼 낄낄대며 웃었지만, 그것도 오래가지 않고 거품처럼 꺼졌다.

그리고 종내 말을 하지 않게 되었다. 공왕은 그때 황제가 미쳤다는 것을 깨달았다.

그게 벌써 5년 전의 일이다. 미치지도 못했고, 자식을 따라가지도 못한 몸이 무어라고 황제를 원망한단 말인가.

아렌 공왕의 슬픔이 너무 깊어, 무어 공작은 위로의 말조차도 하지 못하고 조용히 입을 다물었다.

휘장 밖에서 작은 소란이 들렸다.

"앗, 도련님, 그렇게 뛰시면 안 됩니다."

"악!"

비명소리가 나고, 아이가 콰당 넘어졌다. 하필 휘장 앞에서 벌어진 일이었다.

"흐, 흐아아아앙!"

아이가 큰 소리로 울음을 터뜨렸다. 보호자인 듯한 키 큰 남자가 달려오자 호위가 그 앞을 가로막았다. 아이까지는 괜찮지만 낯선 자는 경계해야 했기 때문이다.

"그냥 두어라. 어린아이가 넘어진 것뿐……."

아렌 공왕은 그쪽으로 시선을 던지며 입을 열었다가 숨을 멈췄다.

오렌지색 소다수를 뒤집어쓴 아이가 통곡하듯 울고 있었다. 나무로 된 어린이용 컵이 바닥에 굴러다녔다.

"아니……."

아렌 공왕은 저도 모르게 휘장 밖으로 나갔다. 그리고 옷이 얼룩지는 것도 모르고 황급히 아이를 안아 올렸다.

"제러드……?"

딸꾹!

낯선 사람에게 안기는 바람에 깜짝 놀란 아이가 울음을 멈추고 딸꾹질을 했다.

아렌 공왕은 주름진 손을 떨면서 아이의 얼굴을 만졌다. 세상 모든 사람이 다 잊어버렸어도 그가 어떻게 외손자의 얼굴을 잊었겠는가. 한스럽게 잃어서 그런지 오히려 시간이 지날수록 점점 더 생생해졌다.

반짝거리는 금빛 머리카락과 하얀 이마, 맑은 가을 하늘빛 눈동자와 통통한 뺨에 도는 홍조까지, 꼭 어린 제러드가 살아 돌아온 것 같았다.

"전 제러드가 아니고 엘리엇이에요."

엘리엇이 또박또박 말했다. 아직 커다란 눈동자와 뺨이 모두 물기에 젖어 있었지만, 놀란 눈물은 멈춘 모양이었다.

아렌 공왕은 멍한 채 기계적으로 아이의 젖은 뺨을 손바닥으로 닦았다. 이해가 되지 않았다. 어떻게 봐도 제러드인데, 제러드가 아니라고?

"전하."

시종 하나가 조용히 그를 불렀다. 아렌 공왕은 그제야 시선을 돌렸다. 휘장 너머에서 그가 남기고 나온 레몬 소다수가 엎질러져 주르륵, 테이블 밑으로 끈적끈적한 액체가 흐르고 있었다.

"내려 주세요, 할아버지."

"아……."

할아버지라고 부르는 목소리까지 어떻게, 이렇게 똑같이…….

"아렌 공왕 전하, 무엄한 줄 아오나……!"

당황한 로저가 호위에게 몸이 막힌 채로 큰 소리로 외쳤다.

"그 아이는 델포드 남작가의 엘리엇 님입니다! 곧 클라우제너 공작가로 들어가실!"

"아, 에리히 공의……."

"아저씨를 알아요?"

낯선 사람에게 안기는 바람에 약간 긴장하고 있던 엘리엇이 방긋 웃으며 되물었다. 아는 사람의 친지라고 생각하자 경계심이 사라진 것이다.

아렌 공왕은 목을 몇 번이나 울렸다.

에리히에게 혼외자가 있고, 꼭 닮았다는 소식은 그도 들었다. 제러드와 에리히도 성격은 달랐을지언정 얼굴은 서로 많이 닮아서, 제러드가 어렸을 때 에리히의 초상화를 보고 자기 초상화라고 우겼을 정도였다.

그러니 에리히의 아이가 제러드를 닮은 것도 이상할 것은 없었다.

그런데도 그렇게 느껴지지 않았다. 꼭 작은 제러드가 살아 돌아온 것 같았다.

"앗, 할아버지, 왜 울어요? 할아버지?"

엘리엇이 어쩔 줄을 모르며 그의 목을 끌어안았다. 이모나 유모나, 가까운 사람이 슬퍼할 때 이렇게 해 주면 눈물을 그치거나 고맙다고 했기 때문이다.

그러나 아렌 공왕은 눈물을 멈추지 못했다. 이렇게 사람의 눈이 많은 곳에서 그러면 안 된다는 것을 알고 있었지만, 5년 동안, 그리고 그 전의 20년 동안 숨겨 온 슬픔이 한꺼번에 몰려온 듯 아이를 안은 채로 주저앉았다.

✦

그즈음에 클레어는 의상실을 네 개째 해치운 뒤였다. 마차에 오른 뒤에 길고 긴 리스트에 체크를 하자 에리히가 지친 목소리로 물었다.

"그냥 사면 안 되나?"

"지금 목적어가 '옷'이 아니라 '의상실'이죠?"

"뭐면 어때? 나머지는 사람을 부르지. 설마 그 리스트의 의상실을 전부 들르려는 건 아니겠지?"

"피곤하긴 하네요."

클레어가 등받이에 몸을 젖혔다가 옆으로 자빠져 에리히의 무릎에 누웠다. 에리히의 허벅지가 움찔 굳었다.

"저도 뭐, 그렇게까지 쇼핑을 좋아하진 않는다고요. 아니, 좋아하긴 하지만, 돈 쓰는 게 좋은 거지, 옷을 계속 갈아입는 게 좋은 건 아니니까."

"그러면."

"뭘 반가워하고 그래요? 선배는 그냥 앉아서 구경만 한 주제에. 애초에 드레스 쪽이 바지 정장보다 입기 백배는 힘들다고요."

"바지 정장?"

클레어가 이상한 단어를 쓰는 것은 종종 있는 일이었지만,

이번에도 낯설었다. 에리히가 의문을 갖거나 말거나 신경 쓰지 않고 클레어가 말했다.

"아직 2시도 안 됐는데요. 두 군데는 더 돌 거예요."

"그렇게까지 해야 하나."

"이왕 소문낼 거 확실하게 할 거라고요."

"이렇게 돌아다니면, 너무 노골적이라서 남에게 자랑하기도 뭐한 상황이 되는 거 아닌가?"

"본인이 자랑거리가 된다는 자각은 있나 봐요?"

"말꼬리 잡지 말고."

"어차피 선배가 자랑거리가 될 거라면 '옷을 의상실 단위로 사 줬다' 만큼이나 '이렇게 하루 종일 끌고 다닐 수 있다'도 자랑이 되지 않을까요?"

"별로 네게 좋은 평판이 되진 않을 거야."

"이젠 그런 것도 다 생각하실 줄 알고."

클레어가 벌떡 몸을 일으키더니 어린애 칭찬하듯 에리히의 머리를 쓰다듬었다. 그는 어처구니없다는 얼굴로 클레어를 쳐다보았다. 그런다고 손을 쳐 내지는 않았다.

클레어는 다리를 쭉 펴서 기지개를 켰다.

"역시 너무 과하긴 했죠?"

"나머지는 집으로 불러."

"그래요. 그러면 잠깐 쉬고 뭐라도 먹었다가 보석상만 들렀다 가요."

"그것도 집으로 불러."

"싫어요. 난 아직 한 번도 비싼 보석상에 당당히 들어가 본 적이 없단 말이에요."

"위빙 상단의 주인이 무슨 소릴."

"그건 내 돈이 아니라 상단 돈이잖아요."

"별소릴 다 듣겠군."

"그런 게 있어요. 심적인 거리감이."

아직 회사와 경영자의 구별이 되는 세상은 아니었지만 말이다.

"아무튼 가요."

"한 군데 정도라면."

에리히가 선선히 대답했다. 클레어가 만족스럽게 웃으며 말했다.

"그 전에 뭘 좀 먹으러 가요. 여기가 어디죠?"

클레어는 마부석 쪽 창문을 열어 묻고, 거리의 이름을 듣고는 말했다.

"시장 앞에 내려 주세요."

"시장?"

"여기 아카데미에서 가까운 곳이잖아요. 큰 시장이 있으니까 그리 가요. 선배는 돌돌빵 먹어 본 적 없죠?"

에리히는 이번에야말로 이맛살을 찌푸렸다.

"진담인가? 길에 서서 음식을 먹자고?"

"와, 뭔지 알기는 하나 봐요?"

"네가."

에리히는 말하려다가 입을 다물었다. 클레어가 친구들과 어울려 손에 먹을 걸 들고 다니는 것을 본 적 있고, 그걸 기억한다는 것을 말하고 싶지 않았던 것이다.

"……사촌 중에 몰래 외출하는 것을 좋아하는 이가 있었지."

"아……."

그것이 누구인지 짐작하고 클레어는 잠깐 대답하지 못했다. 죽은 황태자가 아니라면, 에리히가 그렇게 부드러운 단어로 지칭하지 않았을 테니까. 놈이라고 불렀겠지.

클레어는 무심코 창문 쪽으로 시선을 던졌다.

"그렇겠네요. 제 동생도 이 근처 맛집 이야기를 많이 했어요."

"그렇군."

"이 기회에 선배도 진정한 서민의 생활을 맛보라고요."

클레어는 일부러 더 경쾌하게 말하고 마차 문을 열려고 했다. 에리히가 그 문을 닫았다.

"싫다면?"

"이게 뭐 협상씩이나 걸 만한 일이에요?"

"네가 내 사소한 청조차 들어주지 않으니 어쩔 수 없지."

"사소한 청이요?"

'뭐가 있지?' 하고 눈을 굴리다가 클레어는 어색하게 시선을 피했다. 사실 오늘 내내 자신도 신경 쓰고 있었기 때문에 무슨 소리냐고 오리발을 내밀 수가 없었다.

"내가 자랑거리가 된다는 건, 네가 먼저 인정한 거 아니었나? 그러려고 오늘 하루 종일 이러고 있는 거잖나."

"재촉하지 말아요. 어색하단 말이에요."

클레어는 얼굴에 부채질을 한 번 했다. 어차피 호칭을 바꾸긴 해야 했다. 언제까지 선배라고 부를 수는 없으니까.

"에리히."

에리히가 마차 문을 잡았던 손을 떼어 클레어의 손에 깍지를 끼었다. 손가락 사이를 스치며 들어오는 피부의 감촉에 클레어는 난처해져서 눈을 내리깔았다.

"그, 여기 한길가거든요?"

"내가 뭘 했다고? 무릎에 드러눕는 쪽이 부끄럽지."

"내가 하는 건 안 부끄럽다고요."

실랑이는 별로 길지 않았다. 에리히가 다가오는 바람에 클레어는 마차에 달라붙으며 안 된다고 항의하려 했지만, 그가 손을 클레어의 허리 너머로 뻗어 문을 열었기 때문이다.

웃음이 클레어의 뺨을 스쳤다.

"왜? 내가 여기서 뭐라도 할까 봐?"

"나 참. 놀리지 말아요."

"놀리는 건 이쪽이지."

클레어가 긴장을 푸는 순간 입술이 닿았다. 짧게 쪽 하고 한 순간 닿았을 뿐인 뽀뽀였지만, 클레어는 이번에도 착각하고 기겁해서 피하려다가 마차에서 떨어질 뻔했다.

에리히가 그녀를 붙들어 잡아 주었다. 클레어는 그의 어깨를 때리며 화냈다.

"놀랐잖아요!"

"내가 잘하긴 했던 모양이군."

"뭘요?"

"무엇이든."

에리히는 직접 말하지 않았지만, 클레어의 얼굴이 새빨갛게 물들었다.

에리히는 그녀를 안은 채로 마차에서 내렸다. 클레어는 바닥에 발이 닿자마자 그의 품에서 벗어났다.

"공공장소잖아요!"

"누가 신경 쓴다고."

에리히가 길거리 한쪽을 눈짓했다. 대여 마차를 세워 놓고 작별 키스에 열중하고 있는 커플인지 부부인지가 있었다. 클레어는 고개를 절레절레 저었다.

"제 개인적인 취향이 그렇다고요."

"그것도 앞으로 협상해 봐야 할 문제군."

"그게 무슨 협상거리예요?"

"나는 아내에게 환영 키스와 작별 키스 정도는 하고 싶거든."

"뽀뽀 정도로 중간 지점에서 타협하죠."

"방금 협상 거리가 아니라더니?"

입씨름을 하면서도 에리히는 팔을 내밀었다. 클레어는 거기에 손을 얹었다.

"시장인데 이런 에스코트라니, 너무 고상한 거 아니에요?"

"가자고 말한 건 너잖아."

어차피 요즘 세상에 옷차림이 고급스럽다고 해서 시장에 가지 못하는 것은 아니라고 에리히가 덧붙였다. 클레어가 '요즘 세상'이라는 단어에 웃었지만, 에리히는 그녀가 왜 웃는지 이해하지 못했다.

"이 근처에 유명한 소다숫집이 있어요."

엘리사가 좋아하며 알려 주었던 곳이다. 클레어는 제대로 된 맥주가 존재하는 세상인데 왜 어중간한 탄산음료를 마시겠느냐며 싫어했지만, 엘리사는 아주 좋아해서 자주 편지에 그 가게에 갔다는 이야기를 쓰곤 했다.

두 사람이 몇 걸음 옮기지도 않았을 때였다. 어떤 여자가 급한 걸음으로 뛰어나오다가 클레어를 보고는 깜짝 놀라 외쳤다.

"아니, 델포드 남작님이 아니세요?!"

클레어는 여자의 얼굴을 몰랐지만, 포목상이라는 것은 금세 알 수 있었다. 실밥이 여기저기 묻어 있고, 앞치마에 큰 가위가 꽂혀 있었기 때문이다.

"절 아세요?"

"그럼요. 포목점을 하는 사람 중에 남작님의 얼굴을 모르는 사람이 어디 있겠어요? 아니, 아이쿠! 이럴 때가 아니어요. 카슨 씨가 무슨 수를 써서든 빨리 남작님에게 연락을 넣어야 한다고 했어요!"

"무슨 일인데요?"

"소다숫집에서 델포드 도련님이!"

이야기를 끝까지 듣지도 않고 클레어는 치맛자락을 말아 쥐고 뛰기 시작했다. 에리히가 그녀의 뒤를 따라 달리며 행여나 넘어지지 않도록 신경 썼다.

이 시장에 소다숫집이라고는 한 군데뿐이었다.

'로저가 데리고 나온 건가?'

가슴이 쿵쿵 뛰었다. 아이 데리고 놀러 나오는 게 별일은 아니지만, 엘리엇의 상황이 상황이다 보니 가슴이 내려앉지 않을 수 없었다.

소다숫집 앞에 호위가 서서 출입을 막고 있었다. 제복 대신 평범한 정장을 입고 있지만, 척 보기에도 보통 사람은 아니었다. 클레어는 발걸음이 막힌 채 숨 가쁘게 말했다.

"안에 제 아이가 있어요."

통과시켜 주지 않을까 봐 걱정했지만, 호위는 에리히를 알아보고는 고개를 숙였다.

"클라우제너 공작 각하."

"무슨 일인가?"

"아렌 공왕 전하께서 계십니다."

호위가 그렇게 대답하면서 길을 열어 주었다. 에리히는 클레어를 감싸고 성큼성큼 가게 안으로 발을 들였다.

클레어는 가게 안쪽에 벌어진 난장판에 눈을 휘둥그렇게 떴다. 소다숫집 앞에 서 있는 호위와 색을 맞춰 입은 호위들이 사람을 막아서서 공간을 비우고 있었다.

그리고 그 가운데에 머리가 새하얀 노인이 웅크리듯 하고 앉아 아이를 껴안고 있었다.

"앗, 이모!"

노인의 머리를 토닥토닥해 주던 엘리엇이 클레어를 보고 소리쳤다. 안에 있던 호위가 또다시 클레어의 앞을 막으려고 했지만, 에리히가 그에게 비키라고 손짓했다.

아렌 공왕은 엘리엇이 머뭇거리는 것을 알고 애써 정신을 차렸다. 그의 눈물이 멎은 것을 알고 엘리엇이 물었다.

"할아버지, 괜찮아요? 이제 안 아파요? 저 이모한테 가야 하는데……."

그가 가여워서 선뜻 발이 안 떨어지는 모양이었다.

아렌 공왕은 소맷자락으로 눈가를 닦았다. 그리고 다정한 목소리로 말했다.

"미안하구나. 아픈 게 아니라……. 널 무척 닮은 아이를 하나 알고 있어서…… 놀라서 말이다."

"괜찮아요. 그 애 이름이 제러드예요?"

"그래."

"잃어버리셨어요?"

"그래……."

"길 잃어버렸으면 빨리 찾아야 하는데……. 우리 이모한테도와 달라고 할게요. 이모는 엄청 아는 사람이 많거든요!"

엘리엇이 말했다.

아픈 게 아니라고 말했지만, 사실 공왕은 아팠다. 이미 닳아 없어졌을 터인 심장 한쪽에 다시 베여 나간 것 같은 통증이 생생하게 퍼졌다.

"고맙구나."

아렌 공왕은 다정하게 말하며 엘리엇의 머리를 쓰다듬고, 포옹을 풀었다.

엘리엇이 달려가 클레어의 다리를 끌어안았다. 클레어는 엘리엇을 한번 안아 주고, 아렌 공왕에게 공손히 절했다.

"황공합니다, 공왕 전하. 제 조카가 전하께 무엄한 짓을 저지른 것은 아닌지……."

"아닐세."

아렌 공왕이 등을 펴고, 붉어진 눈으로 클레어를 보고, 그 곁에 와서 선 에리히를 바라보았다.

"……에리히 공."

그는 번뇌 가득한 목소리로 마치 어릴 때처럼 이름으로 불렀다. 성인이 되고 작위를 상속한 지금은 클라우제너 공작가의 주인으로서 존중해야 마땅했지만…… 그렇지만 지금은 충분히 거리를 두기에는 마음에 고통이 너무 가득 차 있었다.

"오랜만에 뵙습니다, 공왕 전하."

에리히는 정중하게 고개를 숙여 그에게 인사하고, 공왕의 뒤에 선 무어 공작에게도 눈인사를 건넸다. 그리고 클레어를 소개했다.

"제 약혼녀인 클레어 델포드입니다. 아렌의 델포드 남작입니다."

"소문은 들었네."

"그리고 이 아이는 엘리엇입니다. 제 아들입니다."

아렌 공왕의 눈이 흔들렸다. 이렇게 나란히 보면 에리히의 아들이 확실해 보였다. 그는 감정을 다스리려고 애쓰며 손바닥으로 얼굴을 한 번 쓸어내렸다.

"그랬군. 무척 낯이 익어서……. 늙으면 감상이 풍부해지는 법이라 내가 실수를 저질렀네."

"아닙니다. 엘리엇이 절 많이 닮았지요."

그 말을 듣고 엘리엇이 눈을 깜박거렸다. 클레어는 '이모, 이모' 하고 소맷자락을 잡아당기며 부르는 엘리엇의 어깨를 토닥거려 조용히 시켰다.

에리히가 차분하게 말했다.

"머지않은 시일 내에 인사를 드리러 갈 작정이었습니다. 갑작스럽게…… 놀래 드려서 죄송합니다."

"그래. 한번 조용한 자리에서 다시 봤으면 좋겠군. 나야말로 아이를 놀라게 해서 미안하네."

"아닙니다."

공왕은 허리를 굽히고 엘리엇과 눈을 맞췄다. 엘리엇은 혼자서 뭐가 그렇게 궁금한지 고개를 갸웃거리고 있다가, 공왕과 눈이 마주치자 배시시 웃었다. 공왕은 홀린 듯이 마주 미소를 지었다.

뭐라도 쥐여 주고 싶어 괜스레 주머니에 손을 넣어 보았으나, 어린 딸과 손자가 있던 때와 달리 주머니에는 아무것도 들어 있지 않았다. 그래서 대신 가슴에 달고 있던 휘장을 떼어 엘리엇의 가슴에 달아 주었다.

“전하, 그러지 마세요. 아이가 갖기에는 너무 귀한 물건입니다.”

휘장에 아렌 왕가의 문장이 그려져 있었기 때문에 클레어는 그를 만류했다. 공왕은 고개를 젓고 클레어에게 말했다.

“내 이 아이 덕에 좋은 기억이 떠올랐거든. 이렇게 만나게 되어 반갑네.”

“황공합니다.”

클레어는 조심스럽게 답했다.

“먼저 가 보게나. 나는 조금 더 쉬어야겠어서.”

아렌 공왕이 물기에 젖은 목소리로 말했다. 에리히와 클레어는 그에게 공손히 인사하고, 무어 공작과도 말없이 인사를 나누고 밖으로 나갔다.

“공왕 전하…….”

무어 공작이 조심스럽게 그를 불렀다. 아렌 공왕은 손으로 눈가를 가렸다. 떠오르는 추억이 너무 많아, 흐느끼지 않고서는 견딜 수 없었다.

클레어와 에리히는 빠른 걸음으로 소다숫집을 벗어났다. 시장에서 끼니를 때울 생각은 이미 사라지고 없었다.

“괜찮아요. 어차피 이런 일을 기사로 쓸 사람도 없고.”

클레어가 혼잣말처럼 말했다. 자신을 설득하기 위해 하는 말이었다. 에리히가 냉정한 목소리로 그 말을 받았다.

"엘리엇이 날 닮은 건 모두 아는 사실이야. 나도 깜짝 놀랐는데, 공왕 전하께서도 그러시겠지."

그 말의 진실한 의미가 에리히 자신을 닮은 것으로 모두 납득해 줄 것이니 괜찮다는 뜻임을 아는 것은 클레어뿐이었다. 그녀가 짧게 한숨을 쉬며 말했다.

"그래요."

"이모, 이모."

엘리엇이 클레어의 옷깃을 당기며 물었다. 아까부터 궁금했는데, 할아버지가 너무 슬퍼 보이고 어른들이 심각해서 못 물어본 것이었다.

"내가 왜 아저씨 아들이야?"

"아……."

엘리엇이 다시 고개를 갸웃거렸다.

"방금 아저씨가 그랬잖아. 내가 아저씨 아들이라고."

난처해서 여태까지 쉽게 말하지 못하고 있었던 일이 벼락처럼 떨어졌다.

클레어는 엘리엇에게 친모가 누구인지 속일 생각이 전혀 없었다. 여태까지도 늘 엘리엇에게 엘리사의 초상화를 보여 주고 이야기도 많이 해 주었다.

그러니까 이제 와서 거짓말을 할 수는 없는 일이다. 하지만 아빠는 에리히고 엄마는 엘리사라고 말하는 것에는 형언할 수 없는 거부감이 몰려왔다.

실은 내내 고민하고 있었다. 어떻게 말해야 할지. '이모가 엄마가 되는 건 괜찮아?'라고 물어서 괜찮다는 대답을 듣긴 했지만, 그게 진짜인지도 알 수 없는 일이다.

아이의 세상이 아무리 작아도, 저만의 것이 있기 마련이었다. 이모는 이모지 엄마일 수는 없을지도 모른다.

에리히가 손을 내밀어 엘리엇을 안았다. 그리고 클레어가 차마 못 하고 고민하던 말을 쉽게 해 버렸다.

"아저씨가 아빠면 싫어?"

"아저씨는 우리 아빠 아닌데. 난 아빠 없는데."

엘리엇이 눈을 굴리며 클레어를 쳐다보았다. 에리히가 말했다.

"이모가 엄마가 되고, 아저씨가 아빠가 될 거야. 그러면 싫어?"

"우웅."

엘리엇이 고민에 잠긴 얼굴을 했다. 이모가 엄마가 되는 건 좋지만, 아저씨가 아빠가 되는 건 잘 모르겠다. 엘리엇은 아빠가 뭔지 잘 몰랐다.

그때, 뒤늦게야 소다숏집을 빠져나온 로저가 허둥지둥 달려왔다. 경호원 때문에 길이 막혔던 것이다.

"남작님!"

"아. 로저."

"마침 근처에 계셨다니 다행입니다."

"여기까지 자네가 엘리엇을 데리고 왔나?"

에리히는 눈을 가늘게 뜨고 위압적으로 로저를 바라보았다.

그런 것에 굴할 사람이 아니었기에 로저는 클레어에게 고개를 숙이며 말했다.

"죄송합니다. 설마 아렌 공왕 전하께서 이런 곳에 나오실 거라고는 생각도 못 해서……."

"사과하지 마. 네 잘못도 아닌데. 엘리엇, 네가 컵 들고 뛰다 넘어졌지?"

"안 띠어써!!"

뺨을 슬쩍 꼬집힌 엘리엇이 버둥거리며 항의했다. 로저가 웃으면서 말했다.

"뛰지 않으셨습니다. 그리고 제가 가게 주인에게 연락처 남기고 왔습니다."

"잘했어. 나중에 보상은 해야지."

소다수를 엎은 것 때문이 아니라 거기서 공왕이 나왔으니 놀랐을 것이다.

로저가 엘리엇을 보고 웃으며 말했다.

"남작님한테 화는 내셨어요?"

"응? 아……!"

무엇 때문에 화가 났었는지 잊고 있었던 엘리엇이 갑자기 생각난 듯이 소리쳤다.

"이모 나빴어! 어제 집에 안 왔어! 내가 걱정했는데!"

"아."

"아저씨는 안 돼! 아저씨가 아빠 되는 거 싫어!"

에리히에게 안겨 있지 않겠다며 엘리엇이 버둥거렸다. 내려

주자 엘리엇은 클레어의 다리를 끌어안고 에리히를 적대적으로 쏘아보았다.

"하하하!"

에리히는 로저를 노려보았지만, 로저의 낯짝은 위빙 상단의 순이익만큼 두꺼웠기 때문에 그는 터져 나오는 웃음을 전혀 참지 않았다.

클레어가 의상실을 싹쓸이한 것은 기사가 나오기도 전에 이미 소문이 되었다. 에델바이스를 비롯하여 가장 인기 있는 의상실들이 그날 예약을 취소하며 정중한 사죄와 선물을 보내왔기 때문이다.

구체적인 이유는 공식적으로는 밝히지 않았다. 하지만 에델바이스의 사장은 눈치가 빠른 사람이었으므로, 직원 중 몇 사람을 시켜 그날 온 귀한 손님이 누구신지 은밀히 소문을 퍼뜨리게 했다.

"그 클라우제너 공작이?"

"사람 참 모를 일이야. 사람 다 있는 곳에서 인장 반지로 청혼했다는 이야기는 들었지만, 안 믿었는데."

"늦바람이 무섭죠."

"생각해 보면 선대 공작도 재혼한 부인을 얼마나 아꼈었나요? 그것도 다 핏줄이라니까요."

"약혼녀가 무슨…… 남작이라고 했죠? 운이 좋은 거죠, 정말."

티파티마다 여러 가지 이야기가 날아다녔다.

"남작이라면 귀천 상혼인데, 그러면 공작 각하께선 계승권을 포기하실 생각인 건가?"

"에이, 그건 또 경우가 다르지요. 로멜-아렌 계승법이 있으니까."

"하긴, 그러고 보면, 로멜과 아렌의 결합으로 태어난 황족에게 계승권을 준다고 했지, 꼭 아렌 왕가의 혈통이어야 한다고 지정하지는 않았지."

"이건 황제 폐하와, 그 누님이신 빅토리아 대공께서 직접 의견을 확실하게 하셔야 해요."

하지만 결국 정치적인 이야기는 뒷전이었다. 리누스 황자만이 아니라 황제의 형제자매인 두 로멜 대공이 모두 건강한 이상, 에리히 클라우제너의 계승권에 대해서 심각하게 생각하는 사람은 없었다.

가장 즐겁게 이야기하는 사람들은 옛일을 캐는 무리였다.

"우리 딸 이야기를 들어 보니까 5년 기다렸다는 게 영 허튼 소리만은 아닌 것 같아요. 아카데미 시절에도 조금씩 소문이 있었다나 봐요. 그렇게 델포드 남작을 눈에 들어 했다고."

"어머. 전 완전히 반대 이야기를 들었는데요? 복도에서 언성 높이고 싸우는 걸 본 적이 있대요."

그런 말을 하는 사람의 어깨를 가볍게 치며 까르르 웃는 사람도 있었다.

"생각해 보세요. 그 클라우제너 공작이, 후배 여학생과 싸움을 한다고요? 그것도 복도에서요?"

"그때부터 보통 사이는 아니었던 거죠."

"안 그래도 우리 딸이 델포드 남작과 아카데미 동기라, 초대장을 보내 보라고 했어요. 제법 친했던 모양이에요. 졸업하자마자 영지로 가 버려서 자주 소식을 전하진 못했지만."

"아하, 그러시군요. 티파티에서 만난 적은 없으시겠어요."

"그러나저러나 예사 여자는 아니네요. 오빠나 남동생이 없다고 해도, 여자가 직접 작위를 잇는다는 게 쉬운 일은 아닌데."

"위빙 상단의 주인이잖아요. 예사 사람이 아닌 건 당연하죠."

아이의 출생에 대해서도, 대부분은 대수롭지 않게 여겼다.

이것은 즐거운 스캔들이었다. 신분 차이가 나니 씹을 만한 거리였고, 그렇지만 황실에 아렌 남작이 들어가는 것이 아니니 정치적인 문제는 아니었다.

또 한편, 한창 발전 중인 방직 산업에 신기술로 끼어들어 완전히 판도를 뒤집고 있는 위빙 상단의 성장 속도를 생각하면 신분 차이 정도는 눈감을 수 있는 수준이기도 했다. 클라우제너의 재력을 등에 업으면 어떻게 될지 흥미진진하지 않을 수 없었다.

그리고 이 이야기도.

"근데 그러면, 슈나이더 백작 영애는 어떻게 되는 거죠?"

✦

"어떻게 이럴 수가 있어? 다른 곳도 아니고 에델바이스에서."

이리스 슈나이더는 울먹이면서 하녀가 들고 온 꽃바구니를 손으로 밀었다. 에델바이스에서 보낸 것이었다. 하지만 그 손에도 힘이 없어 제대로 뒤엎지도 못하고, 꽃바구니는 조금 밀려났을 뿐이다.

"아가씨, 그렇게 울지 마셔요. 세상에, 어쩌면 좋아. 아가씨 얼굴이 다 부었네."

측근 하녀가 아이에게 하듯 이리스를 달랬다. 그리고 차가운 물수건으로 뺨을 닦아 주려 했다. 이리스는 그 물수건을 외면하고 침대에 풀썩 쓰러져 엎드렸다.

"어떻게 다들 나한테 이래?"

그녀가 그런 모욕을 당하고 호텔에서 울면서 나갔는데, 신문에 기사 한 줄 나가지 않았다. 잘 알고 지내던 기자는 난처한 얼굴로 말했다.

'어쩔 수 없습니다. 영애의 소식을 궁금해하는 사람이 아무리 많아도…… 사주의 비위를 거스를 순 없으니까요.'

'저에 대한 기사를 쓰지 말라고 하던가요?'

'딱히 그런 지시가 내려온 건 아니지만, 세기의 결혼식이 라고 추켜올리지는 못할망정 복잡한 문제를 만들 수는 없잖습니까?'

그리고 다음 날 보란 듯이 에델바이스 의상실에서 그녀의 예약을 취소했다. 그녀에게 새로 들어올 최상품 진주 목걸이를 가장 먼저 보여 주겠다던 보석상도 이미 팔렸다며 죄송하다는 편지를 보내왔다.

그런 일은 생전 처음이었다. 에델바이스에서는 며칠 동안 매일 꽃과 선물을 보내왔지만, 그것으로 마음이 풀리지는 않았다.

"그 여자가 가진 건 아이뿐이잖아. 운이 좋아서, 아기가 생겨서."

"아가씨……."

"내 탓이야? 내가 부끄럼을 던지지 못해서 그런 거야?"

숨죽여 우는 이리스를 보고 하녀들은 안절부절못했다. 어떻게 공작님이 이러실 수가 있냐고 모두들 원망했다.

클라우제너 공작이 이리스 때문에 결혼하지 않고 있다는 것은, 사교계 사람들에게는 흥미로운 가십이지만 슈나이더 백작가의 고용인들에게는 확고한 사실이었다.

이리스가 에리히를 얼마나 소중히 여겼는지, 어린 시절부터 고운 감정을 어떻게 예쁘게 길러 왔는지 그들은 잘 알고 있었다. 신분의 격차를 넘기 위해서 얼마나 노력해 왔는지도.

이리스는 기품과 교양을 기르고, 아름다움과 건강을 보살피고, 명성을 드높였다. 그러면서도 약간 애처로운 목소리로 늘 염려했다.

'내가 혹시라도 클라우제너에 누가 되면 안 되니까.'

제 일도 아니건만, 그것이 그들에게는 무척 서럽고 한스러웠다. 이리스가 뭐가 모자란가. 슈나이더 백작가가 클라우제너에 감히 미치지는 못할망정, 이리스는 공작보다 못하지 않았다. 아니, 마음 같아서는 황녀라도 그들의 귀한 아가씨보다 못했다.

게다가 두 가문의 관계는 또 얼마나 특별했던가. 선대 공작은 슈나이더 백작을 우정으로 대했고, 어린 이리스를 딸처럼 귀여워했다. 매년 백작 일가를 여름 별장에 초청하고, 에리히로 하여금 백작가의 자녀들과 어울리게 했다.

가문의 격차를 생각하면 이런 우정은 더욱 각별한 것이었다. 에리히도 부친의 뜻을 받들어 선대 공작 사후에도 슈나이더 백작가와의 교제를 지속했다.

그 우정은 실은 선대 공작과 슈나이더 백작이 모두 애정만으로 재혼 상대를 선택했다는 데에서 기인한 것이었다.

같은 어려움을 겪은 탓에 공감대가 형성되었던 것이다. 선대 공작은 클라우제너와의 우정이 슈나이더 백작의 후처와 그 소생인 이리스에게 보탬이 되기를 바랐다.

루이자는 슈나이더 백작 부인 같은 천한 몰락 귀족이 자신과 같은 입장이라고는 조금도 생각하지 않았다. 그러나 선대 공작의 뜻은 그가 한 번도 직접 입 밖에 낸 적이 없기에 더욱 효과를 발휘했다.

'우리 아가씨가 선대 공작님께 그렇게 많이 사랑받았는데!'

'돌아가시지만 않았으면 이미 혼담이 있었을 거야. 아가씨도 그래서 기다리면서 더욱 몸과 마음을 가다듬으셨던 거잖아.'

'그 불여우 같은 아렌 계집이 뭘 어쩐 거야, 대체? 아이가 그 여자 자식도 아니라는 말도 있던데.'

'돈밖에 모르는 데다가 결혼 전에 애를 가진 그런 천박한 여자가 아렌 출신이라는 이유로 우리 아가씨를 밀어내고 공작 부인이 될 자격이 있다는 게 말이 돼요?'

하녀들은 눈짓으로, 때로는 소곤거림으로 그런 뜻을 나누었다. 그게 이리스를 편드는 사람들이 하는 생각이었다. 자기 일은 아니지만, 자기 일만큼이나 분하고 억울했다.

"아가씨, 이제 그만 우세요. 이렇게 우시면, 주인님과 마님이 얼마나 슬퍼하시겠어요? 이렇게 고운 얼굴을 엉망으로 만드시면 아가씨의 숭배자들은 또 어떻고요?"

"날 내버려 둬."

이리스는 울면서 하녀가 움직이는 대로 힘없이 몸을 돌려 눕혔다. 하녀장이 조심스럽게 물수건을 아직도 눈물이 흐르고 있는 이리스의 눈 위에 얹었다.

"공작님도 곧 돌아오실 거예요. 신문에서도 전부 허튼소리를 하는 거예요."

"맞아요. 책임감이 강한 분이니까, 아이 때문에 그러시는 걸 거예요."

하녀장 곁에서 다른 하녀 하나가 얼른 맞장구쳤다. 말하고 보니 그럴듯하게 느껴졌는지 다른 한 명이 또 얼른 나섰다.

"5년이나 시달리셨을 텐데 이제까지 물 위로 문제가 떠오르지 않게 하신 것도, 공작님이 전부 아가씨를 생각해서 그러신 게 틀림없어요!"

"워낙 기품 있는 분인걸요. 신문 같은 건 신경 쓰지 마세요. 공작님이 그런 이상한 기사에 일일이 해명하는 것이 더 이상하잖아요!"

"이 일이 전부 끝나면 아가씨 곁으로 돌아오실 거예요. 어쩐지, 지금까지 청혼하지 않으신 것도 아가씨가 이 일에 휘말릴까 봐 염려해서 그러신 게 틀림없어요!"

"잠깐의 실수 때문에 두 분이 헤어지다니, 말이 되나요?"

하녀들이 와그르르 위로를 쏟아 냈다. 말하다 보니 저희들끼리도 납득되는 바가 있어서 점점 목소리에 활기가 돋아났다.

이리스가 울먹였다.

"그분이, 아이 엄마를 버리실 리 없어……."

"아가씨……."

"이럴 줄 알았으면, 아렌 여자로 태어났으면 좋았을걸……. 그랬으면 정당한 후계자를 내가 낳아 드릴 수 있었을 텐데. 내가……."

이리스가 흐느낌을 멈추려고 애쓰며 작은 소리로 속삭였다.

"서로 훌륭한 신사와 정숙한 숙녀로서, 마음만 통한 채 있으면 된다고 하지만, 그래도……."

"그럼요! 공작님은 결국 돌아오실 거예요!"

조만간 에델바이스도, 보석상도, 모두 후회하며 빌러 올 거라고 하녀들은 입을 모아 말했다. 이리스는 그런 말에 대답하지 않고 그저 슬프게 흐느끼기만 했다.

똑똑.

그때 노크 소리가 들렸다. 하녀들이 황급히 일어섰다. 들어온 것은 슈나이더 백작 부인 카탸였다.

하녀들은 종종 이리스가 저 자신이나 제 딸이기라도 한 것처럼 사랑했지만, 카탸는 어려워하면서 경원시했다. 후처인 카탸가 얕보이지 않기 위해 일부러 더욱 엄격하게 굴기도 했지만, 하녀들도 고작해야 그녀가 백작 부인이 되기 위해 주인을 꾀어 혼전에 아기를 가진 것이라며 흠을 잡았다.

마치 썰물 빠지듯 하녀들이 방에서 빠져나갔다. 이리스는 엎드린 채로 고개도 들지 않았다. 카탸가 침대 가에 앉아 이리스를 다정하게 끌어안았다.

"불쌍한 것."

이리스는 다시 왈칵 눈물을 흘렸다.

"이럴 줄 알았으면, 침실로라도 숨어들어 갈 건데 그랬죠."

"그런 짓을 해서는 안 돼. 네가 누구니? 넌 슈나이더 백작가의 고명딸이야. 네가 왜 그런 천한 여자나 하는 짓을 해?"

"고작해야 백작 영애라는 게 뭐가 중요해요? 차라리 아렌의 고아로 태어났으면 좋았을 거예요. 그러면 에리히 님이 절 택하셨을 거 아니에요."

베개에 쓰러지며 그녀가 흐느껴 울었다.

"내가 제일 먼저 좋아했는데. 그런 돈이나 밝히는 천박한 여자보다 내가 훨씬 더 많이 사랑하고, 에리히 님 옆에 있을 자격을 얻으려고 노력했는데."

"걱정 말렴. 그 여자는 공작 부인이 되지 못할 거란다."

카탸는 한숨을 내쉬며 침대 가에 앉아 다정하게 이리스의 머리를 쓰다듬었다. 그리고 고개를 숙여 낮은 소리로 속삭였다. 이리스가 눈물 고인 눈을 들어 카탸를 바라보았다.

"어떻게요?"

"엄마가 그렇게 만들 거야. 믿으렴, 우리 딸. 넌 그냥 세상에서 제일 아름다운 숙녀로 있으면 돼. 나머지는 엄마가 어떻게든 할게."

카탸는 그렇게 이리스를 달랬다.

울다 지친 이리스가 잠들고 나자 카탸는 조용히 일어나서 방에서 나왔다. 그리고 별채로 향했다.

별채에는 초췌한 얼굴의 젊은 여자 하나가 불안한 얼굴로 서성거리고 있었다. 가만 살펴보면 얼굴만 불안한 안색인 것이 아니라 눈빛도 이상하고, 눈동자도 굴리고, 손발이 경련하듯 간헐적으로 떨리고 있다는 것도 알 수 있었다.

"어서 오렴, 노라."

카타는 다정하게 그녀를 불렀다.

노라 호프만은 10년 가까이 루이자의 옷방에서 일한 하녀다. 클라우제너의 고용인을 손아귀에 넣는 것은 쉽지 않은 일이기 때문에 카탸로서도 각별히 아끼는 아이였다.

"제발, 제게 궐련을 주세요."

노라가 바들바들 떨며 카탸에게 대뜸 무릎을 꿇었다. 카탸는 미소를 지으며 고개를 저었다.

"빈센트 말로는, 네가 지난번의 궐련값도 다 지불하지 못했다고 하던데?"

"도, 돈, 구해 올게요. 무슨 짓이라도 해서 구해 올게요. 요, 요새는 그게 없으면 잠이 안 와요."

노라가 울먹거렸다.

카탸가 테이블 한쪽에 놓인 나무 상자를 끌어당겨 뚜껑을 열었다. 안에는 연잎으로 싼 짧은 궐련 스무 개비가 들어 있었다. 그녀는 그걸 하나 꺼내서 노라 앞에 내밀었다. 노라가 광인처럼 덤벼들었다.

"내 앞에선 안 돼. 감히 지금 내 앞에서 궐련을 피우려고?"

"아, 아니에요. 아닙니다. 아니에요, 백작 부인. 지금 피우려는 게 아니에요."

노라가 그것을 품에 넣었다. 기어이 눈물이 주르륵 흘러내렸다. 카탸는 손을 뻗어 노라의 눈가를 다정하게 닦았다.

"저런. 요즘 마음고생이 심한가 보구나. 하지만 너도 알잖니. 이건 아주 비싸."

"네. 네. 네, 알아요."

노라가 정신없이 고개를 끄덕였다. 그러나 사실 대화의 맥락을 파악하고 대답하고 있는 건 아니었다.

아니, 어찌 보면 정확하게 알고 있었다. 노라가 광망이 도는 눈으로 물었다.

"제가, 제가 뭘 하면 될까요?"

돈을 지불할 수 없다면, 일을 하면 된다. 노라는 자신의 위치도 잘 알고 있었다. 루이자에게 직접 속살거릴 수 있는 사람은 결코 흔치 않았다. 루이자의 편지함과 인장에 접근할 수 있는 사람도.

카탸가 웃음을 머금었다.

"뭘 오해하고 있는 거니? 난 대부인께 해가 되는 일을 하려는 게 아니야."

"네. 그럼요. 백작 부인께서 그러실 분이 아니시죠. 세상에서 제일 훌륭하고 다정한 분인걸요."

노라는 반쯤 횡설수설하며 아첨을 주워섬겼다. 연잎 궐련을 가진 사람은 그녀에게는 신이었다.

"공작 대부인께서 요즘 눈엣가시처럼 여기는 계집을 쫓아낼 방법이 있어."

카탸가 짐짓 은밀한 목소리로 말하며 고개를 숙였다. 노라가 눈을 휘둥그레 떴다. 그게 누굴 말하는지 그녀도 잘 알고 있었다.

요즘 루이자는 델포드 남작 때문에 진정제 없이는 잠도 이루지 못할 지경이었다.

“네, 제가 전해 드릴게요. 백작 부인께서 대부인을 아주 많이 염려하신다는 말씀도 함께요.”

“아냐, 노라. 나 말고, 네가 알려 드리는 거야.”

“저요?”

“네가 걱정되어서 그래. 너, 빚이 많잖니? 지금도 이자가 쌓이고 있을 텐데.”

노라가 고개를 끄덕였다. 그녀는 급료를 잘 받는 축에 속하는 하녀였다. 클라우제너는 고용인을 박대하지 않는 가문이었고, 값비싼 드레스를 관리하는 것에는 전문 지식이 필요했기 때문에 옷방 하녀의 대우는 아주 좋은 편이었다.

그러나 연잎 궐련은 아주 비쌌다. 게다가 자제할 수도 없었다. 모아 놓은 돈이 다 사라지는 것에는 채 반년도 걸리지 않았다. 이제 노라는 가구와 옷을 대부분 팔아치웠고, 그러고도 무거운 빚을 떠안고 있었다. 카탸가 도와주지 않았으면 지금 살고 있는 집에서도 진즉 쫓겨났을 것이다. 집세를 내지 못한 지 몇 달이나 지났다.

카탸가 말랑말랑한 목소리로 말했다.

“공작 대부인께서는 인심이 후한 분이시잖니? 네가 공을 세우면 분명히 큰 상을 주실 거야.”

“네. 네, 그렇네요.”

“그러니 내 말을 네 말인 척 전달하렴.”

"네, 감사해요, 백작 부인."

노라가 멍한 눈으로 대답했다.

카탸의 말이 무조건 옳다. 구멍 난 뇌로는 판단이 옳은지 그른지 확실하게 분간할 수도 없었지만, 그녀가 카탸의 말을 어길 수 없다는 것만은 분명했다.

사교계에 도는 소문에는 즐거운 것만 있는 게 아니었다.

《이리스 슈나이더에 관한 기사 목록: 클라우제너 공작과의 관계를 중심으로.》

클레어의 책상 위에는 그런 보고서가 올라오곤 했다. 별로 알고 싶지 않았는데 말이다. 이리스가 시비를 걸었다는 것을 알게 된 눈치 빠른 신문사들이 과잉 충성한 것이다.

"미리 대응하라고 보내 준 건 알겠는데."

사교계의 물밑에 있는 가장 음습한 소문까지 보내 주는 건 과연 자신을 위해서일까?

"제 생각에 이건 남의 뒷소문 이야기를 안 하면 못 견디는 변태 새끼들이 기사를 못 쓰니까 남작님한테 보내는 겁니다."

로저가 제멋대로 보고서를 들추며 말했다. 지라시 수준이라 보지 말라고 금지할 만한 것도 아니라서 클레어는 그러든가 말든가 내버려 두었다.

"휘유. 공작님이 엘리엇 도련님을 후계자로 얻은 다음 남작님과 이혼하고 이리스 슈나이더와 재혼 계획?"

"너무 구체적인 망상이라서 헛웃음 나와."

"그 영애라면 가능해 보이는 망상인데요. 이쪽이 더 대단하네요. 공작님이 성기능 장애라서 기적적으로 생긴 아들을 절대 놓칠 수 없었다."

"그 소문은 숙부님이 출처일 거야."

클레어는 현기증을 느끼며 말했다. 제임스는 그것을 진실이라고 믿고 있었다. 자기 나름대로는 어떻게든 현재 상황을 이해하려고 애쓴 결과라, 진지하게 맞대응하는 것도 이상해서 내버려 두었다. 사실 오해와 소문은 많을수록 좋았다. 진실을 숨기기 쉬워질 테니까.

'좀 재밌긴 하네.'

에리히가 자기는 성기능 장애가 아니라는 걸 해명한다고 생각하니까 저도 모르게 웃음이 터질 것 같긴 했다.

"델포드 경은 그렇다 치고요, 공작님은 슈나이더 백작 영애를 이대로 방치하실 계획인 겁니까?"

"음. 진짜 관심 없어 보이더라고."

에리히는 그런 것으로 거짓말할 사람은 아니다. 진짜면 오히려 당당하게 말했을 거고, 무엇보다도 그는 자기 발밑에 철저하게 무심한 사람이다. 사교계에서 무슨 소문이 돌았는지 모르고 있어도 이상하지 않았다.

어쨌거나 이런 보고서를 받는다고 해도 뭘 할 수는 없다. 이리스가 오해를 좀 조장했다고 해서 평판을 조져서 인생을 망칠 수도 없는 노릇 아닌가.

좀 부들대라고 의상실 예약을 취소시키고, 당분간 드레스를 만들 수 없도록 쓸 만한 재단사의 시간을 모조리 사들이고, 구하고 있다는 진주 목걸이를 싹쓸이했지만.

그 정도는 그냥 간접적으로 시비를 맞받아친 것에 불과하다고 클레어는 생각했다.

수레국화 목걸이

그렇다고 정말 신경을 안 쓸 수 있었는가, 그렇지는 않았다.

'남자 때문에 기를 쓰며 살고 싶지는 않았는데.'

예쁘면 좋겠지만 모델이나 연예인도 아니고, 꾸미는 건 자기가 좋은 날에 좋은 정도로 하면 족하다고 생각했다. 드라마에서 시가에 인정받으려고 노력하는 여주인공을 보면서는, 저렇게 하느니 연을 끊든가 남자째로 갖다 버리는 게 낫겠다고 입에서 불을 뿜었다.

하지만 진짜로 자신의 현실이 되자 독야청청할 수 없었다.

'적어도 왜 저 여자야라는 말은 안 들어야 할 거 아니야?'

에리히의 애인은 실은 이리스고, 자신은 후계자를 낳기 위한 수단에 불과하다는 소문까지 들어 버린 마당에.

클레어는 거울을 바라보았다. 거기 비치는 것은 모처럼 파티 드레스로 치장한 모습이었다.

오늘은 약혼 파티였다. 준비되자마자 결혼식 할 건데 굳이 약혼 파티까지 할 것 있냐고 생각했지만, 사교계 모임에 얼굴을 보이지 않는 게 루머를 부풀리는 것 같아서 결정한 일이다. 수도로 돌아와서 처음으로 참석하는 파티였다.

마사가 손수건으로 눈물을 찍었다.

"어느 틈에…… 이렇게 훌륭하게 자라셔서. 돌아가신 주인님과 마님께서 아시면 얼마나 기뻐하셨을지……. 주인님이 진짜 평생 짝도 없이 혼자 사실까 봐 얼마나 걱정했는데."

"그런 이야기는 결혼식 할 때 해. 세상일 모르는 거야. 식장 들어가기 전까진."

클레어는 거울 너머로 그녀를 바라보며 웃었다.

똑똑.

그때 문 두드리는 소리가 났다. 마사가 언제 울었냐는 듯이 환한 얼굴로 잽싸게 움직였다.

"공작님이신가 봐요!"

클레어는 시계를 보고 너무 이르지 않나 생각했는데, 역시 문밖에 있는 것은 에리히가 아니라 낯모르는 얼굴의 하녀였다.

"아, 방해가 되었으면 죄송합니다. 전해 드리라고 하는 편지가 있어서요."

실망한 마사의 얼굴을 보고 하녀가 몸 둘 바를 몰라 하며 말했다.

"괜찮아요. 마사, 편지 이리 갖다 줘."

마사가 편지와 편지칼을 가져다주었다. 서명 없는 봉투를

뜨자 안에서 짤막한 쪽지가 나왔다.

『대부인의 태도가 수상합니다. 마실 것을 주의하십시오. 그리고 오늘 파티에 슈나이더 백작 영애가 참석합니다.』

클레어는 혀끝으로 윗니를 문질렀다.

"그것참. 조용히 살고 싶어도 잘 안 된단 말이야."

원래 오늘 슈나이더 백작가는 참석할 예정이 없었다. 초대할 만한 사이였지만, 안 그래도 요즘 말이 많은데 굳이 참석하지 않아도 될 것 같다고 백작 쪽에서 먼저 연락이 왔다고 들었다.

어쨌든 저쪽에서 굳이 시비를 걸겠다는데, 이쪽에서 얌전히 당해 줄 필요는 없다.

클레어는 거울 앞에 섰다. 그리고 봉긋한 윗가슴선에서 시작하여 어깨와 목을 감싼 얇은 레이스를 북 뜯어 냈다.

"앗, 남작님!"

의상실에서 파견 나온 디자이너가 비명을 질렀다. 클레어는 웃으면서 말했다.

"나머지도 깨끗하게 뜯어 줘요. 시안에서는 원래 이 라인대로 노출되어 있었잖아요?"

"하, 하지만 남작님께서……."

"자신 없어요?"

그 말에 디자이너의 안색이 싹 변했다.

"그럴 리가요! 지금 다듬겠습니다!"

디자이너가 재빨리 뜯어 낸 봉제선 자리의 실밥을 치우고 다듬었다. 클레어는 거울 안에서 새로 완성되는 자신의 모습을 지켜보았다. 괜히 오프숄더가 불편해서 덮어 달라고 했었지만, 뭐 어떤가. 다들 이 정도는 노출하는데.

"마사, 호텔에 가서 열쇠 상자와 목걸이 좀 가져와. 진주 한 줄짜리 있지? 며칠 전에 들어온 거."

"네? 진주 목걸이는 갖고 있는데, 열쇠 상자요?"

"수레국화 열쇠 있잖아. 그거 마사가 지금 가서 좀 챙겨 와. 파티장으로 갖고 갈 거야."

"잃어버리면 어쩌시려고요?"

"그러니까 마사가 잘 갖고 있어."

클레어는 그렇게 말했다. 만약을 위한 대비는 항상 해 두는 게 좋다. 쓸 일 없다면 더 좋은 일이고 말이다.

에리히는 클레어의 드레스룸을 노크하고서, 조심스럽게 고개를 내미는 하녀에게 무뚝뚝하게 말했다.

"아직도 준비 중인가?"

"아, 거의 끝나셨어요."

하녀는 그렇게 말하면서 길을 비켜 주었다. 에리히는 한숨을 내쉬었다. 자신도 늦었는데, 클레어의 치장이 아직도 끝나지 않았을 줄은 몰랐다.

"이런 것에 오래 걸리는 성격인 줄 몰랐는데."

그는 불평을 말하며 안으로 들어서다가 멈칫 걸음을 멈추었다. 혀도 함께.

마지막으로 귀걸이를 걸고 있던 클레어가 몸을 돌렸다.

"미안해요. 생각이 좀 바뀌어서."

"어."

"왜 그래요?"

클레어가 샹들리에 같은 다이아몬드 귀걸이를 한 번 톡 쳐서 흔들어 보며 고개를 갸웃했다. 갈색 머리칼에 금가루를 뿌릴 때에 거기까지 흩어졌는지, 드러난 목덜미와 우아한 어깨선의 솜털이 반짝반짝 빛났다.

"……예쁘군."

그녀는 더할 나위 없이 아름다웠다.

에리히는 그녀를 끌어당겨 침실로 가고 싶은 욕망과 싸우고, 동시에 재킷을 가져다가 목까지 싸매고 싶은 충동을 참아야 했다. 여자의 옷차림에 대해 왈가왈부하는 것은 무뢰한이나 하는 짓이다.

꾹 다물린 그의 입술을 보고 클레어가 생글거리며 말했다.

"말이라도 고맙네요. 힘내긴 했어요. 비교당하면서 저 여자가 과연 자격이 있네 마네 하는 소리를 듣는 건 싫으니까."

"내가 결정한 건데, 누가 감히 자격 운운한다는 거지?"

"바로 당신의 그런 태도가 문제라고요."

클레어가 그의 가슴을 손가락으로 콕 찔렀다.

"물론 나한테 반한 게 얼굴 때문은 아니겠지만, 사람들은 그렇게 생각 안 한다고요. 공작이 눈깔이 삐어서 슈나이더 백작 영애가 아니라 나를 선택했다고 하지."

"누가 그래?"

"그럼 안 반했는데 다짜고짜 인장 반지를 벗어 줬어요?"

클레어는 웃음 섞인 목소리로 대꾸했다. 당연히 에리히가 부정하려는 게 반했다는 부분일 줄 알았기 때문이다.

"이리스가 훌륭한 가수라는 건 알지만 얼굴은 글쎄."

에리히의 검지가 클레어의 다이아몬드 목걸이를 한 번 훑어 내렸다가 살짝 건져 올렸다.

"네가 더 예쁘지."

"미쳤나 봐."

클레어는 그의 손등을 찰싹 때렸다. 얼굴에 화기가 올랐다.

"난 객관적인 사람이거든요? 사교계의 꽃에 비교 못한다는 건 내가 더 잘 안다고요."

"난 그렇게 생각하지 않는데."

에리히가 무뚝뚝한 얼굴인 채 동요도 없이 말했다.

"네 말마따나 얼굴 때문에 네가 마음에 들었던 건 아니지만, 그렇다고 예쁘다는 걸 부정할 수는 없지."

"진짜 미쳤어."

클레어는 웃음을 터뜨리며 또다시 그의 팔을 때렸다. 터무니없는 소리라고 생각하면서도 광대가 올라갔다.

"그래도 기분은 좋네요."

"나는 무의미한 거짓말은 안 해."

"어련하시겠어요."

클레어가 손을 내밀었다. 에리히는 그 손을 잡아 에스코트 할 작정이었는데, 그 전에 그의 가슴에 손이 닿았다.

"얼굴 합만 빼고, 우리가 여러모로 잘 맞긴 했죠."

셔츠 너머로 에리히의 가슴 근육이 긴장하는 게 느껴졌다. 클레어가 장난스럽게 검지와 중지로 걸음 걷듯 움직이자, 에리히가 그녀의 손목을 꽉 잡았다.

"날 무책임한 사람으로 만들지 마."

그가 갈라진 목소리로 말하며 잡은 손을 당겼다. 클레어의 날씬한 허리를 감아 안고 고개를 숙이는데, 입술이 닿기 직전에 클레어가 손으로 그의 얼굴을 막았다.

"안 돼요. 화장 망가져."

"고쳐."

"당신이 망가뜨리고, 내가 고쳐요? 그렇게는 못 하지."

"그럼 내가 고쳐 주지."

"할 줄이나 알면서 그런 소리를 하면 웃기지는 않을 텐데."

클레어가 어처구니없다는 듯이 웃었다. 에리히는 결국 손바닥에나 키스하는 신세가 되었다.

그는 한숨인지 뭔지 모를 숨을 깊게 내뱉고 그녀의 손을 잡아 팔짱을 끼었다.

클라우제너 공작가에서 연회가 열린 것은 정말 오랜만의 일이었다.

일가친척과 가신들, 교분이 깊은 가문 위주로 초대장을 돌렸지만 동행자가 있느니 소개해 줄 사람이 있느니 하는 이유로 한 장에 여러 명씩 고개를 들이밀어, 넓은 연회장에 사람이 가득 찰 정도였다.

딩동. 댕동.

연주자가 누르는 피아노 소리가 울려 퍼졌다. 실내악단이 각자 악기를 퉁기며 조율을 하고 있었지만, 그것도 불협화음이라기보다는 악상의 일부처럼 느껴졌다.

물론 손님들에게는 소리의 아름다움과 별개로 그렇게 받아들여지지 않았다.

"어쩐 일일까요? 악단의 준비가 아직도 덜 되어 있다니?"

"클라우제너 공작저답지 않네요."

"약혼녀 쪽은 아직 안살림을 시작하지 않았고, 대부인께서는 이 약혼을 마음에 들어 하지 않아 하시니 어쩔 수 없는 일이지요."

걱정과 호기심이 섞인 목소리들이 소곤소곤 오갔다.

"대부인께서 그러시는 것도 이해 안 가는 건 아니에요. 남작가에, 심지어 아렌 출신이라니."

"훌륭한 황녀님이라도 한 분 계시면 얼마나 좋았겠어요? 아니면 에른스트 공작가라든지."

"애석한 일이죠. 에른스트의 방계까지 세어도 그럴듯한 영애가 없으니."

"로멜 출신의 고귀한 숙녀도 얼마든지 있는데, 하필 아렌인 이라니."

반면, 그런 목소리를 꾸짖는 사람들도 있었다.

"공작님께서 결정하신 일인데, 함부로 말하지 맙시다."

"어련히 훌륭한 숙녀를 고르셨을까?"

"델포드 남작이라면 충분히 안심하고 클라우제너의 내정을 맡길 수 있죠. 솔직히 대부인께서는 낭비가 너무 심하셨어요."

"어차피 귀천 상혼해야 하는데, 로멜의 숙녀라면 후사는 어쩌려고! 이럴 때를 대비해서 프리드리히 대제께서 로멜-아렌 계승법을 만드신 것이 아니오?"

벨프 후작은 불쾌한 마음으로 그런 대화를 흘려 넘겼다.

'흥! 돈 세는 것밖에 모르는 촌구석 계집 따위를!'

하지만 이것도 이제 곧 끝이다. 몇 시간만 지나면 클레어 델포드는 공작 부인이 되기는커녕 사교계에 얼굴을 내밀지도 못할 처지가 될 테니까.

오늘 그들의 계획은 이랬다.

우선 루이자가 클레어에게 술을 먹인다. 쉽게 취하지 않을 것을 우려해서, 다디단 발포주에 자신이 쓰는 진정제를 탈 예정이었다. 클레어가 졸기 시작하면 하녀를 시켜 후원으로 데려다 놓는다. 딱 밀회에 쓰일 만한 파고라가 있었다.

그리고 위조 편지 같은 것으로 거기에 남자를 불러들일 작정이었다.

계획을 세우며 루이자가 말했다.

'아무리 에리히를 잘 속여 넘겼더라도, 이 많은 사람이 목격하면 제가 어쩌겠어요?'

'흠. 약혼 파티에서 다른 남자와 밀회하는 부정한 년이 들어갈 수 있을 만큼 클라우제너가 만만한 곳은 아니지.'

'에리히도 그년의 실체를 알면 정신을 차리겠죠. 그것과 배 맞은 남자가 어디 하나둘인 줄 아세요? 분명히 결혼하자마자 딴 놈에게 전부 재산을 빼돌릴 거라고요.'

루이자는 아랫입술을 깨물고 눈물을 글썽거리면서 말했다. 그녀가 그렇게 억울해하며 비난하는 말에는 불안감과 자기 투영이 깃들어 있었지만, 벨프 후작은 그런 것까지는 눈치채지 못했다.

단순하지만 확실한 수단이었다.

설령 편지에 아무도 응하지 않아도 상관없다. 설마 그 파티장에 클라우제너 공작의 여자를 품어 볼 수 있는 기회를 덥석 물 놈이 한 놈도 없겠는가?

이 쓸 만한 계략을 짜낸 건 노라 호프만이라는 하녀였다. 특별히 시키지도 않았는데 주인의 마음을 헤아려 계획을 짜 오다니 칭찬할 만했다. 일이 성공리에 끝나고 나면 따로 상을 줄 예정이었다.

'절대로 실수하면 안 돼요, 오라버니. 영악한 것이니까 자칫하면 큰일 나요.'

'염려 마라. 내가 요시아스와 함께 직접 움직일 테니.'

평소에는 좀처럼 클라우제너를 방문하지 않는 장남 요시아스가 오늘 함께 파티에 참석해 있는 것도 그 때문이었다.

아직 파티는 제대로 시작도 하지 않았는데, 요시아스가 석 잔째 샴페인을 들이켰다. 벨프 후작은 아들을 못마땅하게 쳐다보았다.

"그만 좀 마셔라. 그래서 어디 큰일 하겠느냐?"

"취해 늘어진 계집 하나쯤 실어 내는 일을 못 하겠습니까? 아예 침실까지 데려갈 수도 있고."

"허! 미친 소리 그만하거라! 누가 들으면 어쩌려고!"

빈정대는 요시아스의 입을 서둘러 막으면서도 벨프 후작은 눈을 끔벅거렸다. 생각해 보면 괜찮은 수단일지도 몰랐다.

요시아스는 얼마 전에 이혼했다. 전처가 온전한 로멜 귀족인 후계자를 남겨 주었으니, 후처는 아렌 남작으로 들여도 나쁘지 않을 것이다. 위빙 상단을 지참금으로 가져올 수 있는 여자라면 더더욱.

벨프 후작이 혹하는 것을 본 요시아스가 바닥에 침을 뱉었다. 안 그래도 그들을 경원하며 거리를 두고 있던 사람들이 질겁하며, 둥글게 원이 생길 정도로 물러났다.

"제길. 적당히 하십시오. 며느리를 뺏는다고 아버지 아들이 클라우제너 공작이 되는 것도 아닌데."

추잡한 집안에 추잡한 아버지였으며, 그 자신도 별반 다르지 않은 인간이었다. 요시아스는 술을 한 잔 더 들이켰다. 벨프 후작이 그의 팔을 잡고 낮은 소리로 꾸짖었다.

"함부로 말하지 마라! 오늘 일은."

"압니다, 알아요. 아버지 같은 생각 하는 작자가 지금까지 없었겠습니까? 그 위빙 상단이 걸려 있는데?"

"쉿, 목소리를……!"

그때, 홀의 출입문이 열렸다. 호스트이기 때문에 호명관이 따로 입장을 알린 것도 아닌데, 사람들의 시선이 자연스럽게 그쪽으로 집중되었다.

에리히 클라우제너는 오늘도 변함없이 미남이었다. 훤칠한 장신을 감싼 검은 예복에는 별다른 장식이 없었다. 그러나 어깨 선부터 날씬한 허리, 긴 다리까지 라인을 드러내며 칼처럼 몸에 맞춘 것만으로도 더없이 화려했다. 여자들만이 아니라 어리석은 질투를 버린 남자들까지도 애단 한숨을 내쉬었다.

그러나 그 곁에 선 클레어의 당당한 자태도 결코 눌리지 않았다. 샹들리에의 크리스털에 부딪혀 반사된 빛이 머리카락에 내려앉아, 마치 불길이 그녀의 주위를 둘러싼 것 같았다.

"잘 어울리시네요. 공작님 곁에서 부족해 보이지 않는 사람이 절대 흔하지 않은데."

"델포드 남작이 저렇게 미인이었던가요?"

클레어의 얼굴을 알고 있던 누군가가 저도 모르게 중얼거렸다.

에리히 옆에 서고도 그녀는 전혀 색채가 죽지 않았다. 큼직큼직한 무늬가 인쇄된 이브닝드레스는 대담하면서도 세련되어 보였다.

“저 목걸이가 바로 공작님께서 새로 만드시게 했다는 그 다이아몬드 목걸이겠지요?”

“우아하네요. 작은 다이아몬드만 썼다고 해서 ‘왜 그랬지?’ 하고 생각했는데 저렇게 화려하고 아름다울 줄 몰랐어요.”

짧고 긴 탄식들이 여기저기에서 오갔다. 설레는 마음과 선망의 시선이 쏟아졌다.

노이만 하원 의장이 제일 먼저 나섰다.

“어서 오십시오, 공작 각하. 기다리느라 목이 빠질 뻔했지 뭡니까?”

“내가 실례했군. 생각보다 준비에 시간이 걸려서.”

“뵙게 되어 영광입니다, 델포드 남작님. 소문 무성한 분을 드디어 뵙게 되는군요.”

“저야말로 뵙게 되어 영광입니다, 의장님.”

클레어가 미소 지은 얼굴로 손등에 키스를 받았다. 정중하지만 과하지 않은 태도였다. 인사 끝에 시선을 맞추며 살짝 웃는 태도에서는 품위와 여유가 느껴졌다.

하긴, 그녀가 소심하다거나 자신감이 모자랄 거라고 노이만 의장은 생각한 적 없었다. 델포드 남작은 사교계보다 관계와 재계에서 훨씬 유명했다.

“그런데 소문이라니, 어디에서 무슨 소문을 들으신 건지 무척 불안하네요. 여자 많은 공작님이 미인에게 질려서 변덕을 부렸다는 소문은 아니었으면 좋겠는데 말이죠.”

에리히가 클레어를 날카롭게 쳐다보았다. 클레어는 그 시선을 아무렇지도 않게 흘려보냈다. 둘 사이에 소리 없이 공방전이 오가는데, 후겐베르크 백작이 말을 건넸다.

"이것 참, 인사는 드려야겠는데 두 분 사이에 끼어들지를 못해서 함부로 말씀을 못 드리겠습니다."

"지금 끼어들어 끊어 주셨잖아요. 오랜만에 뵙습니다, 후겐베르크 백작님."

"2년 만이지요? 제가 뵈러 갔어야 했는데, 워낙 궁금한 게 없을 정도로 확실하게 해 주시니 차일피일 미루다 이렇게 되었지 뭡니까?"

에리히가 의아하게 둘을 바라보았다.

"아는 사이인가?"

"중요한 투자자님이시죠."

"제가 가주가 된 뒤로 가장 훌륭한 선택이었습니다."

후겐베르크 백작이 껄껄 웃었다. 에리히는 '그렇군.' 하고 고개를 끄덕였다. 특별히 드러내지는 않았지만, 뭔가 불만스러워 보여서 클레어는 그의 옆구리를 가볍게 찔렀다.

중년 남자들이 말을 걸고 싶어 하는 상대는 에리히만이 아니었다. 위빙 상단은 유망한 투자처였다. 그리고 투자자가 아니라도 클레어와 대화를 나눠 보고 싶어 하는 사람은 수없이 많았다.

사람들이 그 틈에 함부로 끼어들지 못하고 멀리 둘러싸고 있는데, 불쑥 여자 하나가 친근하게 말을 걸며 고개를 내밀었다. 베티나 공녀였다.

"유능한 약혼녀 때문에 불만이 많아 보이네?"

"내가?"

에리히가 어이없다는 듯이 되물었다.

"그럼 오빠 말고 누구겠어? 왜? 질투 나?"

"허튼소리를."

에리히는 혀를 찼다. 클레어는 웃음 담긴 얼굴로 그녀를 바라보았다. 베티나 공녀가 먼저 발랄하게 웃으며 클레어에게 인사했다.

"만나서 반가워요. 베티나 로멜이에요."

"맨프레드 대공 전하의 영애시군요. 뵙게 되어 영광입니다, 공녀님."

맨프레드 대공은 황제의 동생이고, 에리히에게는 외삼촌이다. 그 딸인 베티나 공녀는 오늘 초대 손님 중에 가장 신분이 높았기에, 클레어는 오늘 처음으로 무릎을 구부려 인사를 올렸다.

"편하게 대해 주세요. 이제 곧 가족이 될 사이인데."

"제가 불편해 보이나요?"

"전혀 안 그래 보이는데 그냥 형식적으로 이야기했어요."

베티나 공녀가 까르르 웃었다. 클레어도 그녀를 따라 미소를 지었다. 친하게 지내서 나쁠 것 없는 상대였다.

"저희 부모님은 그래서 안 오셨거든요. 두 분에게 가야 할 주목을 뺏을지도 모르고, 또 처음 만나는 자리가 이런 파티장이면 혹시 불편해할까 싶기도 하다고요."

"어머. 저는 괜찮은데."

"그러실 것처럼 보여요. 그래서 오빠가 언니를 좋아하나 봐요. 아 참, 언니라고 불러도 되죠?"

"그럼요."

클레어는 전혀 사양하지 않았다. 다섯 살이나 아래인데, 뭐가 부담스럽겠는가. 그녀는 에리히도 얼굴이 부담스러웠지, 신분 때문에 굴종적인 기분을 느낀 적은 없었다.

"그런데, 아까부터 궁금했는데요. 지금 입고 계시는 드레스에 대해서 좀 여쭤봐도 괜찮을까요? 처음 보는 옷감이라서요!"

베티나가 약간 흥분한 목소리로 물었다. 클레어는 시작부터 큰 고객님께서 관심을 주셔서 그저 기쁠 따름이었다.

"위빙 상단에서 앞으로 취급할 새로운 날염 직물이랍니다. 살랑살랑하죠?"

그녀는 드레스 자락이 흔들리며 주름지는 것을 보여 주려는 듯이 그 자리에서 가볍게 돌아 보였다.

베티나가 눈에 불을 켰지만, 더 선보일 기회는 없었다. 에리히가 클레어의 허리를 감아 안으며 말했다.

"영업은 나중에 해."

"공통의 관심사에 대한 대화로 친분의 물꼬를 트려는 거예요."

에리히는 콧방귀만 뀌었다. 새로운 손님이 도착한 것은 그 때였다.

"슈나이더, 아, 어……."

문 앞에 서 있던 호명관이 손님의 이름을 말하려다 말고 머뭇거렸다. 이리스가 말하지 말아 달라고 소곤거리는 소리로 부탁했기 때문이다. 오히려 그 때문에 클레어에게 집중되어 있던 시선들이 흐트러지며 이리스에게 움직였다.

이리스의 모습이 눈에 띄는 순간 파티장이 한순간 고요해졌다. 감정의 출렁임이 눈으로 보일 것 같았다.

이리스는 수수하다 못해 초라한 회색 드레스를 입고 있었다. 자수는커녕 리본도 없었고, 페티코트를 넣어 부풀리지도 않았다. 귀와 목에 보석도 달지 않았다.

죄를 지어 성당에 참회라도 하러 가는 사람 같은 모습이었다. 호명관에게 말하지 말아 달라고 부탁하는 태도와 부끄러워 발갛게 된 뺨을 합치자 스토리가 생겨났다.

"어머, 어머, 이게 다 무슨 일이에요, 슈나이더 백작 영애?"

루이자의 측근인 파펜하임 백작 부인이 호들갑을 떨며 이리스에게 다가갔다. 그 뒤를 따르듯이 여럿이 이리스를 둘러쌌다.

"아직 가을도 오지 않았는데, 꽃이 벌써 이리 색을 잃으면 어째요."

"괜찮아요? 몸이 안 좋은 것은 아니지요?"

"아."

이리스가 머뭇머뭇 두 손을 가슴 앞에 모은 채 뺨을 붉혔다. 그리고 소극적인 목소리로 말했다.

"아무것도…… 아니에요. 제가, 그냥……."

그녀가 떨리는 목소리로 말했다. 어서 말해 보라고 재촉하는 것은 한두 명이었지만, 모든 사람이 그녀의 입술만 바라보고 있었다.

"델포드 남작님께 너무…… 큰 미움을 사서……."

"이리스 양……."

"제가, 화려하게 치장하는 걸, 싫어하시는 것 같아서……."

이리스가 물기 어린 목소리로 말하며 고개를 떨어뜨렸다. 하지만 그녀는 곧바로 깜짝 놀란 듯한 목소리로 부정했다.

"아, 전부 제 잘못이니까요. 그래서 이런 자리에 화려하게 하고 나오면 안 될 것 같아서요……."

곧이라도 방울방울 떨어뜨릴 듯 커다란 눈동자에 눈물이 고였다. 이게 연극이거나 오페라였다면 일어나서 기립 박수를 쳐야 할 타이밍이었다. 감정 표현이 놀랄 만큼 훌륭했다. 이리스는 정말로 슬프고 애처로워 보였으며, 작은 실수에 큰 대가를 치르고 고통스러워하는 사람 같았다.

'와, 지금 내가 의상실 싹쓸이했다고 저러는 거야?'

여기가 성당이었다면 그런대로 진실미가 있었을 것이다. 하지만 여기는 파티장이었으며, 이리스는 장소에 맞지 않는 초라한 옷을 보란 듯이 입고 나왔다.

"죄송해요. 제가…… 안 나오는 게 맞는 걸까 싶었는데, 그래도 두 분 약혼은 꼭, 축하해 드려야 할 것 같아서."

이리스가 에리히를 바라보며 가련하게 말했다. 그녀의 가냘프고 청초한 모습은 이별할 수밖에 없는 숙명에 떨고 있는 여주인공 같았다.

클레어는 어금니를 물고 웃었다. 비록 그녀가 대범하려고 애쓰는 편이고, 사람 사는 거 다 거기서 거기니까 대충 다 이해하자는 주의였지만 이건 아니었다.

그리고 인정하기 싫지만 솔직히 신경 쓰였다.

'클라우제너 공작도 남자야. 지금까지는 여동생처럼 생각하고 관심 없었어도, 이리스 양이 이렇게까지 나오는데 과연 아무 생각 안 들까?'

이런 이야기들 말이다.

클레어는 에리히의 팔에 끼고 있던 팔짱을 풀고 이리스에게 다가섰다. 그리고 짐짓 친밀한 태도로 이리스의 손을 답삭 잡았다.

"이리스 양! 와 주셔서 감사해요!"

"아……."

이리스가 곱게 인사하기 위해 손을 빼려고 했지만, 클레어는 웃는 낯으로 '우리 사이에 무슨'이라는 의미를 팍팍 담아 그녀의 손을 잡고 놓지 않았다.

"오늘 슈나이더 백작가가 참석하지 않는다고 들어서 마음이 좀 그랬거든요."

"아버지가 좋은 생각이 아닌 것 같다고 하셔서……."

"백작님이 뭔가를 오해하고 계신가 봐요. 에리히가 어릴 때부터 친하게 지낸 집이 흔하지 않은데……. 이리스 양이라도 오셔서 제 마음이 얼마나 안심되는지 몰라요. 그렇죠?"

클레어가 에리히를 돌아보며 동의를 구했다. 그가 어이없다는 눈빛으로 그녀를 쳐다보았지만 그것을 굳이 표정에 드러내지는 않고 무덤덤하게, 하는 둥 마는 둥 고개를 끄덕였다.

이리스가 떨리는 목소리로 말했다.

"하지만…… 절 불편해하실 거라고 생각했어요."

"드레스 이야기라면 오해였다는 사실이 이미 다 밝혀졌는걸요. 파벨이 에리히의 명령을 급하게 지킨답시고 이리스 양의 드레스를 새치기해 버렸던 거라면서요."

클레어는 아예 들으라는 듯이 큰 목소리로 말했다. 뒤에서 이러쿵저러쿵 소문을 내느니 차라리 아예 알리는 게 나았다.

"저야말로 사과를 해야 하는데……. 미안해요."

클레어는 그녀가 대답할 틈을 주지 않고 손을 놓고 한 걸음 물러섰다. 그리고 손을 뒤로 돌려 목걸이를 풀었다. 파티장의 환한 조명을 받은 수백 개의 작은 다이아몬드가 빛을 뿜었다. 일순간에 모든 사람의 시선이 거기에 집중되었다.

이리스는 여전히 사람을 홀릴 만큼 함초롬하게 아름다운 얼굴이었으나 이미 파티장의 주목은 클레어에게 옮아간 다음이었다. 가련미를 뽐낸 다음이라 적극적으로 대응하지도 못하고 이리스의 시선이 당황스럽게 흔들렸다.

클레어는 그 목걸이를 이리스의 목에 걸어 주었다.

"제 선물이에요. 이리스 양이 파티에 참석해 준 것에 대한 감사의 뜻을 담아서 드리는 거예요."

"네? 아, 아뇨! 이런 걸 받을 순 없어요……!"

이리스가 필사적이 되거나 말거나 클레어는 신경 쓰지 않았다. 아깝긴 했다. 하지만 질투 때문에 치사하게 이리스에게서 드레스를 빼앗았다는 소리를 듣느니 목걸이를 희생하는 게 나았다.

그리고 아주 사교계를 활활 불태울 소문의 중심에 다이아몬드 목걸이가 들어가서 홍보 효과도 끝내주길 빈다.

"저게 대체 얼마짜리야?"

"굉장하네요. 슈나이더 백작가의 재정으로는 저런 목걸이는 사지도 못할 텐데."

누군가가 들으라고 말하는 건지 실수한 건지는 모르겠지만, 그런 대화가 또렷하게 들려왔다.

'역시 최고의 광고판이라니까.'

거기에 스캔들까지 얹은.

클레어는 만족스러운 기분으로 손을 털고 물러섰다. 이리스가 패배감과 수치심으로 얼굴을 빨갛게 만들었다.

"에리히."

짐짓 다정한 태도로 에리히를 돌아보자 그가 클레어의 하녀에게 무슨 지시인가를 하고 있었다.

"괜찮죠? 이 목걸이, 이리스 양에게 선물해도?"

"상관없어. 예물도 아닌데."

에리히가 덤덤하게 대답했다. 하녀가 서둘러 파티장 밖으로 나가는 모습을 흘끗 보고 클레어는 고개를 갸웃했다. 딴생각을 하지 말라는 듯이 에리히가 그녀의 목에 가볍게 손가락을 얹어 아까 드레스룸에서 했던 것처럼 목걸이 자리를 따라 그었다.

"목이 허전해졌군."

"괜찮아요. 목걸이 또 사 줄 거잖아요?"

"가져오게 했어."

"헌걸로요?"

클레어는 으레 가문의 보석 중 하나려니 생각하며 웃었다. 물론 그녀에게는 더 나은 생각이 있었지만, 에리히가 일부러 갖다 주게 하는 것이면 그것도 나쁘지 않았다.

그리고 잠시 후에 헐레벌떡 달려온 것은 하녀가 아니라 마사였다.

"말씀하신 걸 가져왔습니다, 공작님."

마사가 숨을 몰아쉬면서도 온 얼굴에 웃음을 함박 머금고 상자를 열었다. 그것은 클레어가 만약을 대비해서 미리 갖고 오라고 한 수레국화 열쇠와 진주 목걸이였다. 그녀는 깜짝 놀라서 물었다.

"아. 이걸 어떻게 알았어요?"

"내가 네 생각을 모를까 봐?"

에리히가 피식 웃었다.

"이것 때문에 이쪽 레이스를 뜯은 거잖아. 눈에 띄게 하려고."

그가 클레어의 귓가에 속삭이듯이 말하면서 클레어의 드러난 어깨를 가만히 손바닥으로 쓸었다. 그리고 길게 늘어뜨린 머리칼을 한쪽으로 쓸어 모았다. 손가락이 등과 목을 부드럽게 어루만지듯이 움직였다.

"걸어 줄 테니까 잠깐 잡아."

클레어는 잠깐 머뭇거렸다. 친밀한 행위를 하기에는 지켜보는 눈이 너무 많았다.

하지만 내친김이다. 이리스가 시야 한쪽에서 새파랗게 질려 휘청거리는 걸 보고 있자니 지금 키스 정도까지는 충분히 할 수 있을 것 같았다. 클레어는 그가 쓸어 주는 대로 머리칼을 모아 쥐었다.

에리히가 진주 목걸이의 잠금쇠를 채웠다. 목덜미에 숨결이 닿을 정도로 가까웠다.

"자아."

그가 손을 내리자 클레어는 머리칼을 한 번 흩트리듯이 하며 자연스럽게 다듬었다.

에리히가 이번에는 수레국화 열쇠에 달린 갈고리를 진주 목걸이 사이에 걸었다. 애초부터 그렇게 쓰려고 만들어진 목걸이라, 진주 사이에 만들어진 작은 다이아몬드 장식 아래 열쇠가 늘어뜨려졌다.

본래 크기가 제법 되는 열쇠였기에 무게감으로 적당히 늘어져, 열쇠 끝부분이 가슴 사이로 살짝 사라졌다. 진주 목걸이 자체는 원래 걸고 있던 다이아몬드보다 단아했다. 그래서 흰 피부 위에 빛나는 수레국화 한 송이가 얹히는 것이 더욱 강조되었다.

"클라우제너를 목에 걸었어."

"수레국화 열쇠를 저렇게……. 상상도 못 했어요. 너무 아름답네요."

짧고 긴 탄식들이 여기저기에서 오갔다. 설레는 마음과 선망의 시선이 쏟아졌다. 이제까지 수레국화 열쇠를 자랑한 공작 부인은 많지만, 그것을 배짱 좋게 목에 건 사람은 처음일 것이다.

클레어를 비난할 준비가 되어 있었던 루이자의 측근 귀부인들도 모두 입을 다물었다. 수레국화 열쇠의 주인 앞에서 그냥도 그녀들은 아무 말 할 수 없었고, 에리히가 직접 그것을 목에 걸어 준 사람 앞에서는 더 그랬다.

클레어는 생긋 웃었다. 이 정도면 대체 왜 공작이 저 여자를 택했는지 모르겠다는 소리는 듣지 않을 것 같았다.

"목걸이로도 잘 어울리는군."

에리히가 눈을 내리깔듯이 그녀를 응시하며 말했다.

"고마워요."

"……."

그가 말없이 손을 내밀었다. 클레어는 왜 그러는지 몰라서 잠깐 의아하게 그를 쳐다보았다.

눈치 빠른 악단이 춤곡을 연주하기 시작했다. 이제나저제나 말을 걸 수 있을까 싶어 둘러싸고 있던 사람들이 둥글게 거리를 벌리며 공간을 내주었다.

클레어는 난처한 웃음을 머금었다. 오늘은 집주인이라 그런 것이라 치더라도, 솔직히 좀 부끄럽다 못해 쪽팔릴 것 같았다.

"뭐, 당신이랑 살려면 이런 것도 익숙해져야겠죠?"

"뭘?"

뭐에 익숙해져야 된다는 건지도 이해 못 한 에리히가 약간 혀를 차며 내민 손을 가볍게 흔들었다. 클레어는 그 손 위에 제 손을 얹었다. 에리히가 다른 팔로 그녀의 허리를 감아 안고 가볍게 홀 중앙으로 미끄러져 들어갔다.

"후아."

잠시 정원에 다녀온 노라는 크게 심호흡하고 파티장 안으로 들어섰다.

오늘은 실수하면 안 되니까 연잎 궐련을 두 대나 피웠다.

카탸의 말이 옳았다. 노라가 카탸의 계략을 전달하자 루이자는 크게 기뻐하면서 상으로 금화 주머니를 주었다. 그 돈으로 노라는 이자를 일부 갚고 싸구려 담배와 연잎 궐련도 샀다. 카탸도 그녀에게 한 상자를 주었기 때문에 노라의 마음은 그 어느 때보다도 풍족했다.

'난 괜찮아. 잘 살 수 있어.'

연잎 궐련을 피우고 나면 잠시 동안은 손발의 떨림도 가라앉고 식은땀도 가셨다.

잘할 수 있다. 해낼 수 있다. 이번 일이 잘 끝나면 받은 돈으로 빚을 갚고, 하녀 일을 그만두고 옷 수선집을 차릴 것이다.

'돈을 주지 않으면, 무슨 짓을 했는지 공작님에게 알리겠다

고 해야겠어. 그러면 가만히 있을 수 없겠지.'

노라는 열이 오른 머릿속으로 그런 계획을 세우며 주류 준비실 쪽으로 들어갔다. 와인 담당 집사가 그녀를 알아보고 물었다.

"무슨 일이니?"

"마님께서 심부름을 시키셨어요."

노라는 앞치마 밑에 숨긴 손에 약병을 단단히 쥔 채 말했다.

술잔 속의 음모

루이자는 초조하게 발을 굴렀다. 그럴 때마다 화려하게 차려입은 드레스에 달린 보석들이 출렁거리면서 움직였다.

"마리아? 마리아는 어디 갔어?"

"아까 마님께서 가져오라고 하신 티아라를 찾으러 나갔는데요."

"그걸 왜 걔가 찾으러 가!"

보석함 열쇠를 맡아 가지고 있는 게 마리아라는 건 생각도 하지 않고 루이자가 더럭 고함을 질렀다.

거사가 치러지는 날이다. 긴장하고 있으니, 익숙한 마리아의 시중이 아닌 게 너무 신경에 거슬렸다.

"하."

소리를 질러 봤자 자리에 없는 마리아의 귀에 들릴 것도 아니다. 루이자는 씨근덕거리면서 전신 거울을 다시 쳐다보았다.

선대 공작에게 사랑받았던 미모가 루이자에게는 언제나 자랑거리였는데, 오늘따라 아무리 치장해도 왠지 초라해 보여서 참을 수가 없었다.

“띠 가져와. 금으로 된 거!”

“아……. 지금도 충분히 아름다우셔요, 공작 대부인. 여기서 더하시면 오히려 과해서, 꺅!”

루이자가 부채를 휘두르는 바람에 치장을 도우러 온 의상실 직원이 비명을 지르며 뒤로 자빠졌다.

“가져오라면 가져와!”

“네! 네! 마님!”

하녀가 허둥지둥 금으로 된 체인을 가져왔다. 안개꽃을 조각한 금 구슬이 달린 체인은 치마에 두르자 반짝반짝 빛을 반사했다.

“노라는?”

“노라요? 아까 잠깐 나가더라고요.”

하녀들이 불편한 기색으로 자기들끼리 시선을 교환했다.

최근에 노라의 평판은 좋지 않았다. 원래는 그냥 과묵하고 유능한 옷방 하녀였지만, 요사이에는 이상했다. 툭하면 일을 팽개치고 사라졌고, 몸에서는 좋지 않은 냄새가 났다. 손발을 떨어 대는 걸 보고 밤마다 술을 마시는 게 아니냐고 수군대는 사람도 많았다. 값비싼 옷감이나 루이자가 잘 찾지 않는 장갑 같은 소품을 빼돌린다는 의혹도 있었다.

안 그래도 벼르고 있는 사람이 많은데, 이 며칠 사이에 루이자가 그녀를 곁에 두고 자주 찾았다.

루이자의 총애가 부러운 것은 아니었다. 하녀 중에 그녀를 좋아하는 사람은 하나도 없었다. 하지만 그건 그거고, 꼴 보기 싫은 건 꼴 보기 싫은 거였다.

"어딜?"

루이자가 다시 물었다. 거기에는 아무도 대답하지 않았다. 실제로 아무도 몰랐으니까.

"아무도 몰라? 마리아도 없고? 무슨 일을 이렇게 해?"

루이자가 몸종인 니엘에게 날카롭게 말했다. 니엘이 고개를 숙였다.

"죄송합니다, 마님. 노라는 워낙 잘 없어지는 애라서요."

"담배를 피우러 나간 게 아닐까요?"

보통 하녀들은 루이자에게 자기들끼리만 아는 이야기를 잘 하지 않았지만, 오늘은 아니었다. 루이자는 그런 이야기에 관심이 없었다. 솔직히 총애하느니 마느니 하는 것도 하녀들끼리 하는 이야기지, 그녀는 마리아와 니엘 말고는 대부분 이름도 알지 못했다.

하지만 옷방 하녀가 담배를 피운다는 말에는 눈살을 찌푸렸다.

"그건 좀 곤란하네. 니엘, 따끔하게 말 안 하고 뭐 했니?"

"제가 확인해 보겠습니다."

니엘은 영혼 없이 말했다. 어차피 내일이 되면 루이자는 이 이야기를 잊어버릴 것이다. 마리아가 돌아온 것은 그때였다.

"왜 이제 와?"

"늦어서 죄송합니다."

밖에서 얼마나 뛰어왔는지, 숨을 몰아쉬며 마리아가 굽실거렸다. 그리고 루이자에게 조심스러운 목소리로 말했다.

"벨프 후작님께서 찾으세요."

"오라버니가?"

루이자는 하, 하고 한 번 한숨을 내쉬고 일어섰다. 그쪽에도 무슨 문제가 있는 건가. 정말이지, 되는 일이라고는 없었다.

하지만 어쩔 수 없었다. 한 번에 제대로 해치우지 않으면 두 번째 기회는 없을 테니, 자신이 하나하나 전부 챙기는 수밖에.

"니엘, 노라가 오면 대기하고 있으라고 해."

"네, 마님."

루이자는 마리아만 앞세우고 드레스룸을 빠져나갔다.

그때 벨프 후작은 연회장에 있지 않았다.

두 번째 춤곡이 끝났을 때의 일이다. 중요한 일로 보냈던 심부름꾼이 돌아오지 않아 초조해하던 중에 루이자의 하녀가 그를 불러냈다.

루이자가 보낸 것이라고 생각해서 따라 나왔는데 그 자리에서 클라우제너의 보안 요원들에게 붙들렸다.

"이게 대체 무슨 짓이냐! 내가 누군데! 대체 누가 시킨 짓이야?"

그는 아우성쳤지만, 보안요원 하나가 그의 입에 억지로 손수건을 물렸다. 연회장에서 떨어진 복도로 끌려가는 동안 내다

보는 자가 한 명도 없었다. 벨프 후작은 낯익은 공간이 나온 다음에야 자신이 어디로 끌려왔는지 알았다.

공작의 집무실이었다. 에리히가 팔짱을 끼고 창가에 기대어서 있었다.

"으읍!"

에리히가 흘끗 후작에게 시선을 주었다. 보안 요원이 그제야 후작의 입에서 손수건을 빼냈다.

"푸하!"

간신히 숨이 트인 후작이 거칠게 헐떡였다. 에리히는 싸늘한 시선으로 그를 내려다보았다. 보안 요원이 그를 소파에 앉혔다. 벨프 후작은 분노와 경악으로 시뻘게진 채 외쳤다.

"이게 무슨 짓입니까, 에리히 공! 사람을 속여서 납치라도 하듯이!"

"잠시 기다리십시오. 와야 할 사람이 더 있으니까요."

오래지 않아 술에 취한 요시아스가 끌려왔다. 거의 인사불성이었기 때문에 보안 요원은 그를 후작의 곁에 집어 던지듯 내려놓았다.

루이자가 도착한 것은 그다음의 일이다.

그녀는 무척 당황했다. 처음에는 연회장으로 갈 줄 알았는데, 마리아는 그녀를 엉뚱한 복도로 인도했다. 그녀는 단 한순간도 마리아를 의심한 적이 없었기 때문에, 본채로 들어선 다음에야 이상하다는 것을 깨달았다.

그쪽에는 대부분 에리히가 업무용으로 사용하는 방들이 있었다. 접견실처럼 외부인이 드나드는 곳이 아니었다. 자신조차 도 용건 없이 함부로 갈 수 없는 곳인데, 벨프 후작이 여기 있을 리가 없었다.

"너, 어딜 가는 거야? 오라버니가 찾는다며?"

그녀의 고함 소리는 복도를 쩌렁쩌렁 울렸을 뿐이다. 마리아는 그 순간에 루이자의 팔짱을 끼었다. 달아나지 못하도록 잡는 것처럼 말이다.

하녀 옷을 입은, 그러나 루이자가 본 적 없는 여자 하나가 더 나타나 마리아의 반대쪽에서 팔짱을 끼었다. 그리고 마치 연행하듯 그녀를 끌어당겨 집무실로 향했다.

"이게 대체 무슨 짓!"

집무실 안으로 밀쳐지듯이 들어오며 루이자가 새된 소리를 질렀다.

그녀는 집무실 안에 에리히와 벨프 후작, 요시아스가 있는 것을 보고 입을 다물었다. 그리고 어지러운 듯이 고개를 한 번 흔들고, 구겨진 소맷자락을 바로잡았다.

"무슨 일이니? 사람을 시켜 불러내서는, 납치라도 하듯이 끌고 오다니?"

루이자는 당당하게 말했다. 집무실 안의 불온한 분위기를 눈치 채지 못한 것은 아니었지만 자기중심적인 탓에, 자신에게 문제가 생길 거라고는 조금도 생각하지 않았다.

에리히가 싸늘한 시선으로 그녀를 바라보았다.

"두 분이 오늘 제 약혼녀에게 하려던 짓을 그대로 했을 뿐입니다."

루이자는 그제야 흠칫 몸을 굳혔다.

"아니, 추문으로 씻을 수 없는 타격을 입히려고 한 게 아니라 공개적인 장소에서 두 분의 명예를 해치지 않으려고 한 것이니 완전히 다르긴 하군요."

루이자는 숨을 훅 들이켰다. 원래도 감정을 숨기는 것에 능숙하지 못한 데다가 임기응변에도 서툴렀으므로 얼굴이 새빨개져 발끈하고 말았다.

"그게 무슨 소리야? 내가 뭘 어쨌다고?"

에리히의 반보 뒤에 서 있던 보좌관이 편지 네 장을 꺼내서 벨프 후작 앞에 있는 테이블에 내려놓았다.

벨프 후작이 숨을 들이켰다. 그 편지는 그가 조금 전에 자기 하인들에게 보내라고 지시한 것이다. 수신인은 각각 다른 남자였으며, 클레어의 서명이 되어 있었다.

위조 서명에, 위조 필적이다. 내용은 밀회를 비는 남자에게 주는 답장이었다.

『클라우제너가 가진 힘과 권력 때문이 아니라면, 누가 그런 이기적인 남자를 좋다고 하겠어요? 내 마음속에 있는 건 오로지 당신뿐이에요. 파티 날, 후원에서 그걸 증명해 줄게요.』

그 밑에 적힌 문장들에는 다분히 성적인 함의가 포함되어 있었다.

"어, 어떻게 이걸……?"

벨프 후작이 경악했다. 자신도 필적 위조가를 직접 알아보았고, 위조 편지를 보내는 것도 출처를 숨길 수 있도록 사람의 손을 여럿 거쳤다. 그러니 이 일을 아는 것은 루이자와 자신을 제외하면 계략을 짠 노라와 아들인 요시아스뿐이다.

대체 어느 틈에 편지를 빼돌렸단 말인가.

"제집에서 이런 짓을 꾸미고도 성공할 것 같았습니까?"

"짓이라니? 무슨 짓?"

"진정제를 섞은 독주를 먹인 다음 끌고 가서 밀회 현장을 만들고, 손님들에게 목격시킬 작정이셨잖습니까? 바람을 피운 것처럼 보이기만 했으면 다행이지, 실제로 그 이상의 일을 사주할 계획이셨을 거고."

에리히가 싸늘한 목소리로 말했다.

그는 좀처럼 감정을 드러내지 않는 사람이었다. 기쁨과 즐거움만이 아니라 분노와 슬픔도 마찬가지였다. 그것이 바로 그가 가장 로멜 귀족다운 귀족이라고 불리는 이유기도 했다.

그러나 지금은 평정하게 말하고 있어도, 평소와 달랐다. 새파란 눈동자에 그늘이 드리워져, 시선만으로도 싸늘하게 사람을 벨 수 있을 것 같았다.

"아니, 아니야. 나는 아무것도 안 했어!"

루이자가 지레 겁을 먹으며 장식 체인이 망가지는 것도 모르고 치맛자락을 쥐어뜯었다. 벨프 후작도 황급히 변명했다.

"뭐, 뭔가 잘못 알고 계신 겁니다, 공작님!"

"그렇습니까? 그러면 증인이 잘못 들었겠군요."

에리히의 말이 끝나자, 마리아가 고개를 숙였다. 오늘 하루 종일 허둥거리는 얼굴이었는데, 지금은 침착하고 아주 차분한 표정을 하고 있었다.

루이자가 비명을 질렀다.

"네가…… 네가 날 배신했어?!"

"배신이 아닙니다, 어머니. 애초부터 마리아는 제 명령을 받고 어머니를 모셨던 것이니까요."

"뭐……?"

루이자가 황당한 얼굴로 되물었다. 그리고 뒤늦게야 에리히의 말뜻을 이해하고, 기력이 빠진 사람처럼 비슬비슬 그 자리에 주저앉았다. 에리히는 그 모습을 냉담한 얼굴로 쳐다보았다.

"의외군요, 어머니. 제가 어머니를 그냥 방치하고 있다고 생각하셨던 겁니까?"

"아니, 아니…… 그게 아니라!"

루이자는 울먹임이 섞인 목소리로 소리쳤다.

"너…… 너, 날 의심하고 있었니? 나한테 세작을 심었어?"

"만약의 경우를 대비해 어머니를 보호하려고 한 겁니다. 오늘만 해도 그렇습니다. 오늘 계획하신 일이 실제로 벌어졌다면, 어머니도, 벨프 후작가도 이 땅에서 지워졌을 테니까요."

에리히가 나직하게 말했다. 차분하고 침착한 목소리에서는 노기조차 느끼기 어려웠다. 에리히는 그저 한없이 차가웠을 뿐이다. 그러나 분노하는 것보다 더 무서웠다. 한 치의 감정적 동요도 없이 그가 자기 말을 지키리라는 것을 모두가 알 수 있었다.

"제 아내 될 사람에게 관여하지 마시라고 벌써 두 번이나 말씀드렸습니다. 그런데도 이런 일을 획책하다니."

"걔, 걔가 보낸 것일 수도 있잖아……."

"어머니는 클레어가 진심을 증명하려고 바람 상대를 약혼자의 집에 끌어들이는 멍청이로 보이십니까?"

에리히가 그녀에게 경멸 가득한 시선을 던졌다. 루이자가 가슴을 쥐어뜯었다. 숨이 턱턱 막히고 눈물이 가슴 깊은 곳에서부터 솟아서 말이 잘 나오지 않았다.

"왜 걔만 믿어?"

억울하고 분했다.

자신이 더 오랫동안 에리히와 함께 지냈다. 세상에서 두 번째로 사랑하는 남자였다. 남편이 죽은 뒤로는 남편처럼 의지했다.

그러니 에리히도 당연히 그래 줘야 했다. 자신보다 그의 곁에 더 오래 있고, 그를 더 아껴 줄 수 있는 여자가 이 세상에 있을 리가 없으니까.

"걔는 믿을 수 없는 애야! 다른 남자와 만나고 있다고 내가 그랬는데 왜 안 믿어!"

"이 이상 추하게 굴지 마십시오."

"내 눈으로 봤다니까! 걔는 정부가 셋이나 된다고! 아니, 셋뿐이라고 누가 장담해!"

루이자의 얼굴이 눈물과 화장품으로 얼룩져 엉망진창이 되고, 제 머리를 제 손으로 쥐어뜯는 바람에 에메랄드 티아라가

대롱대롱 머리칼에 매달렸다.

"결혼도 하기 전에 남자한테 몸 굴리고 애까지 낳은 여자를 어떻게 믿어! 그 애가 네 애라는 보장은 또 어딨어!!"

"그 이상 말씀하지 마십시오, 어머니."

"왜 날 안 믿어 줘! 넌 날 믿어야지! 그런 천한 계집이 아니라 날 믿어야지!!"

목이 찢어져라 절규하는 루이자를 에리히는 새파란 눈으로 내려다보았다. 그 시선의 무정함에 루이자는 몸부림쳤으나, 실내는 그저 조용하기만 했기에 결국 혼자 지쳐 흑흑 울며 바닥에 쓰러지고 말았다.

에리히는 그 모습을 내려다보며 내뱉듯 말했다.

"정말 실망스럽군요."

"에리히!"

"어머니께서 종종 도가 지나친 짓을 하시는데도 제가 지금까지 굳이 제재하거나 하지 않은 것은, 마음속 깊은 곳에서 클라우제너를 긍지로 여기고 계신다는 것을 알고 있기 때문이었습니다."

그는 과거형으로 말했다.

"그 이름에 걸맞게 품위를 갖추시길 바란 거죠. 그러나 어머니의 행동은 천박하고 수치스럽습니다."

그 평가에 루이자가 멍하게 에리히를 올려다보았다. 에리히는 손을 내밀어 그녀를 일으켜 세우지도, 안색을 바꾸지도 않고 얼음처럼 냉엄한 얼굴로 선언했다.

“어머니에게서 클라우제너의 작호를 박탈합니다. 그 이름을 쓰시기에 어머니는 너무 부도덕합니다.”

“그, 그게…… 무슨 소리야! 말도 안 돼!”

“제가 가주입니다, 어머니.”

벌벌 떠는 루이자에게 그가 짧게 대꾸했다.

비록 시대가 전과 다르다고 하지만, 여전히 가문 안에서 그의 권위는 절대적이었다. 반면, 루이자의 결혼 계약서는 귀천상혼으로서, 신분 차이가 나는 재혼이었기에 결코 동등하지 않았다. 보통의 정략결혼과 달리 벨프 후작가는 클라우제너의 가계도에 간섭할 수 있는 권리가 없었다.

루이자의 얼굴에서 천천히 혈색이 빠져나갔다. 망연하게 자신을 올려다보는 루이자를 흘끗 내려다보고 에리히는 명령했다.

“마리아. 내실로 모셔라.”

마리아가 다가와 루이자의 팔을 잡았다. 그때가 되어서야 루이자가 미친 듯이 발광했다.

“너, 너, 나, 날 그렇게밖에 생각 안 했어? 내가 너한테 그렇게 아무것도 아니었니? 내가, 내가……!”

에리히는 대꾸도 하지 않았다. 마리아가 루이자를 억지로 잡아끌었다. 다른 쪽에서는 여자 보안 요원이 그녀를 끌어냈다.

“이건 말도 안 돼! 내가! 내가! 클라우제너의 안주인이야, 내가!!”

그녀가 목이 찢어져라 발악했다.

“고작해야 남작인 계집애 따위 하나 때문에 내가 왜!!”

탁.

문이 닫히자 소리도 끊겼다.

에리히는 손바닥으로 얼굴을 한 번 쓸어내렸다. 그리고 이번에는 벨프 후작을 바라보았다. 벨프 후작은 얼른 에리히의 앞에 무릎을 꿇었다. 완전히 두려움에 잠식된 몸에서 식은땀이 뻘뻘 흘렀다.

"죄송합니다, 공작님. 저희가 생각이 짧았습니다. 부디 한 번만……."

"후작, 자네는 서명과 필적을 위조한 것을 다행이라고 생각해야 할 거야."

에리히가 내뱉었다. 이제까지 에리히는 그를 후작님이라고 부르고 경어를 써 왔다. 어쨌든 새어머니의 오빠이니, 외숙부라고 여기지는 않았으나 인척으로 존중한 것이다.

그러니 지금 그를 하대한 것은 형식상의 인척 관계를 해소하겠다는 것과 같은 의미였다.

"이 일은 너무 큰 것이라, 클레어 본인에게 알려서 처리할 거니까. 적어도 법정에 설 기회는 있겠지."

"공작님!"

벨프 후작은 그의 바짓가랑이를 잡을 기세로 매달렸다. 에리히는 그를 내려다보지도 않고 돌아섰다. 파티장으로 돌아갈 작정이었다.

보안 부장 막시밀리안이 그에게 정중히 고개를 숙였다. 벨프 후작이 도주하지 못하도록 그가 잘 지킬 것이었다.

클레어는 그동안 파티장에 혼자 있었다.

그녀는 원래 혼자 잘 노는 성품이었다. 전생에는 쇼핑도, 영화도, 여행도 혼자 잘 다녔고, 모임에서도 꼭 단짝이 있어야 한다는 타입은 아니었다. 환생 후에도 영지에 또래 친구 하나 없이 혼자 놀아도 외로운 줄을 몰랐다.

하지만 약혼 축하 파티에서 혼자인 것은 진짜 좀 그렇지 않은가.

'잠깐 일 좀 보고 온다더니, 이게 뭔데, 대체.'

두 번째 춤곡이 끝난 직후에 에리히가 자리를 비웠다. 그리고 여섯 번째 춤곡이 연주되고 있는 지금까지 돌아오지 않았다.

클레어는 내심으로 이를 갈았다. 그나마 수레국화 열쇠를 목에 거는 퍼포먼스 덕분인지, 약혼자에게 내팽개쳐진 건가 하는 의혹은 사지 않았다.

물론 얼굴에는 화사한 미소를 걸고, 투자자들과 대화하고 귀걸이와 새 원단도 영업했다.

'오늘 난 일하러 온 거야. 일. 접대도, 투자자와 친목을 다지는 것도 일이지.'

그녀는 이를 악물고 생각했다.

"귀걸이도 직접 디자인하신 거지요? 얼마나 반짝거리는지, 남작님 얼굴 주위에 빛이 비치는 것 같아요."

"아니, 참. 그건 귀걸이 탓이 아니라 남작님이 너무 예쁘셔서 그렇게 보이는 거지."

누가 누구를 접대하고 있는 건지 모를 상태가 되긴 했지만 말이다. 하지만 모든 사람이 그걸 두고만 보고 있는 것은 아니었다.

"그것참, 무리해서라도 칭찬해 드려야죠. 아무리 규모가 작아도 명색이 약혼 축하 파티인데, 약혼자가 이렇게 사라져 버리다니 얼마나 마음이 서러우시겠어요."

루이자의 측근인 파펜하임 백작 부인이 약간 떨어진 자리에서 들으란 듯이 선명한 목소리로 말했다. 클레어는 잠깐 망설였다. 솔직히 여기서 파펜하임 백작 부인에게 대거리하는 게 더 꼴사납지 않을까 싶었다.

"드레스 저거 대체 무슨 일이에요? 자수 한 땀 없이."

"그나마 위빙 상단 물건의 장점이 무늬를 잘 짜 넣는다는 것이었는데, 저건 자수가 아니고 애들이 그림 그린 것처럼 물감에 적신 거잖아요."

"좋은 건 다 팔아야죠. 아렌 남작 따위가 클라우제너에 시집오는 건데, 마지막 한 푼까지 긁어모아서 지참금이라도 빵빵하게 챙겨야지."

하지만 5분도 지나지 않아 참는 게 더 꼴사나워질 게 분명해졌다. 이렇게 소곤거리는 소리를 잘 들리게 말하는 것도 재주였다.

'어차피 이런 택도 없는 소리로 욕을 먹을 거라면, 무시당하는 것보다 미친개 소리를 듣는 게 낫지 않나?'

욱했다가 땅을 치고 후회할 일을 만들곤 했던 것을 잊고 클레어는 환한 웃음을 지으며 몸을 돌렸다. 그녀 곁에 서서 줄곧 귀걸이를 칭찬하고 있던 슈텔처 남작 부인이 불안한 얼굴로 혼잣말했다.

"그냥 무시하는 게 나으실 텐데……."

하지만 클레어에게 직접 충고하지는 못했다. 결국 자신이 그녀를 모욕하는 말을 들었다는 의미가 되기 때문이다.

베티나 공녀가 웃음을 머금은 채 말했다.

"그런 걸로 상처받을 분처럼은 안 보이는데요. 오히려 파펜하임 백작 부인을 걱정해야 하지 않을까요?"

그 말이 옳았다.

클레어가 다가오자 파펜하임 백작 부인은 뒷걸음질 칠 뻔했다. 그녀의 상식으로는, 곱게 자란 영애라면 부끄러움과 수치심에 몸 둘 바를 모르면서 도망을 쳐야 정상이었다.

'저러니 결혼도 못 하고 나이만 먹었지!'

파펜하임 백작 부인이 부채 밑에서 입으로 웅얼거렸다. 그녀를 둘러싸고 있던 귀부인들이 웅성거렸다.

하지만 그녀는 질 수 없었다. 무슨 일인지 루이자가 돌아오지 않고 있는 지금, 자신이라도 나서서 분위기를 바꿔야 했다. 이대로 클레어에게 중심이 옮겨 가 버리면, 나중에 루이자의 입장이 어떻게 되겠는가?

루이자의 최측근이라는 걸로 사교계의 입지를 굳히고 있는 파펜하임 백작 부인으로서는 좌시할 수 없는 문제였다.

"……."

클레어가 그녀를 빤히 바라보며 생글생글 웃었다. 파펜하임 백작 부인은 시선을 돌리고, 부채로 코밑을 가리며 모르는 체 했다. 소개도 없이 말을 거는 것은 숙녀다운 행동이 아니다. 저쪽도 그걸 알 텐데, 아무도 이쪽에서 입을 안 열면 제가 무슨 말을 하겠는가 싶었다.

여전히 음악이 흐르고 사람들이 춤을 추고 있는데도, 미묘한 정적이 파티장에 흘렀다.

클레어는 사람들이 쫑긋 귀를 세우고 있는 걸 알면서도 다 들릴 만한 목소리로 말했다.

"이런……. 에리히의 소개로는 이 파티장 전체에 통용되지 않나 봐요."

혼잣말처럼 했지만, 그녀의 시선은 눈이 마주친 슈페 자작 부인에게 꽂혀 있었다. 네가 대답하라는 신호였다.

슈페 자작 부인은 몸 둘 바를 몰랐다. 클레어를 무시하고 싶지 않았다. 클라우제너 공작 부인이 될 사람이니, 당연히 자기가 먼저 인사를 올려야 했다. 하지만 그랬다가는 루이자에게 찍힐 것이다.

슈페 자작 부인은 주위 눈치를 살폈으나, 눈치를 본다고 해결될 일이 아니었다. 그녀는 결국 치맛자락을 들어 올리며 고개를 숙였다. 진짜 울고 싶었다. 왜 하필 자기 같은 피라미를 지목한단 말인가.

"인사드리게 되어 영광입니다. 슈페 자작가의 아그네스라고 합니다."

"만나서 반가워요, 슈페 자작 부인."

클레어는 미소를 지으며 그녀와 마주 인사했다. 그다음 고개를 들고 천천히 귀부인들과 하나씩 시선을 맞추었다. 몇 명은 파펜하임 백작 부인처럼 콧대를 세우고 고개를 돌리고, 몇 명은 불안한 표정으로 시선을 떨어뜨렸다. 슈페 자작 부인이 안절부절못하는 태도로 조금 발을 동동거리다가 슬그머니 그쪽에서 떨어져 나왔다.

클레어는 파펜하임 백작 부인 쪽으로 한 걸음 성큼 내디뎠다. 백작 부인은 움찔하며 저도 모르게 물러섰다. 파펜하임 백작 부인만이 아니라 꽃이 가득 떨어진 못 물결이 출렁이듯, 만개한 드레스가 다 함께 클레어에게 밀려났다.

“저는 부인을 이해한답니다. 어머님에게 투자한 게 많으시겠죠.”

클레어가 생긋 웃었다. 목소리는 낮았지만, 파펜하임 백작 부인과 그녀를 위시한 귀부인들이 듣기에는 충분했다.

“어머님이 물러나시면 이제 클라우제너의 내실에서 나오는 이득을 챙길 수는 없겠고, 하다못해 그룹을 유지해야 사교계에서 어머님의 측근이라는 지위가 유의미할 테니.”

“지금 대체 무슨 소릴 하시는 거예요?”

“그렇다고 해서 저와의 사이를 그렇게 이간질하시면 안 되죠. 다른 분들은 한마디 안 하고서도 절 모욕했다는 오해를 받게 될 텐데.”

아직도 루이자 곁에 붙어 있어야 할지 어떨지 결정하지 못했던 귀부인들 중 몇 명이 입을 손으로 가리고 슬금슬금 파펜하임 백작 부인에게서 멀어졌다. 조금 전에 파펜하임 백작 부인이 자신들을 공범으로 만들기 위해 일부러 공개적으로 모욕적인 언사를 뱉었다는 것을 그제야 깨달은 것이다.

공공의 적은 결속력을 강화한다. 게다가 이렇게 공개적인 장소에서 그녀를 모욕해 버리면, 나중에 전향하는 것도 불가능했다.

하지만 그런 계략 따위는 없다는 듯 파펜하임 백작 부인이 클레어를 슬쩍 깔아보는 듯한 눈짓을 했다가 모르는 척 시선을 돌리고 말했다.

"무슨 말씀이세요, 남작님? 시골 귀족 출신이라서 모르시나 본데, 고귀한 숙녀의 주변에 사람이 모이는 건 자연스러운 일이에요. 그걸 무슨 떨어지는 이삭을 주우려고 곁에 붙은 것처럼 말씀하시다니……. 여자의 몸으로 사업하시는 분이라 그런지 역시 생각이 다르시군요."

"유감스럽게도 제가 시골 귀족에 천박한 실용주의자이긴 하지만, 세상 사는 이치도, 무엇이 진짜 명예인지도 조금은 알고 있답니다. 여기 계신 분들은 모두 클라우제너와 인연이 오래된 분들이니, 모두 품고 가야 마땅하죠."

그러니까 지금 마음 바꾸면 봐준다.

그런 뜻을 담아 클레어는 이번에는 주위를 둘러싼 귀부인들을 하나씩 바라보며 빙그레 웃었다.

"아. 그럼요. 이렇게 마음 써 주시니 정말 감사합니다."

슈페 자작 부인이 얼른 클레어의 뒤쪽에 달라붙으며 아양을 떨었다. 어차피 루이자에게 특별한 정이 있는 것도 아니다.

새로운 수레국화 열쇠의 주인이 받아 준다면, 갈아타야 한다. 중간에서 망설이던 이들 중에는 그런 생각을 한 사람이 다수였다. 파펜하임 백작 부인 뒤에 서 있던 사람 중 몇이 슬그머니 슈페 자작 부인을 알은체하러 왔다가, 그걸 기회 삼아 클레어에게 공손히 인사를 올렸다.

"그러고 보니 대부인께서는 무슨 일이실까요? 절친한 친구분들을 놓아두고 이렇게 오래 자리를 비우시다니."

클레어가 짐짓 염려된다는 듯이 말했다. 파펜하임 백작 부인이 부채를 불끈 쥐었을 때였다.

제복을 입은 시종이 조심스러운 태도로 기웃거렸다. 클레어는 그쪽을 돌아보며 물었다.

"무슨 일인가요?"

"아, 남작님. 말씀 나누시는 데 방해해서 죄송합니다. 이것을……."

시종이 쟁반을 받들어 올렸다. 은쟁반 위에 놓인 동그랗고 작은 크리스털 술잔 위에 투명하고 붉은 술이 담겨 있었다.

"마님께서 축하주를 따로 마련하셨는데, 갑작스럽게 바쁜 일이 생겨서 직접 주실 수가 없게 됐다고 보내셨습니다."

축하주라니. 진짜 축하의 의미일 리가 있겠는가.

클레어는 어이없어서 헛웃음을 머금었고, 가져온 시종 본인도 그녀가 그러는 이유를 알기 때문에 무안한 듯 고개를 숙였다.

'음료를 조심하라더니…….'

그녀는 요한이 보냈던 경고 쪽지를 떠올렸다.

'이게? 설마? 진짜? 이렇게 노골적으로?'

독살은 아니겠다. 진심, 이걸 마시고 죽으면 범인이 누구인지 3분 만에 알 수 있을 테니까. 용의자 지목까지 3분이 아니라 시종을 심문해서 증언을 얻는 데 걸리는 시간이 3분이다.

클레어는 잔을 쳐다보았다. 안 그래도 파펜하임 백작 부인과 응수를 주고받던 참이라 모여 있었던 시선이 그녀에게 쫙 다가들었다.

'어떻게 이걸 안 받냐고.'

며느리가 약혼 축하 파티부터 시어머니가 보낸 잔을 독배라고 의심한다는 소문이 나면 참 볼 만한 꼴이 될 것이다. 반대로, 마시고 쓰러지기라도 하면 독배를 보낸 시어머니가 욕먹긴 할 테고. 거기에 자신의 건강을 걸 작정은 없었지만 말이다.

"감사드린다고 전해 줘."

클레어는 그렇게 말하고 잔을 집어 들려고 했다. 대충 마시는 척만 하다가 '어맛, 실수!' 하고 엎든가 해야지.

에리히가 돌아온 것은 그때였다.

파티장에 들어서자마자 그는 큰 걸음으로 성큼성큼 가로질러 클레어 곁으로 왔다. 음악과 춤의 흐름을 방해하는 것을 전혀 개의치 않는 방약무인한 태도였다.

"어딜 갔다 왔어요?"

"사소한 실책이 있어서 수습하느라고."

"별일이야. 실책을 다 인정하고."

"그러게."

에리히는 쓴웃음을 지었다. 처음부터 루이자의 참석을 막고, 더 엄중하게 경고했어야 했다.

말로는 요절을 내느니 뭐니 해도, 한 차례 욕을 퍼붓고 울고불고하며 감정을 쏟아 낸 다음에는 그때 계획했던 것을 잊어버리는 것이 루이자였다. 음모를 꾸밀 능력도, 실행력도 없다고 생각해서 풀어 둔 게 잘못이었다.

"어머님은요?"

클레어가 물었다. 에리히는 짤막하게 대답했다.

"몸이 좋지 않으시다고 해서 들어가 쉬시게 했어."

"아, 그래요……."

에리히는 굳이 자세히 말하지 않았고, 클레어도 굳이 캐묻지 않았다. 흘끔 파펜하임 백작 부인을 쳐다보았을 뿐이다. 그러나 그녀에게는 발끈했던 파펜하임 백작 부인도 에리히 앞에서는 아무 말 없이 얌전했다. 루이자가 괜찮으냐고 묻지도 않았다. '몸이 좋지 않다'라는 표현 속에 들어 있을 여러 의미를 다른 사람들도 알아챘기 때문이다.

시종이 주춤주춤 어찌할 바를 몰라 했다. 에리히가 뒤늦게 그를 눈치채고 물었다.

"그게 뭔가?"

"대부인께서 남작님께 보내신 축하주입니다."

"아."

에리히는 짧게 탄식했다.

"아마, 대부인께서 직접 와서 축하해 주지 못하는 게 안타까워서 그러신 모양이지요."

파펜하임 백작 부인이 얼른 나서서 말했다. 에리히가 가만히 그녀를 바라보고, 천천히 시선을 들어 사람들을 둘러보았다.

이러나저러나 클레어의 입장이 고약했다. 차라리 공개적으로 무례하고 터무니없는 소리를 듣는다면 거절하거나 반박해도 할 말이 있다. 하지만 루이자가 파티에 돌아오지도 못하게 되었는데 따로 보낸 축하주까지 무시하면 사교계에서 뒷말이 나올 가능성이 컸다.

엎어 버리거나 남몰래 버리는 것도 파티가 정상적으로 진행되고 있을 때나 가능한 일이다. 이렇게 지켜보며 평가하는 시선이 쏠리고 있는데 그럴 순 없었다.

"하."

에리히는 한숨을 내쉬었다. 클레어가 피식 웃었다.

"왜요?"

"아니."

클레어가 종종 말하는, 자신이 사는 세상과 그녀가 사는 세상이 다르다는 게 무슨 의미인지 알 것 같았다.

자신은, 설령 황제가 권한 잔을 거절하더라도 그리 큰 문제가 되지 않을 것이다.

비난은 들을 수 있었다. 욕은 언제나, 누구나 할 수 있는 것이고, 정치적 문제가 커지는 일도 있을 수 있다. 그러나 이렇게 많은 눈동자가 감히 자신을 평가하지는 못한다.

에리히는 살짝 한숨을 내쉬었다.

'어머니를 참석 못 하게 했어도 이걸 막을 수는 없었겠지.'

그냥 자신이 마셔 버리는 게 낫겠다.

기껏해야 진정제를 탄 것이다. 신경이 예민하고 감정 기복이 심한 루이자가 진정제를 처방받고 있다는 것은 에리히도 알고 있었다.

애초부터 노리고 있던 것이 외도 현장을 잡는 일이었으니, 아예 의식을 잃어버릴 정도의 독극물은 아닐 것이다. 에리히는 루이자나 벨프 후작에게 그런 배짱이 있을 거라고도 생각하지 않았다. 만일에 유해한 것이라도, 클레어가 몸을 상하는 것보다 자신이 먹는 게 맞았다.

그는 클레어 대신 잔을 집어 들었다. 그리고 절반쯤 마시고, 쟁반에 내려놓았다. 파티장 전체에 술렁임이 일었다. 그 술이 무엇인지는 몰랐겠지만, 에리히가 클레어를 난처하게 만들지 않게 하기 위해 대신 마셔 주었다는 것을 깨달았기 때문이다.

"어머니께 잘 받았다고 여쭙도록."

"예."

에리히의 말에 시종이 안도하면서 고개를 숙였다. 클레어가 그의 팔에 손을 얹으며 말했다.

"안 그래도 됐는데. 적당히 엎어 버리려고 했어요."

"이쪽이 더 분란이 적어."

"몸에 안 좋은 거면 어쩌려고요. 그럴 가능성이 훨씬 큰데."

클레어가 그에게만 들릴 정도의 목소리로 속삭였다. 에리히는 괜찮다고 고개를 저었다.

"어머니가 한 일이야. 내가 처리하는 게 맞지."

"마셔서 처리할 필요는 없었잖아요. 속은 괜찮아요? 요한 경이 음료를 조심하라는 쪽지를 보냈었는데."

"……그냥 독주야."

요한의 이름이 나온 것에 미약한 불쾌감을 느끼며 에리히는 대꾸했다.

"널 취하게 해서 난처한 처지에 빠뜨리려고 한 거겠지."

"흠. 어머님이 제 주량을 우습게 보셨네요. 설령 좀 취한다고 해도 저는 그렇게 실수 같은 걸 간단히 하는 사람이……."

클레어는 말하다 말고 입을 다물었다. 에리히가 웃고 있었기 때문이다.

"……었네요. 엄청난 실수를 저질러 대는."

"그렇지."

"왜 또 동의하고 그래요?"

클레어는 그에게 눈을 흘겼다. 자신이 인정하는 것과 남이 그렇다고 말하는 것 사이에는 차이가 있었다.

에리히는 그냥 놀릴 마음으로 그런 것인지 몰라도.

그녀는 지나가는 시종의 트레이에서 샴페인을 집어 들며 한탄스럽게 말했다.

"내가 술을 또 마시면 짐승이라고 했는데."

"안 마셔도 짐승 아닌가."

"진짜! 무슨 소릴 하는 거예요!"

"하하."

에리히가 시원스럽게 소리 내서 웃었다. 워낙 드문 일이라 깜짝 놀란 사람들이 그를 쳐다보았다. 클레어조차도 놀라서 그를 올려다보았다. 좀 이상했다.

클레어는 다른 사람들처럼 에리히가 천성적으로 차갑다거나 감정이 희박하다고 생각하지는 않았다. 하지만 그는 이런 식으로 희로애락을 겉으로 드러내지 않도록 훈련된 사람이다. 특히나 이런 장소에서는 더욱더.

웃음이 잦아든 뒤에는 미소가 찾아왔다. 몹시 사랑스러운 것을 쳐다보듯이, 귀여워서 견딜 수 없는 아이라도 보는 것처럼 허물어진 얼굴에 다정한 미소가 걸려 있었다.

"뭐예요, 왜 그렇게 이상하게 웃어요?"

"내가 뭘?"

"지금 웃고 있잖아요. 놀리려고 그러는 거면 글렀어요. 난 이미 쪽 다 팔았으니까 품위를 잃을 정도의 가치는 없을 것 같은데."

"네가 사랑스러워서라는 생각은 안 하는 건가?"

"오그라드는 퍼포먼스는 목걸이 한 번으로 충분해요."

클레어는 몸을 홱 돌리려고 했다. 민망해서 뺨에 열이 올랐다.

말이 끝나기 전에 에리히가 고개를 숙여서 그녀의 뺨에 쪽 입술을 맞췄다. 깜짝 놀라 고개를 들자마자 입술이 내려왔다. 클레어는 당황해서 그의 팔을 잡았다.

"잠깐, 만, 요!"

말하는 사이사이에 부드러운 입술이 맞닿아서 그녀는 겨우 말을 끝냈다.

“당신 지금 눈 풀렸어요. 취했어요? 설마?”

그녀도 주량에 자신이 있는 편이지만, 에리히의 주량은 그녀보다 월등했다. 눈이 풀려서 맛이 갈 정도가 되려면 적어도 위스키를 두 병은 들이마셔야 할 것이다. 에리히가 느릿한 어조로 말했다.

“음. 취한 것은 아니야. 판단력이 저하되고 있긴 하군.”

“그런 소리를 냉정하게 하고 있을 때가 아니잖아요! 이리 와요.”

클레어는 그를 잡아끌었다. 남에게 안 들리게 한다고 성량에 신경을 썼어도 주위 분위기가 약간 술렁술렁해졌다. 하지만 그런 걸 신경 쓸 때가 아니었다.

에리히가 느릿하게 손을 뻗어서 클레어를 돌려세웠다. 한 손을 깍지 끼고 다른 손으로 그녀의 허리를 부서져라 감아 안자 품 안에서 클레어가 퍼덕댔다.

“잠깐, 미쳤?”

“제정신 아닌 것 같긴 해.”

자제력이 없는데 이 팔딱대는 여자에게 몇 년이나 참은 키스를 안 할 수 있을 리 없었다. 클레어가 듣는다면 언제 참았느냐고 소리 질렀겠지만 말이다. 에리히의 지금 기분으로는 그랬다.

그는 클레어의 입술을 입술로 겹쳐 열었다.

"읏."

샴페인 향에 이어 단맛이 클레어의 입안까지 전해졌다. 에리히의 입술만이 아니라 입안까지 열기가 돌았다. 약간 부은 점막이 부드러워져 있었다.

"에리히!"

클레어가 그의 어깨를 밀어냈다. 에리히는 전혀 개의치 않았다. 감정적이 된 채로도 그는 머리 한 구석으로 생각했다.

루이자의 진정제라면 그렇게 강하지 않을 텐데, 취기가 엄청나게 빨리 돌았다. 루이자는 때때로 발작하지만, 진짜로 아픈 게 아니라 관심과 보살핌이 필요해서 그런 것이라는 게 주치의의 견해였다. 그리고 그것에 맞춰서 가벼운 수면 유도제 정도를 처방하고 있다고 알고 있었다.

'술과 같이 먹었기 때문인가?'

클레어도 상당히 술이 센 편이지만, 이걸 마셨다면 버티기 힘들었으리라. 그리고 아마 가짜 편지로 불러내진 누군가의 품안에 쓰러졌겠지.

'역시 그냥 죽이는 게 나을까?'

특정 누구를 지정한 것도 아니라 관련자 전원을 어렴풋이 떠올리면서 에리히는 그렇게 생각했다.

특히나, 음모의 상대방이 될 뻔한 남자들을 포함해서. 우선은 회색 머리부터 최근의 크림색 푸들까지 전부.

그는 클레어의 허리를 도로 당겼다. 그리고 평소보다 느슨하게 풀어진 얼굴로 찰스와 제임스, 그 뒤를 따라온 친척 부인을 보고 미소를 지었다.

“우리는 여기서 퇴장하도록 하지. 제임스 경, 경이 여기서 가장 가까운 친척이니 호스트 역할을 부탁하겠네.”

“예?!”

“소개는 모두 끝났고, 남은 건 평범한 파티니까, 즐기다 돌아가게. 나는 약혼녀와 시간을 보내야겠어.”

클레어가 다시 미쳤냐고 말하려고 했지만, 그 전에 에리히가 다시 그녀의 뺨을 끌어당겼다.

“에리히……!”

당황한 클레어가 그를 불렀다. 에리히는 남들이 보기에는 틀림없이 키스처럼 보일 만큼 가까운 거리에서, 입술을 거의 댄 채로 속삭였다.

“취해서 시야가 좁아. 방까지 데려다줘. 자연스럽게.”

“아까 마신 것 때문이에요?”

에리히는 보일락 말락 하게 고개를 끄덕였다. 클레어는 놀란 듯이 눈을 크게 뜨고 입술을 오므렸다. 그러자 입술 끝에 에리히의 입술이 스쳤지만, 그녀는 그런 것에 신경 쓰지 않고 에리히의 품에 기대듯이 하며 그의 팔을 끌어당겨 자신의 어깨에 감았다.

클레어는 별 사소한 것을 다 가지고 품위가 없느니 어쩌느니 하면서 물어뜯는 사교계 평판이라는 것을 무시했다. 그러나 그게 우습다고 생각하는 마음과 별개로 약점이 된다는 것도 잘 알고 있었다.

에리히는 약점을 드러내서는 안 되는 사람이다. 악행은 해도 되지만, 실수를 해서는 안 된다. 그의 평판은 선량과 자비가 아니라 통제력을 기반으로 구성된다. 어느 한쪽이 절제력을 잃고 취해서 자리를 떠나는 것처럼 보인다면, 클레어 쪽이어야 했다.

실제로는 클레어가 부축하지만, 마치 상태가 좋지 않은 그녀를 에리히가 감싸는 듯한 자세로 둘은 천천히 연회장 밖으로 나섰다. 다행히 에리히는 조금 어지러운 것 같기는 했지만, 걸음을 걷는 것에는 문제없었다.

클레어는 나오자마자 물었다.

"괜찮아요?"

"침실로 가지."

"그냥 독주라면서요. 한 잔에 당신이 이렇게 취할 리 없잖아요."

"음……."

"또 웃네. 취했다는 거, 거짓말 아니에요?"

"아니야."

"생각해 보니까."

"보니까?"

"아니에요."

5년 전 그날 밤에도 무던히 웃었던 거 같긴 했다. 그걸 생각해 보면 그때도 취했던 거긴 하구나 싶었다. 물론 지금은 정상이 아니었다. 마신 양을 생각해 보면 희석 전 소주 주정이라도 이 정도로 만취되지는 않을 텐데.

걷는 동안 에리히는 점점 더 취기가 올라오는 것 같았다. 클레어는 침실 쪽 복도로 들어가면서 시종을 불러, 같이 에리히를 부축했다.

"의사를 불러요. 이 사람, 취기가 과해요. 들키지 않게 조용히 오라고 하세요."

"예."

시종 하나가 서둘러 복도 저편으로 갔다.

밀어서 침대에 눕히자 순순히 말을 듣는가 싶더니, 에리히는 그녀의 팔을 당겨 제 품에 가두려 했다.

"이럴 때가 아니에요. 에리히, 이거 몇 개인지 알겠어요?"

손가락을 두 개 들어 올려 보이자 에리히가 그 손가락을 입술로 물었다. 제정신이 아닌 게 확실했다. 미처 말을 꺼내기도 전에 에리히가 그녀의 등부터 허리까지를 쓸어내리며 몸을 돌렸다.

다시 입술이 겹쳐졌다.

'뭐, 키스 정도는.'

의사가 올 때까지는 괜찮겠지.

클레어는 그렇게 생각하며 그의 목을 감아 안았다. 하지만 키스는 오래 이어지지 못했다.

에리히의 입술이 힘없이 클레어의 뺨을 타고 흘러 떨어졌다. 클레어의 팔 안에 있던 몸이 힘없이 늘어지면서 무게가 실렸다.

"에리히?"

대답이 없었다. 클레어는 깜짝 놀라 그의 얼굴을 들여다보았다. 에리히는 의식을 잃고 있었다.

《내 아이가 분명해》 2권에서 계속